新编绘图本

中华传统文化修养地平线丛书

华夏千家文

顾问：霍松林
主编：金元浦
选评：雒启坤

山西出版集团
山西人民出版社

图书在版编目(CIP)数据

新编绘图本千家文/金元浦主编．—太原：山西人民出版社，1998.9（2011.5重印）
（中华传统文化修养地平线丛书）
ISBN 978-7-203-03739-2

Ⅰ.①新… Ⅱ.①金… Ⅲ.①古典散文—鉴赏—中国 Ⅳ.①I207.62

中国版本图书馆CIP数据核字(2011)第082683号

新编绘图本千家文

主　　编：金元浦
出版发行：山西出版集团·山西人民出版社
社　　址：太原市建设南路21号
邮政编码：030012
电　　话：0351-4922220
经　　销：全国新华书店
印刷装订：北京燕旭开拓印务有限公司
开　　本：660毫米×960毫米　1/16
印　　张：19.25
字　　数：267千字
版　　次：1998年9月第1版
印　　次：2011年5月第1次印刷
书　　号：ISBN 978-7-203-03739-2
定　　价：35.00元

版权所有　违权必究
本书若出现印装质量问题,请与出版社联系调换
电话：0351-4922220

总　序

·金元浦·

近年来，我国传统文化的回归成为大众文化生活中的一个重要趋势。在大量的西方文化的强烈冲击之后，人们回过头来，开始重新审视华夏文明的文化精粹。广大群众迫切需要更集中更丰富，更具中国文化精神，也更简明实用的传统文化典籍选本。由于众所周知的原因，我国近几十年来，在传统文化的继承与弘扬上出现过数度波折。像"文化大革命"那样文化灭绝的时代，几乎摧毁了一切古代文化典籍，造成了数代青年对祖国传统文化的陌生、隔绝与无知。改革开放以后，西方思想文化如洪水般泻入，大大推进了我国人民思想解放的步伐。但对传统文化的阐发与弘扬，却仍嫌不足。近年来，随着中国经济及亚洲经济的高速发展，中国文化乃至亚洲价值在未来世纪的作用，成了全世界关注的话题，而中国传统文化能否返本开新，担当未来文化世纪之大任，成为国内外人士关心的"热点"、"焦点"问题。人们热切地需要重新了解、研读、学习和评判传统文化。正是基于跨世纪的文化转折这一宏大的背景，我们编纂了这一套《中华传统文化修养地平线丛书——新编绘图本华夏千家集》。

丛书袭用了古代蒙学读本《千家诗》之意，发而广之，创为新制。我们精选中国传统文化中最具代表性的也最为百姓熟知的诗、词、曲、赋、文、言、典、训，进行了细致认真的整理、编纂、辑录与删汰，一举推出八卷典籍。它们是：

《新编绘图本华夏千家诗》
《新编绘图本华夏千家词》
《新编绘图本华夏千家曲》
《新编绘图本华夏千家赋》
《新编绘图本华夏千家文》
《新编绘图本华夏千家言》
《新编绘图本华夏千家典》
《新编绘图本华夏千家训》

八卷共计二百四十余万字，插历代名画八十幅，成为一套独具特色的中国传统文化的发蒙读本,也是提高传统文化修养的入门向导。

选用《千家集》为名,并不是恣意妄称,倒是确有考虑的,其理由有三:

其一曰,千家者,千家之作也。煌煌中华有千古智慧百代华章,《新编华夏千家集》囊括包举中国古文化之经典,爬罗剔抉,评析纂要,共收作品数千篇,共选作者逾千家。就此意义上讲,它是货真价实的"千家"集。相形之下,古代的《千家诗》仅收诗二百余首,作者仅百余,倒是名不副实。今日《千家集》,颇具规模,于中国传统文化之阐扬,更见完整全面,更显总体风貌。

其二曰,千家者,千家之选也。中华传统文化浩如烟海,何以有此之取,而非他家之选?实际上今日《千家集》之选,乃历史上众多文人学士、圣哲时贤以至村媪野老在历史上一代代诵读、鉴赏、选择、删汰、张扬、积贮的成果,是文化史上众多阅读者接受者的历史积淀的成果。同时它也是历史上众多选家、注家、评家、点家、考据家、版本家共同编选、结纂、阐发、诠释、注疏、考证、评点、鉴赏的成果。故而千家集真正是经历千年经由千家所选之集成。它集百世之珍,收万众所爱,应当说它是历史留给今人的一份最精粹的文化赠物。

其三曰,千家者,千家之用也。编纂此套丛书,并不是发思古之幽情,也不为争学术之短长。而是为着今日千百家父母子弟,承续源远流长的中国传统文化之脉,并革新之,弘扬之,立意创为,再开新宇。近年来,国内各种古代典籍出版不少,但专为一般大众编辑的家庭通用的中国传统文化的普及性综合选本还十分鲜见。故此我们编选这套丛书。读者在紧张工作之余,或吟咏欣赏,怡情悦性;或寻词觅句,命笔投篇;或搜拣史著,查询典故;或教子诲人,治家立业;无不开卷有益,终有所获。特别是对那些小学、中学及大学的莘莘学子们,一卷在手,满眼云蒸霞蔚,千年古籍,百代文采,顿时舒展目前。本套丛书将是家庭书橱中十分合用的常备文化教育及精神修养的实用读本或参考书。

参与本书编纂的人员均为获得文学博士学位、学有所成的专业工作者。他们无不怀着对中国文化的热爱与崇仰,怀着一种沉重的历史责任感,自觉地担当起文化守望者的职责。尽管本套丛书仍存在着众多不足、缺憾,但我们的态度是诚恳、认真的。可以说,此书的编纂还是具有某种首创性的。不仅像《千家言》、《千家典》、《千家训》等卷前例无多,而且像《千家曲》、《千家赋》、《千家文》也自具特色。

如《千家曲》将散曲与剧曲、小令与套曲等各种形式汇为一卷，从文化的高处着眼，不拘泥于体裁体式，从而将中国曲文化之精粹包容于一，体现了本书弘扬传统文化、提高民族艺术修养的宗旨。即使历史上曾有过的《千家诗》，本书亦不完全因袭，而一反历史上《千家诗》至《唐诗三百首》之惯例，精选自先秦至近代的优秀诗篇，杂取古体、近体，而无论三、四、六、九各体言式。

尽管我们做了种种努力，但由于种种限制与困难，此套丛书仍然不免粗疏、匆忙，还缺乏精细的打磨，但我们愿意听取大家的意见，将此套丛书修订得更好。

地平线是旭日东升朝暾初晖的地方。

地平线是一切生命开始腾飞的地方。

愿中华文化如旭日喷薄。

愿中华文化在新的世纪再次腾飞。

一九九八年六月于北京塔院姑妄斋

小 序

在中国古代文学的宝库中，散文是作品数量最多、也最为重要的。从最早的散文作品《尚书》直到清末，作家不计其数，而数量也浩如烟海，穷一生之精力也难以遍读。所以，对一般的读者而言，从中选择一定数量的有代表性的佳作以便阅读欣赏，或作入门之途径，便显得尤为重要。事实上，文学作品选集早在几千年前就出现了，我国古代第一部诗歌总集《诗经》便是一部西周、春秋时期的诗歌作品选集。战国以后，各种作品选集历代都有，层出不穷，如汉代王逸编注的《楚辞》、南朝梁昭明太子萧统主编的《文选》和徐陵编选的《玉台新咏》等。明清以后，散文的选编之风更盛，著名的选本，有明代茅坤的《唐宋八大家文钞》、姚鼐的《古文辞类纂》等，不仅规模大，而且编选精。当然，最为脍炙人口的、为广大读者所熟悉的小规模选本，是清代吴乘权等所编选的《古文观止》，这本书在旧时代作为幼学启蒙读本，几乎家喻户晓，人人皆知。

时代在发展，人们对古代散文的审美要求也在发生着变化。像《古文观止》这样的选本尽管所选极精，但其内容已经不太适应今天的需要，其注释更显如此。像《古文观止》中所选的《公羊传》、《穀梁传》中的"春王正月"之类的文章，显然侧重的是文字本身的"教化"意义而非其艺术水平。另外，它过分偏爱韩愈、欧阳修、苏轼等"唐宋八大家"，其内容占了总篇幅的三分之二以上，而且未选入清代作品，所以其缺陷是十分明显的。今天我们要学习古代散文，最好是选择新的选本，加上现代注释，欣赏、理解起来便要容易得多。特别是对于中等文化程度的广大读者，这一点尤为重要。本书在选编注释时，主要遵循以下原则：

一、经典性。所选的文章，都是后代公认的、代表了各个时期、各个作家最高水平的作品，这些作品长期为人们所学习、传诵，成为后代学习作文章的最高典范，历久弥新，至今还有着强大、鲜活的生命力，为学习古代散文者所必读。它们也是初学者所必须熟知的、最基本的修养范畴。

二、广泛性。所选作家上自秦代下至清末，作品也不偏重于某个时期的某些作家，而是尽可能选入各个时期的主要代表作家的代表作品,以求反映中国古代散文文学的全貌。

　　三、精粹性。由于篇幅有限,对各个时期的散文名篇只能选入那些篇幅比较短小的作品,而对于那些篇幅较长的作品只能忍痛割爱。像司马迁的《报任安书》,已经是篇幅比较长的作品了。有些名篇,如韩愈的《平淮西碑》,虽然影响极大,但不适合初学者阅读,故未选入。

　　四、在作品的注释上。力求简明、详尽。对难以理解的字句和典故、地名等。都加以注释,以帮助读者理解。结尾的评析,只是作为一个导读的线索,起抛砖引玉的作用,所以力求简练。其余的东西要靠读者自己去发挥了。

　　搞作品选,历来是一件很难的工作。各人眼光不同、水平不同,所选作品未必能获广大读者一致赞同。又入选作品太少。篇幅所限,难免挂一漏万。笔者水平有限,错误之处在所难免。这些,还要请广大读者原谅。

雒启坤
一九九六年五月三十日于中国人民大学

目录

总　序	1
小　序	1

李　斯
◎谏逐客书 …………………… 1

邹　阳
◎狱中上梁王书 ……………… 5

司马迁
◎报任安书 …………………… 10

李　陵
◎答苏武书 …………………… 16

杨　恽
◎报孙会宗书 ………………… 20

东方朔
◎答客难 ……………………… 23

诸葛亮
◎前出师表 …………………… 29

李　密
◎陈情表 ……………………… 32

王羲之
◎兰亭集序 …………………… 34

陶渊明
◎归去来辞 …………………… 36
◎桃花源记 …………………… 40

陶弘景
◎答谢中书书 ………………… 42

丘　迟
　　◎与陈伯之书……………………44
吴　均
　　◎与宋元思书……………………49
郦道元
　　◎三峡（节选）…………………52
骆宾王
　　◎为徐敬业讨武曌檄……………54
王　勃
　　◎滕王阁序………………………58
李　白
　　◎与韩荆州书……………………63
　　◎春夜宴桃李园序………………65
王　维
　　◎山中与裴迪秀才书……………67
李　华
　　◎吊古战场文……………………72
元　结
　　◎右溪记…………………………75
白居易
　　◎庐山草堂记……………………77
韩　愈
　　◎原道……………………………86
　　◎原毁……………………………89
　　◎获麟解…………………………91
　　◎杂说一…………………………91
　　◎杂说四…………………………92
　　◎师说……………………………93
　　◎进学解…………………………94
　　◎送孟东野序……………………96
　　◎送李愿归盘谷序………………99
　　◎蓝田县丞厅壁记………………100
　　◎送董邵南序……………………103
　　◎送杨少尹序……………………104

◎送温处士赴河阳军序 ⋯⋯⋯⋯⋯ 105
◎祭十二郎文 ⋯⋯⋯⋯⋯⋯⋯⋯⋯ 106
◎祭鳄鱼文 ⋯⋯⋯⋯⋯⋯⋯⋯⋯ 109
◎柳子厚墓志铭 ⋯⋯⋯⋯⋯⋯⋯ 110
◎答李翊书 ⋯⋯⋯⋯⋯⋯⋯⋯⋯ 112
◎毛颖传 ⋯⋯⋯⋯⋯⋯⋯⋯⋯⋯ 116

柳宗元
◎始得西山宴游记 ⋯⋯⋯⋯⋯⋯ 121
◎至小丘西小石潭记 ⋯⋯⋯⋯⋯ 126
◎钴鉧潭西小丘记 ⋯⋯⋯⋯⋯⋯ 127
◎愚溪诗序 ⋯⋯⋯⋯⋯⋯⋯⋯⋯ 128
◎小石城山记 ⋯⋯⋯⋯⋯⋯⋯⋯ 129
◎捕蛇者说 ⋯⋯⋯⋯⋯⋯⋯⋯⋯ 130

孙　樵
◎书褒城驿壁 ⋯⋯⋯⋯⋯⋯⋯⋯ 132

王禹偁
◎黄冈竹楼记 ⋯⋯⋯⋯⋯⋯⋯⋯ 134

欧阳修
◎释秘演诗集序 ⋯⋯⋯⋯⋯⋯⋯ 136
◎梅圣俞诗集序 ⋯⋯⋯⋯⋯⋯⋯ 138
◎醉翁亭记 ⋯⋯⋯⋯⋯⋯⋯⋯⋯ 139
◎丰乐亭记 ⋯⋯⋯⋯⋯⋯⋯⋯⋯ 140
◎五代史伶官传序 ⋯⋯⋯⋯⋯⋯ 144
◎祭石曼卿文 ⋯⋯⋯⋯⋯⋯⋯⋯ 145
◎泷冈阡表 ⋯⋯⋯⋯⋯⋯⋯⋯⋯ 146

范仲淹
◎岳阳楼记 ⋯⋯⋯⋯⋯⋯⋯⋯⋯ 153

苏　轼
◎刑赏忠厚之至论 ⋯⋯⋯⋯⋯⋯ 156
◎喜雨亭记 ⋯⋯⋯⋯⋯⋯⋯⋯⋯ 157
◎凌虚台记 ⋯⋯⋯⋯⋯⋯⋯⋯⋯ 158
◎超然台记 ⋯⋯⋯⋯⋯⋯⋯⋯⋯ 160
◎放鹤亭记 ⋯⋯⋯⋯⋯⋯⋯⋯⋯ 162
◎石钟山记 ⋯⋯⋯⋯⋯⋯⋯⋯⋯ 163

◎日喻说 …………………………… 165
◎答谢民师书 ………………………… 167
◎潮州韩文公庙碑 …………………… 170
◎文与可画筼筜谷偃竹记 …………… 172
◎方山子传 …………………………… 177

苏　辙
◎上枢密韩太尉书 …………………… 179
◎黄州快哉亭记 ……………………… 181
◎武昌九曲亭记 ……………………… 183

曾　巩
◎墨池记 ……………………………… 188
◎寄欧阳舍人书 ……………………… 190

王安石
◎伤仲永 ……………………………… 192
◎游褒禅山记 ………………………… 193
◎祭欧阳文忠公文 …………………… 195

李格非
◎书洛阳名园记后 …………………… 198

李清照
◎金石录后序 ………………………… 200

文天祥
◎指南录后序 ………………………… 208

元好问
◎邓州新仓记 ………………………… 213

刘　基
◎卖柑者言 …………………………… 218

宋　濂
◎送东阳马生序 ……………………… 220

方孝孺
◎深虑论 ……………………………… 222
◎吴士 ………………………………… 223

宗　臣
◎报刘一丈书 ………………………… 225

王守仁
　　◎瘗旅文 ………………… 227
归有光
　　◎吴山图记 ………………… 230
　　◎沧浪亭记 ………………… 231
　　◎项脊轩志 ………………… 233
　　◎寒花葬志 ………………… 235
　　◎沈贞甫墓志铭 …………… 236
徐　渭
　　◎豁然堂记 ………………… 240
袁宏道
　　◎徐文长传 ………………… 243
　　◎满井游记 ………………… 245
　　◎虎丘 ……………………… 247
钟　惺
　　◎浣花溪记 ………………… 250
张　溥
　　◎五人墓碑记 ……………… 253
黄淳耀
　　◎李龙眠画罗汉记 ………… 256
魏学洢
　　◎核舟记 …………………… 259
张　岱
　　◎西湖七月半 ……………… 262
黄宗羲
　　◎原君 ……………………… 265
魏　禧
　　◎大铁椎传 ………………… 269
林嗣环
　　◎口技 ……………………… 271
方　苞
　　◎书左忠毅公逸事 ………… 273
刘大櫆
　　◎游万柳堂记 ……………… 276

全祖望
　　◎梅花岭记 …………………… 278
袁　枚
　　◎黄生借书说 ………………… 282
　　◎祭妹文 ……………………… 284
姚　鼐
　　◎登泰山记 …………………… 288
龚自珍
　　◎病梅馆记 …………………… 292

李　斯

　　李斯（？—前208年），楚国上蔡（今河南上蔡）人。早年从当时著名的儒学大师荀况学习，后入秦，为秦相吕不韦门人，后又拜长史、客卿，为廷尉。秦始皇统一中国后，官至丞相，建议废分封，设郡县，并协助秦始皇统一法律、文字、度量衡等，对当时的政治作出过重大贡献。然李斯为人刻薄，复又贪恋禄位。秦始皇死，李斯纵容赵高扶秦二世即位，因此而葬送了秦王朝。秦二世即位不久，李斯和赵高产生矛盾。秦末农民起义爆发后，李、赵二人互相攻讦，最后在赵高唆使下秦二世下诏将李斯处死并灭族。

　　李斯是当时著名的法家代表人物，也是杰出的文学家。他的文学作品现存的除《谏逐客书》外，尚有几篇替秦始皇作的刻石铭文。这些铭文本原于《诗》之雅颂，苍劲峭质，为后世碑铭之祖。而其他文章则词藻瑰丽，文意精核，特别是《谏逐客书》一文。

谏逐客书

　　秦宗室大臣皆言秦王曰①："诸侯人来事秦者，大抵为其主游间于秦耳，请一切逐客。"李斯议亦在逐中。

　　斯乃上书曰："臣闻吏议逐客，窃以为过矣。昔穆公求士②，西取由余于戎③，东得百里奚于宛④，迎蹇叔于宋⑤，求丕豹、公孙支于晋⑥。此五子者，不产于秦，而穆公用之，并国二十，遂霸西戎。孝公用商鞅之法⑦，移风易俗，民以殷盛，国以富强，百姓乐用，诸侯亲服，获楚、魏之师，举地千里，至今治强。惠王用张仪之计⑧，拔三川之地⑨，西并巴、蜀⑩，北收上郡⑪，南取汉中⑫，包九夷⑬，制鄢、郢⑭，东据城皋之险⑮，割膏腴之壤，遂散六国之从，使之西面事秦，功施到今。昭王得范雎⑯，废穰侯⑰，逐华阳⑱，强公室，杜私门，蚕食诸侯，使秦成帝业。此四君者，皆以客之功。由此观之，客何负于秦哉！向使四君却客而不内，疏士而不用，是使国无富利之实，而秦无强大之名也。

　　"今陛下致昆山之玉⑲，有随、和之宝⑳，垂明月之珠，服太阿之剑㊶，乘纤离之马㊷，建翠凤之旗㊸，树灵鼍之鼓㊹。此数宝者，秦不生一焉，而陛下说之㊺，何也？必秦国之所生而后可，则是夜光之璧不饰朝廷，犀象之器不为玩好，郑、魏之女不充后宫，而骏马駃騠不实外厩㊻，江南金锡不为用，西蜀丹青不为采。所以饰后宫、充下陈、娱心意、说耳目者，必出于秦然后可，则是宛珠之簪㊼、傅玑之珥㊽、阿缟之衣㊾、锦绣之饰不进于前，而随俗雅化、佳冶窈窕赵女不立于侧也。夫击瓮叩缶㊿，弹筝搏髀㉛，而歌呼呜呜快耳目者，真秦之声也；郑、卫桑间，韶虞、武象者㉜，异国之乐也。今弃击瓮而就郑卫，退弹筝而取韶虞，若是者何也？快意当前，适观而已矣。今取人则不然。不问可否，不论曲直，非秦者去，为客者逐。然则是所重者在乎色乐珠玉，而所轻者在乎人民。此非所以跨海内、制诸侯之术也。

"臣闻地广者粟多，国大者人众，兵强则士勇。是以泰山不让土壤，故能成其大；河海不择细流，故能就其深；王者不却众庶，故能明其德。是以地无四方，民无异国，四时充美，鬼神降福，此五帝、三王之所以无敌也。今乃弃黔首以资敌国㉝，却宾客以业诸侯，使天下之士退而不敢西向，裹足不入秦，此所谓'藉寇兵而赍盗粮'者也㉞。

"夫物不产于秦，可宝者多；士不产于秦，而愿忠者众。今逐客以资敌国，损民以益仇，内自虚而外树怨于诸侯，求国之无危。不可得也。"

秦王乃除逐客之令，复李斯官。

【注释】

①秦王：即秦始皇帝嬴政。

②穆公：指秦穆公（前？—前621年），名任好。在任期间，任用由余、百里奚等，励精图治，国势日强。又用由余之谋伐西戎，得国十二，开地千里，遂霸西戎。在位三十九年，为春秋五霸之一。

③由余：春秋时晋国人，逃亡到西戎，秦穆公以礼招其归秦，并用其计统一了西戎各部。 戎：指春秋时期居住在今陕西省西北部和甘肃省东部地区的少数民族。

④百里奚：其身世说法不一。传说他是楚国宛（今河南南阳）人，曾为楚大夫，后沦落为奴，被秦穆公用五张羊皮赎出，任为秦相，故又称五羖大夫。

⑤蹇叔：寓居于京，经百里奚推荐，被秦穆公聘为上大夫。足智多谋，曾阻止秦穆公派军奔袭郑国并预料秦军的失败。

⑥丕豹：晋国人，其父被晋惠公杀死后，投奔秦穆公，为大将，助秦攻晋。　公孙支：字子桑。游于晋，后入秦，秦穆公任他为大夫。

⑦商鞅：姓公孙，名鞅。本是卫国公族，又称卫鞅。因秦孝公曾封之以商地（在今陕西商州），故称商鞅。任秦相十年，实行变法，使秦国强盛，为后来统一中国奠定基础，但他自己也被车裂而死。

⑧张仪：魏国人，战国著名纵横家。曾屡任秦相，主张"连横"策略。

⑨三川：指今河南西北一带，因有黄河、洛河、伊河流过境内，故称三川。

⑩巴：今四川东部及重庆地区。　蜀：今四川西部。

⑪上郡：魏地，在今陕西西北部一带。前328年，秦攻魏，魏以上郡十五县献秦求和。

⑫汉中：今陕西汉中地区。

⑬九夷：泛指当时楚地少数民族。

⑭鄢：楚国旧都，在今湖北宜城南。　郢：楚国都，故址在今湖北江陵。

⑮城皋：地名，即今河南荥阳的虎牢。

⑯范雎（jū）：字叔游，魏国人，曾被秦昭王任为秦相。向秦昭王献计对山东诸侯"远交近攻"，逐步蚕食，并取得成功。

⑰穰（rǎng）侯：秦昭襄王养母弟魏冉的封号。秦昭襄王时执政多年；多次出兵进攻六国，占领大片土地。

⑱华阳：华阳君，秦昭襄王养母弟的封号。

⑲昆山：即昆仑山，指今新疆、西藏间之昆仑山脉。古代盛产玉石。

⑳随：春秋小国，在今湖北随州。至战国早期尚存。传说随侯有一颗名贵的珠宝，称"随侯珠"。　和：春秋楚国人卞和。据说他在山中发现一块璞玉，献给楚王，称"和氏璧"。

㉑太阿（ē）：宝剑名，相传春秋楚国人干将、莫邪合铸的宝剑之一。

㉒纤离：骏马名。

㉓翠凤之旗：以翠羽做装饰的旗帜。

㉔鼍（tuó）：鳄鱼类，俗名猪婆龙，皮可蒙鼓。

㉕说：通"悦"。

㉖駃（jué）騠（tí）：古代北方名马。

㉗宛（yuān）珠：宛地（今河南南阳）出产的珠子。

㉘玑：不圆的珠子。　珥（ěr）：耳环。

㉙阿缟（gǎo）：齐国东阿（今山东东阿）出产的白色的绢。

㉚瓮（wèng）：汲水瓦罐。　缶（fǒu）：小口大腹的瓦罐。秦国的瓮、缶为打击乐器。

㉛筝：弦乐器。　搏髀（bì）：拍着大腿打拍子。

㉜桑间：卫国濮水边上的一个地名，相传是青年男女聚会歌唱的地方。参看《诗经·卫风》。　韶虞：也称箫韶，相传为歌颂虞舜的音乐。　武象：周初的乐舞。

㉝黔首：百姓。黔，黑色。当时俗尚平民以黑布裹头。

㉞赍（jī）：送给。

【评析】

公元前237年，韩国为耗费秦国人力物力，阻止其东伐，派水工郑国到秦国鼓吹开渠灌田，并在秦国政府支持下修建了著名的"郑国渠"，使关中大片沃野得到灌溉。后此谋败露，秦国一些旧臣乘机煽动秦王将从六国来的其他人一律赶走，因此李斯写了这篇《谏逐客书》，文中列举事实，对宗室大臣的谬论予以有力的驳斥。秦王政读后，立即撤消了"逐客令"，并恢复了李斯的官职。文章内容充实，说理性强，通篇排比铺陈，具有一种不可抑制的气势，极似战国纵横家的文风。它不但开疏奏文体之先，而且为后世疏奏文立下了楷模。明代文学家归有光在《文章指南》中说："文章用意庸，易起人厌；须出人意表，方为高手。如李斯《谏逐客书》，借人扬己，以小喻大，另是一种巧思。能打破此等关窍，下笔自惊世骇俗矣。"而文中的一些名句，如"泰山不让土壤，故能成其大；河海不择细流，故能就其深"等，经常为后人所引用。

邹　阳

邹阳（生卒年不详），西汉齐地（今山东省淄博市附近）人。与庄忌、枚乘等皆以文辩著名。初仕于吴王刘濞。刘濞阴谋反叛，邹阳上书劝谏，吴王不听，因而离开吴王而仕于梁孝王，为梁孝王上客。梁孝王刺杀袁盎，汉景帝派人查治，梁孝王用邹阳之策，得以免罪。其余事迹不详。

狱中上梁王书

邹阳从梁孝王游①。阳为人有智略，慷慨不苟合，介于羊胜、公孙诡之间②。胜等疾阳，恶之孝王。孝王怒，下阳吏，将杀之。阳乃从狱中上书曰：

"臣闻'忠无不报，信不见疑'，臣常以为然，徒虚语耳。昔荆轲慕燕丹之义③，白虹贯日，太子畏之；卫先生为秦画长平之事④，太白食昴⑤，昭王疑之。夫精变天地，而信不谕两主，岂不哀哉！今臣尽忠竭诚，毕议愿知，左右不明，卒从吏讯，为世所疑。是使荆轲、卫先生复起，而燕、秦不寤也。愿大王熟察之。

"昔玉人献宝，楚王诛之；李斯竭忠，胡亥极刑。是以箕子阳狂，接舆避世，恐遭此患也。愿大王察玉人、李斯之意，而后楚王、胡亥之听，毋使臣为箕子、接舆所笑。臣闻比干剖心，子胥鸱夷⑥，臣始不信，乃今知之。愿大王熟察，少加怜焉！

"语曰：'有白头如新，倾盖如故⑦。'何则？知与不知也。故樊于期逃秦之燕⑧，藉荆轲首以奉丹事；王奢去齐之魏⑨，临城自刭，以却齐而存魏。夫王奢、樊于期非新于齐、秦而故于燕、魏也，所以去二国死两君者，行合于志，慕义无穷也。是以苏秦不信于天下，为燕尾生⑩；白圭战亡六城，为魏取中山。何则？诚有以相知也。苏秦相燕，人恶之燕王，燕王按剑而怒，食以駃騠⑪；白圭显于中山，人恶之于魏文侯，文侯赐以夜光之璧。何则？两主二臣，剖心析肝相信，岂移于浮辞哉！

"故女无美恶，入宫见妒；士无贤不肖，入朝见嫉。昔司马喜膑脚于宋⑫，卒相中山；范雎拉胁折齿于魏⑬，卒为应侯。此二人者，皆信必然之画，捐朋党之私，挟孤独之交，故不能自免于嫉妒之人也。是以申徒狄蹈雍之河⑭，徐衍负石入海⑮。不容于世。义不苟取比周于朝以移主上之心⑯。故百里奚乞食于道路，穆公委之以政；宁戚饭牛车下，桓公任之以国。此二人者，岂素宦于朝，借誉于左右，然后二主用之哉？感于心，合于行，坚如胶漆，昆弟不能离，岂惑于众口哉？故偏听生奸，独任成乱。昔鲁听季孙之说逐孔子，宋任子冉之计囚墨翟⑰。夫以孔、墨之辩，不能自免于谗谀，而二国以危。何则？众口铄金，积毁销骨也。秦用戎人由余而伯中国，齐用越人子臧而强威、宣。此二国岂系于俗，牵于世，系奇偏之浮辞哉？公听并观，垂明当世。故意合则胡越为兄弟，由余、子臧是矣；不合则骨肉为仇敌，朱、象、管、蔡是矣⑱。今人主诚能用齐、秦之明，后宋、鲁之听，则五伯不足侔，而三王易为也。

"是以圣王觉寤，捐子之之心⑲，而不说田常之贤⑳，封比干之后，修孕妇之墓㉑，故功业覆于天下。何则？欲善无厌也。夫晋文亲其仇，强伯诸侯；齐桓用其仇，而一匡天下。何则？慈仁殷勤，诚加于心，不可以虚辞借也。至夫秦用商鞅之法，东弱韩、魏，立强天下，卒车裂之。越用大夫种之谋，禽劲吴而伯中国，遂诛其身。是以孙叔敖三去相而不悔，於陵子仲辞三公为人灌园㉒。今人主诚能去骄傲之心，怀可报之意，披心腹，见情素，堕肝胆，施德厚，终与之穷达，无爱于士，则桀之犬可使吠尧，跖之客可使刺由，何况因万乘之权，假圣王之资乎！然则荆轲湛七族㉓，要离燔妻子㉔，岂足为大王道哉！

"臣闻明月之珠，夜光之璧，以暗投人于道，众莫不按剑相眄者。何则？无因而至前也。蟠木根柢，轮囷离奇㉕，而为万乘器者，以左右先为容也。故无因而至前，虽出随珠、和璧，只怨结而不见德。有人先游㉖，则枯木朽株，树功而不忘。今夫天下布衣穷居之士，身在贫羸，虽蒙尧、舜之术，挟伊、管之辩，怀龙逄、比干之意，而素无根柢之容，虽竭精神，欲开忠于当世之君。则人主必袭按剑相眄之迹矣。是使布衣之士不得为枯木朽株之资也。是以圣王制世御俗，独化于陶钧之上㉗，而不牵乎卑乱之语，不夺乎众多之口。故秦皇帝任中庶子蒙嘉之言以信荆轲㉘，而匕首窃发；周文王猎泾、渭，载吕尚归，以王天下。秦信左右而亡，周用乌集而王㉙。何则？以其能越挛拘之语㉚，驰域外之议，独观乎昭旷之道也。今人主沉谄谀之辞，牵帷廧之制㉛，使不羁之士与牛骥同皂㉜，此鲍焦所以愤于世也。

"臣闻盛饰入朝者不以私污义,底厉名号者不以利伤行㉝。故里名'胜母',曾子不入㉞;邑号'朝歌',墨子回车㉟。今欲使天下寥廓之士笼于威重之权,胁于位势之贵,回面污行,以事谄谀之人,而求亲近于左右,则士有伏死堀穴岩数之中耳㊱,安有尽忠信而趋阙下者哉!"

【注释】

①梁孝王:西汉文帝次子刘武,封为梁王。

②羊胜、公孙诡:梁孝王门客。

③荆轲:战国末卫国人。 燕丹:燕国太子丹,曾在秦国为人质,后来派荆轲去刺杀秦王。后秦将王贲攻燕,太子丹被杀。

④长平之事:公元前260年,秦将白起伐赵,在长平(今山西高平西北)大败赵军,坑杀赵军四十余万。为乘胜灭赵,派秦人卫先生说秦昭王增兵益粮。却为应侯范雎从中作梗,其事不成,而其精诚上达于天,所以太白为之食昴。

⑤太白:金星。 昴(mǎo):星宿名。二十八宿之一。古人认为昴宿在赵国分野。天下兵起,太白食昴。

⑥比干:商王辛之子,纣王之兄,以纣淫乱不止而强谏,被纣王杀之而剖其心。 子胥:即伍子胥。以谏吴王夫差而被赐死。 鸱(chī)夷:皮口袋。据传伍子胥死后,尸体被装入皮口袋投入江中。

⑦倾盖:指道路上两车相遇,车盖相交。

⑧樊于期:原为秦将,后逃往燕国。因为秦王用重金买他的头,他便自杀让荆轲以头颅作为见秦王的礼物。事见《史记》。

⑨王奢:原为齐国大臣,逃亡到魏。齐军伐魏,王奢登城对齐将说:"今君之来,不过以奢故也。义不苟生,以为魏累。"遂自杀。

⑩尾生:传说他是个守信的人,因与一女子约定桥下相见,女子未到而洪水涨起,于是抱柱而死。

⑪食(sì):喂养,此处指给人吃。 駃(jué)騠(tí):良马。指燕王厚待苏秦,谗言不入。

⑫膑(bìn):古代刑罚的一种,砍掉膝盖骨。

⑬拉:折断。

⑭申徒狄:殷末人。传说他谏君不听,负石而自投于河。

⑮徐衍:周末人。事迹见《列士传》。

⑯比周:结党。比,近。周,密。

⑰墨翟(dí):又称墨子,战国初鲁人,墨家学派的创始人。今传

世有《墨子》一书，为其门人所作。因，墨翟之事，今不详。

⑱朱：丹朱，尧的儿子，因为不贤，尧传位于舜而不传给他。象：舜后母弟，传说曾与其母谋害舜。　管、蔡：周武王的两个弟弟，被称为管叔、蔡叔。封于殷地。武王死，成王继位，周公摄政，管叔、蔡叔疑周公欲篡王位，便同武庚一起叛乱。后周公东征，击败叛军，管叔被杀，蔡叔被流放。

⑲子之之心：子之是燕王哙的相，他曾骗取哙让位于他，因此而引起燕国大乱，齐湣王乘机举兵攻燕，子之被杀。

⑳田常之贤：田常即陈恒，春秋时齐简公的臣下，简公欣赏他，他却杀了简公，并篡夺了齐国政权。

㉑修孕妇之墓：传说殷纣王曾剖孕妇之腹以观胎儿，周武王灭殷后，为被害者修了墓。

㉒孙叔敖：楚国相。《史记》曰："孙叔敖，楚之处士也。虞丘相进之，三月而相楚。三得相而不喜，知其材自得之也。三去相而不悔，知其非己之罪也。"　於（xú）陵：战国齐地。《列女传》："於陵子仲贤，楚王欲以为相，使使者往聘迎之，子仲出使者，与其妻逃，乃为人灌园。"　三公：周代指司马、司徒、司空。

㉓湛：通"沉"，灭绝。

㉔要离：春秋时吴人。吴王阖闾派他刺杀王子庆忌，他为了接近庆忌，砍断右手，烧死妻子，佯装犯罪逃走。

㉕轮囷（qūn）离奇：盘绕屈曲的样子。

㉖游：宣扬推荐。

㉗陶钧：陶工使用的转轮。

㉘中庶子：太子属官。

㉙乌集：乌鸦聚集在一起。这里指偶然相遇的人。

㉚挛拘：拳曲。这里指狭隘偏执的言论。

㉛帷廧：指妻妾宠臣。廧，同"墙"。

㉜皂：通"槽"，喂牛马的槽。

㉝底厉：通"砥砺"，磨刀石。

㉞曾子：春秋时鲁人。据说他极为孝顺，取名"胜母"的地方不肯进去，因为这名称有违孝道。

㉟墨子回车：墨子主张"非乐"。商代曾建别都名"朝歌"，墨子认为这名称不合自己的主张，因此回车不入。

㊱堀：通"窟"。

【评析】

　　本文为邹阳仕于梁孝王时所写。写作原因已见于文前小序。本文善于用典，每用骈句，文采华丽，自然流畅，感情真切，"迫切之情，出以微婉；呜咽之响，流为激亮"（李兆洛《骈体文钞》卷十六）。虽在喊冤，却绝无丝毫乞怜之相，反而气盛语壮，似乎是在声斥谗人一般。全文围绕"忠信"二字，以君主必须有自己的用人标准，而不应轻信方谀之辞为基本论点，以大量史实为论据，观点鲜明，材料丰富，具有不可辩驳的逻辑力量。文中名句，如"白头如新，倾盖如故"、"女无美恶，入宫见妒"等，为后人所广泛引用。

司马迁

司马迁（约前145年—前86年），字子长，西汉左冯翊阳夏（今陕西韩城）人。出身史官家庭。其父司马谈曾任太史令。司马迁十岁左右随父亲到长安，曾向著名经学家董仲舒学过《春秋》，二十岁以后曾漫游全国各地，足迹遍及今天的江苏、浙江、湖南、湖北、河南、山东、四川、山西、甘肃及河北、辽西、内蒙等地。元封三年（前108年）继父职为太史令。太初元年（前104年）开始编撰他伟大的著作《史记》。天汉二年（前99年），因替战败投降匈奴的李陵辨护，被汉武帝盛怒之下处以宫刑。不久出狱，任中书令。其后的事迹便无可考。司马迁的著作，除了《史记》、《报任安书》之外，《汉书·艺文志》还著录有赋八篇。今仅存《悲士不遇赋》，为其晚年作品。他不仅是我国古代伟大的史学家，还是最伟大的文学家之一。《史记》是司马迁毕生精力的结晶，是我国古代的一部光辉的历史和文学著作。它全面地记述了上起传说中的黄帝，下至汉武帝太初（前104年—前101年）年间我国古代三千多年间的政治、经济、历史和文化，是一部"究天人之际，通古今之变，成一家之言"（《报任安书》）的不朽巨著。《史记》的文学成就是多方面的。他笔下的人物，都具有鲜明的形象和个性化特点，上至帝王将相，下至小吏酒徒，无不有血有肉，栩栩如生。故鲁迅先生称《史记》为"史家之绝唱、无韵之《离骚》"。班固在《汉书·司马迁传》中说："自刘向、扬雄博极群书，皆称迁有良史之材，服其善序事理，辨而不华，质而不俚，其文直，其事核，不虚美，不隐恶，故谓之实录。"是我国文学史上的千秋榜样。

报任安书

太史公牛马走司马迁再拜言①，少卿足下②：曩者辱赐书，教以慎于接物，推贤进士为务。意气勤勤恳恳，若望仆不相师，而用流俗人之言。仆非敢如此也。仆虽罢驽，亦尝侧闻长者之遗风矣。顾自以为身残处秽，动而见尤，欲益反损，是以独抑郁而谁与语。谚曰："谁为为之？孰令听之？"盖钟子期死，伯牙终身不复鼓琴③。何则？士为知己者用，女为说己者容。若仆大质已亏缺，虽才怀随、和④，行若由、夷⑤，终不可以为荣，适足以见笑而自点耳。书辞宜答，会东从上来，又迫贱事，相见日浅，卒卒无须臾之间得竭志意⑥。今少卿抱不测之罪，涉旬月，迫季冬⑦，仆又薄从上雍⑧，恐卒然不可为讳⑨，是仆终已不得舒愤懑以晓左右，则长逝者魂魄私恨无穷。请略陈固陋。阙然久不报，幸勿过。

仆闻之：修身者智之符也；爱施者仁之端也；取予者义之表也；耻辱者勇之决也；立名者行之极也。士有此五者，然后可以托于世，而列于君子之林矣。故祸莫憯于欲利⑩，悲莫痛于伤心，行莫丑于辱先，而诟莫大于宫刑。刑余之人，无所比数，非一世也，所从来远矣。昔卫灵公与雍渠同载，孔子适陈；商鞅因景监见，赵良寒心；同子参乘⑪，袁丝变色⑫；自古而耻之。夫中材之人，事有关于宦竖，莫不伤气，而况于慷慨之士乎！如今朝廷虽乏人，奈何令刀锯之余荐天下之豪俊哉！仆赖先人绪业，得待罪辇毂下⑬，二十余年矣。所以自惟：上之，不能纳忠效信，有奇策材力之誉，自结明主；次之，又不能拾遗补阙，招贤进能，显岩穴之士；外之，不能备行伍，攻城野战，有斩将搴旗之功；下之，不能积日累劳，取尊官厚禄，以为宗族交游光宠。四者无一遂，苟合取容，无所短长之效，可见于此矣。向者，仆亦尝厕下大夫之列，陪奉外廷末议，不以此时引纲维，尽思虑，今已亏形为扫除之隶，在阘茸之中⑭。乃欲仰首伸眉，论列是非，不亦轻朝廷、羞当世之士邪！嗟乎！嗟乎！如仆，尚何言哉！尚何言哉！

且事本末未易明也。仆少负不羁之才，长无乡曲之誉，主上幸以先人之故，使得奏薄伎，出入周卫之中⑮。仆以为戴盆何以望天，故绝宾客之知，亡室家之业，日夜思竭其不肖之才力，务一心营职，以求亲媚于主上。而事乃有大谬不然者。夫仆与李陵俱居门下⑯，素非能相善也，趋舍异路，未尝衔杯酒、接殷勤之欢。然仆观其为人自守奇士，事亲孝，与士信，临财廉，取予义，分别有让，恭俭下人，常思奋不顾身以殉国家之急。其素所蓄积也，仆以为有国士之风。夫人臣出万死不顾一生之计，赴公家之难，斯已奇矣。今举事一不当，而全躯保妻子之臣随而媒蘖其短⑰，仆诚私心痛之。且李陵提步卒不满五千，深践戎马之地，足历王庭，垂饵虎口，横挑强胡，仰亿万之师，与单于连战十余日，所杀过当，虏救死扶伤不给。旃裘之君长咸震怖⑱，乃悉征左右贤王，举引弓之民，一国共攻而围之。转斗千里，矢尽道穷，救兵不至，士卒死伤如积。然李陵一呼劳军，士无不起，躬自流涕，沫血饮泣,更张空拳⑲,冒白刃,北首争死敌。陵未没时,使有来报,汉公卿王侯皆奉觞上寿。后数日,陵败书闻,主上为之食不甘味,听朝不怡。大臣忧惧,不知所出。仆窃不自料其卑贱,见主上惨怆怛悼⑳,诚欲效其款款之愚。以为李陵素与士大夫绝甘分少,能得人之死力,虽古之名将,不能过也。身虽陷败,彼观其意,且欲得其当而报于汉。事已无可奈何,其所摧败,功亦足以暴于天下。仆怀欲陈之,而未有路。适会召问,即以此指推言陵之功,欲以广主上之意,塞睚眦之辞㉑。未能尽明,明主不深晓,以为仆沮贰师,而为李陵游说,遂下于理。拳拳之忠,终不能自列,因为诬上,卒从吏议。家贫,货赂不足以自赎,交游莫救,左右亲近不为一言。身非木石,独与法吏为伍,深幽囹圄之中,谁可告诉者!此正少卿所亲见,仆行事岂不然邪?李陵既生降,颓其家声,而仆又佴之蚕室㉒,重为天下观笑。悲夫!悲夫!

　　事未易一二为俗人言也。仆之先人非有剖符、丹书之功㉓,文史星历,近乎卜祝之间㉔,固主上所戏弄,倡优畜之,流俗之所轻也。假令仆伏法受诛,若九牛亡一毛,与蝼蚁何以异?而世俗又不能与死节者次比,特以为智穷罪极,不能自免,卒就死耳。何也?素所自树立使然也。人固有一死,死或重于泰山,或轻于鸿毛,用之所趣异也㉕。太上不辱先,其次不辱身,其次不辱理色,其次不辱辞令,其次诎体受辱㉖,其次易服受辱,其次关木索、被箠楚受辱㉗,其次剔毛发、婴金铁受辱,其次毁肌肤、断肢体受辱,最下腐刑极矣!《传》曰㉘:"刑不上大夫。"此言士节不可不勉励也。猛虎处深山,百兽震恐,及在槛阱之中,摇尾而求食,积威约之渐也。故士有画地为牢势不入,削木为吏议不对,定计于鲜也㉙。今交手足,受木索,暴肌肤,受榜箠㉚,幽于圜墙之中。当此之时,见狱吏则头抢地,视徒隶则心惕息。何者?积威约之势也。及以至此,言不辱者,所谓强颜耳,曷足贵乎!且西伯㉛,伯也,拘羑里㉜;李斯,相也,具五刑;淮阴㉝,王也,受械于陈;彭越、张敖,南面称孤,系狱抵罪;绛侯诛诸吕㉞,权倾五伯,囚于请室㉟;魏其,大将也,衣赭衣,关三木;季布为朱家钳奴;灌夫受辱居室㊱。此人皆身至王侯将相,声闻邻国,及罪至罔加,不能引决自裁。在尘埃之中,古今一体,安在其不辱也!由此言之,勇怯,势也;强弱,形也。审矣,何足怪乎?且人不能早自财绳墨之外,以稍陵夷至于鞭箠之间,乃欲引节,斯不亦远乎!古人所以重施刑于大夫者,殆为此也。夫人情莫不贪生恶死,念父母,顾妻子,至激于义理者不然，乃有所不得已也。今仆不幸，早失二亲，无兄弟之亲，独身孤立，少卿视仆于妻子何如哉？且勇者不必死节，怯夫慕义，何处不勉焉！仆虽怯懦欲苟活，亦颇识去就之分矣，何至自沉溺缧绁之辱哉⑨！且夫臧获婢妾犹能引决⑩，况仆之不得已乎！所以隐忍苟活，幽于粪土之中而不辞者，恨私心有所不尽，鄙没世而文采不表于后也。

古者富贵而名磨灭，不可胜记，唯倜傥非常之人称焉。盖西伯拘而演《周易》；仲尼厄而作《春秋》；屈原放逐，乃赋《离骚》；左丘失明，厥有《国语》；孙子膑脚⑪，兵法修列；不韦迁蜀，世传《吕览》；韩非囚秦，《说难》、《孤愤》；《诗》三百篇，大底贤圣发愤之所为作也。此人皆意有所郁结，不得通其道，故述往事，思来者。乃如左丘无目，孙子断足，终不可用，退论书策以舒其愤，思垂空文以自见。仆窃不逊，近自托于无能之辞，网罗天下放失旧闻，考之行事，稽其成败兴坏之理，凡百三十篇，亦欲以究天人之际，通古今之变，成一家之言。草创未就，适会此祸，惜其不成，是以就极刑而无愠色。仆诚已著此书，藏之名山，传之其人，通邑大都，则仆偿前辱之责，虽万被戮，岂有悔哉！然此可为智者道，难为俗人言也。

且负下未易居，下流多谤议。仆以口语遇遭此祸，重为乡党戮笑，污辱先人，亦何面目复上父母之丘墓乎？虽累百世，垢弥甚耳！是以肠一日而九回，居则忽忽若有所亡，出则不知所如往。每念斯耻，汗未尝不发背沾衣也！身直为闺阁之臣，宁得自引深藏于岩穴邪！故且从俗浮沉，与时俯仰，以通其狂惑。今少卿乃教以推贤进士，无乃与仆私心刺谬乎⑫？今虽欲自彫琢，曼辞以自解，无益，于俗不信，适足取辱耳。要之死日，然后是非乃定。书不能尽意，故略陈固陋。谨再拜。

【注释】

①太史公：汉代史官称太史令，这里是司马迁自称。　牛马走：像牛马那样奔走。自谦之词。

②少卿：任安，字少卿，西汉人。他在任益州刺史时，曾写信给司马迁，希望身为中书令的司马迁能"推贤进士"。后来，他因罪将获死刑，司马迁才写了回信。但不久他也被赦，免于一死。

③伯牙、钟子期：相传二人都是楚国人，伯牙鼓琴，钟子期听之。方鼓琴而志在泰山，钟子期说："巍巍乎若泰山。"既而志在流水，钟子期又说："汤汤乎若流水。"二人遂成至交。后来钟子期死，伯牙破琴绝弦，终身不复鼓琴。因为他认为当时没有人配听他鼓琴。

④随、和：随指随侯之珠，和指和氏之璧，相传为古代最著名的两件宝物。

⑤由、夷：指许由和伯夷。相传许由让帝位而不居。伯夷劝止周武王伐纣，殷亡后，与弟弟叔齐居首阳之上，不食周粟，饥饿而死。

⑥卒卒（cù）：急迫。卒，通"猝"。

⑦季冬：十二月。汉代规定十二月是行刑的时候。

⑧薄：迫近。　雍：今陕西凤翔。

⑨卒（cù）然：突然。

⑩憯：通"惨"。

⑪同子：即赵谈，汉文帝时的宦官。他与司马迁父亲司马谈同名，为避父讳，司马迁称他为同子。子，是尊称。《汉书·袁盎传》：上朝东宫，赵淡参乘，袁丝伏车前曰："臣闻天子所与共六尺舆者，皆天下豪英。今汉虽乏人，陛下独奈何与刀锯余同载？"于是上笑，下赵淡。

⑫袁丝：袁盎字丝，汉文帝时大臣。曾为吴国相。吴楚"七国之乱"时，曾劝汉景帝杀晁错以谢诸侯。后因立太子问题与梁孝王发生矛盾，为梁孝王派刺客杀死。

⑬辇毂：皇帝的车驾。

⑭闒（tà）茸（rǒng）：卑贱。

⑮周卫：指严密防卫的宫禁。

⑯李陵：字少卿，汉代名将李广之孙。汉武帝时率兵与匈奴交战，兵败而降。

⑰媒蘖（niè）：酒曲。这里用作动词，酝酿的意思。

⑱旃：通"毡"。

⑲棬（quān）：弓弩。

⑳惨怆怛（dá）悼：悲痛伤心。

㉑睚（yá）眦（zì）：怒目相视。

㉒佴（èr）：居。　蚕室：是受过宫刑的人所呆的密不通风的屋子。

㉓剖符：剖开的信符，古代君臣各执一半，以为凭信。　丹书：在铁券上用朱砂写下誓词。

㉔卜：掌占卜的官。　祝：掌祭礼的官。

㉕趣：通"趋"。

㉖诎：通"屈"。

㉗木索：木枷、绳索。　楚：棍棒、荆条。

㉘《传》曰：见《礼记·曲礼》上。

㉙鲜：鲜明。指决计自杀。

㉚榜：击打。

㉛西伯：即周文王。

㉜牖（yǒu）里：地名，在今河南汤阴境内。传说文王被纣拘禁于此，饱尝忧患，遂演《易》之八卦为六十四卦。

㉝淮阴：即汉初大将淮阴侯韩信。据史载，在汉朝建立后，汉高祖刘邦为防止韩信造反，听从陈平之计，伪装云游东南，在陈（今河南淮阳）将韩信抓住，废其楚王而改封为淮阴侯。

㉞绛侯：即周勃，汉初功臣。　诸吕：指吕后的亲族。诛诸吕后，有人诬告周勃谋反，因而被捕。后文帝将其赦免。　彭越：汉初名将。被封为梁王，后被刘邦杀害。　张敖：为张耳之子，继位为赵王，后被刘邦废为宣平侯。

㉟请室：请罪之室，囚禁有罪官吏的牢狱。

㊱魏其：指魏其侯窦婴。汉文帝窦皇后的侄子。汉武帝时，因与武帝之舅田蚡发生矛盾，和灌夫一起被杀害。　季布：楚国人，项羽手下大将。项羽死后，季布藏匿于鲁地大侠朱家。后刘邦赦其罪，为中郎将、河东太守。

㊲缧（léi）绁（xiè）：捆绑用的绳子。

㊳臧获：古代对奴婢的不同称呼。

㊴膑：挖掉膝盖骨的一种酷刑。

㊵谬：违背。

【评析】

汉武帝天汉二年（公元前99年），李陵战败投降匈奴。司马迁因在朝廷为李陵辩护，汉武帝以为他沮贰师将军李广利之功，怒而除司马迁以宫刑。不久，武帝又任司马迁为中书令，而司马迁以宫刑为耻，居而默默。其故友益州刺史任安写信给司马迁，责怪他不以荐贤为职，司马迁便写了这封回信。在信中，长久压抑在胸中的悲愤倾泻而出，声泪俱下，令人不忍卒读。虽"肠一日而九回，居则忽忽若有所亡，出则不知所如往"，然念事业未久，终忍斯耻而自强不息。而《史记》这部伟大著作，也在此后不久完成，为中国古代文学史留下了光辉的一页。这种伟大的精神永远值得后人学习。这篇书信声情并茂，辞畅意达，不加修饰，直抒胸臆，反复曲折，感慨啸叹，豪气逼人。而其忧愁幽思，言有尽而意不尽，真切感人，动人心魄。

李　陵

　　李陵，字少卿，西汉陇西成纪（今甘肃天水附近）人。汉名将李广之孙。少为侍中、建章监。善骑射，谦让下士。以击匈奴敢深入，拜骑都尉，率五千人教射屯驻于酒泉、张掖（今在甘肃）。武帝天汉二年（前99年），贰师将军李广利出击匈奴，李陵亦率步卒五千出酒泉，深入匈奴，与匈奴单于所率主力相遇，转战千里，终因寡不敌众而几乎全军覆没。李陵因为兵败，欲隐忍求活以图后举，故假降于匈奴，以图后举。汉武帝闻讯，怒李陵不死，下令将李陵全家杀光，上自年迈的老母，下至妻儿，惨不可言。李陵也从此不归，后死于匈奴。

答苏武书

子卿足下①：

　　勤宣令德，策名清时②，荣问休畅③，幸甚，幸甚！

　　远托异国，昔人所悲，望风怀想，能不依依！昔者不遗，远辱还答，慰诲勤勤，有逾骨肉，陵虽不敏，能不慨然！

　　自从初降，以至今日，身之贫困，独坐愁苦。终日无睹，但见异类：韦韝毳幕④，以御风雨；膻肉酪浆，以充饥渴；举目言笑，谁与为欢？胡地玄冰，边土惨裂，但闻悲风萧条之声；凉秋九月，塞外草衰，夜不能寐，侧耳远听，胡笳互动，牧马悲鸣，吟啸成群，边声四起。晨坐听之，不觉泪下。嗟乎，子卿！陵独何心，能不悲哉！

　　与子别后，益复无聊，上念老母，临年被戮，妻子无辜，并为鲸鲵⑤。身负国恩，为世所悲，子归受荣，我留受辱，命也何如！身出礼义之乡，而入无知之俗，违弃君亲之恩，长为蛮夷之域，伤已！令先君之嗣，更成戎狄之族，又自悲矣！功大罪小，不蒙明察，孤负陵心区区之意。每一念至，忽然忘生。陵不难刺心以自明，刎颈以见志，顾国家于我已矣，杀身无益，适足增羞，故每攘臂忍辱，辄复苟活。左右之人，见陵如此，以为不入耳之欢，来相劝勉，异方之乐，祇令人悲，增忉怛耳⑥。

　　嗟乎，子卿！人之相知，贵相知心。前书仓卒未尽所怀，故复略而言之。昔先帝授陵步卒五千，出征绝域，五将失道，陵独遇战，而裹万里之粮，帅徒步之师，出天汉之外，入强胡之域，以五千之众，对十万之军，策疲乏之兵，当新羁之马。然犹斩将搴旗，追奔逐北，灭迹扫尘，斩其枭帅，使三军之士视死如归。陵也不才，希当大任，意谓此时，功难堪矣。

匈奴既败，举国兴师，更练精兵，强逾十万，单于临阵，亲自合围。客主之形，既不相如；步马之势，又甚悬绝。疲兵再战，一以当千，然犹扶乘创痛，决命争首。死伤积野，余不满百，而皆扶病，不任干戈。然陵振臂一呼，创病皆起，举刃指虏，胡马奔走；兵尽矢穷，人无尺铁，犹复徒首奋呼，争为先登。当此时也，天地为陵震怒，战士为陵饮血。单于谓陵不可复得，便欲引还，而贼臣教之，遂使复战，故陵不免耳。

昔高皇帝以三十万众困于平城⑦。当此之时，猛将如云，谋臣如雨，然犹七日不食，仅乃得免。况当陵者，岂易为力哉？而执事者云云，苟怨陵以不死。然陵不死，罪也。子卿视陵，岂偷生之士而惜死之人哉？宁有背君亲、捐妻子、而反为利者乎？然陵不死，有所为也。故欲如前书之言，报恩于国主耳。诚以虚死不如立节，灭名不如报德也。昔范蠡不殉会稽之耻⑧，曹沫不死三败之辱⑨，卒复勾践之仇，报鲁国之羞。区区之心，窃慕此耳。何图志未立而怨已成，计未从而骨肉受刑。此陵所以仰天椎心而泣血也！

足下又云："汉与功臣不薄。"子为汉臣，安得不云尔乎！昔萧、樊囚絷，韩、彭菹醢⑩，晁错受戮，周、魏见辜⑪；其余佐命立功之士，贾谊、亚夫之徒，皆信命世之才，抱将相之具，而受小人之谗，并受祸败之辱，卒使怀才受谤，能不得展，彼二子之遐举，谁不为之痛心哉！陵先将军，功略盖天地，义勇冠三军，徒失贵臣之意，刭身绝域之表。此功臣义士所以负戟而长叹者也！何谓"不薄"哉？

且足下昔以单车之使，适万乘之虏，遭时不遇，至于伏剑不顾，流离辛苦，几死朔北之野。丁年奉使，皓首而归，老母终堂，生妻去帷，此天下所希闻，古今所未有也。蛮貊之人尚犹嘉子之节⑫，况为天下之主乎？陵谓足下当享茅土之荐⑬，受千乘之赏，闻子之归，赐不过二百万，位不过典属国⑭，无尺土之封，加子之勤；而妨功害能之臣尽为万户侯，亲戚贪佞之类悉为廊庙宰。子尚如此，陵复何望哉？

且汉厚诛陵以不死，薄赏子以守节，欲使远听之臣望风驰命，此实难矣，所以每顾而不悔者也。陵虽孤恩，汉亦负德。昔人有言："虽忠不烈,视死如归。"陵诚能安,而主岂复能眷眷乎?男儿生以不成名,死则葬蛮夷中,谁复能屈身稽颡⑮,还向北阙⑯,使刀笔之吏弄其文墨耶!愿足下勿复望陵。

嗟乎,子卿!夫复何言?相去万里,人绝路殊,生为别世之人,死为异域之鬼,长与足下,生死辞矣。幸谢故人,勉事圣君。足下胤子无恙⑰,勿以为念。努力自爱。时因北风,复惠德音。李陵顿首。

【注释】

①子卿:苏武字子卿。

②策名:名字写在官府的简策上。

③荣问:美好的名声。问,通"闻"。

④韦鞲(gōu):皮制臂套。 毳(cuì)幕:毡帐。

⑤鲸鲵:鲸鱼。雄曰鲸,雌曰鲵。这里指被杀戮之身。史载汉武帝得知李陵投降,下令将李陵的老母及妻儿全部杀害。

⑥忉(dāo)怛(dá):忧伤。

⑦平城:在今山西大同东北。公元前200年,汉高祖刘邦率三十万大军北击匈奴,被匈奴大军围于平城七日,用陈平秘计方得脱险,史称"平城之围"。

⑧会稽之耻:指春秋时吴王夫差攻入越国,越王勾践退守会稽,用范蠡计与吴暂时讲和,以图后举。

⑨三败之辱:春秋时,鲁国大将曹沫与齐国交战,屡战屡败,割地求和之辱。后曹沫趁齐与鲁盟会时,以匕首劫持齐君,迫使齐国退还所侵占的鲁地,报了失败之仇。

⑩菹(zū)醢(hǎi):把人剁成肉酱的酷刑。萧何曾被刘邦囚禁。樊:指樊哙。刘邦临死,听信谗言,下令处死樊哙,靠陈平相救得免于死。

⑪周:指周勃。 魏:指魏其侯窦婴。

⑫蛮貊(mò):对四边少数民族的称呼。

⑬茅土之荐:受到分封土地的奖励。古代皇帝分封诸侯时,把诸侯所在方位的泥土用茅草包了送给受封之人,作为分得土地的象征。

⑭典属国:掌少数民族事务的官。

⑮稽(qǐ)颡(sǎng):屈膝下拜,以额触地行礼。

⑯北阙:宫殿北面的门楼,是臣子朝见、上书的地方。

⑰胤(yìn)子:儿子。指苏武与一匈奴女子生下的儿子。

【评析】

汉武帝天汉元年（前100年），苏武奉命出使匈奴，却被匈奴扣留，逼迫他投降，苏武坚贞不屈。因李陵和苏武在汉朝时是老朋友，故匈奴单于让李陵去劝降，都被苏武拒绝。面对坚贞的苏武，李陵倍感惭愧。但汉武帝的暴虐和家人的惨死，使他虽然惭愧却并不后悔。李陵家世清白，一旦受玷辱，其内心之痛苦不可言喻，加上全家被杀，其痛苦更不待言。李陵之败，汉武帝实负有重大责任，更与路博德等嫉恨不救有关，血战之余，降敌求活以图后举本是自然之事，而且当时虽有夷夏之别，然忠君而被汉武帝残杀者不计其数，人皆不以为怪，独怪李陵之不血战至死，又陷而排之，遂使满门遭戮，千年后犹闻其血腥。今人再责怪李陵之降，便是和当时那些谗佞之臣一样愚蠢。这封书信，作于苏武返回汉朝之后。在信中，李陵表达了对老友的思念和内心难以言喻的苦痛，同时也为自己的行为进行辩解。而指出苏武归汉之后，"赐不过二百万，位不过典属国，无尺土之封，加子之勤；而妨功害能之臣尽为万户侯，亲戚贪佞之类悉为廊庙宰"，则无情地揭露了汉朝统治者的腐败和无耻。通篇文章感愤而壮烈，几可动风雨而泣鬼神。

杨 恽

杨恽（？—前54年），字子幼，华阴（今陕西）人。司马迁外孙。好交接英俊诸儒，名显朝廷，擢为左曹。因揭发霍光后人谋反而封平通侯，迁中郎将。虽为政有才干，而自高自大，好揭人之短，故惹了不少朝臣，被人诬以非罪，免为庶人。居于家中，又不慎于接物待人，终于惹下杀身之祸，而惹祸的直接原因，便是这封《报孙会宗书》。

报孙会宗书

恽既失爵位家居，治产业，起室宅，以财自娱。岁余，其友人安定太守西河孙会宗①，知略士也，与恽书谏戒之，为言大臣废退，当阖门惶惧，为可怜之意，不当治产业，通宾客，有称誉。恽宰相子，少显朝廷，一朝晻昧语言见废，内怀不服，报会宗书曰：

"恽材朽行秽，文质无所底，幸赖先人余业，得备宿卫②；遭遇时变③，以获爵位，终非其任，卒与祸会。足下哀其愚蒙，赐书教督以所不及，殷勤甚厚。然窃恨足下不深惟其终始，而猥随俗之毁誉也。言鄙陋之愚心，若逆指而文过；默而息乎，恐违孔氏'各言尔志'之义，故敢略陈其愚，唯君子察焉。

"恽家方隆盛时，乘朱轮者十人④，位在列卿⑤，爵为通侯⑥，总领从官，与闻政事，曾不能以此时有所建明，以宣德化，又不能与群僚同心并力，陪辅朝廷之遗忘，已负窃位素餐之责久矣。怀禄贪势，不能自退，遭遇变故，横被口语，身幽北阙⑦，妻子满狱。当此之时，自以夷灭不足以塞责，岂意得全首领，复奉先人之丘墓乎？伏惟圣主之恩，不可胜量。君子游道，乐以忘忧；小人全躯，说以忘罪⑧。窃自私念，过已大矣，行已亏矣，长为农夫以没世矣。是故身率妻子，戮力耕桑，灌园治产，以给公上，不意当复用此为讥议也。

"夫人情所不能止者，圣人弗禁，故君父至尊亲，送其终也，有时而既。臣之得罪，已三年矣。田家作苦，岁时伏腊，烹羊炰羔⑨，斗酒自劳。家本秦也，能为秦声，妇赵女也，雅善鼓瑟，奴婢歌者数人，酒后耳热，仰天拊缶⑩，而呼乌乌。其诗曰：'田彼南山，芜秽不治，种一顷豆，落而为萁。人生行乐耳，须富贵何时！'是日也，拂衣而喜，奋袖低昂⑪，顿足起舞，诚淫荒无度，不知其不可也。恽幸有余禄，方籴贱贩贵，逐什一之利，此贾竖之事，污辱之处，恽亲行之。下流之人，众毁所归，不寒而栗。虽雅知恽者，犹随风而靡，尚何称誉之有？董生不云乎：'明明求仁义⑫，常恐不能化民者，卿大夫之意也；明明求财利，尚恐困乏者，庶人之事也。'故'道不同，不相为谋'。今子尚安得以卿大夫之制而责仆哉！

"夫西河魏土，文侯所兴，有段干木、田子方之遗风⑬，凛然皆有节概，知去就之分。顷者，足下离旧土，临安定，安定山谷之间，昆戎旧壤⑭，子弟贪鄙，岂习俗之移人哉？于今乃睹子之志矣。方当盛汉之隆，愿勉旃⑮，毋多谈。"

【注释】

①孙会宗：西河郡（今属内蒙）人，为安定郡（治所高平，今宁夏固原）太守。杨恽被杀后，他也受牵连被罢官。

②宿卫：宫廷警卫官。

③遭遇时变：指杨恽揭发霍光子孙谋反而封平通侯事。

④朱轮：用丹漆涂的车毂。汉代公卿列侯及俸禄二千石以上的官员才能乘这种朱轮车。

⑤列卿：汉代中央政府主管各官署的长官。

⑥通侯：异姓功臣封侯者称通侯，也叫列侯、彻侯。

⑦北阙：宫廷北面门楼。大臣门上书奏事或被皇帝召见都在这里。

⑧说：通"悦"。

⑨炰（páo）：裹起来烤。

⑩缶（fǒu）：瓦器，秦人用作乐器。李斯《谏逐客书》"夫击瓮叩缶，弹筝搏髀，而歌呼乌乌快耳者，真秦之声也。"

⑪褏：同"袖"。

⑫明明：见董仲舒《贤良对策》。

⑬段干木：战国时期魏国人，隐居而不受官禄。魏文侯以礼待之，过其门必俯轼以致敬。田子方与段干木齐名。

⑭昆戎：即西戎，泛指殷周时代西部的少数民族部落。

⑮旃（zhān）："之焉"的合音，语气词。

【评析】

汉宣帝在汉代号为明主,达于治体,善于用人,终致所谓"昭宣之治"。然汉宣帝的阴险刻毒比之乃祖实有过之。对辅政大臣霍光始则谦而下之,终则屠戮其全家,而令功臣寒心,忠臣侧目。杨恽为人不足道,乘时以致富贵,又好讥刺他人。霍家之灭,杨恽发其端,但也终受其祸。霍光忠心辅政数十年,又拥立宣帝,其后人尚被宣帝杀之无遗,何况好出怨言的杨恽呢?杨恽在这封信中,只是发了些失官的牢骚,却未想到招致了杀身之祸。这封信表面看似平静,实际却满腹牢骚;表面看似通达,实际却辞气怨激,正话反说,反话正说,傲岸不屈,流畅自如,音韵铿锵,信笔所至,情韵俱达,机趣横生,颇有其外祖父司马迁之风,因而受到后人的推重。

东方朔

东方朔,字曼倩(qiàn),汉朝平原(今山东平原县附近)人。武帝初,征天下方正贤良文学材力之士,朔上书自荐,以奇计俳辞得亲近,后来为常侍郎,又为太中大夫、给事中。被劾不敬,免官。复为中郎。东方朔的文辞,以《答客难》和《非有先生论》为最好。《答客难》尤其著名,后来有不少人模拟这篇作品。因其以诙谐滑稽著名,后人传其异闻甚多,方士又附会之为神仙。南北朝人所撰《神异经》、《海内十洲记》等,皆托名东方朔。《史记》和《汉书》有传。

答客难

客难东方朔曰:苏秦、张仪一当万乘之主,而身都卿相之位①,泽及后世。今子大夫修先王之术②,慕圣人之义,讽诵《诗》《书》百家之言,不可胜记,著于竹帛③,唇腐齿落,服膺而不可释④,好学乐道之效⑤,明白甚矣。自以为智能海内无双,则可谓博闻辩智矣。然悉力尽忠,以事圣帝⑥,旷日持久⑦,积数十年,官不过侍郎,位不过执戟⑧。意者尚有遗行邪⑨?同胞之徒,无所容居⑩,其故何也?"

东方先生喟然长息⑪,仰而应之,曰:

是故非子之所能备⑫。彼一时也,此一时也,岂可同哉?夫苏秦、张仪之时,周室大坏,诸侯不朝,力政争权⑬,相擒以兵,并为十二国,未有雌雄⑭,得士者强⑮,失士者亡,故说得行焉⑯。身处尊位,珍宝充内,外有仓廪⑰,泽及后世,子孙长享。今则不然。圣帝德流,天下震慑,诸侯宾服⑱。连四海之外以为带,安于覆盂⑲。天下平均⑳,合为一家。动发举事,犹运之掌㉑。贤与不肖何以异哉㉒?遵天之道,顺地之理,物无不得其所。故绥之则安,动之则苦㉓;尊之则为将,卑之则为虏;抗之则在青云之上,抑之则在深渊之下㉔;用之则为虎,不用则为鼠㉕。虽欲尽节效情,安知前后㉖?夫天地之大,士民之众,竭精驰说,并进辐凑者不可胜数㉗。悉力慕之,困于衣食,或失门户㉘。使苏秦、张仪与仆并生于今之世,曾不得掌故㉙,安敢望侍郎乎?《传》曰㉚:"天下无害㉛,虽有圣人,无所施才;上下和同,虽有贤者,无所立功。"故曰时异事异②。

虽然③,安可以不务修身乎哉④?《诗》曰:"鼓钟于宫,声闻于外。""鹤鸣九皋,声闻于天⑤。"苟能修身,何患不荣⑥?太公体行仁义,七十有二,乃设用于文、武,得信厥说,封于齐,七百岁而不绝⑦。此士所以日夜孳孳,修学敏行而不敢怠也⑧。譬若鹡鸰,飞且鸣矣⑨。《传》曰:"天不为人之恶寒而辍其冬,地不为人之恶险而辍其广,君子不为小人之匈匈而易其行⑩。"天有常度⑪,地有常形,君子有常行。君子道其常,小人计其功⑫。《诗》云:"礼义之不愆,何恤人之言⑬?"水至清则无鱼,人至察则无徒⑭。冕而前旒,所以蔽明;黈纩充耳,所以塞聪⑮。明有所不见,聪有所不闻。举大德,赦小过,无求备于一人之义也⑯。"枉而直之,使自得之;优而柔之,使自求之;揆而度之,使自索之⑰。"盖圣人之教化如此,欲其自得之。自得之,则敏且广矣⑱。

今世之处士,时虽不用,块然无徒,廓然独居⑲,上观许由,下察接舆,计同范蠡,忠合子胥⑳,天下和平,与义相扶㉑,寡偶少徒,固其宜也㉒。子何疑予哉?若夫燕之用乐毅,秦之任李斯,郦食其之下齐㉓,说行如流,曲从如环㉔,所欲必得,功若丘山㉕;海内定,国家安,是遇其时者也㉖。子又何怪之邪?

语曰:以管窥天,以蠡测海,以莛撞钟㉗,岂能通其条贯,考其文理,发其音声哉㉘?犹是观之,譬由鼱鼩之袭狗,孤豚之咋虎,至则靡耳,何功之有㉙?今以下愚而非处士,虽欲勿困,固不得已㉚。此适足以明其不知权变而终惑于大道也㉛。

【注释】

①难(nàn):诘问。 苏秦、张仪:两人都是战国时的纵横家。纵横家讲合纵、连横之策。合纵是连合六国结成同盟以拒秦,连横是连合六国以事秦。苏秦先到秦国游说秦惠王,让他"吞天下,称帝而治",惠王不能用。于是往说燕、赵、韩、魏、齐、楚合纵抗秦,他为纵约之长。后来纵约为张仪所破。张仪相秦惠王,以连横说六国,使背纵约事秦。秦惠王死后,六国再合纵。 当:值,遇。 万乘:一万辆兵车,这里指万乘之国,指当时最强大的诸侯国。 都:居。

②子大夫:称东方朔。子,古代对男子的敬称。大夫,官位。先王:古代帝王。 术:道。

③讽诵:熟读。讽,读得熟透,能背出来。诵,朗读。 《诗》

《书》百家：儒家和诸子百家的书。《诗》《书》《诗经》《尚书》，这里泛指儒家经典著作。　不可胜（shēng）记：记也记不了。　著于竹帛：写在竹简和缣帛上，指著书。竹帛，写书的竹简和缣帛。

④服膺：存于胸中。膺，胸。

⑤效：功，功力，功夫。

⑥悉力：竭力。　圣帝：指汉武帝。

⑦旷日持久：空废时日，持续长久。

⑧侍郎：侍从在皇帝左右的郎官，与后来所谓尚书、侍郎的侍郎不同。　戟：一种兵器。

⑨意者：推想。　遗行：过失的行为。遗，失。　邪：同"耶"，这里表示疑问、推测的语气。

⑩同胞之徒，无所容居：亲兄弟没有容身的地方。这是说官卑禄薄，亲兄弟也照顾不到。同胞之徒，兄弟辈。

⑪东方先生：东方朔自称。　喟然：感叹的样子。　长息：长叹。

⑫是故：这个原因。　备：悉，详。

⑬力政：同"力征"，尽力征战。

⑭十二国：齐、楚、燕、赵、韩、魏、秦、鲁、宋、卫郑、中山。　未有雌雄：强弱未定。

⑮士：指能治国用兵的人。

⑯说（shuì）：用计策说服人。

⑰廪（lǐn）：就是仓。旧说，贮存谷的叫仓，贮存米的叫廪。

⑱德流：德泽流布。流，传布。　慑（shè）：畏惧。　宾服：诸侯入贡宾见于王，称为宾服，就是服从的意思。

⑲连四海之外以为带：并四海之外，如衣带之相连，即国内同海外连成一气。　安于覆盂：比翻过来放着的盂还安稳。

⑳天下平均：到处情形一样。

㉑动发：发动，举动。　犹运之掌：如同在手掌内转动。

㉒不肖：不贤。

㉓绥（suī）：抚。　苦：劳苦。

㉔抗：举。　抑：压抑。

㉕虎：表示当路在势。　鼠：表示潜行伏处。

㉖前后：向前退后。

㉗"竭精驰说"（shuì）句：竭尽精力去游说，聚集而并进的，数也数不清。　辐凑：聚集。

◎ 东方朔

㉘之：指天子之德。　门户：指道路。

㉙掌故：掌管故事的吏，秩位很低。

㉚《传》曰：一般指古书上的话。凡古书都可泛称为"传"。

㉛无害：有的本子"害"下有"灾"字。

㉜故曰：所以说。　时异事异：时异则事异。

㉝虽然：尽管如此。

㉞务：致力，重。　乎哉：以加强反诘的语气。

㉟鼓钟于宫，声闻于外：《诗经·小雅·白华》的诗句。鼓钟，撞钟。鼓，动词。宫，室。　九：表示多。　皋：泽中水溢出所成的坎。

㊱苟：假使。　何患：何忧，何虑。　荣：显荣。

㊲太公：即姜尚。　体行：亲身实行。　设用：大用。　文、武：周文王，周武王。　信：同"申"，"用"的意思。　厥：其。　七百岁：自太公封于齐到田和篡齐，约七百年。

㊳孳（zī）孳：勤勉的样子。　敏：勉。　怠：懈，怠。

㊴譬若鹡鸰，飞且鸣矣：鹡鸰，鸟名。飞则必鸣，行则摇尾，这里用来比喻人勤恳修身而不懈怠。

㊵《传》曰：见《荀子·天论篇》，字句有些不同。　恶（wù）：厌恶。　訩訩：同"汹汹"，大吵大闹的样子。　易：变更。

㊶常度：经常的法度。

㊷道其常：行其正道。道，行。　计其功：计较其功效。

㊸礼义之不愆（qiān），何恤人之言：这两句是逸诗。《左传》昭公四年引作"礼义不愆，何恤于人言？"愆，差错。恤，忧。

㊹水至清则无鱼，人至察则无徒：水清到极点就没有鱼，因为鱼无所藏，且不得食；人明察到极点就没有徒侣，因为人人畏忌，不敢接近。

㊺冕而前旒（liú），所以蔽明；黈（tǒu）纩（kuàng）充耳，所以塞聪：冕前边垂着旒，是用来遮蔽视线；冕两边悬着黄绵，垂在耳旁，是用来阻塞听觉。这样做，就是为了做到下文说的"明有所不见，聪有所不闻"。冕，天子至大夫的冠。旒，冕前边垂着的一串串小珠子。明，视力。纩，黄绵。充，塞。冕的黈纩垂在耳边，不是真塞在耳朵里。聪，听力。

㊻举：用。　大德：大的好处。　赦：宽恕。　小过：小的短处。

㊼枉：曲。　优而柔之：优柔宽和地对待他。　揆而度（duó）之：揣情度理地诱导他。揆，揣度。

㊽敏：敏捷。　广：宏大。

㊾处士：指没有出仕的人，这里还包括不得重用的人。　块然：孤独的样子。　廓然：空虚的样子。

㊿许由、接舆：都是古代的隐者。许由和帝尧同时，尧让天下给他，他不受。接舆和孔子同时，曾唱歌讥笑孔子热心于政治。　范蠡(lǐ)：越王勾践的谋臣。　合：也是“同”的意思。　子胥：姓伍名员(yún)，吴王夫差大臣，尽忠而被杀。

(51)天下和平，与义相扶：在天下和平的时候，行的是义。

(52)偶：合，相合的人。　固其宜也：本来是应该的。固，本来。

(53)乐毅：燕昭王大臣，曾大破齐国，下七十余城。　李斯：秦始皇大臣，佐始皇统一天下。　郦（lì）食（yì）其（jī）：汉高祖大臣，常为说客，出使于诸侯。曾说齐王田广，使罢守战之备，下齐七十余城。

(54)曲从：放弃自己原来的意见，听从不同的意见。

(55)功若丘山：比喻功绩的高大。丘，小山。

(56)是：这。

(57)语曰：常言道。这以下三句话都是比喻。　以：用。　管：竹管。　蠡：螺壳。　筳（tíng)：细竹枝。

(58)条贯：指星辰的体系，即众星的分布。　文理：指动荡的海水。

(59)犹：有的本子作“由”。　譬由：譬如。由，同“犹”。　鼱(jīng）鼩（qú）之袭狗，孤豚（tún）之咋（zé）虎：都比喻微弱的触犯强大的。鼱鼩，地鼠，穴居田园中。豚，小猪。咋，咬。　靡：烂。耳：而已。　功：用。

(60)下愚：最愚。　处士：这里是东方朔自指。　已：同“矣”。

(61)明：表明。　权变：变通。　大道：大道理，这里主要指知人谕世的道理。

【评析】

东方朔写这篇文章的缘由，《汉书·东方朔传》云：“朔上书陈农战强国之计，……欲求试用。其言专商鞅、韩非之语也。指意放荡，颇复诙谐，辞数万言，终不见用。朔因著论，设客难己，用位卑以自慰谕。”从这里可见他对“位卑”很不满。不过在文章里只是以“博闻辩智”者的口吻，用托辞自解的方式表达出来。所以文章滑稽风趣。但是文章里也说明了一些道理。一是时异则事异，不可以用古衡今；

一是君子有常行，贵乎自得。文章是散文，但有不少整齐的句法，还有几处用韵，节奏铿锵；琅琅上口，其中的许多句式已开了后世骈文句式的先河，而这种设论式的文章，也为后世所效法，其中著名的有扬雄的《解嘲》，班固的《答宾戏》等。全文虚实相间，善于对比，将满腹牢骚巧妙地寓于通达恢谐之中，前后呼应，结构严谨；文字生动，行文流畅；句式灵活，比喻妥贴，可读性很强。

诸葛亮

诸葛亮（181年—234年）字孔明，琅琊人。汉末大乱，隐居隆中，每自比管仲、乐毅，人称"卧龙"。刘备流落依附于刘表，闻其名，三顾茅庐，方始得见。诸葛亮为刘备画西据荆益、东联孙权、北拒曹操的三分之策，佐刘备取荆州，定益州，遂使蜀汉与魏、吴成鼎足之势。曹丕代汉，刘备称帝于成都，以诸葛亮为丞相。刘备死，诸葛亮辅后主刘禅，封武乡侯，兼领益州牧。整官制，修法度，立志恢复中原。屡次北伐，与曹魏相攻战。章武十二年卒于五丈原军中。谥忠武侯。

前出师表

臣亮言：先帝创业未半而中道崩殂，今天下三分，益州疲敝①，此诚危急存亡之秋也。然侍卫之臣不懈于内，忠志之士忘身于外者，盖追先帝之殊遇，欲报之于陛下也。诚宜开张圣听，以光先帝遗德、恢宏志士之气，不宜妄自菲薄，引喻失义，以塞忠谏之路也。宫中府中，俱为一体，陟罚臧否②，不宜异同。若有作奸犯科及为忠善者，宜付有司论其刑赏，以昭陛下平明之治，不宜偏私，使内外异法也。

侍中、侍郎郭攸之、费祎、董允等③，此皆良实，志虑忠纯，是以先帝简拔以遗陛下。愚以为宫中之事，事无大小，悉以咨之，然后施行，必能裨补阙漏，有所广益。将军向宠，性行淑均，晓畅军事，试用于昔日，先帝称之曰能，是以众议举宠以为督④。愚以为营中之事，事无大小，悉以咨之，必能使行阵和睦，优劣得所也。亲贤臣，远小人，此先汉所以兴隆也；亲小人，远贤臣，此后汉所以倾颓也。先帝在时，每与臣论此事，未尝不叹息痛恨于桓、灵也。侍中、尚书、长史、参军⑤，此悉贞良死节之臣也，愿陛下亲之信之，则汉室之隆，可计日而待也。

臣本布衣，躬耕于南阳⑥，苟全性命于乱世，不求闻达于诸侯。先帝不以臣卑鄙，猥自枉屈，三顾臣于草庐之中，咨臣以当世之事，由是感激，遂许先帝以驱驰。后值倾覆，受任于败军之际，奉命于危难之间,尔来二十有一年矣。先帝知臣谨慎,故临崩寄臣以大事也。受命以来,夙夜忧叹,恐托付不效,以伤先帝之明,故五月渡泸⑦,深入不毛。今南方已定,兵甲已足,当奖帅三军,北定中原,庶竭驽钝,攘除奸凶,兴复汉室,还于旧都⑧。此臣之所以报先帝,而忠陛下之职分也。至于斟酌损益,进尽忠言,则攸之、祎、允之任也。愿陛下托臣以讨贼兴复之效;不效,则治臣之罪,以告先帝之灵。若无兴德之言,则责攸之、祎、允之咎,以彰其慢。陛下亦宜自谋,以咨诹善道,察纳雅言,深追先帝遗诏,臣不胜受恩感激。今当远离,临表涕泣,不知所云。

【注释】

①益州:今四川大部及云南、贵州部分地区。此处代指蜀汉所辖之地。

②陟(zhì):升迁。 臧(zāng)否(pǐ):善恶。这里指表扬和批评。

③侍中:侍从皇帝左右,以备应对顾问的官员。 费祎(?—253年):字文伟。后主时任黄门侍郎,为诸葛亮所重。 董允(?—246年):字休昭,后主时为黄门侍郎,迁侍中,统宿卫亲兵。时宦官黄皓见宠于后主,以有允在而不敢为非。允死,黄皓始干预朝政。

④督:指中部督,掌禁卫军。

⑤尚书:协助皇帝处理政务的官。 长史:设于丞相、三公府中,行其辅佐之职。 参军:丞相府或诸王府中的重要幕僚。

⑥南阳:郡名。汉代其辖区在今河南南阳地区及湖北北部。诸葛亮曾隐居于南阳隆中(今湖北襄阳西)。

⑦泸:泸水,即金沙江。此处指诸葛亮率军南征,七擒孟获之事。

⑧旧都:指东汉国都洛阳。

【评析】

建兴五年(227年),诸葛亮将兴师北伐,临行前,给后主刘禅写了这封表疏。在这个表疏中,我们不仅能看到一个老臣忠心耿耿、披肝沥胆的形象,也可以从中见出诸葛亮心中的无数忧虑,盖后主之无能平庸,诸葛亮已洞见之;后主之举措失当,诸葛亮力纠之,即文中所云"宜开张圣听","不宜妄自菲薄,引喻失义,以塞忠谏之路",又"不宜偏私,使内外异法"。蜀汉之势将日衰,诸葛亮亦已洞见之,所恨良将逝尽，精兵日减，道复险阻，成败难知，惟有鞠躬尽瘁，死而后已，知其不可而为之了。一片苦心，无人能识。而这篇文章，始则劝后主开张圣听，中则引先帝知遇之恩，末又劝后主咨诹善道，察纳人言，勤勤恳恳，至真至诚，全从肺腑中流出，朴素无华的形式与充实的内容、强烈的情感相结合，自有一种撼动人心的艺术力量，千古传诵。

李 密

李密（224年—287年），字令伯，一名虔，犍为武阳（今四川彭山）人。幼年丧父，母何氏改嫁，由祖母抚养成人。后李密以对祖母孝敬甚笃而名扬于乡里。师事当时著名学者谯周，博览五经，尤精《春秋左传》。初仕蜀汉为尚书郎。蜀汉亡，晋武帝召为太子洗马，李密以祖母年老多病、无人供养而力辞。祖母去世后，方出任太子洗马，迁汉中太守。后免官，卒于家中。

陈情表

臣密言：臣以险衅①，夙遭闵凶。生孩六月，慈父见背；行年四岁，舅夺母志。祖母刘，愍臣孤弱②，躬亲抚养。臣少多疾病，九岁不行，零丁孤苦，至于成立。既无叔伯，终鲜兄弟。门衰祚薄，晚有儿息③。外无期功强近之亲④，内无应门五尺之童，茕茕孑立，形影相吊。而刘夙婴疾病⑤，常在床蓐，臣侍汤药，未曾废离。

逮奉圣朝，沐浴清化。前太守臣逵⑥，察臣孝廉⑦；后刺史臣荣⑧，举臣秀才。臣以供养无主，辞不赴命。诏书特下，拜臣郎中⑨；寻蒙国恩，除臣洗马⑩。猥以微贱，当侍东宫，非臣陨首所能上报。臣具以表闻，辞不就职，诏书切峻，责臣逋慢；郡县逼迫，催臣上道；州司临门，急于星火。臣欲奉诏奔驰，则以刘病日笃；欲苟顺私情，则告诉不许。臣之进退，实为狼狈。

伏惟圣朝以孝治天下，凡在故老，犹蒙矜育，况臣孤苦，特为尤甚。且臣少事伪朝，历职郎署⑪，本图宦达，不矜名节。今臣亡国贱俘，至微至陋，过蒙拔擢，宠命优渥，岂敢盘桓，有所希冀？但以刘日薄西山，气息奄奄，人命危浅，朝不虑夕。臣无祖母，无以至今日；祖母无臣，无以终余年。母孙二人，更相为命，是以区区不能废远。臣密今年四十有四，祖母刘今年九十有六，是臣尽节于陛下之日长，报养刘之日短也。乌鸟私情，愿乞终养。

臣之辛苦，非独蜀之人士及二州牧伯所见明知，皇天后土，实所共鉴。愿陛下矜愍愚诚，听臣微志。庶刘侥幸，卒保余年，臣生当陨首，死当结草⑫。臣不胜犬马怖惧之情，谨拜表以闻。

【注释】

①险衅：指厄运。

②愍：通"悯"，怜悯。

③息：儿子。

④期（jī）：周年。 功：服丧的期限，九个月叫"大功"，五个月叫"小功"。古代以亲属关系远近来规定服丧的期限。 强（qiǎng）近：勉强说得上近的。

⑤婴：缠绕。

⑥太守：郡的长官。

⑦孝廉：从汉武帝开始，郡国向朝廷推荐孝顺廉洁的人才。在科举制实行之前，举孝廉是古人入仕的主要途径。

⑧刺史：州的长官。西汉时期刺史权力虽大，但品阶较低。至东汉权力渐重，东汉末年，因天下混乱，刺史权力更重，成为总管一方军、民、财政的最高行政长官。后渐衰。

⑨郎中：尚书曹司的官员。

⑩除：授职拜官。 洗马：太子属官。

⑪郎署：李密在蜀汉曾官至尚书郎。

⑫结草：据《左传》宣公十五年记载：春秋时，晋大夫魏颗的父亲魏武子有一爱妾，无子。魏武子临死，要魏颗让爱妾殉死。魏颗没有遵从父命，而是将此女另嫁他人。后晋秦交战，魏颗见一个老人结草绊倒杜回，因此将杜回（秦军勇士）擒获。夜间梦见老人，自称是那宠妾的父亲，特来报恩。

【评析】

李密的作品大都佚失，流传至今的只有《陈情表》和《赐钱东堂诏令赋诗》一章。《陈情表》本于宗法人伦之至常，措词委婉，无一字虚言藻饰，情真意切，感人至深，一向为人所传诵。史载当年晋武帝读了此表之后，深受感动，下诏李密留养祖母，并赐奴婢二人，使郡县供其祖母奉膳。北宋文学家李格非称它"沛然从肺腑中流出，殊不见斧凿痕"。宋代学者赵与时在《宾退录》中说："读诸葛孔明《出师表》而不堕泪者，其人必不忠。读李令伯《陈情表》而不堕泪者，其人必不孝。读韩退之《祭十二郎文》而不堕泪者，其人必不友。"文中的许多句子如"茕茕孑立，形影相吊"、"日薄西山，气息奄奄，人命危浅，朝不虑夕"等，尤为后人所引用。

◎ 李密

王羲之

王羲之（321年—379年），字逸少，琅琊临沂（今山东临沂）人。居于会稽（今浙江绍兴）之山阴。官至右军将军，会稽内史，习称王右军。少从叔父王廙，又从卫夫人学书法，备精诸体，草、隶、正、行，皆能博采众家之长，自成一家。其书法自六朝以来即为朝野所重，世称"书圣"。同时，王羲之还是一个出色的散文家，他最有名的作品，便是这篇《兰亭集序》。

兰亭集序

永和九年①，岁在癸丑，暮春之初，会于会稽山阴之兰亭②，修禊事也③。群贤毕至，少长咸集。此地有崇山峻岭，茂林修竹，又有清流激湍，映带左右，引以为流觞曲水④，列坐其次，虽无丝竹管弦之盛，一觞一咏，亦足以畅叙幽情。是日也，天朗气清，惠风和畅。仰观宇宙之大，俯察品类之盛，所以游目骋怀，足以极视听之娱，信可乐也。

夫人之相与，俯仰一世，或取诸怀抱，晤言一室之内；或因寄所托，放浪形骸之外。虽取舍万殊，静躁不同，当其欣于所遇，暂得于己，快然自足，曾不知老之将至。及其所之既倦，情随事迁，感慨系之矣！向之所欣，俯仰之间，已为陈迹，犹不能不以之兴怀，况修短随化，终期于尽！古人云⑤："死生亦大矣"，岂不痛哉！

每览昔人兴感之由，若合一契，未尝不临文嗟悼，不能喻之于怀。固知一死生为虚诞，齐彭殇为妄作⑥，后之视今，亦犹今之视昔，悲夫！故列叙时人，录其所述，虽世殊事异，所以兴怀，其致一也。后之览者，亦将有感于斯文。

【注释】

①永和九年：即353年，永和是东晋穆帝的年号。

②会稽：郡治在今浙江绍兴。 山阴：县治也在绍兴。 兰亭：在山阴西南。

③禊（xì）：古代每年三月上巳日，人们到水边去熏香沐浴，消除不

祥的一种仪式。它起源于上古，在先秦即已十分盛行，《诗经》中便保存有许多作于三月上巳的歌曲。后其日期逐渐固定。曹魏以后，这一天定在每年的三月三日，仪式的内容也简化为水边嬉游。至唐代而此风犹盛。

④流觞曲水：指将酒杯放在水面上任它随着弯曲的溪水漂流，漂到谁面前谁就取杯饮酒，三月上巳日的嬉游项目之一。

⑤古人云：语见《庄子·德充符》引孔子语。

⑥彭：指传说中的长寿者彭祖。　殇：夭折。

【评析】

东晋穆帝永和九年（353年）三月三日，王羲之和当时的名士孙统、孙绰、谢安、支遁等四十一人在兰亭过修禊之日。王羲之在这篇序文中记下了当时宴集的盛况。文章在记述游乐的同时，也流露着对生死和世事的感慨。当时清谈老庄之风盛行，从这篇文章中也可以看出其影响。但王羲之是旷达之人，文虽苍凉感慨，其中自有无穷逸趣。天朗气清，和风吹拂，高山流水，林木摇曳，大自然是那样的自足圆满，自由活泼，生生不息，置身其间，人似乎忘了自我，与物同化，人生的是非彼我、荣辱毁誉，都变得虚幻而微渺。这种对自然观赏的超然玄远的情趣，是东晋士人所特有的。他们珍视人格的完美，注重个性和精神自由，喜欢哲理思维，热爱自然，真率任情，风流旷达，不滞于物，因而才有了兰亭的雅集，才有了这篇传诵千古的好文章。王羲之曾将这篇文章书写一过，即今世所传的《兰亭序》帖，写得风姿遒媚，后人评为"古今行书第一"。

◎王羲之

陶渊明

陶渊明（365年—427年）名潜，字元亮，人称靖节先生。浔阳柴桑（今江西九江）人。其曾祖陶侃为东晋大司马，一代名臣。陶渊明"少怀高尚，博学善属文，颖脱不羁，任性自得，为乡邻所贵"。二十九岁以后，曾因家贫而出任州县官吏，不久不堪吏职，自解而归。晋隆安五年，出为桓玄幕僚。不久又辞职。晋义熙元年（405年），为刘裕镇军建威参军，转彭泽令。不久，因不为五斗米折腰，遂解印绶去职归乡里，并赋《归去来辞》。宋元嘉四年（427年）去世。有《陶渊明集》传世。陶渊明是当时最杰出的诗人，并被后人尊为田园诗之祖。萧统在《陶集原序》中说："其文章，词采精拔，跌宕昭彰，独超众类，抑扬爽朗，莫之与京。横素波而傍流，干青云而直上，语时事则指而可想，论怀抱则旷而且真。加以贞志不休，安道苦节，不以躬耕为耻，不以无才为病，自非大贤笃志，与道污隆，孰能如此乎？"这段话既可以用来评价他的诗，也可以用来评价他的文章。陶渊明对后代影响很大，李白、杜甫、白居易、王维、孟浩然、苏轼、元好问等著名诗人无不受其沾溉。

归去来辞

归去来兮，田园将芜胡不归？既自以心为形役，奚惆怅而独悲！悟已往之不谏，知来者之可追；实迷途其未远，觉今是而昨非。舟摇摇以轻扬，风飘飘而吹衣。问征夫以前路，恨晨光之熹微①。乃瞻衡宇②，载欣载奔③。僮仆欢迎，稚子候门。三径就荒④，松菊犹存。携幼入室，有酒盈樽。引壶觞以自酌，眄庭柯以怡颜。倚南窗以寄傲，审容膝之易安。园日涉以成趣，门虽设而常关。策扶老以流憩，时矫首而遐观。云无心以出岫，鸟倦飞而知还。景翳翳以将入，抚孤松而盘桓。

归去来兮，请息交以绝游。世与我而相遗⑤，复驾言兮焉求⑥？悦亲戚之情话，乐琴书以消忧。农人告余以春及，将有事于西畴⑦。或命巾车⑧，或棹孤舟。既窈窕以寻壑，亦崎岖而经丘。木欣欣以向荣，泉

（明）沈周

涓涓而始流。善万物之得时，感吾生之行休。

已矣乎！寓形宇内复几时，曷不委心任去留？胡为遑遑欲何之？富贵非吾愿，帝乡不可期。怀良辰以孤往，或植杖而耘耔⑨。登东皋⑩以舒啸，临清流而赋诗。聊乘化以归尽，乐夫天命复奚疑！

【注释】

①熹微：天色蒙蒙亮。
②衡宇：以横木为门的房屋，形容居处简陋。
③载：语气助词，无义。
④三径：《文选》李善注引《三辅决录》载，汉代蒋诩归隐后，在房前开辟了三条小路，只与另外两个隐士来往。此处以三径象征隐居生活。
⑤遗：或写作"违"。
⑥驾言：驾，驾车。言，语助词，无义。
⑦畴：田亩。
⑧巾车：有帷幕的车子。
⑨耘耔（zǐ）：锄草培土。
⑩皋：水边高地。

【评析】

"辞"是一种文体，一般要押韵，有的还可以歌唱。

《宋书·陶潜传》载陶潜弃官的原因说："郡遣督邮至县，吏：'白应束带见之。'潜叹曰：'我不能为五斗米，折腰向乡里小人！'即日解印绶去职，赋《归去来》。"在这篇文章里，陶潜写出了他脱离污秽的官场，欣然归隐的喜悦之情，同时赞美了农村的自然景物和简朴纯真的农民生活。高风逸调，具见于文。盖此时的陶渊明，心无一累，万象俱至，田园乡村，自有无穷乐趣。文章语言浅切，辞意畅达，恬淡旷逸的情致沛然而出，自然成韵，匠心独运而不见斧凿之痕。宋洪迈《容斋随笔》云："昔大宋相公谓陶《归去来》是南北文章绝唱，五经之鼓吹。"

桃花源记

　　晋太元中①,武陵人捕鱼为业②;缘溪行,忘路之远近。忽逢桃花林。夹岸数百步,中无杂树,芳草鲜美,落英缤纷。渔人甚异之,复前行,欲穷其林。

　　林尽水源,便得一山。山有小口,仿佛若有光。便舍船从口入。初极狭,才通人。复行数十步,豁然开朗。土地平旷,屋舍俨然,有良田、美池、桑竹之属,阡陌交通,鸡犬相闻。其中往来种作,男女衣著,悉如外人。黄发垂髫③,并怡然自乐。见渔人,乃大惊,问所从来,具答之。便要还家④,设酒杀鸡作食。村中闻有此人,咸来问讯。自云先世避秦时乱,率妻子邑人,来此绝境,不复出焉,遂与外人间隔。问今是何世,乃不知有汉,无论魏、晋。此人一一为具言所闻,皆叹惋。余人各复延至其家,皆出酒食。停数日,辞去。此中人语云:"不足为外人道也。"

　　既出,得其船,便扶向路,处处志之。及郡下,诣太守说如此。太守即遣人随其往,寻向所志,遂迷不复得路。

　　南阳刘子骥⑤,高尚士也。闻之,欣然规往,未果,寻病终,后遂无问津者。

【注释】

①太元:东晋孝武帝(376年—396年)年号。
②武陵:郡名,郡治在今湖南常德境内。
③黄发:指老人。 垂髫:古时幼儿垂发,稍长总角。这里指儿童。
④要(yāo):通"邀"。
⑤南阳:郡名,郡治在今河南南阳。 刘子骥:名骥之,是当时隐士。

【评析】

　　《桃花源记》原是陶渊明《桃花源诗》前面的小记。陶渊明运用丰富的诗一般的想象力和朴素自然的文字描绘了一个现实所不存在的美好世界。文章一开头,写了奇丽动人的景色,写出渔人穷林的欲罢不能。写桃源中人的生活环境和生活气氛，文字洗炼而概括有力。寥寥数语，即描绘出一个世外天地。殷勤的问讯、款待和嘱告，皆见出桃源中人的淳朴和真挚。其事虽虚，却写得若有其事，由此反映出作者内心的社会理想，"桃花源"更成为后世文人常常引用的典故，而"世外桃源"一语已成为中国人心目中理想国的代名词。

陶弘景

陶弘景（452年—536年），字通明，丹阳秣陵（今江苏江宁）人。幼有异慧，年四五岁即以荻笔划灰学书，读书万余卷。梁时隐居于句容句曲山，自号华阳陶隐居。因梁武帝早年与之游，即位后，逢有朝廷吉凶征讨大事，常前去征询他的意见，时人称为"山中宰相"。好神仙之术，爱山水。谥贞白先生。著作甚多，大都亡佚，明张溥辑有《陶隐居集》。

答谢中书书

山川之美，古来共谈。高峰入云，清流见底。两岸石壁，五色交辉。青林翠竹，四时俱备。晓雾将歇，猿鸟乱鸣；夕日欲颓①，沈鳞竞跃②，实是欲界之仙都③，自康乐以来④，未复有能与其奇者⑤。

【注释】

①颓：坠落。

②沈鳞：潜游水中的鱼。沈，同"沉"。

③欲界：佛教中三界之一。即指人间。三界为：欲界（淫欲、食欲）；色界（有形色之好和物质牵挂）；无色界（摆脱一切形色、物质羁绊）。欲界之仙都，即人间仙境之意。

④康乐：谢灵运。袭封康乐公，性耽山水，故云。

⑤与：参与。这里指欣赏。

【评析】

谢中书，名谢微，字元度，阳夏（今河南太康）人，豫章王记室，因曾任中书鸿胪，故称"谢中书"。本文以山川之昏晓、四时之变化，描绘了江南自然山水之美。笔致清新隽永，宛如清丽的山水画屏。从隐隐约约出没于雾气云海间的群峰，到乱山深处清澈见底的溪水；从两岸嶙峋斑斓的石壁，到远处一抹葱郁的青林翠竹，时间和空间在这里交汇，壮美和秀丽在这里凝聚。绚烂而层次分明的色彩，为我们展示了大自然静谧永恒的美。而这种静谧永恒的美，刹那间又为猿啼、鸟鸣所打碎，又被腾跃出水面的鱼群所扰乱，但它使造物的永恒的美平添了无限的生意。虽只有短短的六十八个字，却是一首层次分明、流动变幻着的山水诗。无论是写山、写水，还是写树猿鱼鸟，无不善于形状，寥寥短幅，而画意无穷。

◎陶弘景

丘　迟

丘迟（公元464年—508年），字希范，吴兴乌程（今浙江吴兴）人。八岁能属文。初仕齐，以秀才迁殿中郎；入梁后，以文才为武帝所重，官至永嘉太守、司空从事中郎。梁武帝著连珠，诏群臣继作者数十人，以丘迟文最美。明张溥辑有《丘司空集》。

与陈伯之书

迟顿首陈将军足下①：无恙②，幸甚，幸甚！将军勇冠三军③，才为世出④，弃燕雀之小志，慕鸿鹄以高翔⑤。昔因机变化，遭遇时主⑥，立功立事，开国称孤⑦。朱轮华毂⑧，拥旄万里⑨，何其壮也！如何一旦为奔亡之虏，闻鸣镝而股战⑩，对穹庐以屈膝⑪，又何劣邪！

寻君去就之际⑫，非有他故，直以不能内审诸己⑬，外受流言，沈迷猖蹶，以至于此。圣朝赦罪责功⑭，弃瑕录用⑮，推赤心于天下，安反侧于万物⑯。将军之所知，不假仆一二谈也⑰。朱鲔涉血于友于⑱，张绣剚刃於爱子⑲，汉主不以为疑，魏君待之若旧。况将军无昔人之罪，而勋重于当世！迷途知返，往者不谏⑳；不远而复㉑，先典攸高㉒。主上屈法申恩，吞舟是漏㉓；将军松柏不剪㉔，亲戚安居，高台未倾㉕，爱妾尚在；悠悠尔心，亦何可言！

今功臣名将，雁行有序㉖，佩紫怀黄㉗，赞帷幄之谋㉘；乘轺建节㉙，奉疆场之任㉚，并刑马作誓㉛，传之子孙。将军独靦颜惜命㉜，驱驰毡裘之长㉝，宁不哀哉！夫以慕容超之强㉞，身送东市㉟，姚泓之盛㊱，面缚西都。故知霜露所均㊲，不育异类；姬汉旧邦㊳，无取杂种㊴。北虏僭盗中原㊵，多历年所㊶，恶积祸盈，理至燋烂㊷。况伪孽昏狡㊸，自相夷戮㊹，部落携离㊺，酋豪猜贰。方当系颈蛮邸㊿，悬首藁街㉛，而将军鱼游于沸鼎之中，燕巢于飞幕之上㊼，不亦惑乎？

暮春三月，江南草长，杂花生树，群莺乱飞。见故国之旗鼓，感平生于畴日，抚弦登陴，岂不怆恨㊽！所以廉公之思赵将㊾，吴子之泣西河㊿，人之情也，将军独无情哉？

想早励良规㊽，自求多福。当今皇帝盛明，天下安乐。白环西献⑳,楛矢东来㉘;夜郎滇池㉙,解辫请职㉚;朝鲜昌海㉛,蹶角受化㉜。唯北狄野心,掘强沙塞之间,欲延岁月之命耳㉝!中军临川殿下㉞,明德茂亲㉟,总兹戎重㊱,吊民洛汭㊲,伐罪秦中㊳,若遂不改㊴,方思仆言。聊布往怀㊵,君其详之。丘迟顿首。

【注释】

①顿首:叩拜。 足下:书信中对对方的尊称。

②无恙:恙,病;忧。

③"将军"句:李陵《答苏武书》:"陵先将军功略盖天地,义勇冠三军。"

④才为世出:苏武《报李陵书》:"每念足下才为世生,器为时出。"

⑤"弃燕"二句:《史记·陈涉世家》:"陈涉太息曰:'嗟乎!燕雀安知鸿鹄之志哉!'"

⑥"昔因"二句:指陈伯之弃齐归梁,受梁武帝赏爱器重。

⑦"立功"二句:《梁书·陈伯之传》:"力战有功","进号征南将军,封丰城县公,邑二千户。" 开国:梁时封爵,皆冠以开国之号。孤:王侯自称。此指受封爵事。

⑧毂(gǔ):车轮中心的圆木,此指代车舆。

⑨旄:用牦牛尾装饰的旗子。此指旄节。拥旄,古代高级武将持节统制一方之谓。

⑩鸣镝:响箭。 股战:大腿颤抖。

⑪穹庐:少数民族居住的毡帐。这里代指北魏政权。

⑫去就:指陈伯之弃梁投降北魏事。

⑬内审:内心反复考虑。

⑭赦罪责功:赦免罪过而求其建立功业。

⑮瑕:玉的斑点,此指过失。弃瑕,不计较过失。

⑯"推赤"二句:《后汉书·光武帝纪》:"降者更相语曰:'萧王推赤心置人腹中,安得不投死乎?'"又:汉兵诛王郎,得吏人与郎交关谤毁者数千章烧之,曰:"令反侧子自安。"反侧子,指心怀鬼胎,疑惧不安的人。

⑰不假:不借助,不需要。

⑱"朱鲔"句:朱鲔(wěi),王莽末年绿林军将领,曾劝刘玄杀死光武帝之兄刘伯升。光武攻洛阳,朱鲔拒守,光武遣岑彭前去劝降,

◎丘迟

朱鲔疑惧，光武帝刘秀指河为誓，不计前嫌，朱鲔乃降。　涉血：同"喋血"，谓杀人多流血满地，脚履血而行。　友于：即兄弟。《尚书·君陈》："惟孝友于兄弟。"此指刘伯升。

⑲"张绣"句：《三国志·魏志·武帝纪》："建安二年，公到宛。张绣降，既而悔之，复反。公与战，军败，为流矢所中。长子昂、弟子安民遇害。"建安四年"冬十一月，张绣率众降，封列侯"。　剚（zì）刃：用刀刺入人体。

⑳往哲：以往的贤哲。　与：赞同。

㉑不远而复：迷途不远而返回。《易·复卦》："不远复，无祗悔，元吉。"

㉒先典：古代典籍，指《易经》。　攸高：嘉许。

㉓"主上"二句：桓宽《盐铁论·刑德》："明王茂其德教而缓其刑罚也，网漏吞舟之鱼。"

㉔松柏：古人常在坟墓边植以松柏，这里指陈伯之祖先的坟墓。不剪：未曾受到毁坏。

㉕"高台"句：桓谭《新论》：雍门周说孟尝君曰："千秋万岁后，高台既已倾，曲池又已平。"此指陈伯之在梁的房舍住宅未被焚毁。

㉖雁行：大雁飞行的行列，此喻尊卑排列次序。

㉗紫：紫绶，系官印的丝带。　黄：黄金印。

㉘赞：佐助。　帷幄：军中的帐幕。

㉙轺（yǎo）：用两匹马拉的轻车，此指使节乘坐之车。　建节：将皇帝赐予的符节插立车上。

㉚疆埸（yì）：边境。

㉛刑马：杀马。古代有事结盟，杀马歃血，立誓为信。《战国策·齐策》三："且臣闻齐、卫先君，刑马压羊，盟曰：齐、卫后世无相攻伐，有相攻伐者，令其命如此。"

㉜传之子孙：指功臣名将的爵位可传给子孙。

㉝靦（tiǎn）颜：厚着脸皮。

㉞毡裘：以毛织制之衣，北方少数民族服装，这里指代北魏。长：头目。这里指拓跋族北魏君长。

㉟慕容超：南燕君主。晋末宋初曾骚扰淮北，刘裕北伐灭南燕，将他擒获，解至南京斩首。

㊱东市：汉代长安处决犯人的地方。后泛指刑场。

㊲姚泓：后秦君王。刘裕北伐破长安，姚泓出降，被解至南京

处死。

㊳面缚：面朝前，双手反缚于后。　西都：指长安。

㊴霜露所均：霜露所及之处，即天地之间。

㊵异类：古代汉族对少数民族带侮辱性的称呼。

㊶姬汉：汉族。周族为姬姓。　旧邦：指中原故土。

㊷杂种：古代汉族对北方少数民族的侮辱性称呼。

㊸北虏：指北魏。　僭（jiàn）：假冒帝号。

㊹“多历”句：拓跋珪386年建立北魏，至505年已一百余年。年所：年代。

㊺燋烂：溃败灭亡。燋，通“焦”。

㊻伪孽（niè）：指北魏统治集团。　昏狡：昏聩狡诈。

㊼自相夷戮：指北魏内部的自相残杀。501年，宣武帝的叔父咸阳王元禧谋反被杀。504年，北海王元祥也因起兵作乱被囚禁而死。

㊽携离：四分五裂。携，离。

㊾酋豪：部落酋长。　猜贰：猜忌别人有二心。

㊿蛮邸：外族首领居住的地方。

(51)藁街：西汉时期外国人在京城长安的居住之地。《汉书·陈汤传》：“斩郅支首及名王以下，宜悬头藁街蛮夷邸间。”

(52)“而将军”二句：《文选》李善注引袁崧《后汉书》载朱穆上疏曰：“养鱼沸鼎之中，栖鸟烈火之上，用之不时，必也焦烂。”　飞幕：动荡的帐幕，此喻陈伯之处境之危险。

(53)“见故国”四句：语出李善注引袁晔《后汉记·汉献帝春秋》臧洪报袁绍书：“每登城勒兵，望主人之旗鼓，感故交之绸缪，扶弦搦矢，不觉涕流之复面也。”　陴（pí）：城上女墙。　怆悢：悲伤。

(54)“所以”句：《史记·廉颇蔺相如列传》：“廉颇居梁久之，魏不能信用。赵以数困于秦兵，赵王思复得廉颇，廉颇亦思复用于赵。”

(55)“吴子”句：《吕氏春秋·观表》载，吴起为魏国守西河（今陕西北部地区）。魏武侯听信谗言，使人召回吴起。吴起预料西河必为秦所夺取，故车至于岸门，望西河而泣。后西河果为秦所得。

(56)励：勉励，引申为作出。　良规：妥善的安排。

(57)白环西献：《文选》李善注引《世本》：“舜时，西王母献白环及佩。”

(58)楛（hù）矢：用楛木做的箭头。《孔子家语》载：武王克商，“于是肃慎氏贡楛矢石砮。”肃慎氏，东北的少数民族。

(59)夜郎：今贵州桐梓一带。 滇池：今云南昆明附近。均为汉代西南夷国名。

(60)解辫请职：解开盘结的发辫，请求封职。即表示愿意归顺。《史记·西南夷列传》：西南夷“皆编发，随畜迁徙。”

(61)昌海：指昌蒲海，即今新疆罗布泊。

(62)蹶角：以额角叩地。 受化：接受教化。

(63)掘强：即倔强。

(64)中军临川殿下：指萧宏。时临川王萧宏任中军将军。殿下，对王侯的尊称。

(65)茂亲：至亲。指萧宏为梁武帝之弟。

(66)戎重：军事重任。

(67)吊民：慰问老百姓。 汭（ruì）：水流隈曲处。洛汭，洛水汇入黄河的洛阳、巩县一带。

(68)秦中：指今陕西中部地区。

(69)遂：因循。

(70)聊布：聊且陈述。 往怀：往日的友情。

【评析】

陈伯之，睢陵（今江苏睢宁）人。梁时为江州刺史，封丰城县公。梁天监元年（502年）因为梁武帝所猜忌率部投降北魏，为平南将军，都督淮南诸军事。天监四年（505年），梁武帝命临川王萧宏率军北征，陈伯之领兵对抗。萧宏命记室丘迟作此书私劝陈伯之归降。这封信从南北战场的形势，双方军事力量的对比，个人的前途和他目前危险处境等方面着笔，不仅晓以利害大义，更以江南的美景和浓郁的乡情引动对方故国之思，文辞委曲婉转，声情并茂。其中“暮春三月，江南草长，杂花生树，群莺乱飞”，已成为描写江南景色的名句。史载陈伯之于第二年三月在寿阳（今安徽寿县）率八千士兵降梁。此信也起了一定的作用。

吴 均

吴均（469年—520年），字叔庠，吴兴故鄣（今浙江安吉）人。家世寒贱，好学有俊才，为沈约所称赏。南朝梁时官至奉朝请。因私撰《齐春秋》免官，后奉诏撰《通史》，未成而卒。所作诗文，多描绘山水景物，文辞清拔，格调隽永。时人仿效之，号"吴均体"。所著《后汉书注》、《齐春秋》、《庙记》等均已散佚，今传《续齐谐记》一卷，明张溥辑有《吴朝请集》。

与宋元思书

风烟俱净，天山共色，从流飘荡，任意东西。自富阳至桐庐①，一百许里，奇山异水，天下独绝。水皆缥碧②，千丈见底；游鱼细石，直视无碍。急湍甚箭，猛浪若奔。夹岸高山，皆生寒树，负势竞上，互相轩邈③；争高直指，千百成峰。泉水激石，泠泠作响④；好鸟相鸣，嘤嘤成韵⑤。蝉则千转不穷⑥，猿则百叫无绝。鸢飞戾天者⑦，望峰息心；经纶世务者⑧，窥谷忘返。横柯上蔽⑨，在昼犹昏；疏条交映，有时见日。

【注释】

①富阳：今浙江富阳。　桐庐：今浙江桐庐，两县相隔百余里，均在富春江边。

②缥（piǎo）碧：青苍色。

③互相轩邈：即互相比高比远。轩，高。邈，远。

④泠泠：流水清脆声。

⑤嘤嘤：鸟鸣声。

⑥转：通"啭"。原指鸟婉转地啼鸣，此指蝉鸣。

⑦鸢飞戾（lì）天者：《诗经·大雅·旱麓》："鸢飞戾天，鱼跃于渊。"鸢，鹞鹰。戾，至。此喻在仕途上飞黄腾达追求功名的人。

⑧经纶：原指整理丝缕。引申为筹划、治理之意。

⑨柯：树枝。

【评析】

　　本篇以书信短札的形式，描写了富阳至桐庐一百里中秀丽的山水景物。骈散相间，清新隽永，历历如绘，是六朝山水小品中的佳作。六朝人在山水之中寻求身心的解放和人格的净化，促成了山水文学的发达。这篇短文，便是自然山水在吴均的心弦上弹奏出的清音。

（明）李政

郦道元

郦道元（？—527年），字善长，范阳涿（今河北涿州）人。青少年时代在青州度过。北魏孝文帝太和中，官尚书祠部郎中、尚书主客郎中、治书侍御史。宣武帝朝，历仕冀中镇东府长史、颍川太守、鲁阳太守。延昌四年（515年），因教训罢官。孝明帝正光五年（524年）复出，授河南尹。孝昌二年（526年）为御史中尉，执法严峻，结怨于汝南王元悦。次年，雍州刺史萧宝夤反，元悦借故举道元为关右大使，卒被执，遇害于阴盘驿亭。郦道元好学博览，著有《水经注》四十卷。尚有《本志》十三篇及《七聘》诸文，今皆亡佚。

《水经》是魏晋时人所著（旧题汉桑钦撰）的一部记载全国水道的地理书。郦道元博采汉魏以来文献碑刻，考证经文正误，叙述了一千多条水道的源流经历、山川名胜，引用典籍多至四百三十七种，极大地丰富了原书。《水经注》虽属于地理著作，但描写委婉曲折，文字峻洁明丽，文学上也有较高成就。

三峡（节选）

自三峡七百里中①，两岸连山，略无阙处。重岩叠嶂，隐天蔽日。自非亭午夜分，不见曦月。至于夏水襄陵，沿溯阻绝②。或王命急宣，有时朝发白帝③，暮到江陵④，其间千二百里，虽乘奔御风，不以疾也。春冬之时，则素湍绿潭⑤，回清倒影。绝巘多生怪柏⑥，悬泉瀑布，飞漱其间。清荣峻茂，良多趣味。每至晴初霜旦，林寒涧肃，常有高猿长啸，属引凄异，空谷传响，哀转久绝。故渔者歌曰："巴东三峡巫峡长⑦，猿鸣三声泪沾裳。"

【注释】

①三峡：瞿塘峡、巫峡、西陵峡的总称。
②沿溯（sù）：顺流而下曰沿，逆流而上为溯。
③白帝：白帝城，在今四川奉节东。
④江陵：今湖北江陵。

⑤湍(tuān):急流的水。
⑥绝𪩘(yǎn):极高的山峰。
⑦巴东:指今四川云阳、奉节、巫山一带。

【评析】

本文节选自《水经注·江水》,先点明地点和范围,接写巍峨绵亘、隔江对峙的三峡总貌,重点在山。然后分用三小节描写夏季、冬春和秋季的景色,刻意写水。动静相生,笔依物转,情随景迁,语言精练,富有传神的力量。

骆宾王

骆宾王（约 638 年—约 684 年），字观光，婺州义乌（今浙江义乌）人。好读书，有志节，七岁能文，被人目为"神童"。父死之后，家境贫困。游学京洛，考试不第。永徽年间曾为道王李元庆府属。高宗乾封元年，因上书高宗，被任为奉礼郎，东台详正学士。随后从军西北，又宦游四川。仪凤三年（678 年）补长安主簿，入朝为侍御史，不久又遭诬下狱。不久遇赦出狱，调露二年（680 年）任临海（今浙江天台）县丞。怏怏不得志，不久弃官。光宅元年（684 年），徐敬业起兵于扬州，以"匡复唐室"为号召，骆宾王参与幕府，并起草了著名的《为徐敬业讨武曌檄》。徐敬业兵败后，骆宾王下落不明。

骆宾王是当时著名的诗人，同时又是著名的散文家。他生活在唐初文坛承南朝余风，"文场变体，争构纤微"，"骨气都尽，刚健不闻"的时期，而与王勃、卢照邻、杨炯一起，以自己的创作实践，大大冲击并改变了当时的浮艳文风。在"初唐四杰"中，骆宾王年龄最长，经历最曲折，而才情纵放，作品丰富。他的诗歌题材广阔，感情真挚，词采华赡，悲壮慷慨，情与物融，格高韵美。《为徐敬业讨武曌檄》是他散文方面的代表作品。

为徐敬业讨武曌檄

伪临朝武氏者①，性非和顺，地实寒微。昔充太宗下陈②，曾以更衣入侍③。洎乎晚节④，秽乱春宫⑤。潜隐先帝之私，阴图后房之嬖。入门见嫉，蛾眉不肯让人；掩袖工谗，狐媚偏能惑主。践元后于翚翟⑥，陷吾君于聚麀⑦。加以虺蜴为心⑧，豺狼成性。近狎邪僻，残害忠良；弑姊屠兄，杀君鸩母⑨，人神之所同嫉，天地之所不容。犹复包藏祸心，窥窃神器。君之爱子，幽之于别宫；贼之宗盟，委之以重任。呜呼！霍子孟之不作⑩，朱虚侯之已亡⑪。燕啄皇孙⑫，知汉祚之将尽；龙漦帝后⑬，识夏庭之遽衰。

敬业皇唐旧臣⑭，公侯冢子。奉先君之成业，荷本朝之厚恩。宋微子之兴悲⑮，良有以也；袁君山之流涕⑯，岂徒然哉！是用气愤风云，志安社稷。因天下之失望，顺宇内之推心，爰举义旗，以清妖孽。南连百越⑰，北尽三河⑱，铁骑成群，玉轴相接。海陵红粟⑲，仓储之积靡穷；江浦黄旗，匡复之功何远。班声动而北风起，剑气冲而南斗平。喑呜则山岳崩颓⑳，叱咤则风云变色。以此制敌，何敌不摧！以此图功，何功不克！

公等或居汉地，或叶周亲㉑，或膺重寄于话言㉒，或受顾命于宣室㉓。言犹在耳，忠岂忘心！一抔之土未干，六尺之孤何托？倘能转祸为福，送往事居，共立勤王之勋㉔，无废大君之命，凡诸爵赏，同指山河。若其眷恋穷城，徘徊歧路，坐昧先几之兆㉕，必贻后至之诛。请看今日之域中，竟是谁家之天下！

【注释】

①武氏：武则天（624年—705年），名曌，唐并州文水（今山西文水）人。十四岁时入宫为太宗"才人"，太宗死后，削发为尼，高宗时被召为嫔妃，永徽六年并立为皇后，开始参与朝政。中宗继位，以皇太后身份临朝听政。不久废中宗，立睿宗；不久又废睿宗，自称"圣神皇帝"，改国号周。前后执政四十余年，富权略，能用人，然喜任用酷吏，滥杀无辜。又崇好佛教，豪奢专横。神龙元年，张柬之等发动政变，拥中宗篡位，同年则天死于宫中。

②下陈：下列。这里指姬妾。

③更衣：借用卫子夫的典故。据说汉武帝在其姊长公主家遇歌女卫子夫，卫子夫因替武帝更衣而得宠幸，成为皇后。此处指武则天曾为唐太宗的姬妾。

④洎（jì）：及，至。

⑤春宫：太子所居宫室。指当时太子、后来的高宗李治。

⑥元后：皇后。 翟（dí）：野鸡，五彩羽毛的叫鷩，长尾的叫翟。唐代皇后的礼服上有翚翟图饰。

⑦聚麀（yōu）：指两头公鹿共有一只母鹿。

⑧虺（huǐ）：一种毒蛇。 蜴（yì）：蜥蜴。

⑨鸩（zhèn）：鸟名，羽毛有毒，可以浸酒毒死人。

⑩霍子孟：霍光字子孟。汉武帝死，遗命霍光辅佐昭帝执政，昭帝死，又扶立宣帝。

⑪朱虚侯：即刘章，汉惠帝兄刘肥之子。封朱虚侯。汉高祖死，吕氏家族总揽朝政，刘章等大臣消灭诸吕，迎立文帝。

⑫燕啄皇孙：用赵飞燕故事。西汉成帝时，赵飞燕入宫为皇后，妹为昭仪，姐妹俩都无子，却嫉恨别人，暗中杀害皇孙，使成帝无嗣。故当时有童谣曰："燕燕，尾涎涎，张公子，时相见。木门仓琅根，燕飞来，啄皇孙，皇孙死，燕啄矢。"武则天当政时也有"燕飞来，啄皇孙，皇孙死，燕啄矢"的谣谚。

⑬龙漦（shí）：龙的涎沫。传说夏朝衰时，夏帝曾将两条自称是褒地二君的龙的涎沫收藏起来。周厉王末年，龙涎流出，一宫女遇上后怀孕生下一女，即褒姒。褒姒后来成为周幽王宠妃，并导致了周朝灭亡。

⑭敬业：即徐敬业，唐开国功臣徐勣的长孙，曾任太仆少卿、眉州刺史，后贬柳州司马。他在扬州兴兵讨伐武则天，不久被击败。

⑮宋微子：是商纣王庶兄，周武王封他于宋。相传微子过殷旧都，触景伤怀，作《麦秀歌》。

⑯袁君山：应作"桓君山"，名谭。东汉著名学者。好音乐，善鼓琴，精天文。光武帝刘秀信谶纬，桓谭极言其非，光武帝怒，出桓谭为六安丞，赴任途中病故。著有《新论》二十九篇。

⑰百越：泛指南方广大地区。

⑱三河：汉代设河南、河东、河内三郡。相当于今天河南黄河南北及山西一部分地区。

⑲海陵：今江苏泰州。

⑳喑（yīn）呜：怒气郁积。

㉑叶：通"协"，合乎。

㉒膺：承受。

㉓宣室：汉未央宫正殿室。此处代指唐代皇宫。

㉔勤王：天下有难，臣下起兵相救称勤王。

㉕昧：看不清。　先几之兆：事先显出的预兆。

【评析】

《为徐敬业讨武曌檄》作于武则天光宅元年（684年）。时诸武用事，唐宗室人人自危，众心愤惋。英国公李世勣之子李敬业（即徐敬业）起兵于扬州，敬业自称匡复上将，骆宾王为记室，移檄州郡。檄文有力地揭露了武则天的妖媚阴毒，杀害宗室，罪不容诛，并写起兵之不可缓，末则晓之以大义，劝之以刑赏。全文雄姿英发，奇气纵横，足壮军声。刘勰在《文心雕龙·移檄》中说："震雷始于曜电，出师先乎声威。"檄文的特点在于先声夺人，写作上要"植义扬辞，务在刚健"，"事昭而理辩，气盛而辞断"，才能"宣露于外，皦然明白"，令人分辨是非，知所去从。这便是这篇檄文所以传诵千古。相传武则天读此檄文，始则嘻嘻而笑，至"一抔之土未干，六尺之孤何托？"瞿然曰："谁所为？"左右对曰："骆宾王。"武则天说："宰相之过也。人有如此才，而使之流落不偶乎！"足见此文撼人心魄的力量。此外，此文是用骈体写的檄文，作者摆脱了齐梁以来一般骈文堆砌辞藻的通病，挥洒自如地运用对仗排偶的句式，节奏铿锵，典故贴切，通畅易晓，艺术上具有极高水准。

王 勃

王勃（649年—676年），字子安，绛州龙门（今山西河津）人。六岁能文，构思无滞，词情英迈。九岁著《汉书注指瑕》，十四岁即写了著名的《滕王阁序》，后为沛王（李贤）府侍读，因写《檄英王斗鸡文》而被逐，随后远游江汉和四川。咸亨初年，补虢州（今河南灵宝）参军。因杀官奴曹达入狱，不久遇赦。其父也被牵连而贬为交趾（今越南河内）令。上元三年（676年），王勃前往交趾看望父亲，不幸渡海溺水，惊悸而卒，年仅二十八岁。

王勃是当时中国最有才气的诗人，最为璀璨的文学之星。其诗歌一洗前代的繁芜绮碎，质朴清新，优美动人，且词采华丽，感情奔放。其文章在当时也首屈一指。《滕王阁序》是他的代表作之一，虽然是用骈俪文写成，但文彩华美，声调和谐，意境开阔，感情深沉，久为后人所传诵。

滕王阁序

南昌故郡，洪都新府①。星分翼轸②，地接衡庐。襟三江而带五湖③，控蛮荆而引瓯越④。物华天宝，龙光射牛斗之墟⑤；人杰地灵，徐孺下陈蕃之榻⑥。雄州雾列，俊彩星驰。台隍枕夷夏之交，宾主尽东南之美。都督阎公之雅望，棨戟遥临⑦；宇文新州之懿范，襜帷暂驻⑧。十旬休暇，胜友如云；千里相迎，高朋满座。腾蛟起凤，孟学士之词宗；紫电清霜，王将军之武库。家君作宰⑨，路出名区；童子何知⑩，躬逢胜饯。

时维九月，序属三秋。潦水尽而寒潭清，烟光凝而暮山紫。俨骖騑于上路⑪，访风景于崇阿；临帝子之长洲⑫，得仙人之旧馆。层峦耸翠，上出重霄；飞阁流丹，下临无地。鹤汀凫渚⑬，穷岛屿之萦回；桂殿兰宫，列冈峦之体势。披绣闼，俯雕甍⑭，山原旷其盈视，川泽盱其骇瞩⑮。闾阎扑地，钟鸣鼎食之家⑯；舸舰迷津，青雀黄龙之轴⑰。虹销雨霁⑱，彩彻云衢。落霞与孤鹜齐飞，秋水共长天一色。渔舟唱晚，响穷彭蠡之滨；雁阵惊寒，声断衡阳之浦。

遥吟俯畅，逸兴遄飞⑲。爽籁发而清风生⑳，纤歌凝而白云遏。睢园绿竹㉑，气凌彭泽之樽㉒；邺水朱华㉓，光照临川之笔㉔。四美具，二难并。穷睇眄于中天㉕，极娱游于暇日。天高地迥，觉宇宙之无穷；兴尽悲来，识盈虚之有数。望长安于日下，指吴会于云间㉖。地势极而南溟深，天柱高而北辰远。关山难越，谁悲失路之人？萍水相逢，尽是他乡之客。怀帝阍而不见㉗，奉宣室以何年㉘？

呜呼！时运不齐，命途多舛。冯唐易老㉙，李广难封㉚。屈贾谊于长沙㉛，非无圣主；窜梁鸿于海曲㉜，岂乏明时？所赖君子安贫，达人知命。老当益壮，宁知白首之心；穷且益坚，不坠青云之志。酌贪泉而觉爽㉝，处涸辙以犹欢㉞。北海虽赊，扶摇可接；东隅已逝㉟，桑榆非晚㊱。孟尝高洁㊲，空怀报国之心；阮籍猖狂㊳，岂效穷途之哭？

勃，三尺微命，一介书生。无路请缨，等终军之弱冠㊴；有怀投笔㊵，慕宗悫之长风㊶。舍簪笏于百龄㊷，奉晨昏于万里㊸。非谢家之宝树㊹，接孟氏之芳邻㊺。他日趋庭，叨陪鲤对㊻；今晨捧袂㊼，喜托龙门。杨意不逢㊽，抚凌云而自惜；钟期既遇㊾，奏流水以何惭㊿？

呜呼！胜地不常，盛筵难再。兰亭已矣(51)，梓泽丘墟(52)。临别赠言，幸承恩于伟饯；登高作赋，是所望于群公。敢竭鄙诚，恭疏短引。一言均赋，四韵俱成：

滕王高阁临江渚，佩玉鸣鸾罢歌舞。画栋朝飞南浦云，朱帘暮卷西山雨。闲云潭影日悠悠，物换星移几度秋。阁中帝子今何在？槛外长江空自流。

【注释】

①南昌：一称“豫章”。汉代豫章郡治所（今江西南昌），唐代改为江南道洪州中都督府治所。

②翼轸（zhěn）：星宿名。二十八宿中的二宿。按中国古代天文学分野说，南昌所在的地区为翼轸之分野。

③衡庐：指衡山和庐山。　三江：说法不一，一般认为指荆江、松江、浙江。　五湖：指太湖、鄱阳湖、青草湖、丹阳湖和洞庭湖。

④蛮荆：指楚地。荆即楚。　瓯（ōu）越：泛指今浙江南部及福建一带。西汉以前，这一地区为瓯越部族所居，故名。

⑤牛斗之墟：据《晋书·张华传》记载：张华见牛、斗二星之间有紫气，便问精通天象的雷焕，雷焕说这是由于丰城有宝剑的精气上通于天的缘故。丰城属洪城。斗牛即二十八宿中的斗宿和牛宿。

⑥徐孺：徐稚字孺子，南昌人，东汉名士。据《后汉书·徐稚传》载：豫章太守陈蕃素不待客，只有徐稚来才招待，并特为他设一榻，以示尊敬。

⑦棨（qǐ）戟：有衣套的戟，用作官吏出行时的仪仗。

⑧襜（chān）帷：车上的帷幔。

⑨家君作宰：指王勃的父亲当时在南方任职。

⑩童子：王勃自指。

⑪俨：整齐的样子。　骖（cān）騑（fēi）：驾车的马，左称骖，右称騑。

⑫帝子：指滕王李元婴。

⑬汀：水中的平地。　凫（fú）：野鸭。　渚（zhǔ）：小洲。

⑭甍（méng）：屋脊。

⑮盱（xū）：张大眼睛。　骇瞩：看了感到吃惊。

⑯闾阎：里巷的门。　钟鸣鼎食：古时贵族吃饭要奏乐列鼎，所以它常用来泛指富贵人家。

⑰舳：通"舳"，船尾。这里指整个船。

⑱霁（jì）：雨雪停止。

⑲遄（chuái）：急速。

⑳籁：箫管一类乐器。

㉑睢（suī）园：汉梁孝王在睢水旁修建的竹园，常与文人在此聚会。

㉒彭泽：指东晋末诗人陶渊明，他曾作过彭泽令。

㉓邺水：邺即今河北临漳。曹操击败袁绍，攻占河北后，遂于此建三台，为自己的封地。曹氏父子常在此招集文人聚会。当时诗人经常写到这里的荷花，如曹操《公宴诗》："朱华冒绿池。"

㉔临川：指南朝诗人谢灵运，他曾作过临川内史。

㉕睇（dì）眄（miǎn）：斜视，这里作目光上下左右流览讲。

㉖吴会（kuài）：吴指今苏州。会，会稽，今浙江绍兴。

㉗帝阍（hūn）：原是传说中天帝的守门人。屈原《离骚》："吾令帝阍开关兮。"又指天门。这里指朝廷。

㉘宣室：汉未央宫前殿正室。汉文帝曾在此召见贾谊。

㉙冯唐：西汉人，文帝时为中郎署长，敢直谏，曾言云中守魏尚之冤。后免官。武帝时举贤良。时年九十余而不能复为官。

㉚李广：西汉名将，陇西成纪人。抗击匈奴屡立战功，匈奴惧之，

号为"飞将军"。与匈奴大小七十余战,但终身未得封侯。

㉛贾谊:西汉著名政论家,曾任博士、太中大夫,后贬为长沙王太傅。

㉜梁鸿:东汉人,因受汉章帝猜忌,曾隐名埋姓于齐鲁一带。

㉝贪泉:传说广州有贪泉,人喝了会贪婪。

㉞涸辙:干涸的车辙。《庄子·外物篇》有一则寓言说,一条鱼处在干涸的车辙之中,路人说要到东海去弄水来救它,鱼便说,那就只好到卖鱼干的地方找我了。鱼处涸辙比喻处境困难。

㉟东隅:东方日出的地方。

㊱桑榆:指日落时余光照在桑树和榆树顶梢,比喻黄昏。

㊲孟尝:东汉时一个贤能的官吏。

㊳阮籍(210年—263年):三国魏尉氏人,字嗣宗。曾为步兵校尉,世称阮步兵。能长啸、善弹琴,博览群书,尤好老庄。以生活在魏晋易代之际,不满现实,故饮酒谈玄,不评论时事,不臧否人物以求自全。曾与嵇康等人作竹林之游,人称"竹林七贤"。

㊴终军(?—前112年)。西汉济南人,字子云。少好学,年十八选为博士弟子。武帝时派终军劝说越王入朝,终军自请"愿受长缨",必羁南越王而致之阙下。后南越王相吕嘉举军叛变,终军被害,时年二十余。

㊵投笔:指弃文从武。《后汉书·班超传》载:班超年轻时因父死家贫,为官府抄书以养母,曾投笔叹曰:"大丈夫无它志略,当效傅介子张骞立功异域以取封侯,安能久事笔砚间乎!"

㊶宗悫(què):南朝宋人,字元干。少时,其叔父宗炳问其志愿,回答说:"愿乘长风破万里浪。"官至豫州刺史,封洮阳侯。

㊷簪笏(hù):古代官员用的冠簪、手版。 百龄:百年,一生。

㊸晨昏:古代礼节规定早晚向父母请安。

㊹谢家之宝树:东晋谢安曾称其侄谢玄是"吾家之宝树"。见《晋书·谢安传》。

㊺孟氏之芳邻:传说孟母为了找好邻居曾三次搬家,以使孟子有个好环境。

㊻叨(tāo):惭愧,表示自谦。 鲤对:孔子曾在儿子孔鲤走过庭前时对他进行教育。见《论语·季氏》。

㊼捧袂(mèi):捧着衣袖的恭敬的样子。

㊽杨意:即杨得意,汉武帝时宫廷狗监。司马相如便由他引荐而

◎王勃

得以见到汉武帝而受重用。

㊾钟期：钟子期，琴师伯牙的知音。

㊿流水：伯牙奏琴，志在流水。

(51)兰亭：东晋王羲之等文人的聚会之地。

(52)梓泽：又名金谷园，西晋石崇所建。故址在今河南洛阳市西北。

【评析】

《唐摭言》卷五载："王勃著《滕王阁序》时年十四。都督阎公不之信。勃虽在座，而阎公意属子婿孟学士者为之，已宿构矣。乃以纸笔巡让宾客，勃不辞让。公大怒，拂衣而起，专令人伺其下笔。第一报云：'南昌故郡，洪都新府'，公曰：'是亦老生常谈'。又报云：'星分翼轸，地接衡庐'，公闻之，沈吟不言。又云：'落霞与孤鹜齐飞，秋水共长天一色'，公矍然而起，曰：'此真天才，当垂不朽矣！'遂亟请宴所，极欢而罢。"文章首段叙宾主之美，次段极言阁上所见山川之美、宴会之人歌饮文词之妙，然后继之以感慨。文章善用骈句，酣畅淋漓。英思壮采如泉源之喷涌，流离谪迁之悲，哀惋骈集，珍词绣句，层见叠出，为古今传诵之名作，唐人骈体文中之最杰出者。

李 白

李白（701年—762年）字太白，祖籍陇西成纪（今甘肃天水）。先世隋末因罪徙居中亚。公元701年，李白出生于中亚碎叶城（今哈萨克斯坦境内）。中宗神龙元年（705年），随父亲李客迁居绵州昌隆（今四川江油）青莲乡，后因自号"陇西布衣"、"青莲居士"等。"五岁诵六甲，十岁观百家，轩辕以来，颇得闻矣。常横经籍书，制作不倦"（《上安州裴长史书》）；"十五观奇书，作赋凌相如"（《赠张相镐》）。"开口成文，挥翰散霞"。"十五好剑术"，二十岁以后开始游历蜀中。开元十四年，二十六岁的李白"仗剑出国，辞亲远游"，在以后的十六年中，他的足迹踏遍了大半个中国，创作了大量诗歌，终于名满天下。天宝元年（742年），被召入京，任为翰林供奉，知制诰。不久，因狂放不羁和浪漫放荡而为朝臣侧目，天宝三年，"优诏罢遣"。李白离开长安，开始人生的第二次大漫游。天宝十四年（755年），"安史之乱"爆发。次年，李白入永王李璘之幕府。不久，永王璘因谋反被诛，李白也受牵连而长流夜郎，第二年又遇赦北归。宝应元年（762年），病逝于安徽当涂。

李白是我国古代最著名的诗人，杰出的浪漫主义大师。他的诗歌神奇壮丽，丰富多彩，豪放开朗，自然清新，在我国文学史上有着崇高的地位。而其散文也非常卓越。

与韩荆州书

白闻天下谈士相聚而言曰："生不用封万户侯①，但愿一识韩荆州。"何令人之景慕一至于此！岂不以周公之风，躬吐握之事②，使海内豪俊，奔走而归之，一登龙门③，则声价十倍！所以龙蟠凤逸之士④，皆欲收名定价于君侯。君侯不以富贵而骄之，寒贱而忽之，则三千之中有毛遂⑤，使白得颖脱而出，即其人焉。

白，陇西布衣⑥，流落楚汉⑦。十五好剑术，遍干诸侯；三十成文章，历抵卿相。虽长不满七尺，而心雄万夫。皆王公大人许与气义。此畴曩心迹⑧，安敢不尽于君侯哉！君侯制作侔神明，德行动天地，笔参造化，学究天人。幸愿开张心颜，不以长揖见拒。必若接之以高宴，纵之以清谈，请日试万言，倚马可待⑨。今天下以君侯为文章之司命，人物之权衡，一经品题，便作佳士。而今君侯何惜阶前盈尺之地，不使白扬眉吐气、激昂青云耶？

昔王子师为豫州⑩，未下车即辟荀慈明⑪，既下车又辟孔文举⑫。山涛作冀州⑬，甄拔三十余人，或为侍中、尚书⑭，先代所美。而君侯亦一荐严协律，入为秘书郎；中间崔宗之、房习祖、黎昕、许莹之徒，或以才名见知，或以清白见赏。白每观其衔恩抚躬，忠义奋发，白以此感激，知君侯推赤心于诸贤之腹中，所以不归他人而愿委身国士。倘急难有用，敢效微躯。

且人非尧、舜，谁能尽善？白谟猷筹画⑮，安能自矜？至于制作，积成卷轴，则欲尘秽视听，恐雕虫小技，不合大人。若赐观刍荛⑯，请给纸笔，兼之书人，然后退扫闲轩，缮写呈上。庶青萍、结绿，长价于薛、卞之门⑰。幸推下流，大开奖饰，唯君侯图之。

【注释】

①万户侯：有食邑万户的诸侯。始于汉代。

②吐握：吐哺握发。《史记·鲁周公世家》记载，周公"一沐三握发，一饭三吐哺，起以待士，犹恐失天下之贤人。"

③登龙门：相传黄河鲤鱼逆流而上，若能越龙门（今山西陕西交界之龙门）即化为龙。《后汉书·李膺传》记载，李膺声名很高，当时士人能得到他接纳的，都叫"登龙门"。

④龙蟠凤逸：比喻有才能的人。蟠，盘旋。逸，奔跑、飞翔。

⑤毛遂：战国时赵平原君的门客。久居门下而不受重视。后秦攻赵，平原君欲从门人中选择干才前去向楚国求援，毛遂便告诉平原君若"使遂早得处囊中，乃颖脱而出"，自荐参加与楚怀王的谈判。颖，锥尖。

⑥陇西：李白的祖籍。

⑦楚汉：今湖北、湖南一带。

⑧畴曩：往昔。

⑨倚马可待：典出《世说新语·文学》。东晋桓温北征，要袁宏立即起草一份文告，袁宏倚在马前，手不停笔，一口气写了七页。后来常用来比喻才思敏捷。

⑩王子师：名允。东汉灵帝时任豫州刺史。献帝时，任司徒，设

谋结交董卓部将吕布刺杀董卓。后为董卓部将李傕、郭汜所害。

⑪荀慈明（128年—190年）：名爽，东汉人。幼而好学，潜心经籍，时人谓"荀氏八龙，慈明无双"。以世乱隐遁。董卓专政，以荀爽有重名，复征入朝，百日内位登三公。爽谋与王允共诛董卓，因病而先卒。

⑫孔文举：名融，孔子后代。东汉末鲁（今山东曲阜）人。曾任北海相、太中大夫，后被曹操杀害。

⑬山涛：西晋河内怀县（今河南武陟）人。字巨源。好庄老，与嵇康、阮籍等作竹林之游，时称"竹林七贤"。在晋任吏部尚书十余年，甄拔人物，各为品题，人称山公启事，《晋书》有传。

⑭侍中：唐代为门下省长官。　尚书：唐代为吏户礼兵刑工六部的长官。

⑮谟（mó）猷（yóu）：谋划。

⑯刍荛（ráo）：割草打柴的人，多指草野之民。

⑰薛：薛烛，春秋时越国人，善于相剑。　卞：卞和，春秋时楚国人，善于识玉。

【评析】

李白不仅是伟大的诗人，而且是文章圣手，其英才伟器，于文中随处而发，令人叹为观止。这篇自荐书，便写得气势盛壮，高自称许，与一般卑词乞怜的书牍绝然不同。这也正是李白的性格和过人之处。写此文本来是想求知于韩荆州，却先将韩荆州的道德人品极力抬高，以反衬国士之难遇，知己之难偶，然后自述己能，文气飘逸，词调雄豪，绝不作寒酸求乞之态。非李白无人作此。

春夜宴桃李园序

◎李白

　　夫天地者，万物之逆旅；光阴者，百代之过客。而浮生若梦，为欢几何？古人秉烛夜游①，良有以也。况阳春召我以烟景，大块假我以文章。会桃李之芳园，序天伦之乐事。群季俊秀，皆为惠连②；吾人咏歌，独惭康乐③？幽赏未已，高谈转清。开琼筵以坐花④，飞羽觞而醉月⑤。不有佳作，何伸雅怀？如诗不成，罚依金谷酒数⑥。

【注释】

①秉烛夜游：汉代的《古诗十九首》有"昼短苦夜长，何不秉烛游"之句，意思是人生短暂，应及时行乐。

②惠连：谢惠连（397年—433年），南朝文学家，十岁能写文章，才思敏捷，书画美妙。族兄谢灵运非常欣赏他，云："每有篇章，对惠连辄得佳语。"二人并称"大小谢"。

③康乐：谢灵运（385年—433年），南朝宋人，袭封康乐公。博览群书，工书画，曾为永嘉太守，好山水，既不得意于仕途，便肆意邀游。后为临川内史，流放广州，又被诬谋反而遇害。

④琼筵：盈宴。

⑤羽觞：一种双耳酒杯。

⑥金谷酒数：西晋石崇金谷园中宴请宾客，凡坐中不能赋诗者，皆罚酒三杯。

【评析】

此文首叙设宴之本意，次美诸弟之才，末则写饮咏之乐。发端数语，已见其潇洒风尘之外的磊落之姿。文章虽短，却转接无迹，层次井然，幽怀逸趣溢之于文外，辞短而韵长。读之而增人许多情思。

王 维

王维（701年—761年）字摩诘，唐朝太原祁（今山西省祁县）人。开元十九年（公元731年）进士，天宝末为给事中。安史之乱，仓卒为叛军所获，送至洛阳。安禄山在凝碧池举行大宴会，被迫作乐的梨园子弟欷歔泣下。王维这时被拘在洛阳菩提寺，他写了一首诗："万户伤心生野烟，百官何日更朝天！秋槐叶落深宫里，凝碧池头奏管弦。"（《菩提寺禁，裴迪来相看，说逆贼等凝碧池上作音乐，供奉人等举声，便一时泪下，私成口号，诵示裴迪》）唐朝军队收复长安后，作过安禄山伪官的人都分别定罪。王维因为写过上面这首诗，只受到降职的处分。后来仕至尚书右丞，所以世人称王右丞。王维是一个有多方面才能的艺术家，能诗、善画，工书法，擅长音乐。他的诗以写田园景物、闲适心情者为胜，往往表现出逃避现实的消极情绪。

山中与裴迪秀才书

近腊月下①，景气和畅②，故山殊可过③。足下方温经④，猥不敢相烦⑤。辄便往山中⑥，憩感配寺⑦，与山僧饭讫而去。

北涉玄灞⑧，清月映郭。夜登华子冈，辋水沦涟⑨，与月上下⑩。寒山远火，明灭林外。深巷寒犬，吠声如豹⑪。村墟夜舂⑫，复与疏钟相间⑬。此时独坐，僮仆静默，多思曩昔携手赋诗，步仄径⑭，临清流也。

当待春中，草木蔓发⑮，春山可望，轻鲦出水⑯，白鸥矫翼⑰，露湿青皋⑱，麦陇朝雊⑲：斯之不远⑳，傥能从我游乎㉑？非子天机清妙者㉒，岂能以此不急之务相邀？然是中有深趣矣㉓！无忽。因驮黄檗人往㉔，不一㉕。

山中人王维白㉖。

【注释】

① 腊月：阴历的十二月。　下：末尾。
② 景气：景物气候。

③故山：旧居之山，指辋川山中。　过：过访，游赏。

④足下：对人的敬称，一般用于职位或辈次差不多的人。但在秦汉地位低的人对地位高的人也称足下，例如《史记·项羽本纪》，张良称项羽"大王足下。"唐段成式《酉阳杂俎》："秦汉以来，于天子言陛下，皇太子言殿下，将言麾下，使者言节下、毂下，二千石长史言阁下，父母言膝下，通类相与言足下。"（王得臣《麈史》卷中所引。）
温经：温习经书。经，经典，经书。

⑤猥：仓猝之间。《广雅》："猥，顿也。"顿是"猝"的意思。清朱骏声《说文通训定声》说，猥是发声之词。　不敢相烦：不敢干扰。

⑥辄便：就。"辄"和"便"都是"就"的意思，这里两个字连用，意思仍然是"就"。

⑦憩（qì）：停息，休息。　感配寺：大概应作"化感寺。"

⑧玄灞：就是灞水。玄，形容水色深青。

⑨沦涟：形容微风吹过水面，水面波动的样子。小风吹水，水纹转动如轮，叫"沦"。风行水上成纹，叫"涟"。

⑩与月上下：水波或上或下，水中的水影也随同上下。

⑪吠声如豹：形容吠声之猛。

⑫舂（chōng）：捣米。这里指捣米的声音。

⑬疏钟：稀疏的钟声，指钟声的间隔较长。　相间：相互交错。

⑭步仄径：走狭窄的小路。

⑮草木蔓发：草木的芽旺盛地长出来。蔓发，形容草木发芽很盛。蔓，滋蔓，蔓延。

⑯轻鯈（tiáo）：轻捷的鯈鱼。鯈鱼狭而长，色白，也称"白鯈"。

⑰矫：举。

⑱青皋：泽边青青的水田。青，植物的颜色。皋，泽边地。

⑲朝（zhāo）雊（gòu）：清晨雉鸡叫。雊，原意是雄雉叫。《诗经·小雅·小弁》："雉之朝雊，尚求其雌。"

⑳斯之不远：指文中所描绘的美好景色即将来到。

㉑傥：同"倘"，或者，含有商量的意味。

㉒天机：天性。　清妙：清远妙悟，有超俗的高致。

㉓是：此，这。

㉔因驮黄檗（bò）人往：因为有载运黄檗的人出山，托他带给你这封信。黄檗，也简写为"黄柏"，一种乔木，可供药用。

（明）杜 琼

㉕不一:我想说的不能一样一样都写出。
㉖山中人:《楚辞·九歌·山鬼》:"山中人兮芳杜若。"

【评析】

王维有别墅在蓝田（今陕西蓝田）的辋口。辋水周流舍下,风景极美,有孟城坳、华子冈、鹿柴（zhài）、欹湖、文杏馆、柳浪、茱萸泮（pàn）、辛夷坞诸名胜。王维常和裴迪、崔兴宗等人游于其中,赋诗相酬为乐。这封信是王维在山中写给裴迪的。"山中"的"山",就是蓝田县东的蓝田山。裴迪,关中人。起初和王维同住在终南山。王维之弟王缙为蜀州刺史,裴迪从之至蜀。裴迪与杜甫友善,杜甫有和裴迪的诗。

这篇文章描写山中景物,生动自然,美丽如画,历来为人们所传诵。人谓王维之诗,诗中有画,画中有诗。此文虽短,却幽隽华妙,有画所不到处。

李 华

李华（715年—766年），字遐叔，赵州赞皇（今河北元氏）人。开元二十三年及进士第，天宝二年（743年）博学宏词科第一，任监察御史。肃宗上元年间为左补阙司封员外郎，不久辞官隐居江南。大历元年去世。有《李遐叔文集》。

吊古战场文

浩浩乎平沙无垠，敻不见人①，河水萦带，群山纠纷。黯兮惨悴，风悲日曛。蓬断草枯，凛若霜晨。鸟飞不下，兽铤亡群②。亭长告余曰："此古战场也。常覆三军。往往鬼哭，天阴则闻。"伤心哉！秦欤？汉欤？将近代欤？

吾闻夫齐、魏徭戍③，荆、韩召募，万里奔走，连年暴露④。沙草晨牧，河冰夜渡。地阔天长，不知归路，寄身锋刃，腷臆谁诉⑤？秦、汉而还，多事四夷。中州耗斁⑥，无世无之。古称戎、夏⑦，不抗王师。文教失宣，武臣用奇。奇兵有异于仁义，王道迂阔而莫为。呜呼噫嘻！

吾想夫北风振漠，胡兵伺便，主将骄敌，期门受战⑧。野竖旄旗⑨，川回组练⑩。法重心骇，威尊命贱。利镞穿骨，惊沙入面。主客相搏，山川震眩，声析江河⑪，势崩雷电。至若穷阴凝闭，凛冽海隅，积雪没胫，坚冰在须，鸷鸟休巢，征马踟蹰，缯纩无温⑫，堕指裂肤。当此苦寒，天假强胡，凭陵杀气，以相剪屠。径截辎重，横攻士卒。都尉新降，将军覆没。尸填巨港之岸，血满长城之窟。无贵无贱，同为枯骨。可胜言哉！鼓衰兮力尽，矢竭兮弦绝，白刃交兮宝刀折，两军蹙兮生死决⑬。降矣哉？终身夷狄。战矣哉？骨暴沙砾。鸟无声兮山寂寂，夜正长兮风淅淅。魂魄结兮天沉沉，鬼神聚兮云幂幂⑭。日光寒兮草短，月色苦兮霜白。伤心惨目，有如是耶？

吾闻之：牧用赵卒⑮，大破林胡，开地千里，遁逃匈奴。汉倾天下，财殚力痡⑯。任人而已，其在多乎？周逐猃狁⑰，北至太原，既城朔方，全师而还。饮至策勋⑱，和乐且闲，穆穆棣棣，君臣之间。秦起长城,竟海为关,荼毒生灵,万里朱殷。汉击匈奴,虽得阴山⑲,枕骸遍野,功不补患。

苍苍蒸民⑳,谁无父母?提携捧负,畏其不寿。谁无兄弟,如足如手?谁无夫妇,如宾如友?生也何恩?杀之何咎?其存其没,家莫闻知。人或有言,将信将疑。悁悁心目㉑,寝寐见之。布奠倾觞,哭望天涯。天地为愁,草木凄悲。吊祭不至,精魂何依?必有凶年,人其流离。呜呼噫嘻!时耶?命耶?从古如斯。为之奈何?守在四夷。

【注释】

① 夐(xiòng):通"迥",远。
② 铤:快跑。
③ 徭:劳役。 戍:守边。
④ 暴(pù):同"曝",暴露。
⑤ 腷(bì)臆:郁闷的心情。
⑥ 斁(dù):毁坏。
⑦ 戎:指边疆少数民族。 夏:指中原民族。
⑧ 期门:军营营门。
⑨ 旄(máo)旗:旄牛尾装饰的旗子。
⑩ 组练:战士穿的两种衣甲。这里指军队。
⑪ 析:崩裂。
⑫ 缯(zēng)纩(kuàng):丝、棉做成的衣服。缯,丝织品;纩,棉絮。
⑬ 蹙(cù):迫近。
⑭ 幂幂(mì):阴森凄惨的样子。
⑮ 牧:李牧,战国时赵国名将,曾率赵兵大破匈奴中名叫林胡的一支。
⑯ 痡(fū):疲弱。
⑰ 猃(xiǎn)狁(yǔn):我国古代居于北方的少数民族,又作"严狁"。《诗经·小雅·彤弓》有"薄伐严狁,至于太原";《小雅·出车》又有"天子命我,城彼朔方。"
⑱ 饮至:古时征伐完毕,要在宗庙告祭祖先,饮酒庆贺。 策勋:在简策上记下功勋。
⑲ 阴山:今河套以北、大漠以南群山的总称。
⑳ 蒸:众。

◎李华

㉑悁悁：忧郁的样子。

【评析】

李华是当时著名的散文家，与萧颖士齐名，时称"萧、李"。作文主张复古，开韩愈古文运动之先河。李华的文章绵密华丽，较少气势，但又清新自然，有过人之长。《吊古战场文》针对战争给人民带来极大灾难这一事实，通过对古战场的描写，对秦汉至近代上下数百千年战争的剖析和战士心理的刻画，极力描写了战争的恐惧，残酷和战士流血沙场、身卑命贱的历史和现实，表达了反对不义战争的思想感情。善用骈句，反反复复，愁惨悲哀，令人不堪再读。

元　结

元结（719年—772年），字次山，河南鲁山（今河南鲁山县）人，唐代文学家。少时不羁，十七岁始折节向学，从师于元德秀。天宝十二年（753年）举进士。安史之乱中，史思明攻河阳，肃宗召之问策，乃上《时议》三篇，擢为右金吾兵曹参军，摄监察御史，山南西道节度参谋。以讨史思明功，迁监察御史里行，进水部员外郎。代宗即位，拜道州刺史，进授容管经略使，加左金吾卫将军。罢还京师，卒赠礼部侍郎。元结是当时著名的文学家，其文风华绰约，清淡简洁，纯真自然。他是唐代古文运动的先驱者之一。有《元次山集》。

右溪记

道州城西百余步①，有小溪。南流数十步，合营溪②。水抵两岸，悉皆怪石，攲嵌盘屈③，不可名状。清流触石，洄悬激注。休木异竹④，垂阴相荫⑤。此溪若在山野，则宜逸民退士之所游处⑥；在人间⑦，可为都邑之胜境，静者之林亭⑧。而置州已来⑨，无人赏爱；徘徊溪上，为之怅然！乃疏凿芜秽，俾为亭宇；植松与桂，兼之香草⑩，以裨形胜。为溪在州右，遂命之曰"右溪"。刻铭石上，彰示来者。

【注释】

①道州：州名，治今湖南道县。

②营溪：河名，发源于湖南省宁远县南，流经道县，北至零陵县西入汀水。《元和郡县志》："道州江华县，营水出县东北。"《太平寰宇记》："道州营道县：营水在县西一里，经故城，合巢水，自东南来西流，于故城南合营水，谓之营阳峡。"

③攲（qī）嵌盘屈：倾斜嵌叠、曲折盘旋的样子。

④休木：一本作"佳木"。休，美好。

⑤阴：树荫。　荫：遮盖。

⑥逸民退士：退居山林的隐士。

⑦人间：与前文"山野"对称，指有居民的地方。

⑧静者:喜欢静的人。

⑨置州已来:成为州的治所以来。唐高祖武德四年(621年)置营州,贞观八年改为道州。已,通"以"。

⑩香草:即香茅,多年生草本植物,其根状茎蔓延,可巩固坡地。这里也指芬香的花草。

【评析】

作者擅长状物记事,短短一百多字,即把此溪的幽趣描绘得历历在目。文笔淡雅隽永,幽眇芳洁,景物清新俊秀,自成境趣,开柳宗元山水游记之先声。

白居易

白居易（772年—846年），字乐天，祖籍太原（今山西太原），后徙韩城（今陕西韩城），又徙下邽（guī）（今陕西渭南）。唐德宗贞元间进士，授秘书省校书郎。唐宪宗元和间为翰林学士，迁右拾遗，左赞善大夫。后来因为得罪权贵，贬江州司马。唐穆宗长庆年间任杭州刺史、苏州刺史，政绩卓著。唐武宗会昌初年，以刑部尚书致仕。晚年自称香山居士（香山在今河南洛阳龙门山的东边，白居易曾在那里构筑石楼）。白居易是唐朝伟大的诗人之一。他主张"文章合为时而著，歌诗合为事而作"，强调继承《诗经》的优良传统和杜甫的创作精神，反对六朝以来嘲风雪，弄花草的作品。他写的诗篇，或讽刺当时政府的横征暴敛，或攻击豪门贵族的荒淫无耻，或反对穷兵黩武的侵略战争，或反映人民生活的疾苦贫困，有较强的思想性。其散文也写得很精彩。有《白香山集》七十一卷。

庐山草堂记

匡庐奇秀，甲天下山①。山北峰曰香炉峰②，北寺曰遗爱寺③，介峰寺间④，其境胜绝⑤，又甲庐山。元和十一年秋，太原人白乐天见而爱之，若远行客过故乡，恋恋不能去，因面峰腋寺⑥，作为草堂。

明年春，草堂成。三间两柱，二室四牖，广袤丰杀⑦，一称心力⑧。洞北户，来阴风，防徂暑也⑨。敞南甍，纳阳日，虞祁寒也⑩。木，斫而已，不加丹⑪；墙，圬而已，不加白⑫。磩阶用石⑬，幂窗用纸⑭，竹帘，纻帏⑮，率称是焉⑯。堂中设木榻四，素屏二，漆琴一张，儒道佛书，各三两卷⑰。

乐天既来为主⑱，仰观山，俯听泉，傍睨竹树云石⑲，自辰及酉⑳，应接不暇㉑。俄而物诱气随，外适内和㉒。一宿体宁㉓，再宿心恬㉔，三宿后颓然嗒然㉕，不知其然而然㉖。

自问其故。答曰：是居也，前有平地，轮广十丈㉗，中有平台，半平地㉘，台南有方池，倍平台㉙。环池多山竹野卉㉚，池中生白莲白鱼。又南抵石涧，夹涧有古松老杉㉛，大仅十人围，高不知几百尺。修柯戛云㉜,低枝拂潭㉝,如幢竖㉞,如盖张㉟,如龙蛇走㊱。松下多灌丛㊲,萝茑叶蔓㊳,骈织承翳㊴,日月光不到地,盛夏风气如八九月时㊵。下铺白石,为出入道。堂北五步,据层崖积石㊶,嵌空垤块㊷,杂木异草盖覆其上。绿阴蒙蒙㊸,朱实离离㊹,不识其名,四时一色。又有飞泉植茗㊺,就以烹燀㊻,好事者见㊼,可以永日㊽。堂东有瀑布,水悬三尺,泄阶隅,落石渠㊾,昏晓如练色㊿,夜中如环珮琴筑声㉛。堂西倚北崖右趾㉜,以剖竹架空,引崖上泉,脉分线悬㉝,自檐注砌㉞,累累如贯珠㉟,霏微如雨露,滴沥飘洒,随风远去。其四傍耳目杖屦可及者㊱,春有锦绣谷花㊲,夏有石门涧云㊳,秋有虎溪月㊴,冬有炉峰雪㊵。阴晴显晦㊶,昏旦含吐㊷,千变万状,不可殚纪㊸,覙缕而言㊹,故云甲庐山者。噫!凡人丰一屋,华一箦㊺,而起居其间,尚不免有骄稳之态㊻,今我为是物主㊼,物至致知㊽,各以类至,又安得不外适内和,体宁心恬哉!昔永、远、宗、雷辈十八人同入此山㊾,老死不反,去我千载㊿,我知其心以是哉㊵!

矧予自思㊻,从幼迨老㊼,若白屋㊽,若朱门㊾,凡所止虽一日二日,辄覆篑土为台㊿,聚拳石为山,环斗水为池,其喜山水病癖如此。一旦塞剥㊵,来佐江郡,郡守以优容而抚我㊶,庐山以灵胜待我,是天与我时,地与我所㊷,卒获所好㊸,又何以求焉!尚以冗员所羁㊹,余累未尽㊺,或往或来,未遑宁处㊻。待予异时弟妹婚嫁毕㊼,司马岁秩满㊽,出处行止㊾,得以自遂㊿,则必左手引妻子,右手抱琴书,终老于斯,以成就我平生之志。清泉白石,实闻此言㊵。

时三月二十七日,始居新堂;四月九日,与河南元集虚,范阳张允中,南阳张深之,东西二林长老凑公、朗满、晦坚等凡二十有二人具斋㊶,施茶果以落之㊷。因为草堂记。

【注释】

①匡庐奇秀,甲天下山:匡庐,庐山的总名。《后汉书·郡国志》李贤注引释慧远的《庐山记略》:"山在寻阳南。……有匡俗先生者,出殷、周之际,隐遁潜居其下,受道于仙人而共岭,时谓所止为仙人之庐而命焉。"甲,第一。

②香炉峰:宋乐史《太平寰宇记》:"香炉峰在庐山西北,其峰尖圆,烟云聚散,如博山香炉之状。"

③遗爱寺:即东林寺,东晋名僧慧远所建。

④介峰寺间:在峰和寺之间。介,际。

（明）谢缙

⑤绝：极。"胜绝"也可以说成"绝胜"。

⑥腋：指肩和臂内面交接之处。　腋寺：在遗爱寺的肘腋之下，这是说距寺很近。

⑦广袤（mào）丰杀（shài）：广，东西的距离。袤，南北的距离。丰杀，或丰或杀。丰，宽大；杀，窄小。

⑧一称（chèn）心力：一，全。称，相合。心力，运用自己心思的能力。

⑨洞北户，来阴风，防徂（cú）暑也：洞，开。户，半门。一扇叫"户"，两扇叫"门"。阴风，北风。徂暑，《诗经·小雅·四月》："六月徂暑。"郑笺："徂，犹'始'也。六月乃始盛暑。"

⑩敞南甍（méng），纳阳日，虞祁寒也：敞，高。甍，屋栋。阳日，从南面射进来的日光。虞，预料，忧虑。祁，盛，大。

⑪木，斫（zhuó）而已，不加丹：斫，削皮去疵。丹，丹漆，红色的油漆。

⑫圬：用泥涂墙壁。　白：白粉之类。

⑬碱（qì）：同"砌"。

⑭幂（mì）：复，盖。这里是说糊。

⑮纻（zhù）帏：麻布作的帐子。纻，也写作"苎"，纻麻，简称"麻"。

⑯率称（chèn）是焉：率，皆，都。是，指以上所叙的那些俭朴的布置。

⑰儒道佛书，各三两卷：儒家、道教、佛教的书籍都有几卷。这是说三种书都看。

⑱为主：为草堂的主人。

⑲睨（nì）：斜视。

⑳自辰及酉：从早到晚。古人记一天的时间用子、丑、寅、卯、辰、巳、午、未、申、酉、戌、亥十二个名称。这十二个名称叫做"地支"，也叫"十二支"。"辰"是上午七点到九点。"酉"是下午五点到七点。及，到。

㉑应接不暇：《世说新语·言语》："王子敬（王献之）云：'从山阴道上行，山川自相映发，使人应接不暇。'"

㉒俄：不久。　诱：引诱。

㉓一宿：过了一夜。

㉔恬（tián）：安静。

㉕颓然嗒（tà）然：颓然，自己不约束自己的样子。嗒然，自己遗忘了自己的样子。

㉖然：如此，这样。

㉗轮广：南北叫"轮"，东西叫"广"。

㉘半平地：（平台）占平地的一半。

㉙倍平台：比平台大一倍。

㉚野卉（huì）：野草。卉，草的总称。

㉛杉（shān）：一种常绿乔木。

㉜修柯戛（jiá）云：高枝可以碰到天上的云。修，长。柯，枝。戛，击。

㉝拂潭：拂试潭水。

㉞如幢（chuáng）竖：好像幢立在那里。幢，旌幡一类的东西，把织物围成圆筒形，垂悬于直柄顶端的一个侧面。佛殿观音像的顶上往往有之。

㉟盖：伞。

㊱如龙蛇走：形容古松老杉屈曲夭矫的形状。

㊲灌丛：丛生的灌木。

㊳萝茑（niǎo）叶蔓：萝和茑的叶和茎。萝，松萝，一种蔓草。茑，一名"宛童"，一种寄生草。叶蔓，叶子和缠绕茎。

㊴骈（pián）织承翳（yì）：或骈，或织，或承，或翳。骈，并列。织，交织。承，承接。翳，隐蔽。这都是形容萝和茑的叶蔓交结的样子。

㊵风气：气候。

㊶据：依。　层：重。　崖：山边。　积：堆积。

㊷嵌空埣（dié）块：嵌空，有孔的石头。埣块，大土块。埣，突起的土。

㊸蒙蒙：密布的样子。

㊹离离：众多的样子。

㊺飞泉植茗：飞泉，从地面喷出的泉水，也称"喷泉"。植，种。茗，茶芽；一说晚采的茶。一般也用"茗"作"茶"的概称。

㊻就以烹燀（chǎn）：就着泉水和种茶地点来烹茶。燀，炊。

㊼好事者：爱好不常有之事的人。

㊽永日：长日，从早晨到日暮。

㊾石渠：用石头砌成的渠道。

㊿昏晓如练色：昏晓，黄昏和拂晓。练，柔软洁白的熟绢。昏晓

光线弱，瀑布乃呈白色。

(51)环珮：圆形的玉制装饰品。身上佩着几个，相触出声。　琴、筑：都是弦乐器。筑，以竹尺击之发声。夜间万籁俱寂，乃闻瀑布声。

(52)趾：这里指山脚。

(53)剖竹：把圆竹破为两半，剜去里面的节。

(54)脉分线悬：像血脉的分布，像线悬于空中。

(55)砌：台阶。

(56)累累：一个一个相连的样子。

(57)霏微：水点细微的样子。

(58)滴沥：点点滴滴。

(59)其四傍（páng）耳目杖屦（jù）可及者：草堂附近望得到和走得到的地方。傍，同“旁”。杖屦，指徒步。杖，拐杖，扶着走路的工具。屦，鞋。

(60)锦绣谷：庐山有锦绣峰，其下有锦绣谷。

(61)石门涧：庐山的马耳峰下有大石，高数丈，中空，俗呼为石门。其前有涧，叫“石门涧”，多云。

(62)虎溪：《莲社高贤传》：“慧远法师居东林，其处流泉匝（zā）寺，下入于溪，每送客至此，辄有虎鸣，因名虎溪。”

(63)炉峰：香炉峰。

(64)显晦：明暗。

(65)昏旦含吐：早晚吞吐（指吞吐烟云）。

(66)殚（dān）：尽。

(67)觇（luó）缕：亦作“罗缕”，可以解作“详言”“委曲”等，这里相当于“概括”。

(68)丰一屋，华一箦（zé）：丰，华，都作动词用。箦，竹席。

(69)骄稳：骄傲，安稳。

(70)是物：指庐山草堂。

(71)物：指各种奇景。　致知：开发智慧。《礼记·大学》：“致知在格物”。

(72)昔永、远、宗、雷辈十八人：慧远建东林寺，谢灵运为凿池植白莲。慧远因与慧永、慧持，及道生、昙顺、僧叡、昙恒、道昞、昙诜（shēn）、道敬、佛驮（tuó）邪舍、佛驮跋跎罗，名儒宗炳、雷次宗、刘程之、张野、周续之、张诠结社念佛，号十八贤（见《莲社高贤传》）。

(73)去我千载：距离我有千年之久。慧远、慧永等十八人入庐山在东晋后期（五世纪初），距白居易写这篇文章约四百年。此文所谓“去我千载",极言时间相距很远。
⑭以:因。
⑮矧(shěn):况。
⑯追:及,到。
⑰若:或。 白屋:茅屋。也有人说,用在建筑上的木材都不施采画的房屋叫"白屋"。此泛指穷苦人家的屋子。
⑱朱门:红漆大门,指富贵人家的住宅。
⑲辄复篑(kuì)土为台:辄,往往。复,倒下。篑,盛土的竹筐。"篑土"的"篑"和下文"拳石"的"拳"、"斗水"的"斗",都是形容少和小。
⑳蹇(jiǎn)剥:《易经》二卦名。这里指遭遇不好的命运。
㉑来佐江郡:来作江州司马。佐,辅佐。司马,是辅佐刺史的官。江郡,就是江州。
㉒郡守以优容而抚我:郡守,指江州刺史。优容,宽容优待。《旧唐书·白居易传》载白居易出游庐山,"或经时不归,或逾月而返。郡守以朝贵遇之,不之责"。
㉓天与我时,地与我所:天给我闲暇的时间,地给我游览的处所。
㉔卒获所好(hào):终于得到自己所爱好的。指满足了爱山水之癖。
㉕冗员所羁:司马这个官职事务不多,无关重要,所以说是"冗员"。羁,羁绊,束缚。
㉖馀累未尽:还不免有案牍公事之累。
㉗未遑宁处:没有功夫安安稳稳地居住。遑,闲暇。
㉘异时:以后的日子。
㉙岁秩满:规定的任职年限满了。唐朝地方官一般是三年一任,任满就要迁官。秩满,任满。秩,指任官的年限。
㉚出处:进退。处,不出。
㉛自遂:犹言"自由",自己顺从自己的心愿。遂,顺从,顺从其心愿。
㉜清泉白石,实闻此言:对着清泉白石发誓,"实闻此言"是发誓的语气。
㉝河南:今河南洛阳。 范阳:今北京市一带。 南阳:今河南省南阳市。元集虚等三人都是有学问没做官的人。 东西二林长老凑(còu)公、朗满、晦坚等:东西二林,指东林寺、西林寺。长老,称呼年德俱高的僧人。凑公、朗满、晦坚,是东西二林长老的名字。
㉞具斋:准备斋饭。

㉔落之：庆贺新堂的落成。落，落成，这里是庆祝完成。

【评析】

　　这篇文章选自《白氏长庆集》。唐宪宗元和十年（815年），白居易因为越职言事，又被人诬为不孝，被贬为江州司马。司马是没有一定职务也不负什么责任的闲官。他在《江州司马厅记》里说："州民康，非司马功；郡政坏，非司马罪。无言责，无事忧"。这使他精神上很苦闷。江州在唐朝属江南西道，州治设于浔阳（今江西省九江市），地当长江中流，古迹名胜很多，最出名的就是庐山。庐山离浔阳约四十余里，风景清幽，多奇峰古寺。元和十一年秋天，白居易往游庐山，在东林寺住了几天。到处野猿山鸟弄客呼人。他最爱香炉峰北，遗爱寺南，介于峰寺之间的一带地方，因此，就着手修筑草堂，准备将来终老于此。在这篇文章里，他只写出流连风景，乐天安命的消极思想。但是他在江州写的《与元九书》，就与此篇有所不同。因此，他当时的思想是有些矛盾的。虽名曰"草堂记"，对草堂的描写却十分简略，而用更多的笔墨描写草堂周围的景色。作者用细致的笔触，清丽的语言，浓淡相宜的色彩，描绘出一幅雄奇绚丽的山水画卷。而"外适内和，体宁心恬"只是表面现象，作者并没有从美景中得到真正的解脱，一种抑郁烦闷的心情还是无可掩饰地流露了出来。

韩　愈

韩愈（768年—824年），字退之，河南河阳（今河南孟县）人，郡望昌黎（今河北昌黎），自称昌黎韩愈，所以后人也称他为韩昌黎。贞元八年（792年）中进士，曾任观察推官、四门博士、监察御史。唐宪宗即位后任江陵府法曹参军、国子监博士、兵部侍郎、吏部侍郎。在中唐文坛上，韩愈可以说是最重要的人物，一方面他作为文坛领袖，广交文友，提携后学，在他周围聚集了一大批志趣相投、风格相近的文人如孟郊、贾岛、李贺、皇甫湜、卢仝、李翱等，形成了一股诗文革新的力量；另一方面他提出了"以文载道"的口号，借"宜师古圣贤人"的旗帜反对浮靡空洞、徒尚丽辞的骈体文，以"不平则鸣"、"穷苦之言易好"的说法补充载道文章缺乏真性情的缺陷，以"辞必己出"的主张提出了"自树立，有因循"的创作风格，从中使中唐文坛形成了一股散文革新的浪潮，即后人所谓的"古文运动"，使中唐文体发生了巨大的变化。作为唐宋八大家之首、古文运动领袖，他的散文的确别具一格，完全打破了六朝以来骈俪文风。首先是情感色彩与个性意识很强烈；其次是语言多创新。他不仅注意从古人语言里推陈出新，还注意从口语俗话中提炼新词，既善于化古为今，又善于化俗为雅，甚至一些刺激性很强或生涩拗口的词汇也被他拈来融入文中并产生了强烈的效果；第三，韩愈的散文很注意句式设计，他常运用重复、排比和对仗等句式，或长或短，变化无常，以此来增加文章的节奏感与韵律感，弥补了散文音节不够响亮的缺陷；同时，他极为注意通篇的布局结构，或急或缓，或正反对映，或层层推进，灵活多变。他的散文的"猖狂恣肆"正是个性强烈、气势逼人、文字奇崛新颖、句式参差交错、结构变化开阖这种内容与形式的结合而产生的文学效果。

原　道

博爱之谓仁，行而宜之之谓义，由是而之焉之谓道，足乎己无待于外之谓德。仁与义为定名，道与德为虚位。故道有君子小人，而德有凶有吉。老子之小仁义，非毁之也，其见者小也。坐井而观天，曰

"天小"者,非天小也。彼以煦煦为仁,孑孑为义,其小之也则宜。其所谓道,道其所道,非吾所谓道也;其所谓德,德其所德,非吾所谓德也。凡吾所谓道德云者,合仁与义言之也,天下之公言也;老子之所谓道德云者,去仁与义言之也,一人之私言也。

周道衰,孔子没,火于秦。黄、老于汉①,佛于晋、魏、梁、隋之间,其言道德仁义者,不入于杨②,则入于墨③;不入于老,则入于佛。入于彼,必出于此。入者主之,出者奴之;入者附之,出者污之。噫!后之人其欲闻仁义道德之说,孰从而听之?老者曰:"孔子,吾师之弟子也。"佛者曰:"孔子,吾师之弟子也。"为孔子者,习闻其说,乐其诞而自小也,亦曰:"吾师亦尝师之云尔。"不惟举之于其口,而又笔之于其书。噫!后之人虽欲闻仁义道德之说,其孰从而求之?甚矣!人之好怪也!不求其端,不讯其末,惟怪之欲闻。

古之为民者四,今之为民者六;古之教者处其一,今之教者处其三。农之家一,而食粟之家六;工之家一,而用器之家六;贾之家一,而资焉之家六。奈之何民不穷且盗也!

古之时,人之害多矣。有圣人者立,然后教之以相生相养之道,为之君,为之师。驱其虫蛇禽兽,而处之中土。寒然后为之衣,饥然后为之食。木处而颠,土处而病也,然后为之宫室。为之工以赡其器用,为之贾以通其有无,为之医药以济其夭死,为之葬埋、祭祀以长其恩爱,为之礼以次其先后,为之乐以宣其湮郁,为之政以率其怠倦④,为之刑以锄其强梗。相欺也,为之符玺、斗斛、权衡以信之⑤;相夺也,为之城郭、甲兵以守之。害至而为之备,患生而为之防。今其言曰:"圣人不死,大盗不止,剖斗折衡,而民不争。"呜呼!其亦不思而已矣!如古之无圣人,人之类灭久矣。何也?无羽毛鳞介以居寒热也,无爪牙以争食也。

是故君者,出令者也;臣者,行君之令而致之民者也;民者,出粟米麻丝、作器皿、通货财以事其上者也。君不出令,则失其所以为君;臣不行君之令而致之民,则失其所以为臣;民不出粟米麻丝、作器皿、通货财以事其上,则诛。今其法曰:"必弃而君臣,去而父子,禁而相生相养之道。"以求其所谓"清净""寂灭"者。呜呼!其亦幸而出于三代之后,不见黜于禹、汤、文、武、周公、孔子也;其亦不幸而不出生于三代之前,不见正于禹、汤、文、武、周公、孔子也。

帝之与王,其号虽殊,其所以为圣一也。夏葛而冬裘,渴饮而饥食,其事虽殊,其所以为智一也。今其言曰⑥:"曷不为太古之无事?"

是亦责冬之裘者曰："曷不为葛之之易也？"责饥之食者曰："曷不为饮之之易也？"《传》曰："古之欲明明德于天下者，先治其国；欲治其国者，先齐其家；欲齐其家者，先修其身；欲修其身者，先正其心；欲正其心者，先诚其意。"然则古之所谓正心而诚意者，将以有为也。今也欲治其心，而外天下国家，灭其天常，子焉而不父其父，臣焉而不君其君，民焉而不事其事。孔子之作《春秋》也，诸侯用夷礼则夷之⑦，进于中国则中国之。经曰："夷狄之有君，不如诸夏之亡。"《诗》曰："戎狄是膺，荆舒是惩⑧。"今也举夷狄之法，而加之先王之教之上，几何其不胥而为夷也！

夫所谓先王之教者，何也？博爱之谓仁，行而宜之之谓义，由是而之焉之谓道，足乎己无待于外之谓德。其文，《诗》、《书》、《易》、《春秋》；其法，礼、乐、刑、政；其民，士、农、工、贾；其位，君臣、父子、师友、宾主、昆弟、夫妇；其服，麻、丝；其居，宫、室；其食，粟米、果蔬、鱼肉。其为道易明，而其为教易行也。是故以之为己，则顺而祥；以之为人，则爱而公；以之为心，则和而平；以之为天下国家，无所处而不当。是故生则得其情，死则尽其常；郊焉而天神假⑨，庙焉而人鬼飨⑩。曰："斯道也，何道也？"曰："斯吾所谓道也，非向所谓老与佛之道也。尧以是传之舜，舜以是传之禹，禹以是传之汤，汤以是传之文、武、周公，文、武、周公传之孔子，孔子传之孟轲；轲之死，不得其传焉。荀与扬也⑪，择焉而不精，语焉而不详。由周公而上，上而为君，故其事行；由周公而下，下而为臣，故其说长。"然则如之何而可也？曰："不塞不流，不止不行。人其人，火其书，庐其居，明先王之道以道之，鳏寡孤独废疾者有养也。其亦庶乎其可也。"

【注释】

①黄老：指汉初流行起来以黄、老为祖的道家流派。黄，黄帝；老，老子。在汉武帝实行"罢黜百家，独尊儒术"之前，黄老学派在中国社会思想中占据统治地位，并推动了汉初社会的稳定和国民经济的恢复。

②杨：杨朱，战国时哲学家。主张利己，拔一毛以利天下而不为。

③墨：墨翟，战国初年思想家。其思想主要有"尚贤"、"尚同"等，代表了当时新兴起的小农阶层思想。

④率：通"律"。

⑤符：符节，双方各执一半以为凭信。　玺：印信。　斛（hú）：量器。　权：秤砣。　衡：秤杆。
⑥今其言曰：语出《庄子·胠箧》。
⑦夷：泛指中原地区之外的少数民族。
⑧《诗》曰：见《诗经·鲁颂·閟宫》。　膺：攻击。　荆舒：荆即荆楚，楚曾长期与中原的周部族为敌；舒指居于今淮河中下游地区的群舒，当时的少数部族，后尽为楚所灭。
⑨假：通"格"，到。
⑩飨：通"享"。
⑪荀：荀子，名况，战国末年思想家。　扬：扬雄，西汉思想家、文学家。

【评析】

《原道》是韩愈宣扬儒家思想、"圣人之道"以排斥佛老的代表作。文中强调儒家的"圣人之道"，并以此为依据，对佛教和道教进行了猛烈的抨击。唐代宗教盛行，崇佛奉道在李姓皇室的提倡下成为普遍的社会风气。中唐以后，宗教徒大量增加，僧道成为一个庞大的寄生阶层。他们占有大量土地，广建宏伟而无用的佛寺道观，不纳赋税，游手好闲，严重危害国计民生。韩愈的文章切中时弊，说理透辟，淋漓尽致，结构严谨，逻辑极强，雄奇奔放，气势磅礴，如长风巨浪，势不可挡。

原　毁

◎韩愈

古之君子，其责己也重以周，其待人也轻以约。重以周，故不怠；轻以约，故人乐为善。闻古之人有舜者，其为人也，仁义人也。求其所以为舜者，责于己曰："彼，人也；予，人也。彼能是，而我乃不能是！"早夜以思，去其不如舜者，就其如舜者。闻古之人有周公者，其为人也，多才与艺人也。求其所以为周公者，责于己曰："彼，人也；予，人也。彼能是，而我乃不能是！"早夜以思，去其不如周公者，就其如周公者。舜，大圣人也，后世无及焉；周公，大圣人也，后世无及焉。是人也，乃曰："不如舜，不如周公，吾之病也。"是不亦责于身者重以周乎？其于人也，曰："彼人也，能有是，是足为良人矣。能善是,是足为艺人矣。"取其一,不责其二;即其新,不究其旧。恐恐然惟惧其人之不得为善之利。一善,易修也。一艺,易能也。其于人也,乃曰:"能有是,是亦足矣。"曰:"能善是,是亦足矣。"不亦待于人者轻以约乎?

今之君子则不然。其责人也详,其待己也廉。详,故人难于为善;廉,故自取也少。己未有善,曰:"我善是,是亦足矣。"己未有能,曰:"我能是,是亦足矣。"外以欺于人,内以欺于心,未少有得而止矣。不亦待其身者已廉乎?其于人也,曰:"彼虽能是,其人不足称也。彼虽善是,其用不足称也。"举其一,不计其十;究其旧,不图其新。恐恐然惟惧其人之有闻也①。是不亦责于人者已详乎?夫是之谓不以众人待其身,而以圣人望于人,吾未见其尊己也。

虽然,为是者,有本有原,怠与忌之谓也。怠者不能修,而忌者畏人修。吾尝试之矣。尝试语于众曰:"某良士,某良士。"其应者,必其人之与也;不然,则其所疏远不与同其利者也;不然,则其畏也。不若是,强者必怒于言,懦者也必怒于色矣。又尝语于众曰:"某非良士,某非良士。"其不应者必其人之与也;不然,则其所疏远不与同其利者也;不然,则其畏也。不若是,强者必说于言,懦者必说于色矣②。是故事修而谤兴,德高而毁来。呜呼!士之处此世,而望名誉之光、道德之行,难已!

将有作于上者,得吾说而存之,其国家可几而理欤③!

【注释】

①闻(wèn):声誉、名望。
②说:通"悦",高兴。
③几:庶几,差不多。

【评析】

韩愈所生活的时代,正是朋党纷争、士人间排挤倾轧、统治阶级内部矛盾激烈的中唐。仅以科举取士而言,其中的相互倾轧已非常激烈。出身低微者几无仕途通达的希望。韩愈本人便深受其害。所以,《原毁》切中时弊,从"责己"与"待人"两个方面着笔,精辟地分析了当时的社会现象和士大夫情状,抨击了当时上层社会流行的嫉妒、毁谤后进之士的恶劣风气。文章构思精巧,条理严谨,立论鲜明,说理透辟,通篇采用对比排句,前后照应,环环紧扣,层层深入,波澜变幻。

获麟解

麟之为灵①,昭昭也。咏于《诗》,书于《春秋》,杂出于传记百家之书,虽妇人小子皆知其为祥也。

然麟之为物,不畜于家,不恒有于天下。其为形也不类,非若马、牛、犬、豕、豺、狼、麋、鹿然。然则虽有麟,不可知其为麟也。角者,吾知其为牛;鬣者②,吾知其为马;犬、豕、豺、狼、麋、鹿,吾知其为犬、豕、豺、狼、麋、鹿;惟麟也不可知。不可知,则其谓之不祥也亦宜。虽然,麟之出,必有圣人在乎位,麟为圣人出也。圣人者,必知麟。麟之果不为不祥也。

又曰:"麟之所以为麟者,以德不以形。若麟之出不待圣人,则谓之不祥也亦宜。"

【注释】

①麟:麒麟,古代传说中的一种仁兽,其性柔和,是吉祥的象征。
②鬣(liè):马颈上的长毛。

【评析】

《获麟解》是韩愈针对当时盛行的以麟为祥瑞而献上求媚之风而作。文中对所谓"麟"作了剖析,不但指出了它不存在,也指出它可以谓之不祥。全文凡五转,自"麟之为灵"振其全篇,写麟之知其为祥,不可知其为麟,所以为灵。既不可知其为麟,则谓麟为不祥之物亦无足怪。若必待知麟之圣人出,则麟固无有。若出非其时,则失其所以为麟,何祥之有?文章虽短,却跌宕生姿。

杂说一

龙嘘气成云,云固弗灵于龙也。然龙乘是气,茫洋穷乎玄间①,薄日月②,伏光景③,感震电④,神变化,水下土,汩陵谷⑤。云亦灵怪矣哉!

云,龙之所能使为灵也。若龙之灵,则非云之所能使为灵也。然龙弗得云，无以神其灵矣。失其所凭依，信不可欤！异哉！其所凭依，乃其所自为也。《易》曰："云从龙"⑥。既曰龙，云从之矣。

【注释】

①茫洋：浩渺无际的样子。　玄间：天空。古代有"天玄地黄"之说。玄是青黑色。

②薄：迫近。

③伏：藏匿，遮蔽。　景：通"影"。

④感：通"撼"，动摇。

⑤汩（gǔ）：淹没。

⑥《易》曰：见《易·系辞传》。

杂说四

世有伯乐①，然后有千里马。千里马常有，而伯乐不常有，故虽有名马，只辱于奴隶人之手，骈死于槽枥之间②，不以千里称也。

马之千里者，一食或尽粟一石，食马者不知其能千里而食也③。是马也，虽有千里之能，食不饱，力不足，才美不外见，且欲与常马等不可得，安求其能千里也！

策之不以其道，食之不能尽其材，鸣之而不能通其意，执策而临之曰："天下无马。"呜呼！其真无马邪？其真不知马也！

【注释】

①伯乐：相传为春秋秦穆公时人，以善相马著称。

②槽枥：马厩。盛马料的叫槽，马厩叫枥。

③食（sì）：通"饲"。

【评析】

韩愈的《杂说》，是他屡遭贬斥之后的作品。这些小品文都带有寓言性质，写来笔锋犀利，形式活泼，短小精悍。寓意委曲深致，文气矫健挺拔，有尺幅千里之势，脍炙人口！历来为人们所传诵。《杂说一》仅百余字，却作六节转换，一句一转，一转一意，若断若续，怪怪奇奇。《杂说四》以良马喻英雄，谓英雄豪杰必遇知己，斯可展布其材,否则埋没多矣,极写知遇之难。

师　说

　　古之学者必有师。师者,所以传道、受业、解惑也①。人非生而知之者,孰能无惑?惑而不从师,其为惑也,终不解矣。

　　生乎吾前,其闻道也固先乎吾,吾从而师之;生乎吾后,其闻道也亦先乎吾,吾从而师之。吾师道也,夫庸知其年之先后生于吾乎?是故无贵无贱,无长无少,道之所存,师之所存也。

　　嗟乎!师道之不传久矣,欲人之无惑也难矣。古之圣人,其出人也远矣,犹且从师而问焉;今之众人,其下圣人也亦远矣,而耻学于师。是故圣益圣,愚益愚。圣人之所以为圣,愚人之所以为愚,其皆出于此乎?

　　爱其子,择师而教之。于其身也,则耻师焉,惑矣!彼童子之师,授之书而习其句读者也,非吾所谓传其道、解其惑者也。句读之不知,惑之不解,或师焉,或不焉,小学而大遗,吾未见其明也。

　　巫医、乐师、百工之人,不耻相师。士大夫之族,曰师、曰弟子云者,则群聚而笑之。问之,则曰:"彼与彼年相若也,道相似也。"位卑则足羞,官盛则近谀。呜呼!师道之不复,可知矣。巫医、乐师、百工之人,君子不齿,今其智乃反不能及,其可怪也欤!

　　圣人无常师。孔子师郯子、苌宏、师襄、老聃②。郯子之徒,其贤不及孔子。孔子曰③:"三人行,则必有我师。"是故弟子不必不如师,师不必贤于弟子,闻道有先后,术业有专攻,如是而已。

　　李氏子蟠④,年十七,好古文,六艺经传皆通习之,不拘于时,学于余。余嘉其能行古道,作《师说》以贻之。

【注释】

①受:通"授"。

②郯(tán)子:春秋时期郯国国君。据说孔子曾向他请教少皞氏时代的官职名称。郯国故地在今山东郯城。　苌(cháng)宏:东周敬王时大夫。孔子曾向他请教音乐知识。　师襄:春秋时鲁国乐官。也称师襄子。传说孔子曾跟从他学琴。　老聃(dān):即老子。

③孔子曰:引文见《论语·述而》。

◎韩愈

④李氏子蟠：唐德宗贞元十九年（803年）进士。

【评析】

《师说》是韩愈写给李蟠的赠言，实际却写成了一篇议论文。文中提出了恢复师道的主张，强调了老师的作用，论述了从师、尊师的重要性和择师的原则，并辛辣地抨击了当时士大夫阶层以相师为耻的恶劣风气。全文说理透彻，逻辑性强，文字简练，感情充沛，自然灵活，富有气势和强烈的说服力。

进学解

国子先生晨入太学①，招诸生立馆下，诲之曰："业精于勤，荒于嬉；行成于思，毁于随。方今圣贤相逢，治具毕张，拔去凶邪，登崇俊良。占小善者率以录，名一艺者无不庸。爬罗剔抉，刮垢磨光。盖有幸而获选，孰云多而不扬。诸生业患不能精，无患有司之不明；行患不能成，无患有司之不公。"

言未既，有笑于列者曰："先生欺余哉！弟子事先生，于兹有年矣。先生口不绝吟于六艺之文，手不停披于百家之编；纪事者必提其要，纂言者必钩其玄；贪多务得，细大不捐；焚膏油以继晷②，恒兀兀以穷年③。先生之业，可谓勤矣。觝排异端，攘斥佛老；补苴罅漏④，张皇幽眇⑤；寻坠绪之茫茫，独旁搜而远绍；障百川而东之，回狂澜于既倒。先生之于儒，可谓劳矣。沉浸醲郁⑥，含英咀华。作为文章，其书满家。上规姚姒⑦，浑浑无涯，周《诰》殷《盘》⑧，佶屈聱牙，《春秋》谨严，《左氏》浮夸，《易》奇而法，《诗》正而葩；下逮《庄》、《骚》，太史所录⑨，子云、相如，同工异曲。先生之于文，可谓闳其中而肆其外矣。少始知学，勇于敢为；长通于方，左右具宜。先生之为人，可谓成矣。然而公不见信于人，私不见助于友，跋前踬后⑩，动辄得咎。暂为御史⑪，遂窜南夷⑫。三年博士⑬，冗不见治。命与仇谋，取败几时。冬暖而儿号寒，年丰而妻啼饥。头童齿豁⑭，竟死何裨？不知虑此，反教人为？"

先生曰："吁！子来前！夫大木为杗⑮，细木为桷⑯，欂栌、侏儒，椳、闑、扂、楔⑰，各得其宜，施以成室者，匠氏之工也。玉札、丹砂、赤箭、青芝、牛溲、马勃、败鼓之皮，俱收并蓄，待用无遗者，医师之良也。登明选公，杂进巧拙，纡馀为妍，卓荦为杰，校短量长，惟器是适者，宰相之方也。昔者孟轲好辩，孔道以明，辙环天下，卒老于行；荀卿守正，大论是弘，逃谗于楚，废死兰陵⑱。是二儒者，吐辞为经，举足为法，绝类离伦，优入圣域，其遇于世何如也？今先生学虽勤而不由其统，言虽多而不要其中⑲，文虽奇而不济于用，行虽修而不显于众。犹且月费俸钱，岁糜廪粟⑳，子不知耕，妇不知织，乘马从徒，安坐而食，踵常途之役役㉑，窥陈编以盗窃，然而圣主不加诛，宰臣不见斥，非其幸欤！动而得谤，名亦随之。投闲置散，乃分之宜。若夫商财贿之有亡，计班资之崇庳㉒，忘己量之所称，指前人之瑕疵，是所谓诘匠氏之不以杙为楹㉓，而訾医师以昌阳引年㉔，欲进其豨苓也㉕。"

【注释】

①国子先生：韩愈自称。国子指国子学，唐代的教育主管机构和最高学府，隶属国子监。韩愈当时任国子学博士。

②晷（guǐ）：日影。

③兀兀：劳苦的样子。

④觝：同"抵"。 补苴（jū）：弥补。 罅（xià）：裂缝。

⑤张皇：张大、光大。

⑥酿（nóng）郁：浓厚。

⑦姚姒：姚，虞姓；姒，夏姓。这里指《尚书》中的《虞书》、《夏书》。

⑧周《诰》：指《尚书》中的《大诰》、《康诰》、《酒诰》、《召诰》、《洛诰》等篇。 殷《盘》：指《尚书》中的《盘庚》三篇。

⑨太史：指太史公司马迁，曾任太史令。

⑩跋前疐（zhí）后：《诗经·豳风·狼跋》有："狼跋其胡，载疐其尾。"说老狼往前踩住自己颔下的肉，往后则被尾巴绊住。比喻进退困难。跋，踏。胡，老狼颔下的悬肉。疐，绊。

⑪御史：御史大夫，始设于秦代，后历代沿之，专掌监察。

⑫南夷：南方少数民族地区。贞元十九年（803年），韩愈由监察御史贬为阳山（今广东阳山）令。

⑬三年博士：韩愈在元和年间共做了三年国子博士。

⑭童：山无草木。这里比喻秃顶。

⑮亲（máng）：屋梁。

⑯桷（jué）：屋椽。

⑰欂栌：短柱。　侏儒：短椽。　椳：门。

⑱兰陵：在今山东苍山西南兰陵镇一带。荀卿曾为兰陵令，后被废，即死在这里。

⑲要（yāo）：把握。

⑳糜（mí）：耗费。　廪：米仓。

㉑役役：拘谨的样子。

㉒庳：低。

㉓杙（yì）：小木桩。

㉔訾（zǐ）：指责。　昌阳：即昌蒲，据说久服可以延年益寿。

㉕豨苓：即猪岭，有利尿作用。

【评析】

《进学解》是宪宗元和七年（812年）韩愈由职方员外郎被贬后再任国子博士的第二年（813年）写的一篇赋体杂感。"进学"指使学业有所进益。韩愈自视才高，却屡遭贬谪，对此深为不满，所以写《进学解》以抒发自己怀才不遇的怨愤。这篇文章在写法上模仿汉东方朔的《答客难》和扬雄的《解嘲》，表现形式非常巧妙。文章骈散兼行，句式整齐而富于变化，又善于熔古铸今，议论精辟简约，使文章富有气势。并以幽默的反语，形象的比喻，造成文章强烈的感染力。而且选语精粹，善于吸收当代富有表现力的口语创造出新的文学语言，使文章新颖准确，生动活泼。

送孟东野序

大凡物不得其平则鸣。草木之无声，风挠之鸣。水之无声，风荡之鸣。其跃也或激之，其趋也或梗之，其沸也或炙之。金石之无声，或击之鸣。人之于言也亦然，有不得已者而后言，其歌也有思①，其哭也有怀。凡出乎口而为声者，其皆有弗平者乎！

乐也者，郁于中而泄于外者也，择其善鸣者而假之鸣。金、石、丝、竹、匏、土、革、木八者②，物之善鸣者也。维天之于时也亦然，择其善鸣者而假之鸣。是故以鸟鸣春，以雷鸣夏，以虫鸣秋，以风鸣冬。四时之相推夺，其必有不得其平者乎！

其于人也亦然。人声之精者为言，文辞之于言，又其精也，尤择其善鸣者而假之鸣。其在唐、虞，咎陶、禹③，其善鸣者也，而假以鸣。夔弗能以文辞鸣，又自假于《韶》以鸣④。夏之时，五子以其歌鸣⑤。伊尹鸣殷⑥，周公鸣周⑦。凡载于《诗》、《书》六艺，皆鸣之善者也。周之衰，孔子之徒鸣之，其声大而远。《传》曰："天将以夫子为木铎⑧。"其弗信矣乎？其末也，庄周以荒唐之辞鸣⑨。楚，大国也，其亡也，以屈原鸣⑩。臧孙辰、孟轲、荀卿⑪，以道鸣者也。杨朱、墨翟、管夷吾、晏婴、老聃、申不害、韩非、慎到、田骈、邹衍、尸佼、孙武、张仪、苏秦之属⑫，皆以其术鸣。秦之兴，李斯鸣之⑬。汉朝之时，司马迁、相如、扬雄⑭，最其善鸣者也。其下魏、晋氏，鸣者不及于古，然亦未尝绝也。就其善者，其声清以浮，其节数以急，其辞淫以哀，其志弛以肆，其为言也，乱杂而无章。将天丑其德莫之顾邪？何为乎不鸣其善鸣者也？

唐之有天下，陈子昂、苏源明、元结、李白、杜甫、李观⑮，皆以其所能鸣。其存而在下者，孟郊东野始以其诗鸣⑯。其高出魏、晋，不懈而及于古，其他浸淫乎汉氏矣。从吾游者，李翱、张籍其尤也⑰。三子者之鸣信善矣。抑不知天将和其声而使鸣国家之盛邪？抑将穷饿其身、思愁其心肠，而使自鸣其不幸邪？三子者之命，则悬乎天矣。其在上也，奚以喜？其在下也，奚以悲？东野之役于江南也，有若不释然者，故吾道其命于天者以解之。

【注释】

①讴：同歌。

②金、石、丝、竹、匏（páo）、土、革、木：中国传统乐器的八种制作材料，也用来指各类乐器。金指金属乐器如钟、铙等；石指石制乐器如磬等；丝指琴、瑟等弦乐器；竹指笙、簧等竹管乐器，匏指竽等乐器；土指埙等土制乐器；革指鼓等皮制乐器；木指敔等木制乐器。

③咎（gāo）陶（yáo）：相传为舜的臣。　禹：传说中氏族社会部落首领。

④《韶》：传说舜时乐官夔所作的乐曲。

⑤五子：传说为夏王太康的五个弟弟，曾作歌讽谏太康。

⑥伊尹：商初贤相。传说他曾作《汝鸠》等文，今佚。

⑦周公：即周公旦，西周政治家。作有《大诰》等文。

⑧木铎：以木为舌的铃。引文见《论语·八佾》。

⑨庄周：战国时哲学家。其思想见于《庄子》一书。

⑩屈原：战国时文学家。有《离骚》等作品传世。

⑪臧（zāng）孙辰：春秋时鲁大夫。 孟轲（前372年—前289年）：战国时思想家。其言行主要见之于《孟子》一书。 荀卿：战国时思想家。其言行主要见于《荀子》一书。

⑫杨朱：战国时思想家。 墨翟：春秋时思想家，其言行主要见于《墨子》一书。 管夷吾：即管仲，春秋时人，有《管子》一书，为其后人收集他的言论而成。 晏婴：春秋时人，后人收集其言行资料编为《晏子春秋》一书。 老聃：春秋时思想家，著有《老子》。申不害：战国时人，相传著《申子》，现仅存其中的《大体篇》。 韩非（前280年—前233年）：战国时期思想家，著有《韩非子》。 慎到：战国时人，著有《慎子》。 田骈：战国时人，其著《田子》一书，今已不存。 邹衍：战国时人，其文不传世。 尸佼（jiǎo）：战国时人，著有《尸子》。 孙武：春秋时人，著有《孙子兵法》。 张仪：战国时纵横家。 苏秦：战国时纵横家。

⑬李斯：曾任秦相。世有《谏逐客书》流传。为秦始皇统一中国立下大功，后为秦二世所杀。

⑭司马迁：西汉时人，著作有《史记》。 相如：西汉人，即司马相如，辞赋家。 扬雄：西汉人，辞赋家，著作有《太玄》、《法言》、《方言》等。

⑮陈子昂：唐初诗人。 苏源明：唐代人，著名诗人，工文辞。 元结：唐代文学家。 李观：唐代文学家。

⑯孟郊：字东野（751年—814年），中晚唐诗人。一生贫寒，直到五十岁时才得了个溧阳县尉的官。

⑰李翱：唐代散文家，曾从韩愈学古文，是"古文运动"的积极参予者。 张籍：唐代文学家，诗人。

【评析】

孟郊少年时隐居嵩山，壮年屡试不第，近五十岁才中进士，任溧阳县尉，怀才不遇，心中郁结寒辛之苦，感伤之情。孟郊与韩愈交往深厚，韩愈对孟郊深表同情。在这篇序文中，韩愈一方面发泄了为孟东野鸣不平的忧愤情绪，另一方面通过自然界和人事间的大量事例，劝解、宽慰孟郊，以便使其振作精神，消除烦闷。文章通篇立论着眼于"鸣"字上,贯穿始终,多方取譬,反复论述,文笔纵横,一气贯注,论述充分,寓意深远。

送李愿归盘谷序

太行之阳有盘谷。盘谷之间,泉甘而土肥,草木丛茂,居民鲜少。或曰:"谓其环两山之间,故曰盘。"或曰:"是谷也,宅幽而势阻,隐者之所盘旋。"友人李愿居之①。

愿之言曰:"人之称大丈夫者,我知之矣。利泽施于人,名声昭于时,坐于庙朝②,进退百官,而佐天子出令。其在外,则树旗旄③,罗弓矢,武夫前呵,从者塞途,供给之人,各执其物,夹道而疾驰。喜有赏,怒有刑。才俊满前,道古今而誉盛德,入耳而不烦。曲眉丰颊,清声而便体④,秀外而惠中,飘轻裾,翳长袖⑤,粉白黛绿者,列屋而闲居,妒宠而负恃,争妍而取怜。大丈夫之遇知于天子,用力于当世者之所为也。吾非恶此而逃之,是有命焉,不可幸而致也。

"穷居而野处,升高而望远,坐茂树以终日,濯清泉以自洁。采于山,美可茹;钓于水,鲜可食。起居无时,惟适之安,与其有誉于前,孰若无毁于其后?与其有乐于身,孰若无忧于其心?车服不维,刀锯不加,理乱不知,黜陟不闻。大丈夫不遇于时者之所为也,我则行之。

"伺候于公卿之门,奔走于形势之途,足将进而趑趄⑥,口将言而嗫嚅,处污秽而不羞,触刑辟而诛戮,侥幸于万一,老死而后止者,其于为人贤不肖何如也?"

昌黎韩愈,闻其言而壮之,与之酒而为之歌曰:"盘之中,维子之宫。盘之土,可以稼。盘之泉,可濯可沿。盘之阻,谁争子所?窈而深,廓其有容;缭而曲,如往而复。嗟盘之乐兮,乐且无央。虎豹远迹兮,蛟龙遁藏。鬼神守护兮,呵禁不祥。饮且食兮寿而康,无不足兮奚所望?膏吾车兮秣吾马,从子于盘兮,终吾生以徜徉。"

【注释】

①李愿:韩愈的朋友,当时隐居在太行山南面的盘谷。盘谷在今河南省济源市境,旧济源县北约三十里。

②庙:这里指帝王的宗庙,是古代帝王祭祀和议事的地方。

③旄(máo):古代用旄牛尾装饰的旗帜。

④便（pián）体：体态轻盈。
⑤曳（yì）：拖着。
⑥趑（zī）趄（jū）：犹豫不前的样子。

【评析】

《送李愿归盘谷序》作于德宗贞元十七年（801年），时韩愈刚从汴州、徐州的叛乱中脱险，失掉官职而到京城求官，听候调选。友人李愿即将回隐居的盘谷。韩愈写了这篇序文为他送行，并借此抒发了自己抑郁不得志的心情，辛辣地讽刺了达官显贵，以及利欲熏心、奔走权势的无耻之徒，赞扬了不与污浊的世俗同流合污而隐居山林的高洁之士。文章从正反两个方面着笔，鞭挞与歌颂两相对比，形象生动，气势充沛，声调和谐。

蓝田县丞厅壁记

丞之职所以贰令①，于一邑无所不当问。其下主簿、尉②，主簿、尉乃有分职③。丞位高而偪④，例以嫌不可否事⑤。文书行⑥，吏抱成案诣丞⑦，卷其前⑧，钳以左手⑨，右手摘纸尾⑩，雁鹜行以进⑪，平立，睨丞曰⑫："当署。"丞涉笔占位⑬，署惟谨⑭，目吏，问："可不可？"吏曰："得。"则退。不敢略省⑮，漫不知何事⑯。官虽尊，力势反出主簿、尉下。谚数慢⑰，必曰"丞"。至以相訾謷⑱。丞之设，岂端使然哉⑲？

博陵崔斯立⑳，种学绩文㉑，以蓄其有㉒，泓涵演迤㉓，日大以肆㉔。贞元初㉕，挟其能战艺于京师㉖，再进再屈千人㉗。元和初㉘，以前大理评事言得失黜官㉙，再转而为丞兹邑㉚。始至，喟曰："官无卑㉛，顾材不足塞职㉜。"既噤不得施用㉝，又喟曰："丞哉，丞哉！余不负丞，而丞负余。"则尽枿去牙角㉞，一蹉故迹㉟，破崖岸而为之㊱。

丞厅故有记，坏漏污不可读。斯立易桷与瓦㊲，墁治壁㊳，悉书前任人名氏㊴。庭有老槐四行，南墙巨竹千梃㊵，俨立若相持㊶，水潚潚循除鸣㊷。斯立痛扫溉㊸，对树二松，日哦其间。有问者，辄对曰："余方有公事，子姑去。"

考功郎中、知制诰韩愈记㊹。

【注释】

①丞：县丞。 贰：副贰、辅佐。这里作动词用。 令：县令。唐代制度，京都旁各县称为畿县，置令一人，丞一人，主簿一人，尉二人。

②主簿、尉：均为县令、县丞之下的官职。县署内设录事、司功、司仓、司户、司兵、司法、司士七司，主簿领录事司，负诸司总责。尉主地方治安。

③分职：分理诸司，各有专职。

④偪（bì）：同"逼"，迫近，侵迫。

⑤例以嫌不可否事：按照惯例为了避嫌而对公事不发表意见。

⑥文书行：传布公文。行，传布。

⑦成案：已成的案卷。 诣：到。公文经县令签署之后，还要县丞副署。

⑧卷其前：卷起公文的前面部分。意即吏不需要丞知道公文的内容。

⑨钳以左手：用左手夹住。

⑩右手摘纸尾：用右手摘出纸尾。摘，拣出某一块地方的意思。

⑪鹜：鸭子。 雁行：斜行。

⑫平立：站着。 睨（nì）：斜视。雁鹜行、平立、睨皆写吏对丞的轻蔑态度。

⑬涉笔：动笔。 占位：看着应当署名的地方。丞之属名在令之下，簿、尉之上。

⑭惟谨：很谨慎。惟，发语助词。

⑮略省：稍稍了解一下。

⑯漫：茫然的样子。

⑰数：数说，列举。 慢：散慢，闲散。

⑱訾謷（zǐ áo）：诋毁。

⑲"丞之设"两句：设立县丞一职，难道本意就是如此吗？端，本。

⑳博陵：在今河北蠡县南。 崔斯立：名立之，字斯立。

㉑种学绩文：以耕田织布为比喻，谓崔斯立勤学苦练，学有根柢。绩：纺麻。

㉒以蓄其有：以积累学术修养。

◎韩愈

㉓泓涵演迤（yí）：包孕宏深，境界广阔。
㉔日大以肆：每天都有进步，并且渐渐显露出来。
㉕贞元：唐德宗年号（785年—805年）。
㉖战艺：以文艺与人较量，指应试。
㉗再进：崔斯立于贞元四年登进士第，六年中博学宏词科。 再屈千人：两次战胜众人。
㉘元和：唐宪宗年号（806年—820年）。
㉙大理评事：官名，掌刑法，属大理寺。 言得失：上疏论朝政得失。
㉚再转：经过两次迁谪。
㉛官无卑：官职不论大小。
㉜顾：只是。 塞职：称职。
㉝喋：闭口不言。
㉞柅（niè）去牙角：去掉牙和角。柅，同"蘖"，绝。
㉟一蹑故迹：完全按照过去的样子。蹑，踩。
㊱崖岸：指人严峻而不易亲近。
㊲桷（jué）：方椽。
㊳墁：涂壁的工具。这里作动词用。
㊴悉书：全部写上。
㊵梃：枚，棵。
㊶俨立：昂首挺立。
㊷瀄瀄（guō）：水声。 除：庭阶。
㊸痛扫漑：彻底洒扫。
㊹考功郎中：官名，属吏部，掌内外文武官吏之考课。 知制诰：官名，负责起草皇帝行下的诏敕策命，一般由中书省舍人担任。

【评析】
　　自唐朝以下，朝廷各官署的办公处所，常常有"壁记"，叙述官署的创置、官秩的确定以及官员的迁授始末等，刻在壁间。写壁记的目的在于使后任了解自己的职责和前任的情况，同时也为后来的任职者树立榜样，所以一般都写得比较平实详细，不为苟饰。韩愈的这篇壁记却与一般的壁记不同。文章主要描写的是当时县丞一职，有职无权，形同虚设，还要受到吏胥的欺凌，只能低首下气，使有才能有抱负的人居此亦无所作为，并以崔斯立任蓝田县丞的种种境遇为例尽情刻画，含有深刻的讽刺意味。全文短小精悍，生动泼辣，意味深长。

送董邵南序

燕赵古称多感慨悲歌之士①。董生举进士②，连不得志于有司③，怀抱利器，郁郁适兹土，吾知其必有合也。董生勉乎哉！

夫以子之不遇时，苟慕义强仁者，皆爱惜焉，矧燕、赵之士出乎其性者哉④！然吾闻风俗与化移易，吾恶知其今不异于古所云邪？聊以吾子之行卜之也。董生勉乎哉！

吾因子有所感矣。为我吊望诸君之墓⑤，而观于其市，复有昔时屠狗者乎⑥？为我谢曰："明天子在上，可以出而仕矣！"

【注释】

①燕赵：古国名，燕国辖今河北北部一带及北京、天津市，赵国辖今河北南部、山西西部一带。这里指当时割据河北地区的藩镇。

②董生：董邵南，寿州安丰（今安徽寿县）人。

③有司：官吏，这里指主考官。

④矧（shěn）：况且。

⑤望诸君：乐毅，战国时赵人。曾佐燕昭王破齐，晚年避祸归赵，封于观津（今河北武邑东南），称望诸君。

⑥屠狗者：指战国晚期的著名侠客高渐离，据《史记·刺客列传》记载，高渐离曾以屠狗为业。荆轲刺秦王未遂被杀，高渐离替他报仇，也未遂而死。

【评析】

唐代在"安史之乱"以后，由于未能拔本塞源，造成地方藩镇的跋扈割据局面。宪宗元和年间，曾用武力削平吴元济，使河北藩镇惧而归服。但为时不久，宪宗死，局面又败坏到元和之前。当时河北诸强藩为维护自己的地位，不惜重金招募人才为其效力。一些怀才不遇，在中央朝廷中不得志的士人为谋求个人出路，往往前去投靠，走上助纣为虐的道路。本文中的董邵南便是这样一个人物。韩愈在文章中既对董邵南的不得志予以深切的同情，同时又提出殷切的期望，希望他到河北以后要以历代忠臣义士为榜样，不要做出与朝廷为敌，分裂国

◎韩愈

家的蠢事。文章因事立意，篇幅虽短而思想充实，语言含蓄，深微屈曲而文笔流畅，写法上脱尽前人窠臼，颇有独到之处。

送杨少尹序

昔疏广、受二子①，以年老，一朝辞位而去。于时公卿设供张②，祖道都门外，车数百两③。道路观者，多叹息泣下，共言其贤。汉史既传其事，而后世工画者又图其迹，至今照人耳目，赫赫若前日事。

国子司业杨君巨源④，方以能《诗》训后进，一旦以年满七十，亦白丞相去归其乡。世常说古今人不相及，今杨与二疏，其意岂异也？

予忝在公卿后，遇病不能出。不知杨侯去时，城门外送者几人、车几两、马几匹，道边观者亦有叹息知其为贤与否，而太史氏又能张大其事，为传继二疏踪迹否，不落莫否。见今世无工画者，而画与不画，固不论也。然吾闻杨侯之去，丞相有爱而惜之者，白以为其都少尹⑤，不绝其禄。又为歌诗以劝之，京师之长于诗者，亦属而和之⑥。又不知当时二疏之去，有是事否。古今人同不同未可知也。

中世士大夫以官为家，罢则无所于归。杨侯始冠⑦，举于其乡，歌《鹿鸣》而来也⑧。今之归，指其树曰："某树吾先人之所种也。某水某丘，吾童子时所钓游也。"乡人莫不加敬，诫子孙以杨侯不去其乡为法。古之所谓乡先生，没而可祭于社者⑨，其在斯人欤？其在斯人欤？

【注释】

①疏广：西汉东海兰陵人，字仲翁。少好学，明《春秋》。汉宣帝时为太傅，与兄之子疏受同为少府。在职五年，都谢病免归。回乡后与族人故旧宾客娱乐，不为子孙置田产。　疏受：疏广的侄子，同时为太子少傅。

②供张：陈设帷帐等用具。

③两：通"辆"。

④国子司业：即国子监的副主管官。　杨君：名巨源，蒲州（今山西永济蒲州）人。

⑤少尹：唐代中期所置的官，相当于郡守的副官。

⑥属（zhǔ）：作文章。

⑦冠：古代男子十二岁时，行冠礼以示成年。

⑧《鹿鸣》：《诗经·小雅》中的一首诗。
⑨没：通"殁"。

【评析】

《送杨少尹序》也是一篇妙文。文章先以西汉疏广父子的盛事提起全篇，再道出杨巨源，再接以一系列疑问，末则想象杨巨源回乡后之情景，全从虚处着笔，或写杨氏之有、杨氏之无；或写杨氏之有，疏氏之无，而疏氏、杨氏之贤皆在其中，为读者留下丰富的想象余地。文章构思奇特，波澜起伏，笔法流畅，实为难得的佳作。

送温处士赴河阳军序

伯乐一过冀北之野①，而马群遂空。夫冀北马多天下，伯乐虽善知马，安能空其群邪？解之者曰：吾所谓空，非无马也，无良马也。伯乐知马，遇其良，辄取之，群无留良焉。苟无良，虽谓无马，不为虚语矣。

东都，固士大夫之冀北也。恃才能深藏而不市者，洛之北涯曰石生②，其南涯曰温生③。大夫乌公以鈇钺镇河阳之三月④，以石生为才，以礼为罗，罗而致之幕下。未数月也，以温生为才，于是以石生为媒，以礼为罗，又罗而致之幕下。东都虽信多才士，朝取一人焉，拔其尤；暮取一人焉，拔其尤。自居守、河南尹以及百司之执事，与吾辈二县之大夫，政有所不通，事有所可疑，奚所谘而处焉？士大夫之去位而巷处者，谁与嬉游？小子后生，于何考德而问业焉？缙绅之东西行过是都者，无所礼于其庐。若是而称曰：大夫乌公一镇河阳，而东都处士之庐无人焉，岂不可也？

夫南面而听天下，其所托重而恃力者惟相与将耳。相为天子得人于朝廷，将为天子得文武士于幕下，求内外无治，不可得也。愈縻于兹⑤，不能自引去，资二生以待老。今皆为有力者夺之，其何能无介然于怀邪？生既至，拜公于军门，其为吾以前所称，为天下贺；以后所称，为吾致私怨于尽取也。留守相公首为四韵诗歌其事⑥，愈因推其意而序之。

◎韩愈

【注释】

①冀:古九州之一,指今河北一带。

②石生:即石洪。

③温生:温造,并州(今山西太原附近)人。曾隐居于洛阳一带。

④乌公:即乌重胤,当时著名将领。 铁(fū)钺:一种杀人的刑具。这里指掌有军权的节度使。

⑤縻(mí):系。指当时韩愈正在做河南令。

⑥四韵:古诗隔行押韵,故此指八行诗。

【评析】

《送温处士赴河阳军序》中的温造,是当时的著名隐士。韩愈的这篇序文横空而起,善作譬喻,一难一解。全篇无一语道及温造之贤,而温造之贤之处处显露,跃于笔端,文章用笔盘旋顿挫,欲擒故纵,风神淡宕。间出之以诙谐之语,而含蓄委婉,余味无穷。

祭十二郎文

年、月、日,季父愈闻汝丧之七日,乃能衔哀致诚,使建中远具时羞之奠,告汝十二郎之灵①:

呜呼!吾少孤,及长,不省所怙②,惟兄嫂是依。中年,兄殁南方,吾与汝俱幼,从嫂归葬河阳③。既又与汝就食江南,零丁孤苦,未尝一日相离也。吾上有三兄,皆不幸早世,承先人后者,在孙惟汝,在子惟吾,两世一身,形单影只。嫂尝抚汝指吾而言曰:"韩氏两世,惟此而已!"汝时尤小,当不复记忆;吾时虽能记忆,亦未知其言之悲也。

吾年十九,始来京城。其后四年,而归视汝。又四年,吾往河阳省坟墓,遇汝从嫂丧来葬。又二年,吾佐董丞相于汴州④,汝来省吾,止一岁,请归取其孥⑤。明年,丞相薨,吾去汴州,汝不果来。是年,吾佐戎徐州⑥,使取汝者始行,吾又罢去,汝又不果来。吾念汝从于东,东亦客也,不可以久,图久远者,莫如西归,将成家而致汝。呜呼!孰谓汝遽去吾而殁乎⑦!吾与汝俱少年,以为虽暂相别,终当久相与处,故舍汝而旅食京师,以求斗斛之禄。诚知其如此,虽万乘之公相，吾不以一日辍汝而就也！

去年，孟东野往⑧，吾书与汝曰："吾年未四十，而视茫茫，而发苍苍，而齿牙动摇。念诸父与诸兄，皆康强而早世，如吾之衰者，其能久存乎？吾不可去，汝不肯来，恐旦暮死，而汝抱无涯之戚也。"孰谓少者殁而长者存，强者夭而病者全乎！呜呼！其信然邪？其梦邪？其传之非其真邪？信也，吾兄之盛德而夭其嗣乎？汝之纯明而不克蒙其泽乎？少者强者而夭殁、长者衰者而存全乎？未可以为信也！梦也，传之非其真也，东野之书，耿兰之报⑨，何为而在吾侧也？呜呼！其信然矣！吾兄之盛德而夭其嗣矣！汝之纯明宜业其家者，不克蒙其泽矣！所谓天者诚难测，而神者诚难明矣！所谓理者不可推，而寿者不可知矣！

虽然，吾自今年来，苍苍者或化而为白矣，动摇者或脱而落矣，毛血日益衰，志气日益微，几何不从汝而死也！死而有知，其几何离？其无知，悲不几时，而不悲者无穷期矣。汝之子始十岁，吾之子始五岁，少而强者不可保，如此孩提者，又可冀其成立邪？呜呼哀哉！呜呼哀哉！

汝去年书云："比得软脚病，往往而剧。"吾曰："是疾也，江南之人常常有之。"未始以为忧也。呜呼！其竟以此而殒其生乎？抑别有疾而臻斯乎？汝之书，六月十七日也；东野云，汝殁以六月二日；耿兰之报无月日。盖东野之使者，不知问家人以月日；如耿兰之报，不知当言月日；东野与吾书，乃问使者，使者妄称以应之耳。其然乎？其不然乎？

今吾使建中祭汝，吊汝之孤与汝之乳母。彼有食可守以待终丧，则待终丧而取以来；如不能守以终丧，则遂取以来。其余奴婢，并令守汝丧。吾力能改葬，终葬汝于先人之兆⑩。然后惟其所愿。呜呼！汝病吾不知时，汝殁吾不知日，生不能相养以共居，殁不能抚汝以尽哀，敛不凭其棺，窆不临其穴⑪，吾行负神明，而使汝夭，不孝不慈，而不得与汝相养以生、相守以死，一在天之涯，一在地之角，生而影不与吾形相依，死而魂不与吾梦相接，吾实为之，其又何尤！"彼苍者天"，"曷其有极"。⑫

自今以往，吾其无意于人世矣！当求数顷之田于伊、颍之上⑬，以待余年。教吾子与汝子，幸其成；长吾女与汝女，待其嫁。如此而已。呜呼！言有穷而情不可终，汝其知也邪？其不知也邪？呜呼哀哉！尚飨⑭！

◎韩愈

【注释】

①十二郎：韩愈次兄韩介之子，过继给其长兄韩会，因在族中排行十二，故称十二郎。

②怙（hù）：依靠。《诗经·小雅·蓼莪》里有"无父何怙"之句，后来就常用来形容对父亲的依靠。

③河阳：即今河南孟县。韩愈原籍为河阳，郡望为昌黎。

④董丞相：指董晋。曾任御史中丞、御史大夫，兼任过汴州刺史。汴州：治在今河南开封。

⑤孥（nú）：妻子儿女统称。

⑥佐戎：辅佐军事。韩愈当时在徐州任节度推官。 徐州：今江苏徐州。

⑦遽：突然。

⑧孟东野：孟郊字东野，唐代著名诗人。

⑨耿兰：十二郎的仆人。

⑩兆：墓地。

⑪窆（biǎn）：落葬。

⑫曷（hé）：何。这两句引文出《诗经》。

⑬伊：伊水，发源于今河南西部。在洛阳南注入洛水。 颍：颍河，在今安徽西部和河南东部，是淮河的支流。

⑭尚飨（xiǎng）：亦作"尚享"。飨，祭品。

【评析】

《祭十二郎文》作于德宗贞元十九年（803年）韩愈在长安任监察御史时。韩愈幼年丧父，由兄嫂抚养成人，从小与十二郎生活在一起，虽为叔侄，却情如兄弟。十二郎的死使他悲痛万端、百思萦集，万千情感皆汇聚笔端，字里行间都充溢着作者的真实感情，曲折真挚，凄楚动人。在形式上，它打破了祭文的传统形式，纯用散体，毫不夸饰，真实坦率，从而增加了作品的感染力量，使这篇文章成为祭文中的千年绝调。

祭鳄鱼文

维年月日①,潮州刺史韩愈②,使军事衙推秦济③,以羊一、猪一投恶溪之潭水④,以与鳄鱼食,而告之曰:

昔先王既有天下,列山泽⑤,网绳擉刃⑥,以除虫蛇恶物为民害者,驱而出之四海之外。及后王德薄,不能远有,则江、汉之间,尚皆弃之以与蛮、夷、楚、越,况潮,岭海之间,去京师万里哉!鳄鱼之涵淹卵育于此,亦固其所。今天子嗣唐位,神圣慈武,四海之外,六合之内,皆抚而有之,况禹迹所揜,扬州之近地⑦,刺史、县令之所治,出贡赋以供天地宗庙百神之祀之壤者哉!鳄鱼其不可与刺史杂处此土也!

刺史受天子命,守此土,治此民,而鳄鱼睅然不安溪潭⑧,据处食民畜、熊、豕、鹿,以肥其身,以种其子孙,与刺史亢拒⑨,争为长雄。刺史虽驽弱,亦安肯为鳄鱼低首下心,伈伈睍睍⑩,为民吏羞,以偷活于此邪?且承天子命以来为吏,固其势不得不与鳄鱼辨。

鳄鱼有知,其听刺史言:潮之州,大海在其南,鲸、鹏之大,虾、蟹之细,无不容归,以生以食,鳄鱼朝发而夕至也。今与鳄鱼约,尽三日,其率丑类南徙于海,以避天子之命吏。三日不能,至五日;五日不能,至七日;七日不能,是终不肯徙也,是不有刺史、听从其言也。不然,则是鳄鱼冥顽不灵,刺史虽有言,不闻不知也。夫傲天子之命吏,不听其言,不徙以避之,与冥顽不灵而为民物害者,皆可杀。刺史则选材技吏民,操强弓毒矢,以与鳄鱼从事,必尽杀乃止。其无悔!

【注释】

①维:句首语气词。
②潮州:州治在今广东潮安。 刺史:唐代州级行政长官。
③军事衙推:唐代节度、观察使等下属官吏。
④恶溪:指今广东韩江及其上游梅江。
⑤列:阻挡。
⑥擉(chuō):刺。
⑦扬州:古代九州之一。包括今天的江西、浙江及江苏、安徽南

部等地区。

⑧眈(hàn)然:凶狠的样子。眼睛突出。

⑨亢:通"抗"。

⑩伈伈(xǐn)睍睍(xiàn):恐惧不敢正视的样子。

【评析】

前人评价韩愈的文章,每每认为有壮大、怪奇与质实三个大特点。韩愈的学生皇甫湜曾说他老师的文章"凌纸怪发,鲸铿春丽",即韩愈文章的构思与描写常常突然而来,其大胆与奇特,常令人瞠目结舌。这篇《祭鳄鱼文》便是其中之一。文章将鳄鱼拟人化,煞有其事地进行声讨,写来慷慨激昂,咄咄逼人,通篇只是写不许鳄鱼与人杂处此土,而处处提出天子和刺史来压服它,严正如问罪之师、堂堂正正之阵,令反侧之子不寒而慄。细读之令人忍俊不禁。

柳子厚墓志铭

子厚,讳宗元①。七世祖庆,为拓跋魏侍中,封济阴公。曾伯祖奭,为唐宰相,与褚遂良、韩瑗俱得罪武后,死高宗朝。皇考讳镇②,以事母弃太常博士③,求为县令江南④;其后以不能媚权贵,失御史;权贵人死,乃复拜侍御史⑤;号为刚直,所与游皆当世名人。

子厚少精敏,无不通达。逮其父时,虽少年,已自成人,能取进士第,崭然见头角,众谓柳氏有子矣。其后以博学宏词授集贤殿正字⑥。俊杰廉悍,议论证据今古,出入经史百子,踔厉风发⑦,率常屈其座人,名声大振,一时皆慕与之交。诸公要人,争欲令出我门下,交口荐誉之。

贞元十九年⑧,由蓝田尉拜监察御史⑨。顺宗即位,拜礼部员外郎⑩。遇用事者得罪,例出为刺史⑪。未至,又例贬州司马⑫。居闲益自刻苦,务记览,为词章,泛滥停蓄,为深博无涯涘,而自肆于山水间。元和中⑬,尝例召至京师,又偕出为刺史,而子厚得柳州。既至,叹曰:"是岂不足为政邪?"因其土俗,为设教禁,州人顺赖。其俗以男女质钱,约不时赎,子本相侔,则没为奴婢。子厚与设方计,悉令赎归。其尤贫力不能者,令书其佣,足相当,则使归其质。观察使下其法于他州⑭,比一岁,免而归者且千人。衡、湘以南为进士者,皆以子厚为师。其经承子厚口讲指画为文词者,悉有法度可观。

其召至京师而复为刺史也,中山刘梦得禹锡亦在遣中,当诣播州。子厚泣曰:"播州非人所居,而梦得亲在堂,吾不忍梦得之穷,无辞以白其大人,且万无母子俱往理。"请于朝,将拜疏,愿以柳易播,虽重得罪,死不恨。遇有以梦得事白上者,梦得于是改刺连州。呜呼!士穷乃见节义。今夫平居里巷相慕悦,酒食游戏相征逐,诩诩强笑语以相取下,握手出肺肝相示,指天日涕泣,誓生死不相背负,真若可信。一旦临小利害,仅如毛发比,反眼若不相识;落陷阱,不一引手救,反挤之,又下石焉者,皆是也。此宜禽兽夷狄所不忍为,而其人自视以为得计,闻子厚之风,亦可以少愧矣。

子厚前时少年,勇于为人,不自贵重顾藉,谓功业可立就,故坐废退。既退,又无相知有气力得位者推挽,故卒死于穷裔,材不为世用,道不行于时也。使子厚在台、省时,自持其身,已能如司马、刺史时,亦自不斥;斥时,有人力能举之,且必复用不穷。然子厚斥不久,穷不极,虽有出于人,其文学辞章,必不能自力以致必传于后,如今,无疑也。虽使子厚得所愿,为将相于一时,以彼易此,孰得孰失,必有能辨之者。

子厚以元和十四年十一月八日卒,年四十七。以十五年七月十日归葬万年先人墓侧⑮。子厚有子男二人,长曰周六,始四岁;季曰周七,子厚卒乃生。女子二人,皆幼。其得归葬也,费皆出观察使河东裴君行立⑯。行立有节概,重然诺,与子厚结交,子厚亦为之尽,竟赖其力。葬子厚于万年之墓者,舅弟卢遵。遵,涿人⑰,性谨慎,学问不厌。自子厚之斥,遵从而家焉,逮其死不去。既往葬子厚,又将经纪其家,庶几有始终者。

铭曰:是惟子厚之室,既固既安,以利其嗣人。

【注释】

①讳:避讳。在死者名字前加一"讳"字表示尊敬。据《旧唐书·柳奭传》,柳奭在唐太宗贞观中为中书侍郎,高宗时为中书令。以反对高宗立武则天为后,高宗遣人杀之于爱州。褚遂良字登善,唐杭州钱塘人。高宗永徽年间拜吏部尚书,同中书门下三品。以反对高宗立武则天为后而贬死于爱州。

②皇考:称呼已故的父亲,也叫考。

③太常博士:唐太常寺有博士四人,专门讨论谥法。

④县令：县的行政长官。为县令江南，指柳镇求为安徽宣城令事。
⑤侍御史：负责纠劾百官、督察郡县及处理御史台内部事务的官。
⑥博学宏词：唐代科举所设科目。　集贤殿正字：负责刊刻经籍、搜求佚书、校正文字的官员。
⑦踔（chuō）厉风发：精神奋发。
⑧贞元十九年：803年。贞元，唐德宗年号。
⑨蓝田尉：蓝田县尉，辅佐县令掌管军事。蓝田，在今陕西蓝田县。
⑩礼部员外郎：掌管礼部的官员。为从六品上。
⑪刺史：一州的行政长官。　用事者得罪：唐顺宗即位，王叔文，韦执谊用事。及顺宗死，王叔文遇害，而柳宗元、刘禹锡等皆被贬出京城。
⑫司马：州刺史的属官。
⑬元和：唐宪宗年号（806年—820年）。
⑭观察使：考察州县吏政绩的官。
⑮万年：在今陕西西安。
⑯河东：郡名，治在今山西永济蒲州。
⑰涿：今河北涿州。

【评析】

韩愈和柳宗元私交甚深，柳宗元去世后，韩愈曾经写过不少纪念和哀悼的文章。这篇《柳子厚墓志铭》便是其中最有名的一篇。在这篇文章中，韩愈经过精心剪裁，撷取了柳宗元一生中典型事件加以描述，不仅斥责了当时社会的冷酷无情，对柳宗元一生的不幸遭遇予以深切同情，而且着重突出了柳宗元的政绩、文学成就及鲜明的个性。全文熔叙事、议论、抒情于一炉，和谐自然；叙事状物详略得当，生动形象；说理透辟，逻辑性强；感情真实而浓烈。语言含蓄委婉，简洁明朗，灵活多变，使文章具有强烈的感染力量。

答李翊书

六月二十六日①，愈白，李生足下②：

生之书辞甚高③，而其问何下而恭也④！能如是，谁不欲告生以其道⑤？道德之归也有日矣，况其外之文乎⑥？抑愈所谓望孔子之门墙而不入于其宫者⁷，焉足以知是且非邪⁸。虽然⁹，不可不为生言之。

生所谓立言者，是也⁽¹⁰⁾，生所为者与所期者，甚似而几矣。抑不知生之志，蕲胜于人而取于人邪⑪？将蕲至于古之立言者邪？蕲胜于人而取于人，则固胜于人而可取于人矣；将蕲至于古之立言者，则无望其速成，无诱于势利⑫，养其根而俟其实⑬，加其膏而希其光⑭，根之茂者其实遂⑮，膏之沃者其光晔⑯，仁义之人，其言蔼如也⑰。

抑又有难者，愈之所为，不自知其至犹未也。虽然，学之二十余年矣！始者非三代、两汉之书不敢观，非圣人之志不敢存，处若忘⑱，行若遗⑲，俨乎其若思⑳，茫乎其若迷㉑。当其取于心而注于手也㉒，惟陈言之务去㉓，戛戛乎其难哉㉔！其观于人，不知其非笑之为非笑也。如是者亦有年，犹不改，然后识古书之正伪㉕，与虽正而不至焉者，昭昭然白黑分矣㉖。而务去之，乃徐有得也，当其取于心而注于手也，汩汩然来矣㉗。其观于人也，笑之则以为喜，誉之则以为忧，以其犹有人之说者存也。如是者亦有年，然后浩乎其沛然矣。吾又惧其杂也㉘，迎而距之㉙，平心而察之，其皆醇也㉚，然后肆焉㉛。虽然，不可以不养也，行之乎仁义之途，游之乎《诗》《书》之源㉜，无迷其途，无绝其源，终吾身而已矣。气，水也㉝；言，浮物也㉞；水大而物之浮者大小毕浮。气之与言犹是也，气盛则言之短长与声之高下者皆宜㉟。

虽如是，其敢自谓几于成乎？虽几于成，其用于人也奚取焉？虽然，待用于人者，其肖于器邪？：用与舍属诸人㊱。君子则不然，处心有道，行己有方㊲，用则施诸人，舍则传诸其徒，垂诸文而为后世法。如是者其亦足乐乎？其无足乐也？

有志乎古者希矣㊴。志乎古必遗乎今㊵，吾诚乐而悲之。亟称其人，所以劝之㊶，非敢褒其可褒，而贬其可贬也。问于愈者多矣，念生之言，不志乎利，聊相为言之。愈白。

【注释】

①六月二十六日：即唐德宗贞元十七年（801年）六月二十六日。

②李生：即李翊（yì），贞元十八年（802年）进士。 足下：对别人的敬称。

③书辞甚高：指李翊书信的文辞很好。

④下而恭：谦逊恭敬。下，谦的意思。

⑤谁不欲告生以其道：谁不希望把自己懂得的道理告诉给读书好学的人。

⑥"道德之归"二句：归，属于。有日，不久。其，指道德。外，文章的外表。韩愈认为文章是道德的表现，故称"其外之文"。

⑦"抑愈"句：韩愈的自谦之言。以宅院大、门墙高的宫室比喻孔子道德学问之高深，自己只是望着孔子门墙，尚未进入道德的"宫室"之域。《论语·子张》："譬之宫墙，夫子之墙数仞，不得其门而入，不见宗庙之美，百官之富。" 孔子：名丘，字仲尼（前551年—479年），鲁国陬邑（今山东省曲阜）人，春秋末期思想家、政治家、教育家，儒家的创始者。

⑧焉：虚词，相当于"怎么"、"哪里"。 是且非：是或非。

⑨虽然：与现代语"虽然"不同。虽，相当于"虽然"。然，即"这样"。

⑩立言：著书立说，传于后世。

⑪蕲（qí）胜于人：希望胜过别人。《庄子·养生主》郭璞注："蕲，求也。" 取于人：为人们所取用。

⑫无诱于势利：即不要为势利所引诱。当时人们为追逐势利，获取富贵，多作时文，不作古文，韩愈则不然，他希望人们作古文，不要为势利所引诱。

⑬养其根而俟其实：培养植物的根而等待它结果。俟（sì），"俟"的异体字，等待的意思。

⑭加其膏而希其光：多给灯里添油而期望它发出更亮的光。膏，油。

⑮遂：成熟。

⑯沃：盛多，指灯里油多。 晔（yè）：火光明盛。

⑰蔼：和顺。 如：词尾，相当于"然"。朱骏声《说文通训定声》："蔼，言之美也，故曰仁义之人其言蔼如，蔼如单辞形况字。"

⑱处：居住，这里指静居。 若：好像。

⑲行：行动。 遗：忘，失。

⑳俨乎：俨然，庄重，严肃。 思：思索，深思。

㉑茫乎：茫茫然。 若迷：好像神志迷惘，理不出头绪。

㉒取于心而注于手：写文章时，把取之于心的意思，用手抒写出来。注，像水倾注似的写出来。

㉓唯陈言之务去：即务去陈言，去掉人们已经说过的陈旧言辞。

㉔戛（jiá）戛：困难、吃力的样子。

㉕正：指思想纯正，内容不杂的作品。 伪：指专事形式摹拟而

没有真实内容的作品。

㉖昭昭：明辨事理，明显清楚。

㉗汩（gǔ）汩：流水声，这里是以急速的流水比喻写文章得心应手，文思勃发。

㉘"然后浩乎"句：以浩荡澎湃的大水比喻文章文思充沛、气势博大。《广雅·释训》："浩浩，流也。"《后汉书·袁术传》注："沛然，自恣纵貌也。"

㉙惧其杂：害怕文章杂而不纯。

㉚迎而距之：迎上去拒止那些不纯正、芜杂的地方。这句是说写文章要平心细察，冷静分析。距，同"拒"。

㉛醇（chún）：同"纯"。

㉜肆：这里是挥笔放手地写下去的意思。

㉝"行之乎"二句：行走在仁义的路途上，游泳在《诗》《书》的源泉里。即是说从生活实践和丰富知识这两方面加强修养。《诗》，《诗经》。《书》，《尚书》。

㉞气，水也：借水作譬，犹言文章的气势如水势。

㉟言，浮物也：文章的言语就像水面上漂浮的东西一样。

㊱"气盛"句：其气势充沛盛大，言词的长短，声调的抑扬、高低，就会适当、相称。声，声调。高下，高低。宜，合适，相称。

㊲"待用于人者"二句：等待为人所用，如同器物用具一样，任人处置。

㊳用与舍属诸人：为人所用或不用，取决于别人，自己做不了主。舍，舍弃，不用。

㊴"处心有道"二句：即心里有道，行动有方。道，指儒家道德修养。方，指儒家行动的规矩、原则。

㊵"有志乎"句：有志学古人立言的人少了。希，同"稀"。

㊶遗乎今：为今人所遗弃。

㊷劝之：劝慰、勉励志于古的人。

【评析】

《答李翊书》写于唐德宗贞元十七年（801年）。文章结合自己学习古文的深切感受，回答了李翊提出的如何学文的问题，并叙述了自己学习文章所经历的几个阶段，畅谈了自己读书、写文章的丰富经验，阐明了自己的文学见解。论述透彻，气势充沛，层层深入，波澜起伏。

比喻形象生动，语言婉转含蓄。

毛颖传①

毛颖者，中山人也②。其先明眎③，佐禹治东方土④，养万物有功，因封于卯地，死为十二神⑤。尝曰："吾子孙神明之后⑥，不可与物同，当吐而生⑦。"已而果然。明眎八世孙𪑾⑧，世传当殷时居中山，得神仙之术，能匿光使物⑨，窃姮娥⑩，骑蟾蜍入月⑪，其后代遂隐不仕云。居东郭者曰㕙，狡而善走，与韩卢争能，卢不及⑫。卢怒，与宋鹊谋而杀之⑬，醢其家⑭。

秦始皇时，蒙将军恬⑮南伐楚⑯，次中山，将大猎以惧楚。召左、右庶长与军尉⑰，以连山筮之⑱，得天与人文之兆⑲，筮者贺曰："今日之获，不角不牙⑳，衣褐之徒，缺口而长须㉑，八窍而趺居㉒，独取其髦㉓，简牍是资㉔，天下其同书㉕，秦其遂兼诸侯乎？"遂猎，围毛氏之族，拔其豪㉖，载颖而归，献俘于章台宫㉗，聚其族而加束缚焉㉘。秦皇帝使恬赐之汤沐㉙，而封诸管城㉚，号曰管城子㉛，日见亲宠任事。

颖为人强记而便敏，自结绳之代以及秦事㉜，无不纂录㉝，阴阳、卜筮、占相、医方、族氏、山经、地志、字书、图画、九流、百家、天人之书㉞，乃至浮图㉟、老子、外国之说，皆所详悉。又通于当代之务，官府簿书㊱，市井货钱注记㊲，惟上所使㊳。自秦皇帝及太子扶苏、胡亥、丞相斯、中车府令高㊴，下及国人，无不爱重。又善随人意，正直邪曲巧拙，一随其人。虽见废弃，终默不泄。惟不喜武士，然见请，亦时往。

累拜中书令㊷，与上益狎㊸，上尝呼为中书君。上亲决事，以衡石自程㊹，虽宫人不得立左右，独颖与执烛者常侍，上休方罢。颖与绛人陈玄、弘农陶泓及会稽褚先生友善㊺，相推致㊻，其出处必偕。上召颖，三人者不待诏，辄俱往，上未尝怪焉。

后因进见，上将有任使，拂试之，因免冠谢㊼。上见其发秃，又所摹画不能称上意。上嘻笑曰："中书君老而秃㊽，不任吾用。吾尝谓君中书，君今不中书耶㊾？"对曰："臣所谓尽心者㊿。"因不复召，归封邑，终于管城。其子孙甚多，散处中国夷狄，皆冒管城，惟居中山者能继父祖业。

太史公曰㊁：毛氏有两族。其一姬姓，文王之子，封于毛，所谓鲁、卫、毛、聃者也㉑。战国时有毛公、毛遂㉒。独中山之族，不知其本所出，子孙最为蕃昌㉓。《春秋》之成，见绝于孔子，而非其罪㉔。及蒙将军拔中山之豪，始皇封诸管城，世遂有名，而姬姓之毛无闻。颖始以俘见，卒见任使，秦之灭诸侯，颖与有功㉕，赏不酬劳，以老见疏，秦真少恩哉！

【注释】

①毛：指兔毛。　颖：指笔尖。　毛颖：毛笔的代称。此处是以毛笔拟人。

②中山：有两说，一说中山是战国时国名（都今河北省定县），为赵国所灭，《艺文类聚》记载：汉诸侯献兔毫，书鸿都门（洛阳城门）匾额，惟赵国毫中用。另一说，中山是山名（今江苏省溧水县境），《元和郡县志》："江南道宣州溧水县中山，在县东南一十五里，出兔毫，为笔精妙。"又《太平寰宇记》："江南东道升州溧水县：中山又名独山，在县东南十五里，不与群山连接，古老相传中山有白兔，世称为笔最精。"

③明眎：兔的别名。眎，"视"的异体字。《礼记·曲礼下》："兔曰明视。"孔《疏》曰："兔肥则目开而视明也。"

④东方：古时以十二支划分方位，其卯位在东方，四时中春的位置也在东方。

⑤死为十二神：死后为十二神（即子鼠、丑牛、寅虎、卯兔等十二生肖）之一。《论衡·物势篇》："寅木也，其禽虎也；戌土也，其禽犬也；丑未，亦土也，丑禽牛，未禽羊也；亥水也，其禽豕也；巳火也，其禽蛇也；子亦水也，其禽鼠也；午亦火也，其禽马也；酉鸡也，卯兔也，申猴也。"

⑥神明：精灵怪物。

⑦当吐而生：古时传说，兔生子从口而出。《论衡·奇怪篇》："兔吮豪而怀子，及其子生，从口而出。"朱骏声《说文通训定声》："以兔为吐，声训之法，必非实事。兔生子极易，人不见其生，但见其舐，故有是说。"

⑧㲹：兔子。《集韵》："江东呼兔子为㲹。"

⑨匿（nì）光：隐藏在光亮之下而不被人看见。　使物：驱使人和各种鬼物。

⑩窃：偷。　姮娥：即嫦娥，神话中后羿（夏代诸侯）之妻。后

羿从西王母处求得不死之药，嫦娥偷吃之后，便奔月宫。《淮南子·览冥训》："羿请不死之药于西王母，姮娥窃以奔月。"

⑪骑蟾蜍入月：古代流传着月中有蟾蜍和兔的故事。蟾（chán）蜍（chú），蛤蟆。《续汉书·天文志》上刘注引张衡《灵宪》："羿请无死之药于西王母，姮娥窃之以奔月。将往，枚筮之于有黄。有黄筮之曰：吉。……遂托身于月，是为蟾蜍。"

⑫"居东郭"几句：东郭，即东门外。㕙（jùn），狡兔。狡，健。韩卢，古时韩国名犬。《战国策·齐策》："韩子卢者，天下之疾犬也。韩子卢逐东郭㕙，环山者三，腾山者五，兔极于前，犬废于后。"

⑬宋鹊：宋国良犬。

⑭醢（hǎi）：古代一种酷刑，把人剁成肉酱。

⑮蒙将军恬：即秦国名将蒙恬，相传他发明毛笔。《初学记·文部》引《博物志》："蒙恬造笔。"

⑯"南伐楚"二句：赵灭中山，始皇十九年灭赵，始皇二十一年由中山移兵伐楚。次，宿歇。

⑰左、右庶长：旧时官名。秦代爵位分二十级，左庶长为第十级，右庶长为第十一级。

⑱连山：古代占卜的卦名。《周礼·春官》："太卜掌《三易》之法，一曰《连山》。"又《易赞》："夏曰《连山》，殷曰《归藏》。"

⑲人文之兆：指人事卦兆。《易·贲·彖传》："观乎天文以察时变，观乎人文以化成天下。"

⑳不角不牙：兔无角无犬齿。

㉑衣褐之徒：指身穿粗麻织成的衣服的平民，因兔身有毛，故称。

㉒缺口：兔无上唇。

㉓八窍：兔生八窍。 跗（fū）足：盘足而蹲。崔豹《古今注》卷中："兔口有缺，尻有九孔。"又《埤雅》卷三："咀嚼者九窍而胎，独兔雌雄八窍。"

㉔髦：毛中长豪。《尔雅·释言·释文》："毛中之长豪曰髦。"《诗经·大雅·棫朴》："髦士攸宜。"毛《传》曰："髦，俊也。"譬喻豪杰之士。

㉕简牍（dú）：古时书写用的竹简或木片。 资：依靠。

㉖天下其同书：指秦始皇统一全国文字。《史记·秦始皇本纪》琅邪台立石："书同文字。"许慎《说文解字叙》："七国文字异形，秦始皇帝初兼天下，丞相李斯乃奏同之，罢其不与秦文合者。"

㉗豪：豪杰，与"毫"相通。

㉘颖：取杰出之人、毛之尖端二义，作人名。

㉙章台宫：秦代宫名。

㉚聚其族而加束缚：指制做毛笔时，将笔头约束好（即捆扎起来）。

㉛汤沐：古时诸侯封邑叫做汤沐邑，后来皇帝、皇后、公主等收取赋税的私邑也称汤沐邑。制笔时需用热水把毫毛洗净，故以汤沐作双关语。《太平御览·文部》二十一引《笔墨法》："作笔当以铁梳梳兔毫及羊青毛，去其秽毛，使不鬐，茹青羊为心，名曰笔柱。"

㉜管城：古县名，周初管叔（文王之子）封地，今河南郑州市。因笔杆用竹管所制，故以管城喻之。

㉝管城子：笔的别称。

㉞结绳之代：指远古时代，尚没出现文字，便结绳记事。

㉟纂录：编纂记录。

㊱阴阳：阴阳家之术。　卜筮：古代占卜，用龟甲称卜，用蓍（shī）草称筮，二者合称卜筮。　占相：卜卦相面。　山经：《山海经》的简称，古代地理著作。　地志：记载地理沿革的史志。　字书：解释字的形、音、义的书。　九流：指先秦的儒、道、阴阳、法、名、墨、纵横、杂、农等九家学术流派。　百家：诸子百家。　天人之书：讲天人关系的书。

㊲浮图：梵文"佛陀"的音译，即指佛教。

㊳簿书：官署中簿册（如户口册、地亩册）文书。

㊴市井：城中平民所居之处。

㊵上：指皇帝。

㊶秦皇帝：即秦始皇（前259年—前210年），姓嬴，名政，战国时秦国国君，灭六国之后，建立了中国历史上第一个统一的中央集权的国家。　扶苏：秦始皇的长子。　胡亥：秦始皇的少子，即秦二世。　丞相斯：丞相李斯。　中车府令高：中车府令，即掌管皇帝乘坐车子的官。高，即赵高。

㊷中书令：官名，掌机要，典尚书奏事。

㊸狎（xiá）：亲热，亲近。

㊹衡：称。　石：古代重量单位，一百二十斤。　程：限度，限量。《史记·秦始皇本纪》："天下之事，无大小皆决于上，上至以衡石量书，日夜有呈，不中呈不得休息。"

㊺绛：古郡名，今山西省绛县，产墨。　陈玄：指时间久的墨。

弘农：古郡名，今河南省灵宝县南，产砚。 陶泓：指陶制的砚。会稽：古郡名，今浙江绍兴，产纸。 褚：指纸。《新唐书·地理志》："河东道绛州绛郡："土贡墨"。河南道虢州弘农郡："土贡瓦砚"。江南道越州会稽郡："土贡纸。"

㊻相推致：互相推许称赞。

㊼免冠谢：脱冠谢罪，即去掉笔帽。

㊽老而秃：指笔久用而秃。

㊾"吾尝"二句：拟人化语句，指以往笔还能写字，而现在不中用，喻说人以往尚能尽职，而现却不能尽职。

㊿臣所谓尽心者：此以笔心用残，喻臣僚的尽职。

(51)太史：古时掌管起草文书，记载史实，编写史书等事项的官。

(52)鲁、卫、毛、聃：周初分封的四个诸侯国，均是姬姓。《左传》僖公二十四年：富辰曰："鲁、卫、毛、聃，文之昭也。"

(53)毛公：战国时赵国隐士，做过信陵君的门客。《史记·魏公子列传》："公子闻赵有毛公，藏于博徒。" 毛遂：战国时赵国人，平原君门客，公元前257年，秦国兵围赵国都城邯郸，他自荐随平原君到楚求救，说服楚王出兵攻秦救赵，所谓毛遂自荐，即指此事。

(54)蕃昌：蕃茂昌盛。

(55)"《春秋》之成"三句：孔子写成《春秋》之后，便绝笔不作，并非它（指笔）的罪过。

(56)颖与有功：以颖拟人，承前句是说颖参与了秦灭诸侯有功绩。

【评析】

韩愈的《毛颖传》约作于唐宪宗元和初年，在当时曾轰动一时。柳宗元《读〈毛颖传〉后题》说："自吾居夷，不与中州人通书，有来南者，时言韩愈为《毛颖传》，不能举其辞，而独大笑以为怪，而吾久不克见。杨子晦之来，始持其书，索而读之，若捕龙蛇，搏虎豹，急与之角而力不敢暇，信韩之怪于文也。世之模拟窜窃，取青媲白，肥皮厚肉，柔筋脆骨，而以为辞者之读之也，其大笑固宜。"又唐李肇《国史补》卷下云："沈既济撰《枕中记》，庄生寓言之类；韩愈撰《毛颖传》，其文尤高，不下史迁。"这篇文章，全仿司马迁《史记》中人物传记的体例，把兔豪制成的笔拟人化，为"毛颖"立传，构思巧妙新颖，着笔别致，寓庄于谐，趣味横生。叙述简练，语言纯净，文气奔放，设幻为文，是一篇绝妙的古文寓言。

柳宗元

柳宗元(773年—819年),字子厚,河东(今山西永济)人。贞元九年(793年)中进士,应博学宏词科及第,授集贤殿书院正字。后来又任过蓝田尉、监察御史里行等职。参加王叔文领导的革新集团,任礼部员外郎。不久革新失败,被贬永州司马。十年后,又贬柳州(今广西柳州)刺史。当唐宪宗因裴度的请求而下诏召回他的时候,他却与世长辞了,年仅四十七岁。后人因他是河东人,称他为柳河东。柳宗元与韩愈是唐代古文运动的主将,并称"韩柳"。柳宗元重视文学的社会作用,其散文有论说、寓言、传记和游记等,尤以山水游记写得出色。他的论文思想深刻,逻辑性强;其寓言笔锋犀利,讽谕尖锐;传记写人状物,生动形象;山水游记刻划入微、寄托深远,富于诗情画意,尤为后世所传诵。

始得西山宴游记①

自余为僇人②,居是州,恒惴栗③。其隙也④,则施施而行⑤,漫漫而游⑥,日与其徒上高山⑦,入深林,穷回溪⑧,幽泉怪石⑨,无远不到。到则披草而坐⑩,倾壶而醉⑪;醉则更相枕以卧⑫,卧而梦。意有所极,梦亦同趣⑬。觉而起,起而归。以为凡是州之山水有异态者,皆我有也⑭,而未始知西山之怪特。今年九月二十八日,因坐法华西亭⑮,望西山,始指异之⑯。遂命仆人过湘江⑰,缘染溪⑱,斫榛莽,焚茅茷⑲,穷山之高而止。攀援而登,箕踞而遨,则凡数州之土壤,皆在衽席之下。其高下之势,岈然洼然⑳,若垤若穴㉑。尺寸千里,攒蹙累积㉒,莫得遁隐。萦青缭白㉔,外与天际㉕,四望如一㉖。然后知是山之特立㉗,不与培塿为类。悠悠乎与颢气俱,而莫得其涯㉘;洋洋乎与造物者游,而不知其所穷㉙。引觞满酌,颓然就醉,不知日之入。苍然暮色㉚,自远而至;至无所见,而犹不欲归。心凝形释,与万化冥合㉜。然后知吾向之未始游,游于是乎始。

故为之文以志㉝。是岁,元和四年也㉞。

【注释】

①西山：现称粮子岭，在今湖南零陵县城西。　宴游：宴饮游玩。《舆地纪胜》："永州：西山在零陵县西五里。柳子厚爱其胜境，有《西山宴游记》。"

②僇（lù）人：受刑戮的人，犹言罪人。作者贬官永州，所以这样自称。僇，同"戮"，刑辱的意思。《庄子·大宗师》："孔丘曰：'丘，天之戮民也。'"

③恒惴栗：常忧惧不安。《诗经·秦风·黄鸟》："临其穴，惴惴其栗。"

④隙（xì）：空闲的时候。

⑤施施（yí）：缓慢行走的样子。《诗经·王风·丘中有麻》："将其来施施。"

⑥漫漫：随兴不受拘束的样子。

⑦徒：指自己的同伴。

⑧穷回溪：沿着曲折的溪流一直走到尽头。穷，尽。

⑨幽泉：幽深的泉水。

⑩披：拨开。

⑪倾壶：倒完壶里的酒。

⑫更（gēng）：更换交替。　相枕：互相靠着。

⑬"意有"二句：心里想到哪里，梦中也就到了哪里。极，至，到。趣，通"趋"，向、往。

⑭皆我有也：都是我游历过的。

⑮法华：寺名，在零陵县城内的东山上。　西亭：作者曾在法华寺西建亭，称为西亭，并写有《永州法华寺新作西亭记》。《舆地纪胜》："西亭，在零陵之法华寺。"

⑯指异：指点而感觉奇特。

⑰湘江：源出广西，流经湖南省境。

⑱缘：沿着。　染溪：又叫冉溪，潇水的支流，在零陵县西南。见前《愚溪诗序》一文。

⑲茅茷（fèi，又读fá）：茅草之类。茷，草叶茂盛。

⑳岈（xiā）然：山谷空阔的样子。　洼然：低凹的样子。《说文》："洼，深地也。"

㉑垤（dié）：蚁穴外的小土堆。《说文》："垤，蚁封也。"

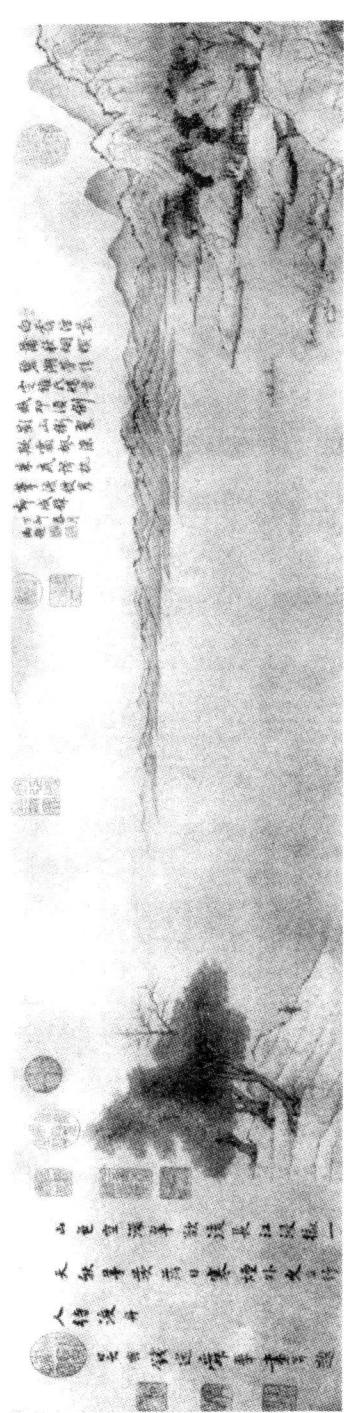

（元）钱 选

穴：洞。

㉒尺寸千里：从西山上望出去，眼前景物虽有尺寸一般大小，但可能有千里远近。一说登高望远时，尺寸之间，指顾千里。

㉓攒（cuán）蹙（cù）累积：远处的景物聚集、压缩、累积在视线内。攒，聚集。蹙，压缩。

㉔萦青缭白：意指山水重叠，青白糅合。萦、缭，都是缠绕的意思。

㉕外与天际：向外与天空相接。际，合、接。

㉖四望如一：四面望到的情况都是一样。

㉗特立：高出一般地独立着。

㉘培塿（pǒu lǒu）：小土丘。扬雄《方言》："冢，秦晋之间或谓之培，自关而东谓之丘，小者谓之塿。"

㉙"悠悠乎"二句：悠悠，渺远广大的样子。颢（hào）气，即浩气，天地间的大气。际，极限，边际。

㉚"洋洋乎"二句：洋洋，形容广大。《诗经·陈风·衡门》毛《传》："洋洋，广大也。"《庄子·大宗师》："彼方且与造物者为人，而游乎天地之一气。"又《天下篇》："上与造物者游。"造物者，即天地、自然。

㉛苍然：形容黄昏时的天色。

㉜"心凝"二句：凝，凝聚、专一。释，解除束缚。万化，自然万物。

㉝志：记。

㉞元和四年：公元809年。

【评析】

《始得西山宴游记》是柳宗元所写《永州八记》中的第一篇，它描述了发现并宴游西山胜景的始末。写景能突现"异态"，寄托情意。描绘西山之美则从侧面落笔，烘云托月，以突出西山之"怪特"，并从中曲折反映出作者的人格和情怀。遣词造句也干净利落，高瞻远瞩，体物入微，浑然天成。该篇冠于八记之首，以领起以后诸篇。

至小丘西小石潭记

从小丘西行百二十步,隔篁竹,闻水声,如鸣珮环,心乐之。伐竹取道,下见小潭,水尤清冽。全石以为底,近岸卷石底以出,为坻为屿①,为嵁为岩②。青树翠蔓,蒙络摇缀,参差披拂。潭中鱼可百许头,皆若空游无所依。日光下澈,影布石上,佁然不动③;俶尔远逝④;往来翕忽,似与游者相乐。

潭西南而望,斗折蛇行⑤,明灭可见。其岸势犬牙差互,不可知其源。坐潭上,四面竹树环合,寂寥无人,凄神寒骨,悄怆幽邃。以其境过清,不可久居,乃记之而去。

同游者,吴武陵、龚古⑥,余弟宗玄;隶而从者,崔氏二小生,曰恕己,曰奉壹。

【注释】

①坻(chí):水中高地。《尔雅·释水》:"小沚曰坻。"
②嵁(kān):高深的山岩。《庄子·在宥篇》:"故贤者伏处大山嵁岩之下。"
③佁(chì):痴呆的样子。《说文》:"佁,疾貌。"
④俶(chù)尔:动的样子。
⑤斗折:像北斗星那样曲折。
⑥吴武陵:信州(今江西上饶)人,唐宪宗元和初年进士,因罪被贬永州,与柳宗元交好。 龚古:生平不详。

【评析】

本篇是《永州八记》中的第四篇游记。文章着力摹写小石潭及其周围幽深冷寂的景色和气氛,从中透露出作者贬居生活中孤凄悲凉的心情,是一篇情景交融的佳作。文章对潭中游鱼的刻划虽只寥寥几句,却极其准确地写出潭水空明澄澈的程度和游鱼的形神姿态,生动传神,穷微尽妙,意境幽深,令人叹为观止。

钴鉧潭西小丘记

得西山后八日①,寻山口西北道二百步,又得钴鉧潭②。西二十五步,当湍而浚者为鱼梁③。梁之上有丘焉,生竹树。其石之突怒偃蹇④,负土而出,争为奇状者,殆不可数。其嵚然相累而下者⑤,若牛马之饮于溪;其冲然角列而上者,若熊罴之登于山。

丘之小不能一亩。可以笼而有之。问其主,曰:"唐氏之弃地,货而不售。"问其价,曰:"止四百。"余怜而售之。李深源、元克己时同游,皆大喜,出自意外。即更取器用,铲刈秽草,伐去恶木,烈火而焚之。嘉木立,美竹露,奇石显。由其中以望,则山之高,云之浮,溪之流,鸟兽之遨游,举熙熙然回巧献技,以效兹丘之下。枕席而卧,则清泠之状与目谋,潆潆之声与耳谋⑥,悠然而虚者与神谋,渊然而静者与心谋。不匝旬而得异地者二⑦,虽古好事之士,或未能至焉。

噫!以兹丘之胜,致之沣、镐、鄠、杜⑧,则贵游之士争买者,日增千金而愈不可得。今弃是州也,农夫渔父过而陋之,价四百,连岁不能售。而我与深源、克己独喜得之,是其果有遭乎!书于石,所以贺兹丘之遭也。

【注释】

①西山:在永州(今湖南零陵)城西。

②钴(gǔ)鉧(mǔ)潭:因潭的形状像熨斗而得名。钴鉧,熨斗。

③浚(jùn):水深。 鱼梁:水中的小土堰,中间留有缺口放置捕鱼工具。

④突怒:形容石头突起耸立的样子。 偃蹇:形容山石错综盘踞而高傲突出的样子。

⑤嵚(qīn)然:高耸的样子。

⑥熙熙:和乐的样子。《老子》:"众人熙熙,如登春台。" 潆潆(yíng):溪水弯曲流动的样子。

⑦匝(zā):周,满。

⑧沣(fēng):水名。在今陕西省西安市西。 镐(hào):西周都城之一,在今陕西西安西南丰镐村附近。 鄠(hù):在今陕西户县附近。 杜:在今陕西户县北。这四处都在当时的都城长安附近。

◎柳宗元

【评析】

本篇为柳宗元《永州八记》中的第三篇。文章不徒以雕绘景色为工,而是写景抒怀,寄寓良深。"唐氏之弃地"者,乃柳宗元之自况;价廉而"连岁不能售",像自己之不为人知。小丘之终于为人所识,又反衬自己之不遇,以乐写忧,委婉曲折,笔致幽冷,寄慨深远。而全篇布置自然,浑化无迹,值得玩味。

愚溪诗序

灌水之阳有溪焉①,东流入于潇水②。或曰:"冉氏尝居也,故姓是溪为冉溪。"或曰:"可以染也,名之以其能,故谓之染溪。"余以愚触罪,谪潇水上,爱是溪,入二三里,得其尤绝者家焉。古有愚公谷,今余家是溪,而名莫能定,土之居者犹龂龂然③,不可以不更也,故更之为愚溪。

愚溪之上,买小丘,为愚丘。自愚丘东北行六十步,得泉焉,又买居之,为愚泉。愚泉凡六穴,皆出山下平地,盖上出也。合流屈曲而南,为愚沟。遂负土累石,塞其隘,为愚池。愚池之东为愚堂,其南为愚亭,池之中为愚岛。嘉木异石错置,皆山水之奇者,以余故,咸以愚辱焉。

夫水,智者乐也④。今是溪独见辱于愚,何哉?盖其流甚下,不可以灌溉,又峻急,多坻石⑤,大舟不可入也;幽邃浅狭,蛟龙不屑,不能兴云雨⑥。无以利世,而适类于余,然则虽辱而愚之,可也。

宁武子"邦无道则愚"⑦,智而为愚者也;颜子"终日不违如愚"⑧,睿而为愚者也。皆不得为真愚。今余遭有道,而违于理,悖于事,故凡为愚者莫我若也。夫然,则天下莫能争是溪,余得专而名焉。

溪虽莫利于世,而善鉴万类,清莹秀澈,锵鸣金石,能使愚者喜笑眷慕,乐而不能去也。余虽不合于俗,亦颇以文墨自慰,漱涤万物,牢笼百态,而无所避之。以愚辞歌愚溪,则茫然而不违,昏然而同归,超鸿蒙⑨,混希夷⑩,寂寥而莫我知也。于是作《八愚诗》,纪于溪石上。

【注释】

①灌水:湘江的一个支流,在今广西东北部。

②潇水：湘江的一个支流。与灌水都流经永州。
③龂龂（yín）然：辩争的样子。
④典出《论语》。
⑤坻（chí）：水中小洲。
⑥兴云雨：传说龙能兴云雨。《易·系辞传》："云从龙，风从虎。"
⑦宁武子：春秋时卫国大夫。《论语·公冶长》中说他："邦无道则愚。"
⑧颜子：名回，孔子的学生。《论语·为政》记载他："终日不违如愚。"
⑨鸿（hóng）蒙：指宇宙形成前的混沌状态。
⑩希夷：指空虚玄妙的境界。《老子》称："听之不闻，名曰希；视之不见，名曰夷。"

【评析】

《愚溪诗序》写于宪宗元和五年（810年）。当时作者任柳州刺史，在州城近郊的冉溪"结茅树蔬，为沼沚，为台榭"（刘禹锡《伤愚溪诗》序引），将溪名改为"愚溪"，并写了《八愚诗》。本文是为此诗写的序言。从字面上看，文章似乎在描写愚溪的景色，实际是借愚溪自我写照，有所寄寓，自嘲自讽，抒发了自己胸中郁结的孤愤和牢骚。文章忽而写景，忽而抒情，转换变化，情文相生。

小石城山记

自西山道口径北，逾黄茅岭而下，有二道。其一西出，寻之无所得；其一少北而东，不过四十丈，土断而川分，有积石横当其垠①。其上为睥睨梁欐之形②，其旁出堡坞，有若门焉。窥之正黑，投以小石，洞然有水声，其响之激越，良久乃已。环之可上，望甚远，无土壤而生嘉树美箭，益奇而坚，其疏数偃仰，类智者所施设也。

噫！吾疑造物者之有无久矣。及是，愈以为诚有。又怪其不为之于中州③，而列是夷狄④，更千百年不得一售其伎，是固劳而无用。神者傥不宜如是，则其果无乎？或曰："以慰夫贤而辱于此者。"或曰："其气之灵，不为伟人，而独为是物。故楚之南少人而多石。"是二者，余未信之⑤。

【注释】

①垠：边界。

②睥（pì）睨（nì）：城上的矮墙。　梁欐：房屋的栋梁。梁指屋梁，欐指屋栋。

③中州：指黄河中下游一带文化发达的中原地区。

④夷狄：古代称东方少数民族为夷，称北方少数民族为狄。这里泛指远离中州的边远地区。

⑤此文所写小石城山在今湖南零陵县西，当时为永州所辖。

【评析】

《小石城山记》也是《永州八记》之一。表面上是写山，实际上是"借石之瑰玮，以吐胸中之气"。写景状物，尽山水之妙，复由山水之妙而发出异想。"不为之于中州，而列是夷狄"者，宗元所以自况。"更千百年不得一售其伎"者，见宗元之所以自悲。文笔清冷，深含隐忧，而出之于似有似无之间。

捕蛇者说

永州之野产异蛇①，黑质而白章，触草木尽死，以啮人，无御之者。然得而腊之以为饵②，可以已大风、挛踠、瘘、疠，去死肌③，杀三虫④。其始，太医以王命聚之⑤，岁赋其二，募有能捕之者，当其租入，永之人争奔走焉。

有蒋氏者，专其利三世矣。问之，则曰："吾祖死于是，吾父死于是，今吾嗣为之十二年，几死者数矣。"言之，貌若甚戚者。

余悲之，且曰："若毒之乎？余将告于莅事者，更若役，复若赋，则何如？"蒋氏大戚，汪然出涕曰："君将哀而生之乎？则吾斯役之不幸，未若复吾赋不幸之甚也。向吾不为斯役，则久已病矣。自吾氏三世居是乡，积于今六十岁矣，而乡邻之生日蹙⑥，殚其地之出，竭其庐之入，号呼而转徙，饥渴而顿踣⑦，触风雨，犯寒暑，呼嘘毒疠，往往而死者相藉也。曩与吾祖居者，今其室十无一焉；与吾父居者，今其室十无二三焉；与吾居十二年者，今其室十无四五焉。非死则徙尔，而吾以捕蛇独存。悍吏之来吾乡，叫嚣乎东西，隳突乎南北⑧，哗然而骇者,虽鸡狗不得宁焉。吾恂恂而起⁹,视其缶⁰,而吾蛇尚存,则弛然而卧。谨食之,时而献焉。退而甘食其土之有,以尽吾齿。盖一岁之犯死者二焉,其余则熙熙而乐,岂若吾乡邻之旦旦有是哉!今虽死乎此,比吾乡邻之死则已后矣,又安敢毒邪?"

余闻而愈悲。孔子曰⑪:"苛政猛于虎也。"吾尝疑乎是,今以蒋氏观之,犹信。呜呼!孰知赋敛之毒,有甚是蛇者乎!故为之说,以俟夫观人风者得焉。⑫

【注释】

①永州:治所在今湖南零陵。

②腊(xī):风干。

③已:止,治愈。 挛(luán)踠(wǎn):四肢弯曲不能伸展。 瘘(lòu):颈部肿大。 疠(lì):恶疮。

④三虫:指人体内的寄生虫。古代道家把人的脑、胸、腹称为"三尸",虫入三尸,就会生病。

⑤太医:皇帝的医师。

⑥蹙(cù):窘迫。

⑦顿踣(bó):困顿倒毙。

⑧隳(huī)突:骚扰。

⑨恂恂:小心谨慎的样子。

⑩缶(fǒu):一种口小肚大的罐子。

⑪语出《礼记·檀弓》。

⑫观人风者:传说周代太师派人到各诸侯国观民风俗,采集诗歌,以作为王政的参考。《诗经》三百篇即这种采诗的结果,所以《汉书·艺文志》说先王以之"观风俗,知得失,自考正。"

【评析】

《捕蛇者说》是柳宗元为永州司马时所作。叙说捕蛇者之事,却寓政治见解于叙事之中。文章旨在说明"赋敛之毒有甚是蛇者"。通篇以赋毒与蛇毒相映照,对比衬托,揭示主题。文中处处用比,步步深入,波浪层迭,撼人心魄。

孙　樵

　　孙樵，字可之，又字隐之，关东人，具体郡县已不可知，生卒年亦不详。唐宣宗大中九年（855年）进士，授中书舍人。黄巢起义军入长安，随僖宗奔岐、陇，迁职方郎中。孙樵是唐代后期著名的散文家，"幼而工文"。对古代典籍"常自探讨"，并自称"尝得为文真诀于来无择，来无择得之于皇甫持正，皇甫持正得之于韩吏部退之"（《与王霖秀才书》）。其文语多讽刺，以奇崛见称。唐僖宗在行在曾下诏书称行在有"三绝"：以常侍李骘有曾、闵之行，前进士司空图有巢、由之风，孙樵有扬、马之文，故孙樵遂辑其所著为《经纬集》。有《孙可之集》

书褒城驿壁

　　褒城驿号天下第一。及得寓目，视其沼，则浅混而污；视其舟，则离败而胶；庭除甚芜，堂庑甚残①，乌睹其所谓宏丽者？

　　讯于驿吏，则曰："忠穆公曾牧梁州②，以褒城控二节度治所③，龙节虎旗，驰驿奔轺④，以去以来，毂交蹄劙⑤，由是崇侈其驿，以示雄大。盖当时视他驿为壮⑥。且一岁宾至者不下数百辈，苟夕得其庇，饥得其饱，皆暮至朝去，宁有顾惜心耶？至如棹舟，则必折篙破舷碎鹢而后止⑦；渔钓，则必枯泉汩泥尽鱼而后止。至有饲马于轩，宿隼于堂⑧，凡所以污败室庐，糜毁器用。官小者，其下虽气猛，可制；官大者，其下益暴横，难禁。由是日益破碎，不与曩类。某曹八九辈，虽以供馈之隙，一二力治之，其能补数十百人残暴乎⑨？"

　　语未既，有老氓笑于旁，且曰："举今州县皆驿也。吾闻开元中，天下富蕃，号为理平，踵千里者不裹粮，长子孙者不知兵。今者天下无金革之声，而户口日益破；疆埸无侵削之虞⑩，而垦田日益寡，生民日益困，财力日益竭，其故何哉？凡与天子共治天下者，刺史县令而已，以其耳目接于民，而政令速于行也。今朝廷命官，既已轻任刺史县令，而又促数于更易。且刺史县令，远者三岁一更，近者一二岁再更，故州县之政，苟有不利于民，可以出意革去其甚者，在刺史则曰：

'明日我即去，何用如此！'在县令亦曰：'明日我即去，何用如此！'当愁醉酞，当饥饱鲜，囊帛椟金，笑与秩终。"呜呼！州县真驿耶？矧更代之隙⑪，黠吏因缘恣为奸欺，以卖州县者乎！如此而欲望生民不困，财力不竭，户口不破，垦田不寡，难哉！

予既挥退老畔，条其言，书于褒城驿屋壁。

【注释】

①庭除：庭院和台阶。　堂庑：中堂及堂下四周房屋。

②忠穆公：指严震，字遐闻，梓州盐亭（今四川盐亭）人。唐德宗时任山南西道节度使，死后谥忠穆。　梁州：唐山南西道属古梁州。

③二节度治所：一指山南西道节度使治所南郑县（今陕西汉中）；一指凤翔节度使治所天兴县（今陕西凤翔）。《元和郡县志》："山南道兴元府，为山南西道节度理所。褒城县东至府三十三里，褒谷山在县北五里，南口为褒，北口为斜，长四百七十里。"关内道凤翔府，为凤翔节度使理所。"郡县西北至府一百里，县理城亦曰斜谷城，城南斜谷以为名，斜谷南口曰褒。北口曰斜。"

④轺（yáo）：古代使者所乘轻便马车。

⑤毂交蹄劘（mó）：车毂交错，马蹄磨擦，极言车马之多。劘，磨擦。

⑥视：比。

⑦鹢（yì）：水鸟，古代多以画饰船头。《淮南子·本经篇》："龙舟鹢首"。高诱注曰："鹢，大鸟也，画其像著船头，故曰鹢首。"此即指船头。

⑧隼：鹰一类的猛禽，此指驯养的猎鹰。

⑨其：岂。

⑩疆埸（yì）：边境。

⑪矧（shěn）：况且。

【评析】

这是一篇讽刺性杂文。作者借褒城驿之由雄大宏丽而变为荒芜残破的现实，抒发了对当时吏治败坏的感慨。文章揭露了地方官吏怠惰贪婪，不理政务，视州县为驿站，因而造成百姓困顿。文章首尾两段叙事，行文简洁；中间两段记言，其意重在说明州县不同于驿站。议论中肯，语言辛辣，寓意深刻，是本文的主要特色。

王禹偁

王禹偁（954年—1001年），字元之，济州巨野（今山东巨野）人。少有文名。太宗端拱元年为右拾遗、左司谏，不久任大理评事。因触怒太宗而被贬为商州团练副使。后又为翰林学士，又出知扬州、黄州，咸平四年，死于蕲州。有《小畜集》传世。王禹偁在诗歌和散文方面都有一定成就。其散文继承韩愈、柳宗元的古文运动精神，反对宋初浮靡文风，主张"远师六经"，"近师吏部"，句易道，义易晓，文从字顺，平易近人。

黄冈竹楼记

黄冈之地多竹①，大者如椽，竹工破之，刳去其节②，用代陶瓦，比屋皆然，以其价廉而工省也。

子城西北隅③，雉堞圮毁④，蓁莽荒秽⑤，因作小楼二间，与月波楼通。远吞山光，平挹江濑，幽阒辽夐⑥，不可具状。夏宜急雨，有瀑布声；冬宜密雪，有碎玉声。宜鼓琴，琴调和畅；宜咏诗，诗韵清绝；宜围棋，子声丁丁然；宜投壶，矢声铮铮然。皆竹楼之所助也。

公退之暇，被鹤氅衣⑦，戴华阳巾⑧，手执《周易》一卷，焚香默坐，消遣世虑。江山之外，第见风帆沙鸟，烟云竹树而已。待其酒力醒，茶烟歇，送夕阳，迎素月，亦谪居之胜概也。

彼齐云、落星⑨，高则高矣；井幹、丽谯⑩，华则华矣。止于贮妓女，藏歌舞，非骚人之事，吾所不取。

吾闻竹工云："竹之为瓦，仅十稔；若重覆之，得二十稔。"噫！吾以至道乙未岁，自翰林出滁上；丙申，移广陵；丁酉，又入西掖；戊戌岁除日，有齐安之命；己亥闰三月，到郡。四年之间，奔走不暇，未知明年又在何处，岂惧竹楼之易朽乎？后之人与我同志，嗣而葺之，庶斯楼之不朽也。

【注释】

①黄冈：在今湖北黄冈。

②刳（kū）：削刮。

③子城：城门外的套城或内城，也称"月城"。

④雉堞（dié）：女城城墙上部呈齿状的矮墙。泛指城墙。 圮（pǐ）：塌。

⑤蓁（zhēn）莽：野草丛生。

⑥阒（qù）：寂静。 夐（xiòng）：遥远。

⑦鹤氅衣：鸟羽编织的衣服。《世说新语·企羡》："孟昶未达时，家在京口，尝见王恭乘高舆，被鹤氅裘，于时微雪，昶于篱间窥之，叹曰：'此真神仙中人！'"此处即用此典。

⑧华阳巾：道士戴的头巾。

⑨齐云：五代韩浦所建齐云楼，故址在今江苏苏州。 落星：落星楼，故址在今江苏南京落星山，三国孙权所建。

⑩井幹（hán）：井幹楼，汉武帝时在长安所建。高五十余丈。 丽谯：壮美的高楼。《庄子·徐无鬼》："君亦必无盛鹤列于丽谯之间。"后曹操亦建高楼而名之以丽谯楼。

【评析】

此文是宋真宗咸平二年（998年）王禹偁被贬为黄州刺史时所写，主要表现了他宦途失意、寄情山水的消极情绪。文章层次分明，中心突出，文笔清丽，写天时、人事之景，有声有韵，与竹相应，文致隽绝，写竹楼之景，令读者心开目朗。写登楼之胜，则遥情独往，令人翩翩欲仙。下文又借四楼反衬竹楼之幽冷清素，显一派洒落襟怀。末则细叙数年履历，见其如闲云野鹤，去留无定，读之令人怆然。通篇摇曳生情，蕴藉风流。

欧阳修

欧阳修（1007年—1072年），字永叔，号醉翁，晚年又号六一居士，宋庐陵吉水（今江西吉安）人。四岁丧父，随母至随州（今湖北随州）投叔父欧阳晔。天圣八年（1030年）中进士，曾任洛阳留守推官。因写《与高司谏书》而被贬为夷陵县令。后回朝任仕谏官，知制诰，出知滁州，又知颖州、南京留守、翰林学士，礼部侍郎，嘉祐五年（1060年）拜枢密副使，次年拜参知政事，进封开国公。熙宁四年（1071年）以太子少师致仕，结庐于颖州的西湖之滨。次年病逝，终年六十六岁。谥文忠。

欧阳修是北宋诗文革新运动（新古文运动）的主将，当时的文坛盟主。在他的周围，团结了严洙（师鲁）、石延年（曼卿）、范仲淹（希文）、苏舜钦（子美）、梅尧臣（圣俞）等人，并提拔了一大批后进之士，王安石、曾巩、苏洵及其二子苏轼、苏辙等。他们摒弃了宋初的浮华巧丽文风，主张文以致用，文以载道，以此促进了整个宋代文学的发展和繁荣。欧阳修的作品内容极其丰富，包罗广泛。其记叙文重在抒情，而又能融写景、叙事、议论为一体，还有许多文章主要抒发着对于死生离合、盛衰成败等的感受。其哀祭、碑志之文也十分出色，史传文学也有很高的成就，他的《五代史记》是公认的文学名著。苏洵在《上欧阳内翰书》中评云："执事之文，纤徐委备，往复百折，而条达疏畅，无所间断；气尽语极，急言竭论，而容与闲易，无艰难劳苦之态。"王安石在《祭欧阳文忠公文》中也赞叹说："豪健俊伟，怪巧瑰琦。其积于中者，浩如江河之停蓄；其发于外者，烂如日星之光辉。其清音幽韵，凄如飘风急雨之骤至；其雄辞闳辩，快如轻车骏马之奔驰。"欧阳修的文风对明清时期的唐宋文派也产生了深远的影响。有《欧阳文忠集》一百五十三卷。《宋史》有传。

释秘演诗集序

予少以进士游京师①，因得尽交当世之贤豪。然犹以谓国家臣一四海，休兵革，养息天下以无事者四十年，而智谋雄伟非常之士，无所用其能者,往往伏而不出,山林屠贩,必有老死而世莫见者,欲从而求之不可得。

其后得吾亡友石曼卿②。曼卿为人,廓然有大志。时人不能用其材,曼卿亦不屈以求合。无所放其意,则往往从布衣野老,酣嬉淋漓,颠倒而不厌。予疑所谓伏而不见者,庶几狎而得之③,故尝喜从曼卿游,欲因以阴求天下奇士。

浮屠秘演者④,与曼卿交最久,亦能遗外世俗,以气节自高。二人欢然无所间。曼卿隐于酒,秘演隐于浮屠,皆奇男子也。然喜为歌诗以自娱。当其极饮大醉,歌吟笑呼,以适天下之乐,何其壮也!一时贤士,皆愿从其游,予亦时至其室。十年之间,秘演北渡河,东之济、郓⑤,无所合,困而归。曼卿已死,秘演亦老病。嗟夫!二人者,予乃见其盛衰,则予亦将老矣。

夫曼卿诗辞清绝,尤称秘演之作,以为雅健有诗人之意。秘演状貌雄杰,其胸中浩然,既习于佛,无所用,独其诗可行于世,而懒不自惜。已老,胠其橐⑥,尚得三、四百篇,皆可喜者。

曼卿死,秘演漠然无所向。闻东南多山水,其巅崖崛岿⑦,江涛汹涌,甚可壮也,遂欲往游焉,足以知其老而志在也。于其将行,为叙其诗,因道其盛时以悲其衰。

【注释】

①京师:指北宋京都汴梁,在今河南开封。

②石曼卿:名延年,宋州宋城(今河南商丘市)人。欧阳修《归田录》卷上云:"石曼卿磊落奇才,知名当世,气貌雄伟,饮酒过人。"有诗集,今不存。

③庶几:也许可以。

④浮屠:梵文佛陀的音译,这里指和尚。

⑤济:济州,治所在巨野(今山东巨野南)。 郓:郓州,治所在须昌(今山东东平西北)。

⑥胠(qū):打开。 橐(tuó):口袋。

⑦崛岿:陡峭。

【评析】

《释秘演诗集序》作于仁宗庆历二年(1042年)。当时正是北宋的太平盛世。文章先言天下太平,奇士不易得见,然后讲石曼卿,由石曼卿而引出秘演,再搀入自己,前半段即已写得俯仰顿挫。后半段复从石曼卿之诗而串出秘演之诗,复写二人交游及死后之落寞,其中饱含对人世盛衰无常的感慨。文章起荡转接,变化多端,而一气贯注,为我们塑造出两个奇男子形象。明代的茅坤曾盛赞这篇文章"多慷慨呜咽之音,命意最旷而逸,得司马子长之神髓矣。"

梅圣俞诗集序

予闻世谓诗人少达而多穷,夫岂然哉?盖世所传诗者,多出于古穷人之辞也。凡士之蕴其所有而不得施于世者,多喜自放于山巅水涯之外,见虫鱼草木、风云鸟兽之状类,往往探其奇怪,内有忧思感愤之郁积,其兴于怨刺,以道羁臣寡妇之所叹①,而写人情之难言,盖愈穷则愈工。然则非诗之能穷人,殆穷者而后工也。

予友梅圣俞②,少以荫补为吏③,累举进士,辄抑于有司。困于州县凡十余年,年今五十,犹从辟书④,为人之佐,郁其所蓄不得奋见于事业。其家宛陵⑤,幼习于诗,自为童子,出语已惊其长老;既长,学乎六经仁义之说,其为文章,简古纯粹,不求苟说于世⑥,世之人徒知其诗而已。然时无贤愚,语诗者必求之圣俞。圣俞亦自以其不得志者,乐于诗而发之。故其平生所作,于诗尤多。世既知之矣,而未有荐于上者。昔王文康公尝见而叹曰⑦:"二百年无此作矣!"虽知之深,亦不果荐也。若使其幸得用于朝廷,作为"雅"、"颂",以歌咏大宋之功德,荐之清庙,而追商、周、鲁《颂》之作者,岂不伟欤!奈何使其老不得志而为穷者之诗,乃徒发于虫鱼物类、羁愁感叹之言?世徒喜其工,不知其穷之久而将老也,可不惜哉!

圣俞诗既多,不自收拾。其妻之兄子谢景初,惧其多而易失也,取其自洛阳至于吴兴以来所作⑧,次为十卷。予尝嗜圣俞诗,而患不能尽得之,遽喜谢氏之能类次也,辄序而藏之。其后十五年,圣俞以疾卒于京师,余既哭而铭之,因索于其家,得其遗稿千余篇,并旧所藏,掇其尤者六百七十七篇,为一十五卷。呜呼!吾于圣俞诗,论之详矣,故不复云。

【注释】

①羁臣:宦游或贬谪在异乡做官的人。

②梅圣俞:梅尧臣(1002年—1060年),字圣俞,宣州宣城(今

安徽宣城）人，北宋著名诗人。仁宗时赐进士出身，官至尚书都官员外郎。与欧阳修为诗友。

③荫（yìn）：指子孙因前辈有功，享受恩典而被赐以官爵。梅尧臣因叔父梅询而受荫，得任河南主簿。

④辟书：招聘文书。

⑤宛陵：今安徽宣城。

⑥说：通"悦"。

⑦王文康：即王曙，谥"文康"。宋仁宗时任宰相。

⑧洛阳：即今河南洛阳。 吴兴：今浙江湖州。

【评析】

欧阳修与梅圣俞交谊笃厚，对梅圣俞之诗非常推崇。这篇文章以评述梅尧俞的诗作为中心，糅议论、叙事、抒情于一体，表达了对朋友的深厚感情。文章清楚流畅，朴实无华，而情深意切，极富感染力。"穷而后工"四字，是欧阳修独创之言，也是千古不易之论。

醉翁亭记

环滁皆山也①。其西南诸峰，林壑尤美，望之蔚然而深秀者，琅琊也。山行六七里，渐闻水声潺潺，而泻出于两峰之间者，酿泉也。峰回路转，有亭翼然临于泉上者，醉翁亭也。作亭者谁？山之僧智仙也。名之者谁？太守自谓也②。太守与客来饮于此，饮少辄醉，而年又最高，故自号曰醉翁也。醉翁之意不在酒，在乎山水之间也。山水之乐，得之心而寓之酒也。

若夫日出而林霏开③，云归而岩穴暝，晦明变化者，山间之朝暮也。野芳发而幽香，佳木秀而繁阴，风霜高洁，水落而石出者，山间之四时也。朝而往，暮而归，四时之景不同，而乐亦无穷也。

至于负者歌于途，行者休于树，前者呼，后者应，伛偻提携④，往来而不绝者，滁人游也。临溪而渔，溪深而鱼肥；酿泉为酒，泉香而酒洌。山肴野蔌⑤，杂然而前陈者，太守宴也。宴酣之乐，非丝非竹，射者中⑥，弈者胜，觥筹交错⑦，起坐而喧哗者，众宾欢也。苍颜白发，颓乎其中者，太守醉也。

已而夕阳在山，人影散乱，太守归而宾客从也。树林阴翳，鸣声上下，游人去而禽鸟乐也。然而禽鸟知山林之乐，而不知人之乐；人知从太守游而乐，而不知太守之乐其乐也。醉能同其乐，醒能述以文者，太守也。太守谓谁？庐陵欧阳修也⑧。

【注释】

①滁：滁州，在今安徽滁州市。

②太守：郡的长官。宋代废郡设州，习惯上也把知州称为太守。

③霏（fēi）：雾气。

④伛（yǔ）偻（lǚ）：脊背弯曲，这里指老人。　提携：搀扶、带领，这里指小孩子。

⑤野蔌（sù）：野菜。

⑥射：指投壶游戏中把箭投向壶内。

⑦觥（gōng）：酒器。　筹：酒筹，行酒令时用来计数的签子。觥筹交错，杯子和筹码相错杂，形容喝酒尽欢之状。

⑧庐陵：今江西吉安。欧阳修先世为庐陵大族，因而这里他以庐陵人自称。

【评析】

《醉翁亭记》作于仁宗庆历六年（1046年）欧阳修在滁州任太守时。当时的滁州地处僻远，交通闭塞。欧阳修却"乐其地僻而事简，又爱其俗之安闲"（《丰乐亭记》），常涉足游乐于山水之间。这篇文章通过对醉翁亭周围优美环境和早晚、四时美好景色的描绘，抒发了自己虽被贬谪而能放怀山水、悠闲自得的心情。文章情景交融，精练简约，构思新颖，层次分明。骈、散交用，音调铿锵，一唱三叹，富有风趣。

丰乐亭记

修既治滁之明年①，夏，始饮滁水而甘。问诸滁人，得于州南百步之近。其上则丰山耸然而特立，下则幽谷窈然而深藏，中有清泉滃然而仰出②。俯仰左右，顾而乐之，于是疏泉凿石，辟地以为亭，而与滁人往游其间。

滁于五代干戈之际，用武之地也。昔太祖皇帝尝以周师破李景兵

草 阵(清)

十五万于清流山下③，生擒其将皇甫晖、姚凤于滁东门之外，遂以平滁。修尝考其山川，按其图记，升高以望清流之关，欲求晖、凤就擒之所，而故老皆无在者，盖天下之平久矣。自唐失其政，海内分裂，豪杰并起而争，所在为敌国者，何可胜数？及宋受天命，圣人出而四海一，向之凭恃险阻，划削消磨，百年之间，漠然徒见山高而水清。欲问其事，而遗老尽矣。今滁介江淮之间，舟车商贾、四方宾客之所不至，民生不见外事而安于畎亩衣食④，以乐生送死。而孰知上之功德，休养生息，涵煦于百年之深也⑤。

修之来此，乐其地僻而事简，又爱其俗之安闲。既得斯泉于山谷之间，乃日与滁人仰而望山，俯而听泉，掇幽芳而荫乔木，风霜冰雪，刻露清秀，四时之景无不可爱。又幸其民乐其岁物之丰成，而喜与予游也。因为本其山川，道其风俗之美，使民知所以安此丰年之乐者，幸生无事之时也。

夫宣上恩德，以与民共乐，刺史之事也⑥。遂书以名其亭焉。

【注释】

①滁：滁州，今安徽滁州市。

②翁（wěng）然：涌出的样子。

③太祖皇帝：即宋太祖赵匡胤，当时任后周殿前都点检。 李景：即李璟，南唐皇帝。 清流山：在今滁县附近。后周世宗显德三年（956年），赵匡胤率周军倍道进袭清流关，在滁州城的东门外生擒唐将皇甫晖及姚凤，大败唐军。

④畎（quǎn）亩：田地。

⑤涵煦（xù）：滋润化育。

⑥刺史：宋代习惯作知州的别称。

【评析】

《丰乐亭记》是仁宗庆历六年欧阳修在滁州任太守时所作。文章先写筑亭缘起，中间笔锋一转，带出五代干戈之际宋太祖用兵之事，又言及天下承平百年，说风俗之美，而归功德于上，文笔顿开异境，如凌空侧影，横空而来，酣畅淋漓。末段复由此而发出感叹，抚今思昔，忧思深远，的为佳作。

五代史伶官传序

　　呜呼！盛衰之理，虽曰天命，岂非人事哉！原庄宗之所以得天下①，与其所以失之者，可以知之矣。

　　世言晋王之将终也②，以三矢赐庄宗而告之曰："梁③，吾仇也；燕王④，吾所立；契丹与吾约为兄弟⑤，而皆背晋以归梁。此三者，吾遗恨也。与尔三矢，尔其无忘乃父之志！"庄宗受而藏之于庙。其后用兵，则遣从事以一少牢告庙⑥，请其矢，盛以锦囊，负而前驱，及凯旋而纳之。

　　方其系燕父子以组，函梁君臣之首⑦，入于太庙，还矢先王，而告以成功，其意气之盛，可谓壮哉！及仇雠已灭，天下已定，一夫夜呼⑧，乱者四应，仓皇东出，未见贼而士卒离散，君臣相顾，不知所归，至于誓天断发，泣下沾襟，何其衰也！岂得之难而失之易欤？抑本其成败之迹，而皆自于人欤？

　　《书》曰⑨："满招损，谦得益。"忧劳可以兴国，逸豫可以亡身，自然之理也。故方其盛也，举天下之豪杰，莫能与之争；及其衰也，数十伶人困之⑩，而身死国灭，为天下笑。夫祸患常积于忽微，而智勇多困于所溺，岂独伶人也哉！

【注释】

　　①庄宗：五代时后唐庄宗李存勖。后梁龙德三年（923年）称帝，建都洛阳，国号唐。是年灭后梁，同光三年（925年）兵变被杀。

　　②晋王：即李克用，李存勖之父。原为沙陀族人，本姓朱邪，事唐，赐姓李。唐末平黄巢有功，被封河东节度使，封晋王。遂割据今山西地区，与后梁对峙。

　　③梁：指五代后梁。后梁太祖朱温曾参加黄巢起义，后降唐，封梁王，与李克用父子长期交战。天祐四年（907年）代唐称帝，建都汴（今河南开封），国号梁。

　　④燕王：刘仁恭与刘守光父子。原为幽州军将。攻幽州失败而奔晋，晋王李克用信而爱之，待攻下幽州后，即以刘仁恭为卢龙军节度使。不久刘仁恭叛李克用而附于后梁。

　　⑤契丹：居住在辽河上游一带的古代民族，916年建契丹国，后改

称辽国。辽太祖耶律阿保机曾与晋王约为兄弟,约定一起攻梁,不久背约而与梁共约灭晋。

⑥从事:三公及州郡长官的僚属,这里泛指一般官员。 少牢:古代祭祀,牛羊猪各一称太牢,只有羊猪为少牢。

⑦系燕父子以组:后唐庄宗天祐十一年(914年),庄宗攻克范阳(今北京市),活捉刘仁恭父子而杀之。 函梁君臣之首:唐军将攻汴京,梁末帝自杀,唐庄宗命人收葬之。

⑧一夫:指皇甫晖。后唐庄宗杀死大臣郭崇韬,一时人心浮动,军士皇甫晖乘时作乱,攻入邺都,后唐遂乱。

⑨《书》曰:语出《尚书·大禹谟》。

⑩数十伶人困之:926年,伶人郭从谦指挥一部分禁卫军作乱,李存勖中流矢而死。其后李存勖养子李嗣源即位称帝。

【评析】

从宋仁宗景祐三年(1036年)到皇祐五年(1053年),欧阳修曾花了十八年的时间编撰了七十四卷的《五代史记》,今称《新五代史》。这是一部人们公认的可以上继前四史的富有文学色彩的史学名著。在这部著作中,欧阳修继承了司马迁"善善恶恶,贤贤贱不肖"的褒贬精神,对五代史事作了全面的评述。《伶官传序》是其中最有名的一篇。在这篇文章中,欧阳修通过后唐庄宗的成败兴亡,指出国家兴亡的关键在于人事而不在于天命。用盛衰史实的对比,有力地说明"忧劳可以兴国,逸豫可以亡身"的道理。文章于叙事之中有议论,有抒情,抑扬顿挫,一唱三叹,跌宕多姿,被人称为"千古绝调"。清代文学家沈德潜称此文"抑扬顿挫,得《史记》神髓,《五代史》中第一篇文字"。

祭石曼卿文

◎ 欧阳修

维治平四年七月日①,具官欧阳修②,谨遣尚书都省令史李敭至于太清③,以清酌庶羞之奠④,致祭于亡友曼卿之墓下⑤,而吊之以文曰:

呜呼曼卿!生而为英,死而为灵。其同乎万物生死,而复归于无物者,暂聚之形;不与万物共尽,而卓然其不朽者,后世之名。此自古圣贤莫不皆然,而著在简册者昭如日星。

呜呼曼卿！吾不见子久矣，犹能仿佛子之平生。其轩昂磊落，突兀峥嵘而埋藏于地下者，意其不化为朽壤，而为金玉之精。不然，生长松之千尺，产灵芝而九茎。奈何荒烟野蔓，荆棘纵横，风凄露下，走磷飞萤？但见牧童樵叟，歌吟而上下，与夫惊禽骇兽，悲鸣踯躅而咿嘤。今固如此，更千秋而万岁兮，安知其不穴藏狐貉与鼯鼪⑥？此自古圣贤亦皆然兮，独不见夫累累乎旷野与荒城！

呜呼曼卿！盛衰之理，吾固知其如此，而感念畴昔，悲凉凄怆，不觉临风而陨涕者，有愧夫太上之忘情。尚飨⑦！

【注释】

①维：发语词。 治平四年：即1067年，治平是宋英宗年号。

②具官：唐宋以来，公文函牍上应写明官爵品位的方常简省作"具官"。

③尚书都省：即尚书省。 令史：三省六部及御史台的低级事务员。 李敭（yáng）：事迹不详。 太清：石曼卿故乡，他死后也葬在这里。地在今河南商丘附近。

④清酌：祭祀用的清酒。 庶羞：品多为庶，肴美为羞。

⑤曼卿：石延年，字曼卿。北宋文学家，较早致力于复兴古文运动。与欧阳修为挚友。

⑥狐：狐狸。 貉（hé）：形似狸的一种动物。 鼯（wú）：即飞鼠。 鼪（shēng）：即黄鼠狼。

⑦尚飨（xiǎng）：表示希望死者享用祭品。尚，希望。飨，享用。

【评析】

石曼卿为北宋狂士，迍蹇不遇，故任气节，蔑礼法，愤世嫉俗。欧阳修与之交谊深厚，故在石曼卿死后多次作文哀悼。这篇《祭石曼卿文》即作于石曼卿死后二十六年欧阳修祭墓之时。文章以简练的笔墨，渲染出一幅凄凉萧瑟的情景，借此抒发对亡友的深切怀念。感情真挚，悲哀沉重，笔力纵横，摇曳生姿，具有强烈的艺术感染力。

泷冈阡表

呜呼！惟我皇考崇公①，卜吉于泷冈之六十年②，其子修始克表于其阡③,非敢缓也,盖有待也。

　　修不幸,生四岁而孤。太夫人守节自誓,居穷自力于衣食,以长以教,俾至于成人。太夫人告之曰:"汝父为吏廉而好施与,喜宾客,其俸禄虽薄,常不使有余,曰:'毋以是为我累。'故其亡也,无一瓦之覆、一垄之植以庇而为生,吾何恃而能自守耶?吾于汝父,知其一二,以有待于汝也。自吾为汝家妇,不及事吾姑,然知汝父之能养也。汝孤而幼,吾不能知汝之必有立,然知汝父必将有后也。吾之始归也,汝父免于母丧方逾年。岁时祭祀,则必涕泣曰:'祭而丰,不如养之薄也。'间御酒食,则又涕泣曰:'昔常不足,而今有余,其何及也!'吾始一二见之,以为新免于丧适然耳。既而其后常然,至其终身未尝不然。吾虽不及事姑,而以此知汝父之能养也。汝父为吏,尝夜烛治官书,屡废而叹。吾问之,则曰:'此死狱也,我求其生不得尔。'吾曰:'生可求乎?'曰:'求其生而不得,则死者与我皆无恨也。矧求而有得耶④?以其有得,则知不求而死者有恨也。夫常求其生,犹失之死,而世常求其死也。'回顾乳者抱汝而立于旁,因指而叹曰:'术者谓我岁行在戌将死⑤,使其言然,吾不及见儿之立也,后当以我语告之。'其平居教他子弟,常用此语。吾耳熟焉,故能详也。其施于外事,吾不能知。其居于家,无所矜饰,而所为如此,是真发于中者耶!呜呼!其心厚于仁者耶!此吾知汝父之将必有后也。汝其勉之。夫养不必丰,要于孝;利虽不得博于物,要其心之厚于仁。吾不能教汝,此汝父之志也。"修泣而志之不敢忘。

　　先公少孤力学,咸平三年进士及第⑥,为道州判官⑦,泗、绵二州推官⑧,又为泰州判官⑨,享年五十有九,葬沙溪之泷冈⑩。太夫人姓郑氏,考讳德仪,世为江南名族。太夫人恭俭仁爱而有礼,初封福昌县太君⑪,进封乐安、安康、彭城三郡太君⑫。自其家少微时,治其家以俭约,其后常不使过之,曰:"吾儿不能苟合于世,俭薄所以居患难也。"其后修贬夷陵⑬,太夫人言笑自若,曰:"汝家故贫贱也,吾处之有素矣。汝能安之,吾亦安矣。"

　　自先公之亡二十年,修始得禄而养。又十有二年,列官于朝,始得赠封其亲。又十年,修为龙图阁直学士、尚书吏部郎中⑭,留守南京⑮。太夫人以疾终于官舍,享年七十有二。又八年,修以非才入副枢密⑯,遂参政事⑰。又七年而罢。自登二府⑱,天子推恩,褒其三世。盖自嘉祐以来⑲,逢国大庆,必加宠锡⑳。皇曾祖府君㉑,累赠金紫光禄大夫、太师、中书令㉒;曾祖妣,累封楚国太夫人;皇祖府君,累赠

◎欧阳修

金紫光禄大夫、太师、中书令兼尚书令㉓；祖妣，累封吴国太夫人；皇考崇公，累赠金紫光禄大夫、太师、中书令兼尚书令；皇妣，累封越国太夫人。今上初郊，皇考赐爵为崇国公，太夫人进号魏国。

于是小子修泣而言曰："呜呼！为善无不报，而迟速有时，此理之常也。惟我祖考，积善成德，宜享其隆。虽不克有于其躬，而赐爵受封，显荣褒大，实有三朝之锡命。是足以表见于后世，而庇赖其子孙矣。"乃列其世谱，具刻于碑。既又载我皇考崇公之遗训，太夫人之所以教而有待于修者，并揭于阡。俾知夫小子修之德薄能鲜，遭时窃位，而幸全大节，不辱其先者，其来有自。

熙宁三年㉔，岁次庚戌，四月辛酉朔，十有五日乙亥，男推诚保德崇仁翊戴功臣㉕，观文殿学士㉖，特进㉗，行兵部尚书㉘，知青州军州事㉙，兼管内劝农使㉚，充京东路安抚使㉛，上柱国㉜，乐安郡开国公㉝，食邑四千三百户，食实封一千二百户，修表㉞。

【注释】

①皇考：旧时对亡父的敬称。　崇公：欧阳修的父亲欧阳观死后封崇国公。

②泷（shuāng）冈：在今江西永丰的凤凰山上。

③表：墓碑。　阡：墓道。

④矧（shěn）：况且。

⑤岁行在戌：指木星运行到戌那一年。岁，岁星，即木星。古人认为木星十二年绕天一周，因此把木星运行的轨道作十二等分，配上十二地支，用来纪年。

⑥咸平三年：即1000年。咸平，宋真宗年号。

⑦道州：州治在今湖南道县。　判官：州府长官的僚属，掌文书事务。

⑧泗：州治在今安徽泗县。　绵：绵州治在今四川绵阳。　推官：与判官一样为州府长官僚属，掌司法。也叫军事推官。

⑨泰州：在今江苏泰州市。

⑩沙溪：地在今江西永丰南凤皇山北。

⑪福昌县：今河南宜阳。　太君：旧时官吏母亲的封号。宋代大臣的母亲分别加封国太夫人、郡太君、县太君。

⑫乐安：今山东博兴。　安康：今陕西石泉县。　彭城：今江苏徐州。

(元)夏永

⑬夷陵：今湖北宜昌。

⑭龙图阁直学士：宋代加给侍从官的荣誉头衔。龙图阁是保管皇帝御书和典籍的地方，设有学士等官，直学士的品位仅次于学士。
尚书吏部郎中：宋代尚书省吏部设郎中若干人，掌官员的任免、赐封等事。

⑮留守南京：宋代的南京应天府、西京河南府、北京大名府各置留守一人，以知府兼任。南京应天府，即今河南商丘。欧阳修于皇祐六年（1049年）以龙图阁直学士知颍州，次年改知应天府兼南京留守司事。

⑯副枢密：又称枢密副使或同知枢密院事，是中央最高军事机关的副长官。

⑰参政事：即参知政事。实际上的副宰相。欧阳修于嘉祐六年转户部侍郎，拜参知政事。

⑱二府：指枢密院与中书省。按宋制，枢密院主管军事，中书省主管政事，同掌大权，并称二府。

⑲嘉祐：宋仁宗年号（1056年—1063年）。

⑳锡：通"赐"。

㉑府君：后世子孙对祖先的敬称。

㉒金紫光禄大夫：加金章紫绶的光禄大夫。光禄大夫，汉朝始置，掌顾问应对。在宋代为散官，正三品。　太师：三公之一，宋代无实职。　中书令：宋代一般为赠官。

㉓尚书令：宋代赠官，班次在中书令之上。

㉔熙宁三年：即1070年，熙宁是宋神宗的年号。

㉕推诚保德崇仁翊戴：宋代赐给臣属的褒奖之词。

㉖观文殿学士：宋朝制度，免去宰相后才授此官职。实为皇帝侍从顾问。

㉗特进：宋代文散官第二阶，正二品。

㉘行：兼。宋代兼任低职为行。　兵部尚书：尚书省兵部长官。

㉙知青州军州事：宋代朝臣管理州一级地方行政兼管军事，简称知事。青州，治所在今山东益都。

㉚内劝农使：州官兼管农事。

㉛京东路：辖今河南、山东、江苏一带。路，宋代行政区划名称。安抚使：路的军政长官。

㉜上柱国：宋代勋官十二级中的最高一级。

㉝开国公：宋代封爵十二级中的第六等。
㉞食邑：谓食其封地的租税。 食实封：指实封的食邑。

【评析】

《泷冈阡表》作于神宗熙宁三年（1070年）。文章以"有待"为主干，先叙母亲之德，次叙亡父之遗训遗德，次叙其父及太夫人履历。再自叙禄位及亲人得以赐封之情状，通过其母亲的话来转叙其父亲的道德品格及为官遗事，如实记叙母亲对自己的教育，最后方明"有待"之意，而归功于先人。全文真诚细腻，不加藻饰，情深而语挚，具有强烈的艺术感染力，是可以和韩愈《祭十二郎文》相媲美的好文章。

范仲淹

范仲淹（989年—1052年），字希文，吴县（今江苏苏州）人。两岁丧父，刻苦求学，大中祥符八年（1015年）进士及第。先后监泰州、楚州，知睦州、苏州。庆历元年（1040年）任陕西经略安抚副使，参知政事，实行"庆历新政"，不久失败，出任邓州知州。仁宗皇祐四年去世，谥文正公，有《范文正公集》传世。范仲淹本不以文章诗词名世，却具有较高水平。其名词《渔家傲》"塞下秋来风景异"历来为世人所称道。而《岳阳楼记》则是他散文的代表作。《严先生祠堂记》也写得短小精悍，笔力纵横。

岳阳楼记

庆历四年春①，滕子京谪守巴陵郡②。越明年，政通人和，百废俱兴。乃重修岳阳楼，增其旧制，刻唐贤、今人诗赋于其上，属予作文以记之。

予观夫巴陵胜状，在洞庭一湖。衔远山，吞长江，浩浩汤汤，横无际涯；朝晖夕阴，气象万千。此则岳阳楼之大观也。前人之述备矣。然则北通巫峡③，南极潇湘④，迁客骚人⑤，多会于此，览物之情，得无异乎？

若夫霪雨霏霏，连月不开，阴风怒号，浊浪排空，日星隐曜，山岳潜形，商旅不行，樯倾楫摧，薄暮冥冥，虎啸猿啼⑥。登斯楼也，则有去国怀乡，忧谗畏讥，满目萧然，感极而悲者矣。

至若春和景明，波澜不惊，上下天光，一碧万顷，沙鸥翔集，锦鳞游泳，岸芷汀兰，郁郁青青。而或长烟一空，皓月千里，浮光耀金，静影沉璧，渔歌互答，此乐何极⑦！登斯楼也，则有心旷神怡，宠辱皆忘，把酒临风，其喜洋洋者矣。

嗟夫！予尝求古仁人之心，或异二者之为。何哉？不以物喜，不以己悲。居庙堂之高⑧，则忧其民；处江湖之远，则忧其君。是进亦忧，退亦忧。然则何时而乐耶？其必曰："先天下之忧而忧，后天下之乐而乐"欤？噫！微斯人，吾谁与归！

【注释】

①庆历四年：即1044年。庆历是宋仁宗的年号。

②滕子京：名宗谅，河南（今河南省洛阳市）人。与范仲淹同进士。《宋史·滕宗谅传》记载他因被诬陷，贬为岳州知州。 巴陵郡：即岳州，治今湖南岳阳。

③巫峡：在长江上游，西起四川巫山，东到湖北巴东，因巫山而得名，全长一百余里，为长江三峡之一。

④潇湘：湘水与潇水在湖南零陵汇合后也称潇湘。

⑤"迁客骚人"句：唐、宋时期有许多朝廷官吏受到处分后远谪西南，岳阳楼为通往西南的必经之路，又有楼观胜景，所以成为失意的官吏与诗人们的游会之所。唐代的张说、李白、杜甫、韩愈、刘禹锡、白居易、李商隐等都曾到此而留下题咏的名篇。

⑥霪雨：久雨不晴。 霏霏：雨密之貌。 排空：翻腾空际，形容水势汹涌。 隐曜：光亮隐没不见。 樯倾楫摧：指船只损坏。

⑦锦鳞：彩色的鳞，鱼的美称。 芷：香草。 汀：水岸平处曰汀。 郁郁：香气浓馥。 青青：花叶茂盛。 璧：圆形的玉。比喻月亮。

⑧庙堂：指朝廷。

【评析】

　　岳阳楼是岳阳城的西门楼，下瞰洞庭，景物宽广。自唐代建成以来即负盛名，为历代才士登临赋咏之所。范仲淹的这篇文章是最有名的一篇。文章通过写景以抒情，又转而言志，结构颇具匠心。而"先天下之忧而忧，后天下之乐而乐"也因此文而脍炙人口，成为千古流传的名言警句。文章骈、散交用，自成一格，状物清丽生动，抒情真切动人。造格矜庄，润色宏丽，声调清越，气色苍茫，为千古佳作。

苏 轼

苏轼（1037年—1101年），字子瞻，号东坡居士，眉州眉山（今四川省眉山县）人，与其父苏洵、弟苏辙合称"三苏"。幼聪颖，善属文，年未弱冠，即博通经史，属文日数千言。仁宗嘉祐二年（1057年），与弟苏辙同中进士第。嘉祐六年（1061年），举贤良方正能言极谏科，授大理评事，凤翔府签判。神宗熙宁四年（1071年），因反对王安石新法，先后出任杭州通判，密、徐、湖等州刺史。元丰二年（1079年），因作诗讽刺新法，被新派执政罗织罪名，逮捕下狱，出狱后贬黄州团练副使。元丰八年（1085年），哲宗即位，苏轼被召还朝，任翰林学士、知制诰。反对司马光尽废新法，元祐四年起，先后出任杭州、颍州、扬州、定州等。绍圣元年（1094年），哲宗亲政，苏轼被划为旧党，贬知英州，再贬至惠州。绍圣四年（1097年），又贬至海南岛。元符三年（1100年），哲宗去世，苏轼遇赦北还。徽宗建中靖国元年（1101年）七月病逝于江苏常州。

苏轼是经历北宋中期到后期的文学大家，他上承王禹偁、欧阳修，下开其门下四学士和六君子等人才辈出的局面，成为欧阳修之后更为杰出的文坛领袖。他具有多方面的文艺才能，以其丰富、广泛的创作实践完成了北宋的诗文革新运动，并把这种革新精神扩展到词的领域，转变了从晚唐五代以迄宋初以婉约为主的词风，影响极为深远。他是中国文学艺术史上罕见的多面手天才，在骈散文、诗、词、书法、绘画等各方面都有着不可企及的成就。而苏轼复杂的世界观和独特的个性，也在他的创作中得到了全面的反映。黄庭坚在《东坡先生真赞》中说他："嬉笑怒骂皆成文章"。他的散文气势纵横，豪放自然。政论和史论语言明快，气势雄浑，援古证今，说理透避，尤善于运用浅显、生动、贴切、形象的比喻来说明深刻的哲理。其叙事记游之文题材非常广阔，而且喜欢杂以议论，阐发哲理。而其书札、序跋和杂文或记友情，或写襟怀，夹叙夹议，挥洒自如，充分表现了他的个性和风趣。因此，他的散文是古代散文史上的一座高峰。

刑赏忠厚之至论

尧、舜、禹、汤、文、武、成、康之际，何其爱民之深，忧民之切，而待天下以君子长者之道也！有一善，从而赏之，又从而咏歌嗟叹之，所以乐其始而勉其终；有一不善，从而罚之，又从而哀矜惩创之，所以弃其旧而开其新。故其吁俞之声①，欢休惨戚②，见于虞、夏、商、周之书。成、康既没，穆王立而周道始衰，然犹命其臣吕侯③，而告之以祥刑。其言忧而不伤，威而不怒，慈爱而能断，恻然有哀怜无辜之心，故孔子犹有取焉。

《传》曰："赏疑从与，所以广恩也。罚疑从去，所以慎刑也。"当尧之时，皋陶为士，将杀人，皋陶曰杀之三，尧曰宥之三。故天下畏皋陶执法之坚，而乐尧用刑之宽。四岳曰："鲧可用。"尧曰："不可。鲧方命圮族④。"既而曰："试之。"何尧之不听皋陶之杀人，而从四岳之用鲧也？然则圣人之意，盖亦可见矣。《书》曰："罪疑惟轻，功疑惟重。与其杀不辜，宁失不经⑤。"呜呼！尽之矣。可以赏，可以无赏，赏之过乎仁；可以罚，可以无罚，罚之过乎义。过乎仁，不失为君子；过乎义，则流而入于忍人。故仁可过也，义不可过也。

古者赏不以爵禄，刑不以刀锯。赏之以爵禄，是赏之道行于爵禄之所加，而不行于爵禄之所不加也；刑以刀锯，是刑之威施于刀锯之所及，而不施于刀锯之所不及也。先王知天下之善不胜赏，而爵禄不足以劝也；知天下之恶不胜刑，而刀锯不足以裁也。是故疑则举而发之于仁，以君子长者之道待天下，使天下相率而归于君子长者之道，故曰忠厚之至也。

《诗》曰："君子如祉⑥，乱庶遄已⑦。君子如怒，乱庶遄沮⑧。"夫君子之已乱，岂有异术哉？制其喜怒，而无失乎仁而已矣。《春秋》之义，立法贵严而责贵宽，因其褒贬之义以制赏罚，亦忠厚之至也。

【注释】

①吁：叹息声。　俞：表示应允的声音。
②休：喜悦。
③吕侯：相传周穆王时任司寇。
④方：违抗。　圮（pǐ）：毁坏。

⑤经：成规，原则。
⑥祉：福，引申为喜悦。
⑦遄（chuán）：迅速。
⑧沮：停止。以上引诗见《诗经·小雅·巧言》。

【评析】

　　《刑贵忠厚之至论》是苏轼于仁宗嘉祐二年（1057年）在京师汴京参加科举考试时所作的策试论文，是苏轼得中进士，也是他得以享誉于时的第一篇文章。当时苏轼刚满二十岁，在这一篇文章中却已经显示出他后来文章的一些主要特点，即自然流畅，挥洒自如，姿态横生。而且，为了适应文章的写作需要，苏轼敢于编造经典，即文中的"当尧之时，皋陶为士，将杀人，皋陶曰杀之三，尧曰宥之三"。据说连主考官欧阳修都被他迷惑，信以为真，场后还虚心向苏轼讨教这几句话的出处。我们由此可以看出苏轼丰富的想象力和天才的创造力。

喜雨亭记

　　亭以雨名，志喜也①。古者有喜，则以名物，示不忘也。周公得禾，以名其书②；汉武得鼎，以名其年③；叔孙胜敌④，以名其子。其喜之大小不齐，其示不忘一也。

　　予至扶风之明年⑤，始治官舍。为亭于堂之北，而凿池其南，引流种树，以为休息之所。是岁之春，雨麦于岐山之阳⑥，其占为有年。既而弥月不雨，民方以为忧。越三月，乙卯乃雨，甲子又雨，民以为未足。丁卯大雨，三日乃止。官吏相与庆于庭，商贾相与歌于市，农夫相与忭于野⑦，忧者以喜，病者以愈，而吾亭适成。

　　于是举酒于亭上，以属客而告之⑧，曰："五日不雨可乎？曰：'五日不雨则无麦。'十日不雨可乎？曰：'十日不雨则无禾。'无麦无禾，岁且荐饥⑨，狱讼繁兴而盗贼滋炽，则吾与二三子，虽欲优游以乐于此亭，其可得耶？今天不遗斯民，始旱而赐之以雨，使吾与二三子得相与优游而乐于此亭者，皆雨之赐也。其又可忘耶？"

　　既以名亭，又从而歌之，曰："使天而雨珠，寒者不得以为襦⑩；使天而雨玉，饥者不得以为粟。一雨三日，伊谁之力？民曰太守⑪，太守不有。归之天子，天子曰不然，归之造物。造物不自以为功，归之太空。太空冥冥，不可得而名。吾以名吾亭。"

【注释】

①志：记。

②周公得禾：传说周成王曾赐周公异株合穗的谷子，为此，周公写下了《嘉禾》。此文已佚，《尚书》仅有其篇名。

③汉武得鼎：西汉武帝于元狩六年（前116年）从汾水得一铜鼎，以为祥瑞，遂改年号为元鼎。

④叔孙胜敌：指春秋时鲁国的叔孙得臣率兵攻打居于鲁国北境的长狄侨如、虺（huǐ）、豹，得胜后，用侨如、虺、豹为自己三个儿子命名的事。本事见《左传·襄公三十年》。

⑤扶风：即凤翔府，治所在今陕西凤翔。苏轼曾于宋仁宗嘉祐六年（1061年）任凤翔签判。

⑥岐山：今陕西岐山。

⑦忭：欢乐。

⑧属（zhǔ）客：劝客饮酒。

⑨荐饥：连年饥荒。荐，频、再。

⑩襦（rú）：短袄。

⑪太守：郡的长官。知州或知府的别称。

【评析】

苏轼的一生走遍了大半个中国，也写下了大量的山水游记。在这些山水游记中，他除了描写景物和叙事抒情之外，还喜欢杂以议论，阐发哲理，这使他的山水游记别具特色。

《喜雨亭记》是苏轼于仁宗嘉祐年间在凤翔府任签书判官时所作。当时的苏轼少年得志，所以文章也写得笔调轻快，才思横溢，触处生春。篇幅虽小，却抑扬顿挫，波澜起伏。

凌虚台记

国于南山之下，宜若起居饮食与山接也。四方之山，莫高于终南①，而都邑之丽山者②，莫近于扶风③。以至近求最高，其势必得。而太守之居④，未尝知有山焉。虽非事之所以损益，而物理有不当然者。此凌虚之所为筑也。

方其未筑也，太守陈公杖履逍遥于其下，见山之出于林木之上者，累累如人之旅行于墙外而见其髻也，曰："是必有异。"使工凿其前为方池，以其土筑台，高出于屋之檐而止。然后人之至于其上者，恍然不知台之高，而以为山之踊跃奋迅而出也。公曰："是宜名凌虚"。以告其从事苏轼⑤，而求文以为记。

轼复于公曰："物之废兴成毁，不可得而知也。昔者荒草野田，霜露之所蒙翳⑥，狐虺之所窜伏⑦。方是时，岂知有凌虚台耶？废兴成毁，相寻于无穷，则台之复为荒草野田，皆不可知也。尝试与公登台而望，其东则秦穆之祈年、橐泉也⑧，其南则汉武之长杨、五柞⑨，而其北则隋之仁寿、唐之九成也⑩。计其一时之盛，宏杰诡丽，坚固而不可动者，岂特百倍于台而已哉！然而数世之后，欲求其仿佛，而破瓦颓垣无复存者，既已化为禾黍荆棘丘墟陇亩矣，而况于此台欤！夫台犹不足恃以长久，而况于人事之得丧，忽往而忽来者欤？而或者欲以夸世而自足，则过矣。盖世有足恃者，而不在乎台之存亡也。"既以言于公，退而为之记。

【注释】

①终南：终南山，即今之秦岭山脉。

②丽：附着。

③扶风：在今陕西凤翔东。

④太守：郡的长官。

⑤从事：属吏。当时苏轼在凤翔府任大理评事签判。

⑥蒙翳（yì）：遮盖。

⑦虺（huǐ）：毒蛇。

⑧祈年、橐泉：春秋时秦国的两座宫名，相传分别为秦惠公、秦孝公所造。祈年宫在今陕西凤翔南；橐泉宫也在此地。秦穆公的墓就在这两宫附近。

⑨长杨、五柞：汉宫名。为汉武帝所经常住宿往来。长杨宫在今陕西周至东南；五柞宫也在附近。

⑩仁寿：隋炀帝时所建宫名。故址在今陕西麟游县境内。 九成：唐贞观五年改隋代的仁寿宫为九成宫。

【评析】

　　《凌虚台记》也写于苏轼在凤翔府为官之时。与前文不同的是除了记述过程之外，还加了一段关于兴衰存亡的感慨，对陈太守之造凌虚台进行规劝讽刺。文章写得自然流畅，振振有词，一气呵成，才华横溢。

超然台记

　　凡物皆有可观。苟有可观，皆有可乐，非必怪奇伟丽者也。铺糟辍醨①，皆可以醉；果蔬草木，皆可以饱。推此类也，吾安往而不乐？

　　夫所为求福而辞祸者，以福可喜而祸可悲也。人之所欲无穷，而物之可以足吾欲者有尽。美恶之辨战于中，而去取之择交乎前，则可乐者常少，而可悲者常多。是谓求祸而辞福。夫求祸而辞福，岂人之情也哉？物有以盖之矣。彼游于物之内，而不游于物之外。物非有大小也，自其内而观之，未有不高且大者也。彼挟其高大以临我，则我常眩乱反复，如隙中之观斗，又乌知胜负之所在？是以美恶横生，而忧乐出焉，可不大哀乎！

　　予自钱塘移守胶西②，释舟楫之安，而服车马之劳；去雕墙之美，而庇采椽之居③；背湖山之观，而行桑麻之野。始至之日，岁比不登，盗贼满野，狱讼充斥，而斋厨索然，日食杞菊，人固疑予之不乐也。处之期年④，而貌加丰，发之白者日以反黑。予既乐其风俗之淳，而其吏民亦安予之拙也。于是治其园圃，洁其庭宇，伐安丘、高密之木⑤，以修补破败，为苟完之计。而园之北，因城以为台者旧矣，稍葺而新之⑥。时相与登览，放意肆志焉。南望马耳、常山⑦，出没隐见，若近若远，庶几有隐君子乎⑧？而其东则庐山⑨，秦人卢敖之所从遁也⑩。西望穆陵⑪，隐然如城郭，师尚父、齐威公之遗烈犹有存者⑫。北俯潍水⑬，慨然太息，思淮阴之功⑭，而吊其不终。台高而安，深而明，夏凉而冬温，雨雪之朝，风月之夕，予未尝不在，客未尝不从。撷园蔬⑮，取池鱼，酿秫酒⑯，瀹脱粟而食之⑰，曰："乐哉！游乎！"

　　方是时，予弟子由⑱，适在济南，闻而赋之，且名其台曰"超然"，以见予之无所往而不乐者，盖游于物之外也。

【注释】

①醨：淡酒。

②钱塘：宋代两浙路治所，地在今浙江杭州。 胶西：山东胶河以西地区，这里指密州，即今山东高密。

③采椽：采伐的木椽未经修饰。

④期（jī）年：一周年。

⑤安丘、高密：属当时密州的两个县。

⑥葺（qì）：修理。

⑦马耳、常山：二山均在密州城附近。

⑧庶几：可能。

⑨庐山：山在密州城东。

⑩卢敖：秦朝燕人，秦始皇召为博士。为秦始皇求仙药不得，逃到高密的庐山。事见《淮南子·道应训》。后来泛指隐者。

⑪穆陵：穆陵关，故址在今山东临朐东南的大岘山上。春秋时为齐国南境。

⑫师尚父：吕尚，即姜太公。 齐威公：即齐桓公。春秋五霸之一。

⑬潍水：即今潍河。源出今山东五莲县西南的箕屋山，向东北汇入汶水，过昌邑入海。公元前203年，韩信突袭齐军于历下，齐军大败，齐王东逃，并向楚求救。项羽派大将龙且率军号二十万救齐，与齐王会合于高密，并与汉军隔潍水而阵。韩信利用龙且骄敌，先派士兵用沙袋壅塞潍水上游，然后引军半渡，假装不胜而退，龙且引军追击，韩信待楚军半渡，命人决开水流，大水突至，楚军大败，龙且被杀。

⑭淮阴：西汉淮阴侯韩信。

⑮撷（xié）：采摘。

⑯秫（shú）酒：黄米酒。

⑰瀹（yuè）：煮。 脱粟：糙米。

⑱子由：苏辙字子由，当时在齐州（今济南）做官。

【评析】

宋神宗熙宁四年（1071年），苏轼因反对王安石新法而自京城外调，出判杭州，不久又移知密州（今山东高密）。用他自己的话说，是

"背湖山之观"而移"桑麻之野",心境十分抑郁,却故作超然旷达,想游于物外,知足常乐,与世无争。所以文章先从"乐"写起,说明无处不乐。然后叙写自己之由杭州移密州,写密州的荒凉、写修台的经过,写台四周的景物及由此而产生的感慨。前半段谈玄说理,后半段叙写经过及观感,无论议论还是记叙,无不文意酣畅,潇洒出尘。从前半段的行文,还可看出《庄子》议论横生的强烈影响。

放鹤亭记

熙宁十年秋①,彭城大水②。云龙山人张君之草堂③,水及其半扉。明年春,水落,迁于故居之东、东山之麓。升高而望,得异境焉,作亭于其上。彭城之山,冈岭四合,隐然如大环,独缺其西一面,而山人之亭,适当其缺。春夏之交,草木际天,秋冬雪月,千里一色,风雨晦明之间,俯仰百变。山人有二鹤,甚驯而善飞,旦则望西山之缺而放焉,纵其所如,或立于陂田,或翔于云表,暮则傃东山而归④,故名之曰"放鹤亭"。

郡守苏轼⑤,时从宾佐僚吏往见山人,饮酒于斯亭而乐之。挹山人而告之曰⑥:"子知隐居之乐乎?虽南面之君,未可与易也。《易》曰⑦:'鸣鹤在阴,其子和之。'《诗》曰:'鹤鸣于九皋,声闻于天⑧。'盖其为物清远闲放,超然于尘埃之外,故《易》、《诗》人以比贤人君子。隐德之士,狎而玩之,宜若有益而无损者,然卫懿公好鹤则亡其国⑨。周公作《酒诰》⑩,卫武公作《抑》戒⑪,以为荒惑败乱,无若酒者,而刘伶、阮籍之徒⑫,以此全其真而名后世。嗟夫!南面之君,虽清远闲放如鹤者,犹不得好,好之则亡国。而山林遁世之士,虽荒惑败乱如酒者,犹不能为害,而况于鹤乎?由此观之,其为乐未可以同日而语也。"

山人欣然而笑曰:"有是哉!"乃作放鹤、招鹤之歌曰:"鹤飞去兮西山之缺,高翔而下览兮择所适。翻然敛翼,宛将集兮,忽何所见,矫然而复击。独终日于涧谷之间兮,啄苍苔而履白石。鹤归来兮东山之阴。其下有人兮,黄冠草履,葛衣而鼓琴。躬耕而食兮,其馀以汝饱。归来归来兮,西山不可以久留。"

【注释】

①熙宁十年：1077年。

②彭城：今江苏徐州。

③云龙：山名，在今徐州南。张天骥隐居在此，故称云龙山人。

④愫（sù）：向。

⑤郡守：郡的长官。

⑥挹（yì）：酌酒。

⑦《易》曰：引文见《易经·中孚》。

⑧《诗》曰：引文见《诗经·小雅·鹤鸣》。 九皋：深泽。

⑨卫懿公：据《左传》鲁闵公二年记载，卫懿公喜欢鹤，平时封鹤以各种爵位，让鹤乘坐大夫才有资格坐的车。后来狄人攻打卫国，卫人因国君好鹤，不愿出战，"国人受甲者皆曰：'使鹤！鹤实有禄位。'"卫懿公不得已，自己率军迎敌，大败被杀。狄人遂攻入卫国，卫国几乎灭亡。

⑩《酒诰》：《尚书》中的一篇，传说是周公所作，用来告戒康叔。

⑪《抑》：《诗经·大雅》中的一篇，相传是卫武公所作，用来自我警戒的。

⑫刘伶、阮籍：都是西晋"竹林七贤"中人，他们都以纵酒沉醉掩饰自己的政治态度。

【评析】

《放鹤亭记》写于苏轼于宋神宗熙宁十一年（1078年）在徐州任知府时。放鹤亭本无声名，经苏轼这篇文章的点缀，便海内皆知了。文章旨在写隐士的无限之乐，但并不直接写隐士，而用大量笔墨描述仙鹤放浪湖泊、纵其所为的习性，而且还宕开一笔写卫懿公因好鹤而亡国的教训，相反相成，而突出超然物外的隐士之乐。文章构思奇巧，曲折如意，闲暇怡乐，姿态横生。

石钟山记

○苏轼

《水经》云①："彭蠡之口有石钟山焉②。"郦元以为下临深潭③，微风鼓浪，水石相搏，声如洪钟。是说也，人常疑之。今以钟磬置水中④，虽大风浪不能鸣也，而况石乎！至唐李渤始访其遗踪⑤，得双石于潭上，扣而聆之，南声函胡，北音清越，枹止响腾⑥，馀韵徐歇。自以为得之矣。然是说也，余尤疑之。石之铿然有声者，所在皆是也，而此独以钟名，何哉？

元丰七年六月丁丑⑦，余自齐安舟行适临汝⑧，而长子迈将赴饶之德兴尉⑨，送之至湖口，因得观所谓石钟者。寺僧使小童持斧，于乱石间择其一二扣之，硿硿然⑩。余固笑而不信也。至其夜月明，独与迈乘小舟至绝壁下。大石侧立千尺，如猛兽奇鬼，森然欲搏人；而山上栖鹘⑪，闻人声亦惊起，磔磔云霄间⑫，又有若老人欬且笑于山谷中者，或曰："此鹳鹤也⑬。"余方心动欲还，而大声发于水上，噌吰如钟鼓不绝⑭。舟人大恐。徐而察之，则山下皆石穴罅⑮，不知其浅深，微波入焉，涵澹澎湃而为此也。舟回至两山间，将入港口，有大石当中流，可坐百人，空中而多窍，与风水相吞吐，有窾坎镗鞳之声，与向之噌吰者相应，如乐作焉。因笑谓迈曰："汝识之乎？噌吰者，周景王之无射也⑯；窾坎镗鞳者，魏庄子之歌钟也⑰。古之人不余欺也！"

事不目见耳闻而臆断其有无，可乎？郦元之所见闻殆与余同，而言之不详；士大夫终不肯以小舟夜泊绝壁之下，故莫能知；而渔工水师虽知而不能言，此世所以不传也。而陋者乃以斧斤考击而求之，自以为得其实。余是以记之，盖叹郦元之简，而笑李渤之陋也。

【注释】

①《水经》：是古代一部专记江水河道的地理书。相传为汉代桑钦所著。

②彭蠡：即今鄱阳湖。

③郦元：即郦道元，北魏人，曾为《水经》作注，即今天的《水经注》，是中国古代地理学史上的名著。

④磬：古代石或玉制的打击乐器。

⑤李渤：《辨石钟山记》一文的作者，隐居山中，唐顺宗闻其名而征为右拾遗，称疾不至。

⑥枹（fú）：鼓槌。

⑦元丰七年：1084年。元丰，宋神宗年号。

⑧齐安：今湖北黄冈西北。　临汝：治所在今河南临汝东。

⑨饶：饶州，治所在今江西波阳。　德兴：今江西德兴。　尉：县尉。

⑩硿硿（kōng）然：象声词。
⑪鹘（hú）：一种猛禽。
⑫磔磔（zhé）：象声词，鸟鸣声。
⑬鹳鹤：一种水鸟。
⑭噌（chēng）吰（hóng）：象声词，宏亮的钟声。
⑮罅（xià）：裂缝。
⑯无射（yì）：原为古代十二乐律之一，这里指钟。东周周景王时曾铸成无射钟。
⑰魏庄子：即魏绛，春秋时晋大夫。《左传》襄公十一年（前562年）："郑人赂晋侯以师悝、师触、师蠲，……歌钟二肆，及其镈、磬、女乐二八。晋侯以乐之半赐魏绛，曰：'子教寡人和诸戎狄以正诸华，八年之中，九合诸侯，如乐之和，无所不谐，请与子乐之。'"

【评析】

《石钟山记》是苏轼散文中的名篇。文章围绕着石钟山的命名而层层展开。这本是一篇山水游记，却超出了一般山水游记的窠臼，寓理性分析于记事写景之中，融记叙、抒情、议论于一体，信手写来，自然流畅，写景状物逼真生动，绘声绘色，惟妙惟肖，读之如身临其境，情趣横生。

日喻说

生而眇者不识日，问之有目者，或告之曰："日之状如铜盘。"扣盘而得其声；他日闻钟，以为日也。或告之曰："日之光如烛。"扪烛而得其形；他日揣籥①，以为日也。日之与钟、籥亦远矣，而眇者不知其异，以其未尝见而求之人也。

道之难见也甚于日，而人之未达也，无以异于眇。达者告之，虽有巧譬善导，亦无以过于盘与烛也。自盘而之钟，自烛而之籥，转而相之②，岂有既乎？故世之言道者，或即其所见而名之，或莫之见而意之，皆求道之过也。然则道卒不可求欤？苏子曰："道可致而不可求。"何谓致？孙武曰："善战者致人，不致于人③。"子夏曰："百工居肆以成其事，君子学以致其道④。"莫之求而自至，斯以为致也欤！

南方多没人，日与水居也。七岁而能涉，十岁而能浮，十五而能没矣。夫没者岂苟然哉！必将有得于水之道者。日与水居，则十五而得其道；生不识水，则虽壮，见舟而畏之。故北方勇者，问于没人，而求其所以没，以其言试之河，未有不溺者也。故凡不学而务求道，皆北方之学没者也⑤。

昔者以声律取士⑥，士杂学而不志于道；今也以经术取士⑦，士知求道而不务学⑧。渤海吴君彦律⑨，有志于学者也，方求举于礼部⑩，作《日喻》以告之。

【注释】

①揣：摸。　龠（yuè）：形状如笛子的竹制管乐器，有三孔、六孔两种。又，吹火的竹筒也叫龠。此处似指后者。

②转而相之：一个譬喻连着一个譬喻地辗转相比。

③"孙武曰"句：见《孙子兵法·虚实篇》。

④"子夏曰"句：见《论语·子张》。子夏，春秋时卫国人，孔子学生。　肆：作坊、店铺。

⑤"南方多没人"一段：《庄子·达生》："吾生于陵而安于陵，故也；长于水而安于水，性也；不知吾所以然而然，命也。"

⑥昔者以声律取士：宋代在神宗熙宁四年（1071年）之前沿唐旧制，仍以声律（诗赋）试进士。苏轼《徐州上皇帝书》："昔者以诗赋取士。"王安石变法之后改用经术取士。

⑦经术：经义，指研究儒家经典著作。宋神宗熙宁四年二月，朝廷宣布罢明经及诸科进士试诗赋，专治《易》、《诗》、《书》、《周礼》，兼之以《论语》、《孟子》（见《宋史·选举志一》）。

⑧不务学：宋神宗熙宁八年（1075年），王安石《三经新义》颁行，儒生为求取功名，只习王氏一家之言。本文作于元丰元年（1078年），故有此说。

⑨渤海：宋代属河北路滨州，即今山东惠民县。　吴君彦律：吴彦律，名琯，苏轼知徐州时，吴为徐州监酒正字，互以诗唱和。

⑩方求举于礼部：即应礼部主持的科举考试。

【评析】

这是一篇借用寓言故事来说理的论说文，通过"盲人猜日"、"北人学没"这两个譬喻，说明没有亲自观察而仅凭耳闻，崇尚空谈而不学，是不能了解事物的本来面目和得"道"的。作者所谓的"道"，指儒道、孔孟之道。这个道玄妙高深，难以捉摸，所以只有通过长期勤奋学习，才会自然得之，强求则不得。文章将深刻的道理寓于妙趣横生的寓言之中，使文章富于感染力量。而全文灵活多变，逻辑严密，饶有意趣。

答谢民师书

近奉违①，亟辱问讯②，具审起居佳胜，感慰深矣。轼受性刚简，学迂材下，坐废累年③，不敢复齿缙绅④。自还海北⑤，见平生亲旧，惘然如隔世人，况与左右无一日之雅⑥，而敢求交乎？数赐见临，倾盖如故⑦，幸甚过望，不可言也。

所示书教及诗赋杂文⑧，观之熟矣。大略如行云流水，初无定质，但常行于所当行，常止于所不可不止，文理自然，姿态横生。孔子曰："言之不文，行而不远⑨。"又曰："辞达而已矣⑩。"夫言止于达意，即疑若不文，是大不然。求物之妙，如系风捕影，能使是物了然于心者，盖千万人而不一遇也，而况能使了然于口与手者乎？是之谓辞达。辞至于能达，则文不可胜用矣。扬雄好为艰深之辞⑪，以文浅易之说，若正言之，则人人知之矣。此正所谓雕虫篆刻者⑫，其《太玄》、《法言》⑬，皆是类也。而独悔于赋⑭，何哉？终身雕篆，而独变其音节，便谓之经⑮，可乎？屈原作《离骚经》⑯，盖《风》、《雅》之再变者⑰，虽与日月争光可也⑱。可以其似赋而谓之雕虫乎⑲？使贾谊见孔子，升堂有余矣；而乃以赋鄙之，至与司马相如同科⑳。雄之陋如此比者甚众，可与知者道，难与俗人言也㉑。因论文偶及之耳。欧阳文忠公言㉒："文章如精金美玉，市有定价，非人所能以口舌定贵贱也。"纷纷多言，岂能有益于左右，愧悚不已㉓！

所须惠力法雨堂字㉔，轼本不善作大字，强作终不佳；又舟中局迫难写，未能如教。然轼方过监江㉕，当往游焉。或僧有所欲记录，当为作数句留院中，慰左右念亲之意㉖。今日至峡山寺㉗，少留即去。愈远，惟万万以时自爱。

【注释】

①近奉违：最近分别。苏轼于宋哲宗元符三年（1100年）五月由儋州（今海南省儋县）奉命内调，九月底路过广州，得交谢民师，十

一月初离开广州，写信时已抵清远峡，相别刚八、九天，故云。

②亟（qì）：多次。

③坐废累年：苏轼于宋哲宗绍圣元年（1094年）被贬至惠州（今广东惠阳），四年改谪儋州，元符三年始内调，前后长达七年，故云。

④齿：并列。　缙绅：原指古代官吏把朝笏插在衣带里，后因称做官的为缙绅。

⑤自还海北：儋州在海南岛，故云。

⑥左右：表示尊敬对方而不直呼其名。

⑦倾盖如故：语出《史记·邹阳传》："白头如新，倾盖如故。"意即一见如故。

⑧书：写给上级的书启。　教：对下的文告。

⑨"孔子曰"三句：语出《左传》襄公二十五年。

⑩辞达而已矣：语出《论语·卫灵公》。

⑪扬雄（前53年—18年）：字子云，蜀郡成都人，西汉著名辞赋家及学者。

⑫雕虫篆刻：雕绘虫书，篆写刻符。虫书是笔画像虫形的一种字体，刻符是刻写在符信上的一种字体，两体均流行于秦代。语出扬雄《法言·吾子》："或曰：'吾子少而好赋？'曰：'然。童子雕虫篆刻。'俄而曰：'壮夫不为也。'"原比喻辞赋的讲求技巧，后用来泛指文学写作讲究技巧。

⑬《太玄》、《法言》：扬雄著作名。《汉书·扬雄传》："欲求文章成名于后世，以为经莫大于《易》，故作《太玄》，传莫大于《论语》，故作《法言》。"

⑭悔于赋：扬雄晚年悔其早年所作辞赋是"童子雕虫篆刻"，是"壮夫不为"之作，参见注⑫。

⑮便谓之经：《太玄》全名为《太玄经》。《法言》拟《论语》。《论语》是传，也属经一类中。

⑯《离骚经》：屈原所作自传抒情性长诗《离骚》。东汉人王逸作《楚辞章句》，称《离骚》为经。

⑰《风》、《雅》：指《诗经》中的《国风》和《小雅》。

⑱虽与日月争光可也：《史记·屈原列传》："《国风》好色而不淫，《小雅》怨诽而不乱。若《离骚》者，可谓兼之矣。……推此志也，虽与日月争光可也。"

⑲似赋：《汉书·艺文志》："大儒孙卿（即荀子）及楚臣屈原，罹

谏忧国，皆作赋以风（即讽），咸有恻隐古诗之义。"

⑳"使贾谊见孔子"四句：扬雄《法言·吾子》："诗人之赋丽以则，辞人之赋丽以淫。如孔氏之门用赋也，则贾谊升堂，相如入室矣。如其不用何！"升堂，喻学问道德已达相当深度。入室，喻道德学问已有极深的造诣。古人以入门、升堂、入室喻道德学问修养的三个阶段。

㉑可与知者道，难与俗人言也：语见司马迁《报任安书》。

㉒欧阳文忠公：即欧阳修。

㉓悚（sǒng）：恐惧。　愧悚不已：古人信中常用的客套话。

㉔惠力：惠力寺，也作"慧力寺"。据《嘉庆一统志》，寺在今江西清江县南二里，始建于南唐。　法雨堂：惠力寺中的殿堂名。

㉕临江：临江军，宋代行政区域名，治今江西清江县。

㉖念亲：谢民师是新干人，新干属临江军管辖，故云。又曾敏行《独醒杂志》卷六："东坡谪岭南，元符末始北还。舟次新干时，人方础石为桥，闻东坡之至，父老儿童二三千人聚立舟侧，请名其桥。……遂就舟中书'惠政桥'与之。"

㉗峡山寺：即广庆寺，在今广东清远县清远峡。因两山对峙江中，故曰峡山。

【评析】

谢民师，名举廉，新淦（今江西新干县）人。神宗元年八年（1085年）进士。元符三年（1100年）苏轼自海南北归，道经广州，时任广东推官的谢民师携带诗文就教，遂相订交。曾敏行《独醒杂志》卷一载："东坡自岭南归，民师袖书及旧作遮谒。东坡览之，大见称赏。"本文是作者离开广州后答谢民师的第二封信。在信中苏轼对写作方面提出了三点见解：一、写文章要如"行云流水"，"常行于所当行，常止于所不可不止"，要"文理自然，姿态横生"，反对死板做作；二、用词达意是个艰苦的过程，必须"能使是物了然于心"，"了然于口与手"，才能达意，而且认为讲究文采与达意是应该统一的；三、反对"好为艰深之辞，以文浅易之说"。苏轼这些称赞别人的话，恰是他自己文章的写照。这封信在文学史上也颇负盛名，便因为苏轼在信中所提出的对散文创作的重要见解。本文在写作上也如"行云流水"，文笔舒卷自如，轻灵流动，变化有致，浑然天成。它的另一特色是设譬新颖贴切，多处设譬而无一不佳。

潮州韩文公庙碑

匹夫而为百世师，一言而为天下法，是皆有以参天地之化，关盛衰之运。其生也有自来，其逝也有所为。故申、吕自岳降①，傅说为列星②，古今所传，不可诬也。孟子曰："我善养吾浩然之气。"是气也，寓于寻常之中，而塞乎天地之间。卒然遇之，则王公失其贵，晋、楚失其富，良、平失其智，贲、育失其勇，仪、秦失其辩。是孰使之然哉？其必有不依形而立，不恃力而行，不待生而存，不随死而亡者矣。故在天为星辰，在地为河岳，幽则为鬼神，而明则复为人。此理之常，无足怪者。

自东汉以来，道丧文弊，异端并起，历唐贞观、开元之盛，辅以房、杜、姚、宋而不能救。独韩文公起布衣③，谈笑而麾之，天下靡然从公，复归于正，盖三百年于此矣。文起八代之衰，而道济天下之溺；忠犯人主之怒，而勇夺三军之帅。此岂非参天地、关盛衰、浩然而独存者乎！

盖尝论天人之辨：以谓人无所不至，惟天不容伪；智可以欺王公，不可以欺豚鱼；力可以得天下，不可以得匹夫匹妇之心。故公之精诚，能开衡山之云，而不能回宪宗之惑；能驯鳄鱼之暴，而不能弭皇甫镈、李逢吉之谤；能信于南海之民，庙食百世，而不能使其身一日安于朝廷之上。盖公之所能者天也，其所不能者人也。

始潮人未知学④，公命进士赵德为之师，自是潮之士，皆笃于文行，延及齐民，至于今，号称易治。信乎孔子之言："君子学道则爱人，小人学道则易使也。"

潮人之事公也，饮食必祭，水旱疾疫，凡有求必祷焉。而庙在刺史公堂之后，民以出入为艰。前太守欲请诸朝作新庙，不果。元祐五年⑤，朝散郎王君涤来守是邦⑥，凡所以养士治民者，一以公为师。民既悦服，则出令曰："愿新公庙者听。"民欢趋之。卜地于州城之南七里，期年而庙成⑦。

或曰："公去国万里而谪于潮，不能一岁而归。没而有知，其不眷恋于潮也审矣。"轼曰："不然。公之神在天下者，如水之在地中，无所往而不在也。而潮人独信之深，思之至，焄蒿凄怆，若或见之。譬如凿井得泉，而曰水专在是，岂理也哉？"

元丰元年⑧,诏封公昌黎伯⑨,故榜曰"昌黎伯韩文公之庙"。潮人请书其事于石,因作诗以遗之,使歌以祀公。其辞曰:

公昔骑龙白云乡,手抉云汉分天章⑩,天孙为织云锦裳⑪。飘然乘风来帝旁,下与浊世扫秕糠。西游咸池略扶桑⑫,草木衣被昭回光。追逐李、杜参翱翔,汗流籍、湜走且僵⑬,灭没倒影不可望。作书诋佛讥君王,要观南海窥衡、湘⑭,历舜九嶷吊英、皇⑮。祝融先驱海若藏,约束蛟鳄如驱羊。钧天无人帝悲伤⑯,讴吟下招遣巫阳。犦牲鸡卜羞我觞⑰,於粲荔丹与蕉黄。公不少留我涕滂,翩然被发下大荒。

【注释】

①申、吕:指申侯、吕伯。姜姓诸侯,其地在今河南南阳境。《诗经·大雅·崧高》:"维岳降神,生甫及申。"甫即吕伯,申即申侯。

②傅说(yuè):传为商王武丁的傅相,原为操版筑路的奴隶,武丁拔于朝廷,相武丁以治天下。《庄子·大宗师》说傅说"乘东维,骑箕尾,而比于列星。"

③韩文公:韩愈,谥文,又称韩文公。

④潮:指潮州,治所在今广东潮安。819年,唐宪宗从扶风法门寺迎所谓佛骨到宫中,韩愈因劝谏触怒宪宗,被贬到潮州当刺史。

⑤元祐五年:1090年。元祐,宋哲宗年号。

⑥朝散郎:七品文官。

⑦期(jī)年:一整年。

⑧元丰元年:1078年。元丰,宋神宗年号。

⑨昌黎:治所在今辽宁义县。韩愈的郡望是昌黎。

⑩云汉:指银河。 天章:指天上的日月星辰。

⑪天孙:织女,相传是天帝之孙。

⑫咸池:传说中太阳沐浴的地方,在极东方。屈原《离骚》:"饮余马于咸池兮"。《淮南子·天文训》:"日出于旸谷,沐于咸池。"

⑬籍、湜:指与韩愈同时的诗人张籍与皇甫湜。 僵:仆倒。

⑭要(yāo):要服,古代离王城极远的地方。 衡:衡山。 湘:湘水。

⑮九嶷:九嶷山,在今湖南。 英、皇:指女英、娥皇,传为帝尧的女儿,嫁给舜帝。

⑯祝融:即火神。 海若:海神。 钧天:天的中央。

⑰巫阳:古代楚国著名的巫师。 犦(bó)牲:祭祀用的牛。

鸡卜：即占卜。　　羞：进献。　　觞：一种酒器。

【评析】

宋哲宗元祐七年（1092年），潮洲人为颂悼韩愈，重修韩文公庙，潮州知州王涤将庙图送给苏轼，请他撰写碑文，苏轼便应邀写了此文。文章内容丰富，行文如潮水奔涌，气势浩瀚，挥洒自如。宋代著名学者洪迈在《容斋笔记》中曾评论这篇文章说："刘梦得、李习之、皇甫持正、李汉，皆称诵韩公（韩愈）之文，各极其势。……及东坡之碑一出，而后众说尽废。"此文是在歌颂韩愈，而谋篇和行文也有意识地摹仿韩愈的行文风格和"瘦硬"诗体。当然，其神韵仍然是苏东坡的。

文与可画筼筜谷偃竹记①

竹之始生，一寸之萌耳②，而节叶具焉。自蜩腹蛇蚹以至于剑拔十寻者，生而有之也③。今画者乃节节而为之④，叶叶而累之⑤，岂复有竹乎？故画竹必先得成竹于胸中⑥，执笔熟视，乃见其所欲画者，急起从之，振笔直遂⑦，以追其所见，如兔起鹘落⑧，少纵则逝矣。与可之教予如此。予不能然也，而心识其所以然⑨。夫既心识其所以然，而不能然者，内外不一⑩，心手不相应，不学之过也。故凡有见于中而操之不熟者⑪，平居自视了然，而临事忽焉丧之⑫，岂独竹乎？

子由为《墨竹赋》以遗与可曰⑬："庖丁，解牛者也，而养生者取之⑭；轮扁，斫轮者也，而读书者与之⑮。今夫夫子之托于斯竹也，而予以为有道者则非邪⑯？"子由未尝画也，故得其意而已。若予者，岂独得其意，并得其法。

与可画竹，初不自贵重，四方之人持缣素而请者⑰，足相蹑于其门⑱。与可厌之，投诸地而骂曰："吾将以为袜。"士大夫传之，以为口实⑲。及与可自洋州还，而余为徐州⑳。与可以书遗余曰："近语士大夫：'吾墨竹一派，近在彭城，可往求之。'袜材当萃于子矣㉑。"书尾复写一诗，其略曰："拟将一段鹅溪绢㉒，扫取寒梢万尺长㉓。"予谓与可："竹长万尺，当用绢二百五十匹。知公倦于笔砚，愿得此绢而已。"与可无以答，则曰："吾言妄矣，世岂有万尺竹哉？"余因而实之㉔，答其诗曰："世间亦有千寻竹，月落庭空影许长㉕。"与可笑曰："苏子辩矣㉖。然二百五十匹绢，吾将买田而归老焉㉗。"因以所画筼筜谷偃竹

（元）吴镇

遗予曰："此竹数尺耳，而有万尺之势。"筼筜谷在洋州，与可尝令予作洋州三十咏，筼筜谷其一也。予诗云："汉川修竹贱如蓬⑱，斤斧何曾赦箨龙㉚。料得清贫馋太守㉛，渭滨千亩在胸中㉛。"与可是日与其妻游谷中，烧笋晚食，发函得诗，失笑喷饭满案。

元丰二年正月二十五日，与可没于陈州㉜。是岁七月七日，予在湖州，曝书画㉝，见此竹，废卷而哭失声㉞。昔曹孟德祭桥公文㉟，有："车过""腹痛"之语。而予以载与可畴昔戏笑之言者㊱，以见与可于予亲厚无间如此也㊲。

【注释】

①文与可：名同，梓潼（现属四川省）人，北宋大画家，以画竹著名。他是苏轼的表兄，曾画筼筜（yún dāng）谷偃竹赠苏轼。筼筜谷，在陕西省洋州（今陕西洋县）西北。谷中多竹，熙宁八年，文与可任洋州知州，曾在筼筜谷筑披名亭。元丰二年正月病逝。筼筜偃竹是一种高大迎风倾斜的竹子。

②萌：嫩芽。

③蜩腹：蝉的肚皮。 剑拔：初生竹子如剑出鞘，挺拔有力。 寻：八尺为一寻。

④节节而为之：一节一节地勾画而成。

⑤累：堆积。

⑥成竹于胸：指画竹之前心里已构思好完整竹子的神韵与形姿。

⑦振笔直遂：动笔一气画成。遂，完成。

⑧兔起鹘落：兔子跃起奔跑，鹘鹰从空中俯冲而下搏击。形容运笔神速。

⑨然：这样。 识：懂得。

⑩内外不一：心手不一，手不称心。

⑪有见于中：心有所见。中，心。

⑫平居：平日。 丧：忘掉。

⑬子由：名辙，苏轼的弟弟。 遗（wèi）：赠送。

⑭"庖丁"三句：庖丁是宰割牛的，而养生的人可以从中悟出养生的道理。典出《庄子·养生主》。

⑮斫（zhuó）：砍削。 与：赞许。典出《庄子·养生主》。

⑯夫子：指文与可。

⑰缣（jiān）素：绘画用的白绢。

⑱足相蹑：脚相互踩碰。形容人繁多。

⑲口实：话柄。

⑳余为徐州：苏轼于熙宁十年（1077年）调任徐州知府。

㉑萃：聚集。

㉒鹅溪：在四川省盐亭县西北，附近产名绢，称鹅溪绢，是绘画用的名绢。

㉓扫取：用笔作画。　寒梢：指竹子，因竹耐寒，所以称寒竹。

㉔实之：证实了这事。

㉕影许长：影子大概有这样长。许，这样。

㉖辩：指苏轼善辩。

㉗买田而归老：置买下田园，告老还家。

㉘汉川：汉水，流经洋州。　修竹：长竹。　蓬：蓬草。

㉙箨（tuò）龙：竹笋。

㉚馋太守：贪吃的太守，指文与可，玩笑话。

㉛渭滨：即渭川之滨。　千亩：千亩竹子。意思是胸中装着丰富的画竹素材。

㉜陈州：今河南淮阳。文与可于元丰元年十月，除知湖州（今浙江吴兴），从开封赴任，到陈州的宛丘驿病逝，终年六十一岁。

㉝曝（pù）：晒。

㉞废卷：停下晒书画。

㉟桥公文：指祭桥玄的文稿。曹操年轻时，桥玄很赏识他。桥玄死后，曹操路过谯郡祭祀桥玄并作《祀故太尉桥玄文》，文中有回忆当年桥玄同他开玩笑的话："又承从容约誓之言：'殂逝之后，路有经由，不以斗酒只鸡过相沃酹，车过三步，腹痛勿怪。'虽临时戏笑之言，非至亲之笃好，胡肯为此辞乎？"

㊱畴昔：从前。

㊲无间：亲密而无隔阂。

【评析】

《筼筜谷偃竹记》作于宋神宗元丰二年（1079年）。时文与可逝世不久。作者睹物思人，触物伤情，故题写此记。文中讨论了文艺上的一些规律。文章首先对作画规律提出了自己的主张，提出意在笔先，"胸有成竹"；其次认为不能忽视技巧的训练，否则"心手不相应"，便不能真实形象地表现事物的特征。而熟练的技巧来自实践。文章的第二大段通过细节描写,生动地再现了文与可的音容笑貌和他们之间的深厚感情。本质上这是一篇悼亡文章,作者以乐写哀,而倍增其哀。语言朴素自然,说理通畅,富于启发意义。清浦起龙在《古文眉诠》云:"文如行云无定质,细案不出画法授受。画事往复两意,统括在亲厚无间中。盖文为哭友作,不专记筼筜画竹也。"

方山子传

方山子①,光、黄间隐人也②。少时慕朱家、郭解为人③,闾里之侠皆宗之。稍壮,折节读书,欲以此驰骋当世,然终不遇。晚乃遁于光、黄间,曰岐亭④。庵居蔬食,不与世相闻。弃车马,毁冠服,徒步往来山中,人莫识也。见其所著帽,方耸而高,曰:"此岂古方山冠之遗像乎⑤!"因谓之方山子。

余谪居于黄,过岐亭,适见焉。曰:"呜呼!此吾故人陈慥季常也,何为而在此?"方山子亦矍然问余所以至此者⑥。余告之故,俯而不答,仰而笑。呼余宿其家,环堵萧然,而妻子奴婢皆有自得之意。余既耸然异之,独念方山子少时,使酒好剑,用财如粪土。前十有九年⑦,余在岐下,见方山子从两骑,挟二矢,游西山,鹊起于前,使骑逐而射之,不获。方山子怒马独出,一发得之。因与余马上论用兵及古今成败,自谓一世豪士。今几日耳,精悍之色,犹见于眉间,而岂山中之人哉?

然方山子世有勋阀⑧,当得官,使从事于其间,今已显闻。而其家在洛阳,园宅壮丽,与公侯等。河北有田,岁得帛千匹,亦足以富乐。皆弃不取,独来穷山中,此岂无得而然哉?

余闻光、黄间多异人,往往佯狂垢污,不可得而见,方山子傥见之欤?

【注释】

①方山子:即陈慥,太常少卿陈希亮之子。

②光:光州,治所在今河南潢川。 黄:黄州,治所在今湖北黄冈。

③朱家、郭解:均为西汉时游侠。朱家曾掩护汉初著名人物,原项羽部下大将季布。郭解则在汉武帝时以行侠驰名当世,后被杀。

○苏轼

④岐亭：宋代镇名，在今湖北麻城附近。

⑤方山冠：原为汉代乐师戴的帽子，用五采丝织成。《后汉书·舆服志》："方山冠似进贤冠，以五采縠为之。祠宗庙大予、八佾、四时、五行，乐人服之。"

⑥矍（jué）然：吃惊的样子。

⑦余在岐下：指宋仁宗嘉祐七年（1062年）苏轼任凤翔府签判时，陈慥的父亲陈希亮任凤翔知府。此时两人即已有交往。

⑧勋阀：功劳。陈慥之父陈希亮官至太常少卿，理当封妻荫子。但他"辄先及族人，卒不及其子慥"，故陈慥未承袭做官。

【评析】

《方山子传》是苏轼所写的最成功的一个人物传记，着墨不多，轻描淡写，却写得须眉毕现，如见其人。作者当时谪居黄州，抑郁不欢，生活潦倒，所以对方山子的英武豪爽、隐居山林颇为倾慕。文章起落转换，因势变化，极富特色，尤其善于制造悬念，勾勒形象，使文章跌宕起伏，意趣横生。

苏 辙

苏辙（1039年—1112年），字子由，眉山人。宋仁宗嘉祐二年（1057年）中进士。晚年辞官居于河南许昌，号颍滨遗老。他是苏洵的儿子、苏轼的弟弟，受父亲与哥哥的影响，其散文风格既有苏洵的简洁雄健，又有苏轼的飘逸潇洒，并以策论见长，汪洋淡泊，深醇温粹，似其为人。被后人列为唐宋八大家之一。著有《栾城集》。

上枢密韩太尉书

太尉执事①：辙生好为文，思之至深。以为文者气之所形，然文不可以学而能，气可以养而致②。孟子曰："我善养吾浩然之气。"今观其文章，宽厚宏博，充乎天地之间，称其气之小大。太史公行天下③，周览四海名山大川，与燕、赵间豪俊交游④，故其文疏荡，颇有奇气。此二子者，岂尝执笔学为如此之文哉？其气充乎其中而溢乎其貌，动乎其言而见乎其文，而不自知也。

辙生十有九年矣。其居家所与游者，不过其邻里乡党之人；所见不过数百里之间，无高山大野可登览以自广；百氏之书，虽无所不读，然皆古人之陈迹，不足以激发其志气。恐遂汩没⑤，故决然舍去，求天下奇闻壮观，以知天地之广大。过秦、汉之故都⑥，恣观终南、嵩、华之高，北顾黄河之奔流，慨然想见古之豪杰。至京师，仰观天子宫阙之壮，与仓廪、府库、城池、苑囿之富且大也，而后知天下之巨丽。见翰林欧阳公⑦，听其议论之宏辨，观其容貌之秀伟，与其门人贤士大夫游，而后知天下之文章聚乎此也。太尉以才略冠天下，天下之所恃以无忧，四夷之所惮以不敢发，入则周公、召公，出则方叔、召虎⑧。而辙也未之见焉。

且夫人之学也，不志其大，虽多而何为？辙之来也，于山见终南、嵩、华之高，于水见黄河之大且深，于人见欧阳公，而犹以为未见太尉也，故愿得观贤人之光耀，闻一言以自壮，然后可以尽天下之大观而无憾者矣。

辙年少，未能通习吏事。向之来，非有取于斗升之禄，偶然得之，非其所乐。然幸得赐归待选，使得优游数年之间，将以益治其文，且学为政。太尉苟以为可教而辱教之，又幸矣！

【注释】

①太尉：指韩琦（1008年—1075年），字稚圭，北宋著名政治和军事家。宋仁宗时曾任枢密使，掌全国兵权，相当于汉唐时的太尉，故称。　执事：指左右办事人员。不直接称呼对方而称执事，以示尊敬。

②文者气之所形：指文由气形成。曹丕《典论·论文》："文以气为主，不可力强而致。"韩愈《答李翊书》："气，水也；言，浮物也，水大而物之浮者大小毕浮；气盛则言之短长与声之高下者皆宜。"

③太史公：指汉代司马迁。他曾任太史令。

④燕、赵：战国时的两个国家，其地相当今之河北、山西、辽宁、陕西的部分地区。《史记·太史公自序》："迁生龙门，耕牧河山之阳。年十岁则诵古文。二十南游江淮，上会稽，探禹穴，窥九疑，浮于沅、湘，北涉汶、泗，讲业齐鲁之都，观孔子之遗风，乡射邹、峄，厄困鄱、薛、彭城，过梁、楚以归。"

⑤汩（gǔ）没：埋没。

⑥秦、汉之故都：秦都咸阳，西汉都长安，东汉都洛阳。

⑦欧阳公：即欧阳修，宋仁宗至和元年（1054年）任翰林学士。嘉祐二年（1057年）以翰林学士权知贡举，苏氏兄弟即于此年中进士。

⑧周公、召公、方叔、召虎：是周朝的四名大臣。周公即周公旦，召公即召公奭。方叔和召虎均为周宣王时的大臣。召虎即召伯虎，又称召穆公。《召南》中的《甘棠》诗即为召公而作。又《大雅·崧高》："王命召伯、定申伯之宅。"《江汉》一诗亦写召伯虎。而《小雅》中的《采芑》一诗即歌颂方叔在宣王时率军南征荆蛮。

【评析】

苏辙的这封信写于宋仁宗嘉祐二年（1057年），当时作者与兄长苏轼赴京考中进士，年方十九岁。之后，给当时的枢密副使韩琦写了这封信。当时作者风华正茂，胸怀壮志，而韩琦是德高望重的名相。写信的目的，是为抒发对韩琦的景仰，表示求见请教。作者赞颂韩琦的功德，采用了烘云托月的手法，通过多方面的陪衬，说明了对韩琦的无比崇敬。同时在文章的写作理论上提出了自己卓有见地的看法。文章才气横溢,行间茂密,风格纡徐澹泊,秀杰清落,耐人寻味。故金圣叹评云:上书大人先生,更不作喁喁细语,一落笔便纯是一片奇气。此一片奇气最难得,若落笔时写不得着,即此文通篇都无有。

黄州快哉亭记

　　江出西陵①,始得平地,其流奔放肆大;南合湘沅,北合汉沔,其势益张;至于赤壁之下②,波流浸灌③,与海相若。清河张君梦得谪居齐安④,即其庐之西南为亭,以览观江流之胜,而余兄子瞻名之曰"快哉"⑤。

　　盖亭之所见,南北百里,东西一舍⑥,涛澜汹涌,风云开阖;昼则舟楫出没于其前,夜则鱼龙悲啸于其下;变化倏忽,动心骇目,不可久视。今乃得玩之几席之上,举目而足。西望武昌诸山⑦,冈陵起伏,草木行列,烟消日出,渔夫、樵父之舍,皆可指数,此其所以为"快哉"者也。至于长洲之滨,故城之墟,曹孟德、孙仲谋之所睥睨⑧,周瑜、陆逊之所驰骛⑨,其风流遗迹,亦足以称快世俗。

　　昔楚襄王从宋玉、景差于兰台之宫⑩,有风飒然至者,王披襟当之,曰:"快哉此风!寡人所与庶人共者耶?"宋玉曰:"此独大王之雄风耳,庶人安得共之!"玉之言盖有讽焉。夫风无雄雌之异,而人有遇不遇之变。楚王之所以为乐,与庶人之所以为忧,此则人之变也,而风何与焉?士生于世,使其中不自得,将何往而非病?使其中坦然,不以物伤性,将何适而非快?今张君不以谪为患,窃会计之余⑪,而自放山水之间,此其中宜有以过人者。将蓬户瓮牖,无所不快,而况乎濯长江之清流⑫,挹西山之白云⑬,穷耳目之胜以自适也哉!不然,连山绝壑,长林古木,振之以清风,照之以明月,此皆骚人思士之所以悲伤憔悴而不能胜者,乌睹其为快也哉!

【注释】

　　①西陵:长江三峡之一,在今湖北宜昌以西。

　　②湘沅:湘江和沅江,皆为今湖南省的主要河流,流入洞庭,注入长江。　汉沔:即汉水。在今湖北武汉市注入长江。　赤壁:又名赤鼻山,在今湖北黄冈。苏辙误以为这里即是三国时发生"赤壁大战"的赤壁(在今湖北蒲圻)。

◎苏辙

③浸灌：形容水势浩大。

④清河：今属河北。　齐安：即黄州，治今湖北黄冈。

⑤子瞻：苏轼的字。

⑥舍：古代三十里为一舍。

⑦武昌：今湖北鄂城。

⑧曹孟德：曹操字孟德。　孙仲谋：孙权字仲谋。

⑨周瑜：三国时孙吴大将，曾于赤壁大破曹操军。　陆逊：三国时孙吴大将，曾于彝陵（今湖北宜昌东）等地大破蜀军，后任荆州牧，久驻武昌。官至孙吴丞相。

⑩楚襄王：战国时楚国国君。　宋玉：战国时楚大夫，辞赋家。景差：战国时楚国辞赋家。《史记·屈原贾生列传》："屈原既死之后，楚有宋玉、唐勒、景差之徒者，皆好辞而以赋见称。"　兰台宫：在今湖北钟祥。以下引文见宋玉的《风赋》。

⑪会计：指钱财赋税事务。

⑫濯（zhuó）：洗涤。

⑬挹（yì）：汲取。

【评析】

《黄州快哉亭记》作于宋神宗元丰六年（1083年），当时苏辙因反对新法而被贬至筠州（今江西安高）监盐酒税，因在政治上很不得意，所以时常游山玩水，聊以自慰。这篇文章是为寄托自己不以得失为怀的旷达乐观的心境。文章一开始，就从大处落墨，横截"江出西陵"之景，就一"胜"字着笔，层层铺展，泼墨重染江面之浩瀚，水势之奔腾，勾勒出一幅"不尽长江滚滚来"的雄伟画面，为下文蓄足文势，使亭、名与胜景相得益彰，"快哉"脱颖而出。然后接之以议论，俯瞰仰视，远眺近览，勾勒动态，细描景物，或分层铺展，或推宕，或收结，一一紧扣"快哉"落笔，句式则时偶时奇，时骈时散，开合自如，一波三折，融描写、抒情、议论于一体，笔势迂徐而酣畅，沉郁而明快，令人游目骋怀，心旷神怡。

武昌九曲亭记①

子瞻迁于齐安②,庐于江上③。齐安无名山,而江之南武昌诸山,陂陁蔓延④,涧谷深密,中有浮图精舍⑤,西曰西山⑥,东曰寒溪⑦。依山临壑,隐蔽松枥⑧,萧然绝俗⑨,车马之迹不至。每风止日出,江水伏息,子瞻杖策载酒⑩,乘渔舟乱流而南⑪。山中有二三子,好客而喜游,闻子瞻至,幅巾迎笑⑫,相携徜徉而上⑬。穷山之深,力极而息,扫叶席草⑭,酌酒相劳⑮,意适忘反,往往留宿于山上。以此居齐安三年,不知其久也。

然将适西山,行于松柏之间,羊肠九曲而获少平⑯,游者至此必息。倚怪石,荫茂木,俯视大江,仰瞻陵阜,旁瞩溪谷,风云变化,林麓向背⑰,皆效于左右⑱。有废亭焉,其遗址甚狭,不足以席众客。其旁古木数十,其大皆百围千尺⑲,不可加以斤斧。子瞻每至其下,辄睥睨终日⑳。一旦大风雷雨,拔去其一,斥其所据㉑,亭得以广。子瞻与客入山视之,笑曰:"兹欲以成吾亭耶?"遂相与营之。亭成而西山之胜始具㉒,子瞻于是最乐。

昔余少年,从子瞻游。有山可登,有水可浮,子瞻未始不褰裳先之。有不得至,为之怅然移日。至其翩然独往,逍遥泉石之上,撷林卉㉓,拾涧实㉔,酌水而饮之,见者以为仙也。盖天下之乐无穷,而以适意为悦。方其得意,万物无以易之。及其既厌㉕,未有不洒然自笑者也㉖。譬之饮食,杂陈于前,要之一饱,而同委于臭腐㉗,夫孰知得失之所在?惟其无愧于中,无责于外,而姑寓焉。此子瞻之所以有乐于是也。

【注释】

①《武昌九曲亭记》:选自《栾城集》。 九曲亭:在现在湖北省鄂城县西九曲岭。《清一统志》载:"九曲亭在武昌县西九曲岭,为孙吴遗迹,宋苏轼重修,苏辙有记。"苏轼谪居黄州期间,苏辙曾去看望他,同游武昌西山赋诗作文。

②"子瞻"句:宋神宗元丰三年(1080年)春,苏轼谪居黄州,先寓居定惠寺,后迁居临皋亭。苏轼《记樊山》一文曰:"自余所居临皋亭下,乱流而西,泊于樊山。其上为卢洲。孙仲谋泛江遇大风,柂

◎苏辙

师请所之,仲谋欲往卢洲,其仆谷利以刀拟柂师,使泊樊口,遂自樊口凿山通路归武昌,今犹谓之吴山岘。循山而南,至寒溪寺,上有曲山,山顶即位坛,九曲亭,皆孙氏遗迹。" 迁:谪。 齐安:即黄州,今在湖北省黄冈县。

③庐:即村房或草屋,此指建屋,作动词用。

④陂陀(pō tuó):山势倾斜不平。陀同"陀",山冈。

⑤浮图:佛教名词,梵语的音译,意思是"觉者",常代指佛教徒。 精舍:修行人的住处,指僧舍。《翻译名义》卷二十:"或名精舍者,《释迦谱》云:息心所栖,故曰精舍"。

⑥西山:寺名。

⑦寒溪:即寒溪寺。苏轼有《游武昌寒溪西山寺诗》,又有《与子由同游寒溪西山寺诗》。《太平寰宇记》:"樊山,在州西一百七十二里,山东十步有冈,冈下有寒溪,溪中有蟠龙石,又曰寒溪浦,在县西二里。樊山下有寒溪,盛暑之月,常有寒气。"

⑧松枥:松树、枥树。枥同"栎",即橡树。

⑨绝俗:与世俗隔绝。

⑩杖策:拄着木杖。杖,这里作动词用,拄着。策,木杖。杖策,也是"策杖"的意思。

⑪乱流:横江漂度。乱,横渡。《尔雅·释水》:"正绝流曰乱。"

⑫幅巾:用绢一幅束扎头发,而不戴冠。

⑬徜徉(cháng yáng):自由自在地闲游。

⑭席草:坐在草地上。

⑮"酌酒"句:喝着酒互相慰问。

⑯羊肠九曲:曲曲折折的小路。羊肠,比喻路窄。 获少平:到了稍微平坦的地方。

⑰林麓向背:林木丛生的山脚,它的正面和背面各不相同。

⑱"皆效"句:都展现在周围。效,呈献。左右,在旁侍候的人。这里比喻景物呈献在面前,供人观赏。

⑲百围千尺:形容树又粗又高。

⑳辄睥睨(bì nì)终日:就整日斜着眼注意观察。辄,就。睥睨,斜视。意思是瞅着设法寻求个地方。

㉑斥其所据:把树排走,开辟它所占据的那个地方。斥,排开。

㉒胜:胜景。

㉓撷林卉(huì):采摘树林中的花草。撷,摘。

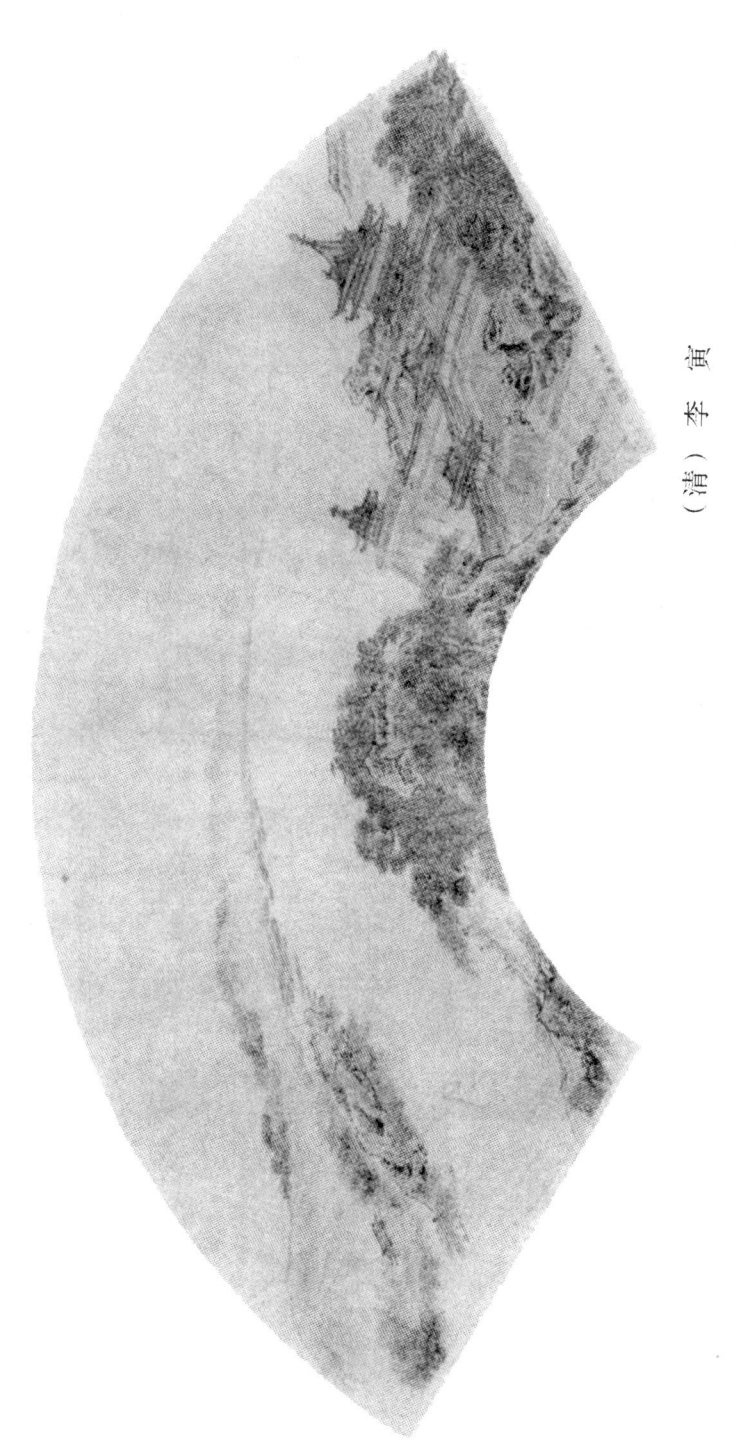

（清）李 庚

㉔拾涧实：拾落在山谷的野果。
㉕及其既厌：到了他已经厌倦的时候。
㉖洒（xiǎn）然：吃惊的样子。
㉗"而同委"句：而是归于臭腐。指饮食之物。委，归。

【评析】

  北宋元丰年间，苏轼因"乌台诗案"被捕入狱，获释后贬作黄州团练副使。苏辙曾去探望他，两人同游武昌西山，兴之所至，吟作诗文，表达兄弟骨肉之情，借以互相勉励。这篇文章，就是为安慰苏轼而写。文章以"乐"为主导，通过写景、叙事、议论反映"适意为悦"的思想感情。作者以敏锐的观察和深刻的体验，创造了幽美深邃的意境。作者因物起兴，层层深入，读之如身临其境，其乐亦在不言之中。苏轼曾经说苏辙的文章"汪洋澹泊，有一唱三叹之声，而其秀杰之气，终不可没。"（《东坡七集·答张文潜书》）正道出了此文的风格。此文便语言明净，条理清晰，迂徐畅达，平淡悠远，融写景、抒情、叙事、议论于一体，读之余味不尽。

曾　巩

曾巩（1019年—1083年），字子固，建昌南丰（今江西南丰）人。宋仁宗嘉祐二年进士，历任太平州司法参军，馆阁集贤校理，越州通判，福州知州，史馆修撰等，最后官至中书舍人。他在政治上比较保守，但关心民生疾苦，受人爱戴。死后追谥"文定"，学者称南丰先生。他也是名列"唐宋八大家"的北宋散文家之一，他的散文继承了"文以载道"的传统，在文学上反对形式主义，在史论中抒发兴亡盛衰得失成败的道理，在政论中论述国计民生法制度数，在叙事文中常常也要夹杂些议论。其文章沉静雅重、雍容平易，讲求行文的法度和布局。《宋史·曾巩传》称他的文章"上下驰骤，愈出而愈工，本原六经，斟酌于司马迁、韩愈，一时工作文词者，鲜能过也"。著有《元丰类稿》。

墨池记

临川之城东①，有地隐然而高②，以临于溪，曰新城。新城之上，有池洼然而方以长③，曰王羲之之墨池者④，荀伯子《临川记》云也⑤。羲之尝慕张芝⑥，临池学书，池水尽黑，此为其故迹，岂信然邪？

方羲之之不可强以仕⑦，而尝极东方，出沧海，以娱其意于山水之间⑧，岂有徜徉肆恣⑨，而又尝自休于此邪？羲之之书晚乃善⑩，则其所能，盖亦以精力自致者，非天成也。然后世未有能及者，岂其学不如彼邪？则学固岂可以少哉！况欲深造道德者邪？

墨池之上，今为州学舍⑪。教授王君盛恐其不章也⑫，书"晋王右军墨池"之六字于楹间以揭之⑬，又告于巩曰："愿有记。"推王君之心，岂爱人之善，虽一能不以废，而因以及乎其迹邪？其亦欲推其事以勉其学者邪？夫人之有一能，而使后人尚之如此，况仁人庄士之遗风余思⑭，被于来世者何如哉！

庆历八年九月十二日⑮，曾巩记。

【注释】

①临川：宋朝抚州临川郡，即今江西临川县。

②隐然：突起的样子。隐，盛大丰隆。

③洼然：低深的样子。

④王羲之（321年—379年）：字逸少，东晋临沂（今属山东）人。官至右军将军，会稽内史，世称王右军。著名书法家，号称"书圣"。《晋书·王羲之传》称其书法，以为"飘若浮云，矫若惊龙"。

⑤荀伯子（378年—438年）：东晋、南朝宋间人，曾任临川内史，著《临川记》六卷。今已亡佚。传说中关于王羲之的墨池遗迹，除江西临川外，有浙江会稽、浙江永嘉、江西庐山、湖北蕲水等地。

⑥张芝：东汉著名书法家，善草书，号为"草圣"。王羲之曾说："张芝临池学书，池水尽黑，使人耽之若是，未必后之也"。（《晋书·王羲之传》）

⑦方羲之之不可强以仕：据《晋书·王羲之传》载，有骠骑将军王述，与羲之齐名，但羲之很看不起他。后王述任扬州刺史，而王羲之任会稽内史，属王述管辖。羲之遂称病辞官，并于父母坟前立誓不再出仕。"朝廷以其誓苦，亦不复征之"。

⑧"而尝极东方"三句：《晋书·王羲之传》："羲之既去官，与东土人士尽山水之游，弋钓为娱。又与道士许迈共修服食，采药石不远千里，遍游东中诸郡，穷诸名山，泛沧海。"

⑨徜徉（cháng yáng）：慢步逍遥自在的样子。　肆恣：适性任情。

⑩羲之之书晚乃善：《晋书·王羲之传》："羲之书初不胜庾翼、郗愔，及其暮年方妙。"

⑪州学舍：据《宋史·职官志七》载，庆历四年（1044年）三月，朝廷颁诏天下州县皆立学。

⑫教授：官名。宋代在路学、府学、州学皆置教授，主管学政和教育所属生员。

⑬楹：厅堂的前柱。　揭：挂起，标出。

⑭仁人庄士：有道德修养，庄重自持的人。

⑮庆历：宋仁宗年号，1041年—1048年。

【评析】

本文是曾巩应抚州州学教授王盛之请而写的一篇叙记。文章就传闻的王羲之临池苦练书法，池水被染黑一事生发开来，强调学习不能依赖所谓天赋、天才，必须苦下功夫，专心致志，才能取得卓越的成就。行文严谨而不板滞，使用了较多的设问句式，如人之促膝恳谈，娓娓道来，舒缓不迫，深切往复，一唱三叹。委婉多姿，发人深思。清沈德潜评云："小中见大，可以暗藏，可以说破。此则说破深造道德意，不以一格拘也。用意或在题中，或出题外，令人徘徊赏之。"

寄欧阳舍人书

巩顿首再拜，舍人先生：去秋人还，蒙赐书及所撰先大父墓碑铭①，反复观诵，感与惭并。

夫铭志之著于世②，义近于史，而亦有与史异者。盖史之于善恶无所不书；而铭者，盖古之人有功德、材行、志义之美者，惧后世之不知，则必铭而见之，或纳于庙，或存于墓，一也。苟其人之恶，则于铭乎何有？此其所以与史异也。其辞之作，所以使死者无有所憾，生者得致其严。而善人喜于见传，则勇于自立；恶人无有所纪，则以愧而惧。至于通材达识、义烈节士，嘉言善状，皆见于篇，则足为后法。警劝之道，非近乎史，其将安近？

及世之衰，人之子孙者，一欲褒扬其亲而不本乎理。故虽恶人，皆务勒铭以夸后世。立言者既莫之拒而不为，又以其子孙之请也，书其恶焉，则人情之所不得，于是乎铭始不实。后之作铭者，当观其人。苟托之非人，则书之非公与是，则不足以行世而传后。故千百年来，公卿大夫至于里巷之士莫不有铭，而传者盖少，其故非他，托之非人，书之非公与是故也。

然则孰为其人而能尽公与是欤？非畜道德而能文章者无以为也③。盖有道德者之于恶人，则不受而铭之，于众人则能辨焉。而人之行，有情善而迹非，有意奸而外淑，有善恶相悬而不可以实指，有实大于名，有名侈于实。犹之用人，非畜道德者，恶能辨之不惑④，议之不徇？不惑不徇，则公且是矣！而其辞之不工，则世犹不传，于是又在其文章兼胜焉。故曰非畜道德而能文章者无以为也。岂非然哉？

然畜道德而能文章者，虽或并世而有，亦或数十年或一二百年而有之。其传之难如此，其遇之难又如此。若先生之道德文章，固所谓数百年而有者也。先祖之言行卓卓，幸遇而得铭其公与是，其传世行后无疑也。而世之学者，每观传记所书古人之事，至于所可感，则往往蠢然不知涕之流落也⑤，况其子孙也哉？况巩也哉？其追睎祖德，而思所以传之之由⑥，则知先生推一赐于巩，而及其三世。其感与报，宜若何而图之？

抑又思若巩之浅薄滞拙，而先生进之，先祖之屯蹶否塞以死，而先生显之⑦，则世之魁闳豪杰不世出之士，其谁不愿进于门？潜遁幽抑之士，其谁不有望于世？善谁不为？而恶谁不愧以惧？为人之父祖者，孰不欲教其子孙？为人之子孙者，孰不欲宠荣其父祖？此数美者，一归于先生。

既拜赐之辱⑧，且敢进其所以然。所谕世族之次，敢不承教而加详焉？愧甚，不宣。巩再拜。

【注释】

①先大父：去世的祖父，指曾致尧。宋仁宗庆历六年（1046年）欧阳修为曾致尧写了墓碑铭文，即《尚书户部郎中赠右谏议大夫曾公神道碑铭》。

②铭志：碑文最后的韵文部分称铭，记述死者事迹的散文部分称志。

③畜：通"蓄"，积累。

④恶（wū）：怎么。

⑤虩（xì）然：伤痛的样子。

⑥晞（xī）：仰慕。

⑦屯（zhūn）蹶否（pǐ）塞：指不得志、不顺利。屯、否是《易经》的卦名，屯卦表示艰难，否卦表示困顿。曾巩的祖父曾致尧先后几次被迁官降职。

⑧辱：对人表示尊敬的谦词。

【评析】

宋仁宗庆历六年（1046年）夏，曾巩写信请欧阳修为其先祖父作墓碑铭。当年秋天，曾巩收到欧阳修的信和所作的铭文。第二年，曾巩写了这封信表示感谢。与一般的感谢信不同，作者全文扣住"公与是"，漫放巧纵，曲尽警劝褒扬之意。文笔既疏放跳脱，又渐归到本题，"逐层牵引，如春蚕吐丝，春山出云，不使人览而易尽"。（清·沈德潜《唐宋八家文读本》）

王安石

王安石（1021年—1086年），字介甫，晚号半山，临川（今江西抚州）人。宋仁宗庆历二年（1042年）进士。曾先后在鄞县（今浙江鄞县）、舒州（今安徽安庆）等地做地方官二十年，显示出不凡的政治才干。宋神宗时，擢升参知政事，先后两度为相。在执政期间，积极推行农田水利、青苗、均输、保甲、保马、免役、方田等新法，发展生产，富国强兵。神宗死后，旧党执政，新法被废除，王安石晚年居于钟山（今江苏南京附近），也忧郁而死。他曾被封为舒国公，后又改封荆国公，也称王荆公。王安石不仅是杰出的政治家，也是著名的文学家。他重视文章的社会意义，主张文章应"有补于世"，重在"适用"。他的散文以简洁凝炼刚健峭拔为特色，无论长篇短制，皆结构谨严，析理透辟，笔力雄健，语言简练，拗折峭劲，富于个性。

伤仲永

金溪民方仲永①，世隶耕。仲永生五年，未尝识书具，忽啼求之。父异焉，借旁近与之，即书诗四句，并自为其名。其诗以养父母，收族为意②，传一乡秀才观之③。自是指物作诗立就，其文理皆有可观者。邑人奇之，稍稍宾客其父，或以钱币乞之，父利其然也，日扳仲永环谒于邑人④，不使学。

予闻之也久。明道中⑤，从先人还家⑥，于舅家见之⑦，十二三矣。令作诗，不能称前时之闻。又七年，还自扬州⑧，复到舅家，问焉，曰："泯然众人矣⑨！"

王子曰：仲永之通悟，受之天也。其受之天也，贤于材人远矣⑩。卒之为众人，则其受于人者不至也。彼其受之天也，如此其贤也；不受之人，且为众人。今夫不受之天，固众人，又不受之人，得为众人而已邪？

【注释】

①金溪：县名，宋属抚州临川郡，在今江西临川县东。

②收族：团结同族的人。《礼记·大传》："敬宗，故收族。"是由古代血缘宗法制衍生出来的一种习俗。

③秀才：宋代凡应举者皆称为秀才，与明清时代称生员为秀才的意义不同。

④扳：牵引着。

⑤明道：宋仁宗年号（1032年—1033年）。

⑥从先人还家：据蔡上翔《王荆公年谱考略》，明道二年，王安石十三岁，曾随其父王益回故乡居祖父丧。 先人：指王安石父王益，卒于宝元二年（1039年）。

⑦舅家：王安石母亲家姓吴，世居金溪县乌石冈。

⑧还自扬州：王安石于庆历二年中进士，签书淮南判官。次年三月回乡，曾至其舅家。

⑨泯：消失，泯灭。

⑩材人：有才能的人。这里是与天才相对而言，指通过力学而成才的人。

【评析】

本文作于宋仁宗庆历三年（1043年），作者时任签书扬州判官。文章记述了一位早熟的天才，只因不努力学习上进，最终变成一个平平常常的人的事。向人们揭示了这样一条真理：人不能光凭天赋，成就也来自勤奋。教育与学习在人的成长过程中起着决定作用。文章前两段叙事，后一段议论，有感而发，因事言理，前后对比，先扬后抑，深入浅出，短小精悍，耐人寻味。

游褒禅山记

◎王安石

褒禅山亦谓之华山①。唐浮图慧褒始舍于其址②，而卒葬之，以故其后名之曰褒禅。今所谓慧空禅院者，褒之庐冢也③。距其院东五里，所谓华山洞者，以其乃华山之阳名之也。距洞百余步，有碑仆道，其文漫灭，独其为文犹可识，曰"花山"。今言"华"如"华实"之"华"者，盖音谬也。

其下平旷，有泉侧出，而记游者甚众，所谓"前洞"也。由山以上五六里，有穴窈然④，入之甚寒，问其深，则其好游者不能穷也，谓之"后洞"。予与四人拥火以入，入之愈深，其进愈难，而其见愈奇。有怠而欲出者，曰："不出，火且尽。"遂与之俱出。盖予所至，比好游者尚不能十一，然视其左右，来而记之者已少。盖其又深，则其至又加少矣。方是时，予之力尚足以入，火尚足以明也。既其出，则或咎其欲出者，而予亦悔其随之，而不得极乎游之乐也。

于是予有叹焉。古人之观于天地、山川、草木、虫鱼、鸟兽，往往有得，以其求思之深而无不在也。夫夷以近，则游者众；险以远，则至者少。而世之奇伟、瑰怪、非常之观，常在于险远，而人之所罕至焉，故非有志者不能至也。有志矣，不随以止也，然力不足者，亦不能至也。有志与力，而又不随以怠，至于幽暗昏惑而无物以相之⑤，亦不能至也。然力足以至焉，于人为可讥，而在己为有悔。尽吾志也而不能至者，可以无悔矣，其孰能讥之乎？此予之所得也。

予于仆碑，又有悲夫古书之不存，后世之谬其传而莫能名者，何可胜道也哉⑥！此所以学者不可以不深思而慎取之也。

四人者：庐陵萧君圭君玉⑦，长乐王回深父⑧，予弟安国平父⑨、安上纯父。

【注释】

①褒禅山：在今安徽含山北。
②浮图：梵语音译，有佛、佛塔、佛教徒几个不同意义。这里指僧人。
③庐冢：房舍及坟墓。
④窈（yǎo）然：幽深的样子。
⑤相（xiàng）：辅助。
⑥胜（shēng）：尽。
⑦庐陵：今江西吉安。
⑧长乐：今福建长乐。　王回深父：王回，字深父，宋代理学家，王安石的朋友。
⑨安国平父：王安国，字平父。幼年敏悟，以文章闻名。曾任西京国子教授，秘阁校理等。

【评析】

《游褒禅山记》是一篇说理性的游记。文章不以记游为重点，而是借游山探奇的经历来发挥其治学的见解。文章记游与议论相结合，因事明理，虚实并举，前后呼应，结构严谨，而且善于发挥虚字的作用，读来节奏鲜明,气势通畅,为历来传诵的佳篇。

祭欧阳文忠公文

　　夫事有人力之可致,犹不可期①,况乎天理之溟漠,又安可得而推②?惟公生有闻于当时③,死有传于后世,苟能如此足矣,而亦又何悲④?

　　如公器质之深厚⑤,智识之高远,而辅学术之精微⑥。故充于文章⑦,见于议论⑧,豪健俊伟,怪巧瑰琦⑨。其积于中者⑩,浩如江河之停蓄⑪;其发于外者⑫,烂如日星之光辉⑬。其清音幽韵⑭,凄如飘风急雨之骤至⑮;其雄辞闳辩⑯,快如轻车骏马之奔驰⑰。世之学者,无问乎识与不识⑱,而读其文,则其人可知。

　　呜呼!自公仕宦四十年⑲,上下往复⑳,感世路之崎岖㉑;虽屯邅困踬㉒,窜斥流离㉓,而终不可掩者㉔,以其公议之是非㉕。既压复起,遂显于世㉖。果敢之气,刚正之节,至晚而不衰。

　　方仁宗皇帝临朝之末年,顾念后事㉗,谓如公者,可寄以社稷之安危㉘。及夫发谋决策,从容指顾,立定大计㉙,谓千载而一时㉚。功名成就,不居而去㉛,其出处进退㉜,又庶乎英魄灵气㉝,不随异物而腐散㉞,而长在乎箕山之侧与颍水之湄㉟。

　　然天下之无贤不肖㊱,且犹为涕泣而歔欷㊲,而况朝士大夫㊳,平昔游从㊴,又予心之所向慕而瞻依㊵?

　　呜呼!盛衰兴废之理,自古如此;而临风想望,不能忘情者㊶,念公之不可复见,而其谁与归㊷!

【注释】

①致:做到。　期:必,一定。

②天理:天道。　溟漠:昏暗、寂静,这里作"渺茫"讲。　推:推知。

③闻:声望。

④又:通"有"。

⑤器质:指才能、度量和品质。

⑥辅:辅助。

⑦充:充塞。

◎王安石

⑧见：同"现"，显现、表现。

⑨怪巧：异常巧妙。　瑰琦：奇特、美好。

⑩其积于中者：那蕴蓄在胸中的。

⑪浩：广大。　停蓄：汇积。

⑫其发于外者：那表现在文章方面的。

⑬烂：灿烂。

⑭清音幽韵：清幽的音韵。

⑮凄：感伤，这里指感染力。

⑯雄辞闳辩：博大的论辩。闳（hóng），宏大。

⑰"快如"句：迅速的气势就像轻车和骏马的奔腾驰骋。

⑱无问：不必问、不论。

⑲"自公"句：从欧阳公作官四十年以来。欧阳修自宋仁宗天圣八年（1030年）中进士，任西京留守推官，至宋神宗熙宁四年（1071年）辞官回家，其间共四十年。公，对欧阳修的尊称。仕宦，做官。

⑳上下：指官位的提升与下降。　往复：指贬官外调与召回朝廷。

㉑世路：世间的经历。　崎岖：高低不平的样子。这里用来比喻十分艰难。

㉒屯邅困踬：处境艰难，困厄不得升进。屯（zhūn），艰难。邅（zhān），难行。踬（zhì），被绊倒。

㉓窜斥：放逐排斥。　流离：转徙离散。

㉔掩：掩盖、遮蔽。

㉕"以其"句：因为是非自有公论。宋仁宗景祐三年（1036年），范仲淹因论时政之得失，贬知饶州。余靖、尹洙也都因营救范仲淹被贬斥。欧阳修写信给谏官高若讷，指斥他不肯为范仲淹说公道话。高若讷把信上奏给皇帝，欧阳修因此被贬为夷陵县令。蔡襄为作《四贤诗》，支持范、余、尹、欧阳四人，传诵一时。

㉖"既压"二句：欧阳修被贬为夷陵县令后，经过几次迁调。后来得到宋仁宗的重视，至嘉祐五年（1060年）从翰林学士升为枢密副使，次年参知政事，逐渐显达。压，压抑，指被贬斥。起，起用。

㉗顾念后事：考虑到死后皇位继承的事。

㉘社稷：指国家。

㉙指顾：手指眼看，比喻迅速。　立定大计：指宋仁宗忽然病死，欧阳修当机立断，立英宗为皇帝。

㉚谓千载而一时：可谓建立了千载难得的功勋。

㉛不居而去：不居功而请求退职。指欧阳修自英宗治平三年（1066年）起，屡次上表辞官。

㉜出：出来做官。　处：在家隐居。

㉝庶乎：庶几乎，大概可以说。　英魄灵气：指死者的精神。

㉞"不随"句：不随着尸体腐烂而消失。意谓死者的精神不朽。异物，指尸体。

㉟箕山之侧与颍水之湄：指隐士居住的地方。相传上古时，帝尧想把天下传给许由，他不肯接受，逃到颍水之阳、箕山之下，耕田为生。箕山，在今河南登封县东南。颍水，源于登封县境的颍谷。湄，水边。

㊱无贤不肖：无论贤人和不如贤人的人。

㊲歔欷（xū xī）：抽泣、叹息。

㊳朝士大夫：指同朝做官的人。

㊴平昔游从：往日交游往来的人。

㊵向慕：敬仰美慕。　瞻依：瞻仰、凭依。

㊶忘情：不为情感所动。

㊷其谁与归：将归心于谁呢？

【评析】

《祭欧阳文忠公文》是王安石为纪念欧阳修而作。欧阳修逝世于神宗熙宁五年（1072年），谥"文忠"，当时王安石正在推行"新法"，欧阳修和王安石政见不合，多有矛盾，但王安石极推重欧阳修，在祭文中极力赞颂欧阳修文章事业的光辉成就和高风亮节，抒发了他对欧阳修的悼念之情。文章语语从肺腑中出，感情真挚，深切动人。清人蔡上翔曾说："欧公薨，而安石为文祭之，于是欧公之其人其文，其立朝大节，其坎坷困顿，与夫平生知己之感，死后临风望想之情，无不具见于其中。"（《王荆公年谱考略》）

◎王安石

李格非

李格非，字文叔，济南（今属山东）人。当时科举重诗赋，而格非独留意经学。熙宁九年（1076年）进士。曾任冀州司户参军、国子监博士、礼部员外郎，京东路提点。徽宗时因被定为元祐党人而罢官，死时年六十一岁。

书洛阳名园记后

洛阳处天下之中，挟殽、渑之阻①，当秦、陇之襟喉②，而赵、魏之走集③，盖四方必争之地也。天下当无事则已，有事则洛阳必先受兵。予故尝曰："洛阳之盛衰，天下治乱之候也。"

唐贞观、开元之间④，公卿贵戚开馆列第于东都者，号千有余邸。及其乱离，继以五季之酷⑤，其池塘竹树，兵车蹂蹴⑥，废而为丘墟；高亭大榭，烟火焚燎，化而为灰烬，与唐共灭而俱亡，无余处矣。予故尝曰："园囿之兴废，洛阳盛衰之候也。"

且天下之治乱，候于洛阳之盛衰而知；洛阳之衰，候于园囿之兴废而得。则《名园记》之作，予岂徒然哉？

呜呼！公卿大夫方进于朝，放乎一己之私，自为之，而忘天下之治忽，欲退享此⑦，得乎？唐之末路是已。

【注释】

①殽（yáo）：崤山，在今河南洛宁北。　渑（méng）：黾隘，指洛阳西面的古函谷关。

②陇：今陕西西部及甘肃一带。

③赵：战国国名，指今山西、陕西、河北一带。　魏：战国国名，这里指今河南东部、北部、山西西南部一带。

④贞观：唐太宗年号（627年—649年）。　开元：唐玄宗年号（713年—741年）。洛阳在唐代是唐王朝的东都，高宗、武后及玄宗等长年居住于此。

⑤五季：指后梁、后唐、后晋、后汉、后周五代。

⑥蹴(cù)：用脚踢。

⑦欲退享此：洛阳在北宋时期仍然非常繁华，有许多高级官员的府第园林，并且是当时重要的文化中心。

【评析】

李格非曾经说："文不可以苟作。诚不著焉，则不能工。且晋人能文者多矣，至刘伯伦《酒德颂》，陶渊明《归去来辞》，字字如肺肝出，遂高步晋人之上，其诚著也。"所以他撰写的多是学术文章。这篇序，也还是着眼于政治鉴诫，文辞的讲究则在其次。语言简洁，逻辑严谨，结构整饬，感慨、叙事、劝诫自然融汇，颇耐人寻味。清·金圣叹云："么麽小题，发出如许大议论。大儒眼中，固无细事；大儒胸中，固无小计；大儒手中，固无琐笔；定当如此。"(《天下才子必读书》卷八)

李清照

李清照（1084年—1151年？），号易安居士，济南人。其父李格非，官至礼部员外郎，以文章受知于苏轼。清照自幼受到家庭教养，很早就有诗名。十八岁时嫁给赵明诚，夫妇间伉俪情深，志同道合。除了诗词唱和之外，她还协助赵明诚整理金石书画，校勘古籍。靖康之变，流落江南，备尝离乱之苦。建炎三年（1129年），赵明诚卒于建康（今江苏南京）。她晚年辗转于越州、杭州、金华等地。李清照才气卓越，工诗、能文、善书，尤以词名世，其词清新自然，凄婉沉挚，发展了晏、欧、周、秦以来的婉约词风，因此被后世推为婉约之宗。有《漱玉词》。

金石录后序

右《金石录》三十卷者何？赵侯德甫所著书也①。取上自三代②、下迄五季③，钟、鼎、甗、鬲、盘、匜、尊、敦之款识④，丰碑大碣、显人、晦士之事迹⑤，凡见于金石刻者二千卷，皆是正讹谬⑥。去取褒贬。上足以合圣人之道，下足以订史氏之失者⑦，皆载之。可谓多矣。

呜呼！自王涯、元载之祸，书画与胡椒无异⑧；长舆、元凯之病，钱癖与《传》癖何殊⑨？名虽不同，其惑一也。

余建中辛巳⑩，始归赵氏。时先君作礼部员外郎⑪，丞相作礼部侍郎⑫，侯年二十一，在太学作学生⑬。赵、李族寒，素贫俭。每朔望谒告出⑭，质衣⑮，取半千钱，步入相国寺⑯，市碑文果实归⑰，相对展玩咀嚼，自谓葛天氏之民也⑱。后二年，出仕官，便有饭蔬衣练⑲，穷遐方绝域⑳，尽天下古文奇字之志㉑。日就月将㉒，渐益堆积。丞相居政府㉓，亲旧或在馆阁㉔，多有亡诗、逸史、鲁壁、汲冢所未见之书㉕，遂尽力传写，浸觉有味，不能自已。后或见古今名人书画，三代奇器，亦复脱衣市易。尝记崇宁间㉖，有人持徐熙《牡丹图》求钱二十万㉗。当时虽贵家子弟，求二十万钱岂易得耶！留信宿㉘，计无所出而还之。夫妇相向惋怅者数日。

后屏居乡里十年㉙，仰取俯拾，衣食有余。连守两郡㉚，竭其俸入，以事铅椠㉝。每获一书，即同共勘校，整集签题。得书画彝鼎，亦摩玩舒卷，指摘疵病，夜尽一烛为率。故能纸札精致，字画完整，冠诸收书家。余性偶强记，每饭罢，坐归来堂烹茶㉞，指堆积书史，言某事在某卷第几叶第几行，以中否角胜负，为饮茶先后。中即举杯大笑，至茶倾覆怀中，反不得饮而起。甘心老是乡矣！故虽处忧患困穷，而志不屈。收书既成，归来堂起书库大橱，簿甲乙㉟，置书册。如要讲读，即请钥上簿，关出卷帙。或少损污，必惩责揩完涂改，不复向时之坦夷也。是欲求适意而反取憀慄。余性不耐，始谋食去重肉㊱，衣去重采㊲，首无明珠翡翠之饰，室无涂金刺绣之具，遇书史百家字不刓缺㊳、本不讹谬者，辄市之，储作副本。自来家传《周易》《左氏传》，故两家者流文字最备。于是几案罗列，枕席枕藉，意会心谋，目往神授，乐在声色狗马之上。

至靖康丙午岁，侯守淄川㊴，闻金寇犯京师，四顾茫然，盈箱溢箧，且恋恋，且怅怅，知其必不为己物矣。建炎丁未春三月㊵，奔太夫人丧南来，既长物不能尽载，乃先去书之重大印本者，又去画之多幅者，又去古器之无款识者，后又去书之监本者，画之平常者，器之重大者。凡屡减去，尚载书十五车。至东海㊶，连舻渡淮，又渡江，至建康㊷。青州故第尚锁书册什物，用屋十余间，期明年春再具舟载之。十二月，金人陷青州，凡所谓十余屋者，已皆为煨烬矣。

建炎戊申秋九月㊸，侯起复知建康府，己酉春三月罢㊹，具舟上芜湖，入姑孰㊺，将卜居赣水上㊻。夏五月至池阳㊼，被旨知湖州㊽，过阙上殿㊾。遂驻家池阳，独赴召。六月十三日，始负担舍舟，坐岸上，葛衣岸巾㊿，精神如虎，目光烂烂射人，望舟中告别。余意甚恶，呼曰："如传闻城中缓急㉛，奈何？"戟手遥应曰㉜："从众。必不得已，先弃辎重，次衣被，次书册卷轴，次古器；独所谓宗器者㉝，可自负抱，与身俱存亡，勿忘之！"遂驰马去。涂中奔驰，冒大暑感疾，至行在病痁㉞。七月末，书报卧病。余惊怛，念侯性素急，奈何病痁，或热，必服寒药，疾可忧。遂解舟下，一日夜行三百里。比至，果大服柴胡、黄芩药，疟且痢，病危在膏肓。余悲泣，仓皇不忍问后事。八月十八日遂不起，取笔作诗，绝笔而终，殊无分香卖屦之意㉟。

葬毕，余无所之。朝廷已分遣六宫㊱，又传江当禁渡。时犹有书二万卷，金石刻二千卷，器皿、茵褥，可待百客，他长物称是。余又大病，仅存喘息。事势日迫，念侯有妹婿任兵部侍郎，从卫在洪州，遂遣二故吏先部送行李往投之。冬十二月，金人陷洪州，遂尽委弃。所

◎李清照

谓连舻渡江之书，又散为云烟矣！独余少轻小卷轴、书帖，写本李、杜、韩、柳集，《世说》、《盐铁论》，汉唐石刻副本数十轴，三代鼎、鼐十数事，南唐写本数箧，偶病在把玩，搬在卧内者，岿然独存㊽。

上江既不可往，又虏势叵测，有弟远，任勅局删定官㊾，遂往依之。到台㊿，守已遁；之剡○51，出睦○52，又弃衣被走黄岩，雇舟入海奔行朝。时驻跸章安○53，从御舟海道之温，又之越○54。庚戌十二月○55，放散百官，遂之衢。绍兴辛亥春三月○56，又赴越；壬子○57，复赴杭。先侯疾亟时，有张飞卿学士○58携玉壶过视侯，便携去，其实珉也。不知何人传道，遂妄言有颁金之语○59，或传亦有密论列者○60。余大惶怖，不敢言，亦不敢遂已，尽将家中所有铜器等物，欲赴外庭投进○61。到越，已移幸四明○62。不敢留家中，并写本书寄剡，后官军收叛卒，取去，闻尽入故李将军家。所谓岿然独存者，无虑十去五六矣！惟有书、画、砚、墨可五七箧，更不忍置他所，常在卧榻下，手自开阖。在会稽○63，卜居土民钟氏舍。忽一夕，穴壁负五箧去。余悲恸不已，重立赏收赎。后二日，邻人钟复皓出十八轴求赏，故知其盗不远矣。万计求之，其余遂不可出，今知尽为吴说运使贱价得之○64。所谓岿然独存者，乃十去其七八。所有一二残零不成部帙书册，三数种平平书帖，犹复爱惜如护头目，何愚也耶！

今日忽阅此书，如见故人。因忆侯在东莱静治堂装卷初就，芸签缥带○65，束十卷作一帙。每日晚吏散，辄校勘二卷，题跋一卷。此二千卷，有题跋者五百二卷耳。今手泽如新，而墓木已拱○66，悲夫！

昔萧绎江陵陷没，不惜国亡，而毁裂书画○67；杨广江都倾覆，不悲身死，而复取图书。岂人性之所著，死生不能忘之欤？或者天意以余菲薄，不足以享此尤物耶○68？抑亦死者有知，犹斤斤爱惜，不肯留在人间耶？何得之艰而失之易也！

呜呼，余自少陆机作赋之二年○69，至过蘧瑗知非之两岁○70，三十四年之间，忧患得失，何其多也！然有有必有无，有聚必有散，乃理之常。人亡弓，人得之○71，又胡足道！所以区区记其终始者，亦欲为后世好古博雅者之戒云。

绍兴二年、玄黓岁壮月甲寅○72，易安室题○73。

【注释】

①赵侯德甫：赵明诚，字德甫，密州诸城（今山东诸城县）人，

徽宗朝宰相赵挺之之季子，李清照之夫。历官知湖州军州事等。侯，古代五等封爵之一，后常用来称呼州郡长官。赵明诚曾为莱州、淄州、建康、湖州太守，故称为侯。

②三代：夏、商、周。

③五季：即梁、唐、晋、汉、周五代。

④钟：古代乐器。　鼎、甗（yǎn）：都是古代青铜制成的饮具。鬲（lì）：古烹饪器，铜制，似鼎而足中空；　尊：酒器，青铜制。敦（duì）：古代盛食物的铜器。　款识：古代金石上铸刻的文字。《汉书·效祀志》颜师古注："款，刻也。识，记也。"

⑤丰碑大碣：高大的石牌。　显人：有声望的人。　晦士：犹隐士，韬晦之士。

⑥是正讹谬：校正错字讹句。

⑦史氏：此处泛指史官。

⑧王涯、元载之祸：王涯，字广津，唐文宗时宰相，喜收藏书画，后因谋诛宦官事泄被杀。他人破墙而入其家窃取金玉珍宝，而弃书画于道路。元载，字公辅，唐代宗时宰相，因贪赃而赐自尽，没收其家财，仅胡椒便有八百石。二人事迹见《新唐书》本传。

⑨长舆、元凯之病：和峤，字长舆，晋朝人，家产至富，性极吝啬，杜预说他有"钱癖"。杜预，字元凯，与和峤同时。博学，雅好《左传》，著有《春秋经传集解》。一次晋武帝问杜预："卿有何癖？"他回答道："臣有《左传》癖。"二人《晋书》有传。

⑩建中辛巳：宋徽宗建中靖国元年（1101年）。

⑪先君：指李清照的父亲李格非，时为礼部员外郎。

⑫丞相：指赵挺之。时为礼部侍郎，崇宁四年（1105年），官至尚书右仆射，即丞相。

⑬太学：即国学，封建时代传授儒家经典的最高学府。相传虞设庠，夏设序，即古太学。汉武帝元朔五年始置太学，立五经博士。宋代仍立太学。

⑭朔望：农历每月初一为朔，十五为望。　谒告：请假。这里指朔望日的例行休假。

⑮质：典当。

⑯相国寺：北宋汴京最大的庙宇，原名建国寺，北齐天保六年建。唐睿宗旧封相王，重建后改名相国寺，宋再加扩建，称"大相国寺"。每月朔望及初三、初八日开放。据《东京梦华录》卷三说："殿后资圣

门前，皆书籍，玩好、图画之类。"故址在今河南开封。

⑰市：购买。

⑱葛天氏之民：葛天氏为传说中的远古帝王，其时为治世，不言而信，不化而行。陶渊明《五柳先生传》："衔觞赋诗，以乐其志，无怀氏之民欤？葛天氏之民欤？"

⑲饭蔬衣绤（shū）：饭蔬，以蔬菜为饭，此指素食。《论语·述而》："饭蔬食饮水。"衣绤，穿粗布衣服。绤，苎麻类织物。

⑳穷遐方绝域：游遍极远的地方。遐方，远方；绝域，极远的地域。

㉑古文奇字：汉许慎《说文序》："一曰古文，孔氏壁中书也；二曰奇字，即古文而异者也。"此指上古文字，如甲骨文、钟鼎文之类。

㉒日就月将：犹日积月累。《诗·周颂·敬之》："日就月将，学有缉熙于光明。"孔颖达疏："日就，谓学之使每日有成就；月将，谓至于一月则可行。言当习之以积渐也。"

㉓丞相：指赵挺之。崇宁元年（1102年），自吏部尚书迁尚书右丞，寻迁右仆射，故曰居政府。

㉔馆阁：宋代掌管修史、藏书、校雠的机关，原为昭文馆、史馆、集贤院及秘阁，元丰三年改制后，合并为秘书省。

㉕亡诗：指今本《诗经》三百零五篇以外的逸诗。 逸史：正史以外的史书。 鲁壁：孔安国《古文尚书序》："鲁恭王好治宫室，坏孔子旧宅以广其居，于壁中得先人所藏古文虞、夏、商、周之书，及《传》、《论语》、《孝经》，皆蝌蚪文字。"旧址在今山东曲阜市。 汲冢：晋太康二年，汲郡有名叫不准者盗发魏襄王墓（或云魏安釐王冢），得竹书数十车，皆竹简蝌蚪文。事见《晋书·束皙传》及杜预《春秋经传集解·后序》。

㉖崇宁：宋徽宗年号，公元1102年—1106年。

㉗徐熙：南唐著名画家，善画花木、禽鱼、蝉蝶、蔬果。

㉘信宿：连宿两夜。

㉙屏居乡里：隐居家乡。徽宗大观元年（1107年），赵挺之罢相，不久病逝。次年，赵明诚与李清照回青州故第。

㉚连守两郡：赵明诚于宣和三年（1121年）出守莱州，建康元年（1126年）移守淄州，故云。

㉛铅椠（qiàn）：古代文具。铅为铅条，可书写；椠为木板，可书文字。

㉜归来堂：在青州故第内，因屏居乡里，故取陶渊明《归去来辞》之义名其堂。

㉝簿甲乙：分类编号。

㉞食去重肉：不同时吃两样荤菜。重，重复。

㉟衣去重采：不同时穿两件绣花衣裳。

㊱刓（wán）：残缺不全。

㊲淄川：即淄州，今山东淄博。

㊳建炎丁未：宋高宗建炎元年（1127 年）。

㊴东海：宋代海州，今江苏连云港市。

㊵建康：今江苏南京市。

㊶建炎戊申：建炎二年（1128 年）。

㊷己酉春：建炎三年春天。

㊸姑熟：一作姑孰，今安徽当涂。

㊹赣水：今江西省赣江。

㊺池阳：今安徽省贵池县。

㊻湖州：今浙江湖州市。

㊼过阙上殿：指入朝见皇帝。

㊽岸巾：古人头巾均覆额，把头巾掀起露出前额，叫做岸巾或岸帻。

㊾缓急：紧急。指敌军侵犯事。

㊿戟手：以食指与中指分开成戟形，指点对方。

(51)宗器：宗庙祭器及礼乐之器。

(52)病痁（diàn）：害疟疾。

(53)分香卖屦：曹操《遗令》："余香可分与诸夫人，不命祭。诸舍中无所为，可学作组屦卖也。"屦（jù），麻、葛等制成的单底鞋。此句谓没有遗嘱。

(54)六宫：皇帝后宫之总称。建炎三年七月，因避金人南下，隆裕太后孟氏逃往洪州，分遣六宫即其时。

(55)岿然独存：语本《文选》。意为高峻地独立着。此取"独存"意。

(56)敕局删定官：职掌收集诏书并编纂成书的官员。

(57)台：台州，今浙江临海县。

(58)剡（shàn）：剡县，今浙江嵊县。

(59)睦：睦州，今浙江建德县。

⑥⓪驻跸（bì）：皇帝途中驻扎。跸，原意指皇帝出行时的清道。章安：镇名，宋时属台州。

⑥①越：越州，今浙江绍兴市。

⑥②庚戌：建炎四年（1130年）。

⑥③绍兴辛亥：绍兴元年（1131年）。

⑥④壬子：绍兴二年。

⑥⑤张飞卿：阳翟人，见《清河书画舫》王晋卿《梦游瀛山图》田亘题诗并跋。

⑥⑥颁金：把玉壶送给金人，意即通敌。颁，分赐。

⑥⑦有密论列者：宋代言官上书检举弹劾称"论列"。此指告密。

⑥⑧外庭：即外朝，与禁中相对。《宋史·职官志》："符宝郎二人，掌外廷符宝之事，禁中别有内符宝郎。"青铜器属于符宝之类，故欲赴外廷投进。

⑥⑨四明：今浙江宁波市。

⑦⓪会稽：今浙江绍兴市。

⑦①吴说：人名，字傅朋，钱塘（今杭州）人，当时著名书画家，曾任福建路转运判官。 运使：转运使的简称。

⑦②芸签缥带：芸签，书签的雅称，古人藏书多用芸香驱虫，故名。缥带，淡青色的带子，用以束书。

⑦③墓木已拱：墓前树木可以两手合抱，喻人死已久。《左传》僖公三十二年：（秦穆公对蹇叔说）"尔何知？中寿，尔墓之木拱矣。"按此时距赵明诚之死（1129年）已有六年。

⑦④"昔萧绎"三句：梁元帝萧绎建都江陵，承圣三年（554年），西魏兵攻陷江陵，萧绎命舍人焚古今图书十四万卷。据《资治通鉴》载："或问何意焚书，帝曰：'读书万卷，犹有今日，故焚之。'"

⑦⑤杨广：即隋炀帝，大业十四年（618年）在江都（今江苏扬州）被宇文化及所杀。据《大业拾遗记》载，唐高祖武德四年平定东都洛阳后，将观文殿所藏新书八千卷载回长安。上官粲梦见炀帝，大叱道："何因将我书向京师？"船行黄河，值风覆没，一卷未剩。上官粲又梦见炀帝，喜曰："我已得书！"以上二句所言本此。

⑦⑥尤物：珍奇的物品。此指珍贵的文物。

⑦⑦陆机作赋：陆机，西晋华亭（今上海松江县）人，文学家。杜甫《醉歌行》："陆机二十作《文赋》。"李清照以十八岁嫁赵明诚，故云"少陆机作赋之二年"。

⑱蘧瑗知非：蘧瑗，字伯玉，春秋时卫国大夫。《淮南子·原道训》："故蘧伯玉年五十而有四十九年之非。"此句说她作序之年已五十二岁。

⑲人亡弓，人得之：《孔子家语》卷二："楚王出游，亡弓。左右请求之。王曰：'止！楚人失弓，楚人得之，又何求之，又何求之？'孔子闻之：'惜乎其不大也！不曰人遗弓人得之而已，何必楚也。'"

⑳玄黓（yì）岁：《尔雅·释天》："太岁在壬曰玄黓。"绍兴二年，岁在壬子，故云。　壮月：八月。《尔雅·释天》："八月为壮。"

㉑易安室：李清照室名，取义于陶渊明《归去来辞》"审容膝之易安"。

【评析】

《金石录》是一部记载金文石刻的著作，共三十卷，赵明诚撰，此书录所见自上古至五代钟鼎彝器铭文款识与碑铭墓志石刻文字，并加以考订，模仿欧阳修《集古录》体例，考据精审，援碑刻以正史传，对新旧《唐书》多所订正。绍兴中，李清照表上于朝。卷首原有赵明诚自序，卷末李清照写了这篇后序。序文以金石古籍的"得难失易"为主线，表现了作者半生悲欢离合的命运，并从侧面反映了动乱不安的时代。文章结构严谨而错落有致，娓娓而谈，如数家珍；淋漓曲折，凄然言外，且注重人物形象的刻划与细节的描写，语言自然朴素，仿佛一篇抒情散文；同时也是研究李清照生平与思想的重要资料。清·李慈铭在《越缦堂读书记》中说："阅赵明诚《金石录》，其首有李易安《后序》一篇，叙致错缩，笔墨疏秀，萧然出畦町之外。予向爱诵之，谓宋以后，闺阁之文，此为观止。"北京图书馆现藏有淳熙郡斋刻本《金石录》一套。

文天祥

文天祥（1236年—1283年），字宋瑞，又字履善，号文山，庐陵（今江西吉安）人。理宗宝祐四年（1256年）中进士第一，曾任刑部郎官，知瑞、赣等州。宋恭帝德祐元年（1275年），元兵东下，文天祥以赣州知州名义，组织义军，入卫京都临安（今浙江杭州）。次年，元军进逼临安，驻军城北的皋亭山，南宋朝廷献出国玺，投递降表，并命文天祥以右丞相兼枢密使到元军议和。文天祥力辞不受，仅以资政殿学士的身份与元军谈判。被元军扣留，后在镇江脱险，历尽艰辛，逃亡至通州（今南通市），入海南下，经永嘉（今浙江温州），至三山（今福建福州），辅佐端宗，任右丞相兼枢密使，统领各路兵马，与张世杰、陆秀夫等坚持抗元，并曾收复江西多处州县。不久兵败，退入广东，祥兴元年（1278年）于五坡岭（今广东海丰北）被俘。元将张弘范迫他写信招降张世杰，他坚决拒绝，并书《过零丁洋》诗以明志。次年被送至大都（今北京），迭经威逼利诱，坚贞不屈，于至元十九年（1283年）十二月被害。著有《文山先生全集》。

指南录后序

德祐二年二月十九日①，予除右丞相兼枢密使②，都督诸路军马。时北兵已迫修门外③，战、守、迁皆不及施。缙绅、大夫、士萃于左丞相府④，莫知计所出。会使辙交驰⑤，北邀当国者相见，众谓予一行为可以纾祸⑥。国事至此，予不得爱身；意北亦尚可以口舌动也。初，奉使往来，无留北者，予更欲一觇北⑦，归而求救国之策。于是，辞相印不拜，翌日，以资政殿学士行⑧。

初至北营，抗辞慷慨，上下颇惊动，北亦未敢遽轻吾国。不幸吕师孟构恶于前⑨，贾余庆献谄于后⑩，予羁縻不得还⑪，国事遂不可收拾。予自度不得脱，则直前诟虏帅失信⑫，数吕师孟叔侄为逆，但欲求死，不复顾利害。北虽貌敬，实则愤怒，二贵酋名曰"馆伴"⑬，夜则以兵围所寓舍，而予不得归矣。

未几，贾余庆等以祈请使诣北⑭。北驱予并往，而不在使者之目⑮。予分当引决⑯，然而隐忍以行。昔人云："将以有为也⑰。"至京口⑱，得间奔真州⑲，即具以北虚实告东西二阃⑳，约以连兵大举。中兴机会庶几在此。留二日，维扬帅下逐客之令㉑。不得已，变姓名，诡踪迹㉒，草行露宿，日与北骑相出没于长淮间㉓。穷饿无聊，追购又急㉔，天高地迥，号呼靡及。已而得舟。避渚洲，出北海㉕，然后渡扬子江，入苏州洋㉖，展转四明㉗、天台，以至于永嘉㉘。

呜呼！予之及于死者不知其几矣！诋大酋当死㉙；骂逆贼当死㉚；与贵酋处二十日，争曲直，屡当死；去京口，挟匕首以备不测，几自到死；经北舰十余里，为巡船所物色㉛，几从鱼腹死㉜；真州逐之城门外，几彷徨死；如扬州，过瓜洲扬子桥㉝，竟使遇哨，无不死；扬州城下，进退不由，殆例送死；坐桂公塘土围中㉞，骑数千过其门，几落贼手死；贾家庄几为巡徼所陵迫死㉟；夜趋高邮，迷失道，几陷死；质明㊱，避哨竹林中，逻者数十骑，几无所逃死；至高邮，制府檄下㊲，几以捕系死；行城子河㊳，出入乱尸中，舟与哨相后先，几邂逅死；至海陵㊴，如高沙㊵，常恐无辜死；道海安、如皋，凡三百里，北与寇往来其间，无日而非可死；至通州㊶，几以不纳死；以小舟涉鲸波㊷，出无可奈何，而死固付之度外矣！呜呼！死生，昼夜事也，死而死矣，而境界危恶，层见错出，非人世所堪。痛定思痛，痛何如哉！

予在患难中，间以诗记所遭，今存其本，不忍废，道中手自抄录。使北营，留北关外，为一卷；发北关外，历吴门、毗陵㊸，渡瓜洲，复还京口，为一卷；脱京口，趋真州、扬州、高邮、泰州、通州，为一卷；自海道至永嘉、来三山㊹，为一卷。将藏之于家，使来者读之，悲予志焉。

呜呼！予之生也幸，而幸生也何所为？求乎为臣，主辱，臣死有余僇㊺；所求乎为子，以父母之遗体，行殆㊻，而死有余责。将请于君，君不许；请罪于母，母不许，请罪于先人之墓，生无以救国，死犹为厉鬼以击贼，义也。赖天之灵、宗庙之福，修我戈矛，从王于师，以为前驱㊼，雪九庙之耻㊽，复高祖之业㊾，所谓"誓不与贼俱生"，所谓"鞠躬尽力，死而后已"㊿，亦义也。嗟夫！若予者，将无往而不得死所矣。向也，使予委骨于草莽[51]，予虽浩然无所愧怍，然微以自文于君亲[52]，君亲其谓予何？诚不自意返吾衣冠[53]，重见日月，使旦夕得正丘首[54]，复何憾哉！复何憾哉！

是年夏五，改元景炎[55]，庐陵文天祥自序其诗[56]，名曰《指南录》。

◎文天祥

【注释】

① 德祐：南宋恭帝年号，德祐二年，公元1276年。
② 除：授官。　右丞相：南宋置左右丞相，右丞相之位略次于左。
③ 北兵：元军。　修门：国都的门。
④ 缙绅：士大夫。　萃：会集。
⑤ 辙：车迹，此处指车。
⑥ 纾祸：解除祸患。
⑦ 觇北：察看元方情况。
⑧ 资政殿学士：官名。宋朝宰相罢政，多授此官。
⑨ 吕师孟构恶于前：吕师孟为南宋兵部侍郎，曾在德祐元年十二月出使元军请求称侄纳币，以成和议。文天祥对此极为反对，曾上疏请斩吕师孟以振士气，因此同吕师孟结下怨仇。
⑩ 贾余庆献谄于后：贾余庆在文天祥辞相后任右丞相，与文天祥一同出使元营，通敌卖国，向元军献策囚禁文天祥。
⑪ 羁縻：羁留，软禁。
⑫ 诟：辱骂。　虏帅：指元军统帅伯颜。
⑬ 二贵酋：指元军高级将领忙古歹、唆都。　馆伴：宾馆中陪伴的人。
⑭ 祈请使：奉表请降的使节。　诣北：往元京大都。
⑮ 且：列。
⑯ 分当引决：理当自杀。
⑰ 将以有为也：韩愈《张中丞传后序》："巡呼云（南霁云）曰：'南八死耳，不可为不义屈！'云笑曰：'欲将以有为也。公有言，云敢不死！'"文天祥以此说明自己忍辱留生的目的，是复国雪仇、有所作为。
⑱ 京口：今江苏镇江市。
⑲ 真州：今江苏仪征县
⑳ 东西二阃（kǔn）：指淮南东路和淮南西路两制置使（主管军务的大臣）。当时淮东为李庭芝，淮西为夏贵。阃，本指国门，这里指边帅。
㉑ 维扬帅：淮东制置使李庭芝驻扬州，故称维扬帅。　下逐客之令：李庭芝误信情报，以为文天祥叛国而到真州劝降，令真州将苗再成杀他。苗不忍，开城将文天祥放走。

㉒ 诡：秘。

㉓ 长淮：淮河。此指当时的淮南东路（今江苏省中部长江以北地区）一带。

㉔ 追购：悬赏追捕。

㉕ 北海：长江口以北的海。

㉖ 苏州洋：今上海市附近的东海。

㉗ 四明：今浙江宁波。

㉘ 永嘉：今浙江温州。

㉙ 诋大酋：指前文"诟虏帅失信"事。

㉚ 逆贼：指吕文焕、吕师孟叔侄。

㉛ 物色：寻找、搜寻。

㉜ 从鱼腹死：葬身鱼腹。

㉝ 瓜洲：在扬州市南四十里江滨。　扬子桥：即扬子津。

㉞ 桂公塘：扬州城外小丘名。

㉟ 贾家庄：在扬州城北。　巡徼（jiào）：巡查的哨兵。此指宋军巡查哨兵。

㊱ 质明：天刚亮。

㊲ 制府檄下：制置使李庭芝通令各州县捉拿文天祥。

㊳ 城子河：在高邮附近。

㊴ 海陵：今江苏泰县。

㊵ 高沙：在高邮县西南。

㊶ 通州：今江苏南通。

㊷ 鲸波：巨浪。

㊸ 吴门：江苏苏州的别称。　毗陵：今江苏常州。

㊹ 三山：福建省福州市的别称。

㊺ 余僇：余罪。僇，同"戮"。

㊻ 行殆：冒险。

㊼ "修我戈矛"三句：《诗经·秦风·无衣》："王于兴师，修我戈矛，与子同仇。"和《诗经·卫风·伯兮》："伯也执殳，为王前驱。"

㊽ 九庙：古代皇帝立九庙。　九庙之仇：国家社稷大仇。

㊾ 高祖：开国皇帝。此指宋太祖赵匡胤。

㊿ "所谓誓不与贼俱生"三句：诸葛亮《后出师表》："先帝虑汉贼不两立，王业不偏安，故托以讨贼也。……臣鞠躬尽瘁，死而后已。"

(51)草莽：荒野。

(52)文：掩饰。

(53)返吾衣冠：返回宋朝任职。衣冠，指衣服。此处代指祖国。

(54)正丘首：把头正对丘穴。意为死在家乡。

(55)景炎：宋端宗年号。

(56)庐陵：今江西吉安。

【评析】

本篇是文天祥为自己的诗集《指南录》写的序文。在此之前，他已写过一篇《指南录自序》，故本篇称《后序》。《指南录》中的诗篇，记述了作者奉召出使元军被囚、伺机脱险以及逃归永嘉、三山的艰险经历。这篇序文就是作者此次经历的总概括，并说明了编辑《指南录》的目的和体例。序文叙事简明，结构精巧，文气急促，词语精约，感情浓郁真挚。

元好问

元好问（1190年—1257年），字裕之，号遗山，金太原秀容（今山西忻州市）人。七岁能诗，十四岁从陵川郝晋卿学。金宣宗兴定五年（1221年）举进士，官至尚书省左司员外郎。金亡不仕，以遗老终。元好问是金、元时代杰出诗人。诗慷慨悲凉，寄寓家国兴亡之感。有《遗山先生文集》四十卷，并编有《中州集》十卷、《唐诗鼓吹》十卷。

邓州新仓记

观察判官曹君德甫以书抵某云①："武胜一军②，雄殿南服③，重兵所宿④，兼倍诸道⑤，故廪庾之积⑥，尤为吾州之大政⑦。今漆水公之镇是邦也⑧，至之日，即以新仓为事，度材于山⑨，赋庸于兵⑩，心计手授⑪，百堵皆作⑫。盖经始于正大六年之八月⑬，而断手于八年之四月⑭。文石即具⑮，子为我记之。"

某以为天下之为食者莫劳于农⑯，而莫不害于农⑰，农之力至于今极矣⑱。嘘牛而耕⑲，曝背而耘，一人之劳不能给二人之食；水旱霜雹，螟蝗蟊贼⑳，凡害于稼者不论也㉑。用兵以来㉒，调度百出㉓，常赋所输，皆创夷之民终岁勤动㉔，不得以养其父母妻子，而以之佐军兴者㉕。兵则恃农而战，农则恃战而耕。朝廷旰食宵衣㉖，惟谷之恤㉗，劝农冠盖相望于道㉘。廪人之制非不具备㉙，而有司或不能奉承㉚。精粗之不齐㉛，陈腐之不知㉜，度量之不同，簿领之不一㉝，收贮之不谨，启闭之不时，诃禁之不严㉞，检察之不恒，冒滥之不究㉟，请托之不绝㊱，一隙所开，百奸乘之。百家之所敛，不足以给雀鼠之所耗；一邑之所入㊲，不足以补风雨之所败。四方承平㊳，粒米狼戾时然且不可㊴，况道殣相望之后乎㊵？然则有能为国家重民食而谨军赋者㊶，业文之士宜喜闻而乐道之也㊷。

唯公为徐、为陕、为凤翔、为京兆、为洛阳㊸，尽力民事，二十年于兹㊹，知民之所难，知战之所资，知废政之不可不举，知积弊之不可不去。是役也㊺，易腐败为坚整，广狭陋为宏敞，增卑湿为爽垲㊻，导壅蔽为开廊，环以复垣㊼，键以重扁㊽，圭撮有经㊾，新陈有次，暵曝有所⁵⁰，检视有具，出入有籍⁵¹，巡卫有卒，条画周密，截若画一⁵²。万箱踵来，千仓日盈⁵³，陈陈相因⁵⁴，如冈如陵⁵⁵，望之巍然⁵⁶，有以增金城汤池之重⁵⁷，京师仰给⁵⁸，于是乎张本⁵⁹。某，属吏也⁶⁰，知公为详，故并著其设施如此⁶¹。

四月二十三日，儒林郎南阳县令武骑尉赐绯鱼袋元某记⁶²。

【注释】

①观察判官：节镇节度使属下的官员，掌本州的杂务、簿籍等事。金朝的行政区划，全国分为十九个路，地位相当于后来的"省"。路以下有节镇、郡、军等。节镇长官是节度使。　曹君德甫：生平不详。　以书抵某：写信告诉我。抵，送达。某，起草时代替作者的名字，正式书写或刻石时要换成本名。

②武胜一军："军"是宋朝行政区划的一种，金朝沿用旧制，邓州属武胜军统辖。

③雄殿南服：威武地镇守着南部边境。殿，动词，在后面。服，原意为天子威德所服之地，引申为京城之外的边远地方。

④宿：值班，驻防。

⑤兼倍诸道：比其他军加倍重要。"道"是汉、唐的旧名，这里指"路"。

⑥廪（lǐn）庾（yǔ）之积：粮食的储存。廪，米仓。原指露天储存粮食的地方。

⑦大政：重要的公务。

⑧漆水公：据《嘉靖邓州志》，金末元好问任内乡知县时，节度使兼知邓州为韩琼，邓州判为曹得甫。韩或是漆水人，所以称之为漆水公。漆水，河名，在陕西省彬（bīn）县。"公"是尊称。

⑨度（duó）材于山：到山上选择木料。度，衡量。

⑩赋庸于兵：让军队出工。赋，用政令使之负担。庸，做官工的一种赋役法。

⑪心计手授：心里筹画，亲手指点。

⑫百堵皆作：许多仓都修建起来。堵，墙。作，兴建。

⑬经始：创办。《诗经·大雅·灵台》："经始灵台，经之营之。"正大：金朝末代皇帝哀宗的年号。

⑭断手：完工。

⑮文石：好石。指刻碑的石。

⑯为食者：操办食物的人。
⑰莫不害于农：没有不伤害农民的。
⑱力至于今极矣：现在力量困乏了。力，包括体力和财力。极，穷乏。
⑲嘘：原指呼气，这里是吆喝的意思。
⑳蟊（máo）贼：原指两种禾苗害虫，蟊食根，贼食节。
㉑凡害于稼者不论也：一切伤害禾苗的水旱螟蝗等且不说。
㉒用兵：指抵抗元兵的进攻。
㉓调（diào）度百出：指常税之外的征税有多种花样。
㉔创（chuāng）夷之民：受害的老百姓。创、夷（通"痍"），都是创伤的意思。
㉕军兴：起兵，用兵。
㉖旰（gàn）食宵衣：因勤于政务而推迟吃饭、提前起床。旰，晚。宵衣，还是夜里就穿衣服。
㉗惟谷之恤：只是忧虑粮食不足。
㉘劝农冠盖：劝农使，鼓励耕作的官。冠盖，泛指官吏。旧时代地位高的人出门，头上有冠，车上有盖（车篷）。 相望于道：路上接连不断。
㉙廪人之制：仓库制度。《周礼·地官》有"廪人"的官，掌出纳米谷。
㉚有司：主管的官吏。 奉承：遵照规定办事。
㉛精粗之不齐：质量好坏不等。
㉜陈：因存储过久而变质。
㉝簿领：登记，经管。簿，文书，登记册。领，统辖。
㉞诃禁：呵斥禁止偷盗等。
㉟冒滥：贪污挥霍。
㊱请托：受贿舞弊一类事。
㊲一邑：一县。
㊳承平：长期安定。承，前后相接。
㊴狼戾：义同"狼藉"，杂乱，到处都是。 然且：尚且。
㊵道殣（jǐn）相望：道上饿死的人不断。殣，饿死。
㊶重民食而谨军赋：指建新仓可以便民省粮，使军足食。
㊷业文之士：文人。
㊸徐：徐州。 陕：陕州（在陕西省潼关一带）。 凤翔：凤翔

◎ 元好问

府。 京兆：京兆府（在陕西省西安市一带）。 洛阳：洛阳市。

㊹兹：此。

㊺是役：这次建新仓的工事。

㊻爽垲（kǎi）：高地明朗而干燥。垲，高而干燥。

㊼复垣：两层墙。

㊽键以重（chóng）扃（jiōng）：用双锁来关住。键，锁，这里作动词用。扃，锁住。

㊾圭撮有经：严格照规定计算数量。圭撮是古代的容量单位：六十四黍为圭，四圭为撮。《汉书·律历志上》："量多少者不失圭撮。"经，常规。

㊿暵（hàn）曝：晒干。暵，干。

(51)有籍：在簿册上登记。

(52)截若画一：整齐一致。

(53)万箱踵来，千仓日盈：意思是积粮很多。《诗经·小雅·甫田》："曾孙之稼，如茨如梁。曾孙之庾，如坻如京。乃求千斯仓，乃求万斯箱。"

(54)陈陈相因：新存粮继旧存粮而来。因，沿袭。《史记·平准书》："太仓之粟，陈陈相因，充溢露积于外，至腐败不可食。"

(55)如冈如陵：形容极多。《诗经·小雅·天保》："天保定尔，以莫不兴。如山如阜，如冈如陵。"

(56)巍然：高耸的样子。

(57)金城汤池：坚固难攻之地。金城，坚固如金的城。汤池，热而难于接近的池。汤，古指热水。池，护城河。《汉书·蒯通传》："皆为金城汤池，不可攻也。"

(58)京师仰给：国都靠它供应。

(59)张本：准备了条件。

(60)属吏：元好问当时任南阳县令，属邓州管辖。

(61)著：写明。

(62)儒林郎：从七品下的文散官阶。 武骑尉（wèi）：从七品的勋官阶。 赐绯（fēi）鱼袋：中古时候，官员除"职"以外，还有爵、阶、勋、封、赐等多种级别。赐鱼袋有两等，高的是紫金鱼袋，低的是绯鱼袋。绯，大红色。鱼袋，装鱼条（鱼形的符，用金、银或铜铸刻）的袋子，穿公服时挂在身上。

【评析】

本文选自《遗山先生文集》。邓州，金朝属南京路，统辖现在河南省南阳市及新野县、邓州、内乡县一带。州治在今邓州。邓州原有粮仓，用来储存征集的民粮以供军食。因为建筑残破，管理不善，损耗很大。漆水公来邓州任节度使及知州，及时修建新仓，制定管理办法，积弊尽除，所以州的观察判官曹德甫请元好问写这篇记。据《顺治邓州志》，新仓在州治西，清顺治间改名常平仓。

文章章法谨严，持论得体。开始写作记的原由，以下转入全文的重点：颂扬漆水公的德政。先虚写，泛论兴建新仓的重要性，从理论方面颂扬漆水公的德政，分析透彻，议论正大；接着实写，先说漆水公的为人是一贯为国为民，然后写新仓的具体情况是布置有法，百废俱兴。文章是散体，但用了不少排比句，如"精粗之不齐"以下，同样句式连用十次，"为徐"以下，同样句式连用五次等，这样写，除了意义显豁以外，还可以使读者感到循环往复的韵律美。

刘 基

刘基（1311年—1375年），字伯温，处州青田（今浙江青田）人。幼年颖悟绝伦，读书过目成诵。长而博通经史，于书无不窥，尤精象纬之学，时人以为有济时之器。元至顺四年（1333年）进士及第。方国珍起兵浙东，任浙东元帅府都事，不久弃官逃隐。1360年，朱元璋攻下金华，征刘基出山。军国大计多出其谋。朱元璋即帝位，封诚意伯。不久，病逝于青田。

刘基是明初著名的军事战略家，也是卓有成就的散文家和诗人。由于经历乱世，目睹社会的黑暗和人民的疾苦，因而其文章中常常表现出对人民苦难的深切同情。刘基善写寓言，短小精悍，却波澜曲折，引人入胜。散文则锋利遒劲，以宏深壮阔见长。"其气壮，故其辞雄浑而敦厚；其学博，故其辞深宏而奥密；其志忠，故其辞感激而切直；其行廉，故其辞蠲洁而清劲"。（李时勉《犁眉公集序》）

卖柑者言

杭有卖果者①，善藏柑，涉寒暑不溃。出之烨然，玉质而金色。剖其中，干若败絮。予怪而问之曰："若所市于人者，将以实笾豆②，奉祭祀，供宾客乎？将衒外以惑愚瞽乎③？甚矣哉为欺也！"

卖者笑曰："吾业是有年矣。吾赖是以食吾躯④。吾售之，人取之，未闻有言，而独不足子所乎？世之为欺者不寡矣，而独我也乎？吾子未之思也。今夫佩虎符、坐皋比者⑤，洸洸乎干城之具也⑥，果能授孙、吴之略耶⑦？峨大冠、拖长绅者⑧，昂昂乎庙堂之器也⑨，果能建伊、皋之业耶⑩？盗起而不知御，民困而不知救，吏奸而不知禁，法斁而不知理⑪，坐縻廪粟而不知耻⑫。观其坐高堂，骑大马，醉醇醴而饫肥鲜者⑬，孰不巍巍乎可畏、赫赫乎可象也？又何往而不金玉其外、败絮其中也哉！今子是之不察，而以察吾柑！"

予默默无以应。退而思其言，类东方生滑稽之流⑭。岂其忿世嫉邪者耶？而托于柑以讽耶？

【注释】

①杭：即今杭州。

②笾（biān）豆：古代宴会或祭祀时盛食物的容器，竹制的叫笾，木制的叫豆。

③瞽（gǔ）：盲人。

④食（sì）：喂食。

⑤虎符：即兵符，古代调兵的凭证。 皋比（pí）：虎皮。

⑥洸洸（guāng）：威武的样子。 干城：捍卫国家。干，盾牌。《诗经·周南·兔罝》："赳赳武夫，公侯干城。"

⑦孙：孙武，春秋时军事家。相传著《孙子兵法》十三篇。 吴：吴起，战国时军事家。相传著有《兵法》。先仕于魏，后仕于楚，实行变法，失败被杀。

⑧峨：高耸。 长绅：腰上系的长带子。

⑨庙堂：指朝廷。

⑩伊：伊尹，商时贤臣，曾辅佐商汤伐夏桀。 皋：皋陶，相传是舜时贤臣。

⑪斁（dù）：败坏。

⑫糜：通"靡"，耗费。 廪（lǐn）粟：公家粮仓里的粮食。这里指俸禄。

⑬醇醲（lí）：味道醇厚的美酒。 饫（yù）：饱食。

⑭东方生：东方朔（前154年—前93年），西汉平原厌次人，字曼倩。武帝时待诏金马门，官至太中大夫。为人滑稽多智，号为"滑稽之雄"，《史记》《汉书》有传。 滑（gǔ）稽：诙谐善辩。

【评析】

《卖柑者言》是一篇寓言。作者借卖柑者之口辛辣地讽刺了当时的官僚阶层"金玉其外，败絮其中"的腐朽本质。笔锋犀利，对本质问题的揭露，不是开门见山和盘托出，而是不动声色地由远及近，由表及里，层层深入，具有不可辩驳的逻辑力量。故清吴楚材评云："青田此言为世人盗名者发，而借卖柑影喻。满腔愤世之心，而以痛哭流涕出之。士之金玉其外而败絮其中者，闻卖柑之言，亦可以少愧矣。"（吴楚材等《古文观止》卷十二）

◎ 刘基

宋　濂

宋濂（1310年—1381年），字景濂，号潜溪，金华浦江（今浙江浦江）人。少好学，家贫，常借书抄读，广泛从师。元末隐居龙门山。1360年，与刘基等人被召入南京，命为江南儒学提举，改起居注。洪武二年，主持修撰《元史》。先后任侍讲学士，知制诰，翰林学士承旨。洪武十三年，以胡惟庸案而举家流放茂州（今四川茂汶），途中病死于夔州（今四川奉节）。追谥文宪，有《宋学士集》。宋濂是明初著名散文家，作文宗法唐宋，在内容上主张崇实务本，强调"宗经"，其文章"雍容浑穆，如天闲良骥，鱼鱼雅稚，自中节度"（《四库全书总目提要》），却显得稍为呆板，缺乏宏大的气度，在一定程度上成为后世台阁体的先驱。

送东阳马生序

余幼时即嗜学。家贫，无从致书以观，每假借于藏书之家，手自笔录，计日以还。天大寒，砚冰坚，手指不可屈伸，弗之怠。录毕，走送之，不敢稍逾约。以是人多以书假余，余因得遍观群书。既加冠①，益慕圣贤之道，又患无硕师、名人与游②，尝趋百里外，从乡之先达执经叩问③。先达德隆望尊，门人弟子填其室，未尝稍降辞色④。余立侍左右，援疑质理⑤，俯身倾耳以请；或遇其叱咄，色愈恭，礼愈至，不敢出一言以复；俟其欣悦，则又请焉。故余虽愚，卒获有所闻。

当余之从师也，负箧曳屣，行深山巨谷中，穷冬烈风，大雪深数尺，足肤皲裂而不知。至舍，四肢僵劲不能动，媵人持汤沃灌⑥，以衾拥覆，久而乃和。寓逆旅主人，日再食，无鲜肥滋味之享。同舍生皆被绮绣，戴珠缨宝饰之帽，腰白玉之环，左佩刀，右佩容臭⑦，烨然若神人；余则缊袍敝衣处其间⑧，略无慕艳意。以中有足乐者，不知口体之奉不若人也。盖余之勤且艰若此。今虽耄老⑨，未有所成，犹幸预君子之列⑩，而承天子之宠光，缀公卿之后⑪，日侍坐备顾问，四海亦谬称其氏名，况才之过于余者乎？

今诸生学于太学⑫，县官日有禀稍之供⑬，父母岁有裘葛之遗，无冻馁之患矣；坐大厦之下而诵诗书，无奔走之劳矣；有司业、博士为之师⑭，未有问而不告，求而不得者也；凡所宜之书，皆集于此，不必若余之手录，假诸人而后见也。其业有不精，德有不成者，非天质之卑，则心不若余之专耳，岂他人之过哉！

东阳马生君则，在太学已二年，流辈甚称其贤。余朝京师，生以乡人子谒余，譔长书以为贽⑮，辞甚畅达，与之论辩，言和而色夷。自谓少时用心于学甚劳，是可谓善学者矣！其将归见其亲也，余故道为学之难以告之。谓余勉乡人以学者，余之志也；诋我夸际遇之盛而骄乡人者⑯，岂知余者哉！

【注释】

①加冠：古代男子二十岁举行加冠（束发戴帽）之礼，以示成年。
②硕师：渊博的学者、大师。
③先达：有学行而兼显达的前辈。
④辞色：言辞及神态。
⑤援疑质理：提出疑难，询问道理。
⑥媵（yìng）人：古时指随嫁的人，此指婢仆。
⑦容臭：贮香料的小袋。
⑧缊（yùn）袍：以乱麻为絮的袍子。
⑨耄（mào）老：年老。
⑩君子：此处指有道德、有学问的人。
⑪缀：连缀。这里指追随之意。
⑫太学：明初称国子学，设在京城的最高学府。
⑬县官：这里指朝廷。　廪（lǐn）稍：即廪食，公家所供膳食。
⑭司业：原是古代主管音乐的官职，相传乐官兼教国子，隋炀帝大业三年设国子监司业，助祭酒授徒，历代沿置为学官。　博士：太学教官。
⑮譔（zhuàn）：同"撰"，写。　贽（zhì）：旧时初次求见人时所送礼物。也专指送给老师的礼物。
⑯际遇：即遭遇，多指得到好的机遇。

【评析】

本文是宋濂写给东阳（今浙江东阳）人太学生马君则的一篇赠序。作者侧重于叙述自己年轻时求学的艰苦经历，从难于得书和从师，奔波辛劳，生活贫困等方面层层递进；并以现时太学生优越的学习条件相对照，以期鼓励马君则专心学习，刻苦攻读，在将来能有所成就。文章从容恳切，使人感动。其中表达的思想更值得学习和肯定。

◎宋濂

方孝孺

方孝孺（1357年—1402年），字希直，一字希古，台州宁海（今浙江宁海）人。五岁知书，辨章句，七岁能诗，博学多闻，十三岁即能写出雄迈醇深的古文，人称"小韩子"。十九岁拜宋濂为师。深得朱元璋知赏，然欲磨炼其才，故久而不用，只任为将仕郎、汉中教授。建文帝即位，遵太祖遗命，召方孝孺为翰林院侍讲，文学博士，日侍左右。靖难之役，随建文帝力抗北师。南京陷落，建文帝不知所终，方孝孺被俘，坚拒不降，被诛十族。

方孝孺在政治上虽然是一个失败者，却是著名的学者和散文家。他作文主张文以载道，气昂而辞达。故其文章纵横豪放，发扬蹈厉，开阖变化，醇雅精深，见解深刻，议论警拔。有《逊志斋集》传世。

深虑论

虑天下者，常图其所难，而忽其所易；备其所可畏，而遗其所不疑。然而祸常发于所忽之中，而乱常起于不足疑之事。岂其虑之未周与？盖虑之所能及者，人事之宜然；而出于智力之所不及者，天道也。

当秦之世，而灭诸侯，一天下，而其心以为周之亡在乎诸侯之强耳，变封建而为郡县。方以为兵革可不复用，天子之位可以世守，而不知汉帝起陇亩之中，而卒亡秦之社稷。汉惩秦之孤立，于是大建庶孽而为诸侯①，以为同姓之亲可以相继而无变，而七国萌篡弑之谋。武、宣以后，稍剖析之而分其势，以为无事矣，而王莽卒移汉祚②。光武之惩哀、平，魏之惩汉，晋之惩魏，各惩其所由亡而为之备，而其亡也，皆出于所备之外。唐太宗闻武氏之杀其子孙，求人于疑似之际而除之，而武氏日侍其左右而不悟。宋太祖见五代方镇之足以制其君，尽释其兵权，使力弱而易制，而不知子孙卒困于敌国。此其人皆有出人之智、盖世之才，其于治乱存亡之几，思之详而备之审矣。虑切于此而祸兴于彼，终至乱亡者何哉？盖智可以谋人，而不可以谋天。良医之子多死于病，良巫之子多死于鬼。彼岂工于活人而拙于活己之子哉？乃工于谋人而拙于谋天也。

古之圣人，知天下后世之变非智虑之所能周，非法术之所能制，不敢肆其私谋诡计，而唯积至诚、用大德以结乎天心，使天眷其德，若慈母之保赤子而不忍释。故其子孙虽有至愚不肖者足以亡国，而天卒不忍遽亡之，此虑之远者也。夫苟不能自结于天，而欲以区区之智笼络当世之务，而必后世之无危亡，此理之所必无者也，而岂天道哉！

【注释】

①庶孽：妾媵所生子女。《史记·秦始皇本纪》载：廷尉李斯认为周代实行分封，后属疏远，相攻击如仇敌。天下一统，皆为郡县，甚是易制，为安宁之术，故建议秦始皇在全国推行郡县制。及刘邦建西汉，在消灭异姓诸侯王之后，复又大封同姓子弟，最后又酿成"七国之乱"。武帝行"推恩"制，局势方彻底改观。

②祚：位。此句指王莽以外戚专政，刘氏宗族反因权势衰微而无力阻止。

【评析】

《深虑论》是方孝孺的一篇政论文章，写得纵横驰骋，雄辩滔滔，意气风发，具有战国纵横家论文的色彩，亦为明代文章所仅有。因为方孝孺在思想上极受儒家正统思想影响，议论不免迂阔，却气昂辞达，并未影响到文章的水平。

吴　士

吴士好夸言，自高其能，谓举世莫及，尤善谈兵①，谈必推孙、吴②。遇元季乱③，张士诚称王姑苏④，与国家争雄⑤，兵未决。士谒士诚曰："吾观今天下形势莫便于姑苏，粟帛莫富于姑苏⑥，甲兵莫利于姑苏⑦，然而不霸者，将劣也。今大王之将，皆任贱丈夫，战而不知兵，此鼠斗耳！王果能将吾，中原可得，于胜小敌何有！"士诚以为然，俾为将⑧，听自募兵，戒司粟吏勿与较赢缩⑨。士尝游钱塘⑩，与无赖懦人交⑪，遂募兵于钱塘，无赖士皆起从之，得官者数十人，月糜粟万计。日相与讲击刺坐作之法⑫，暇则斩牲具酒，燕饮其所募士，实未尝能将兵也。李曹公破钱塘⑬，士及麾下遁去不敢少格，蒐得，缚至辕门诛之⑭，垂死犹曰："吾善孙、吴法。"

◎方孝孺

右《越巫》、《吴士》二篇。余见世人之好诞者死于诞，好夸者死于夸，而终身不知其非者众矣，岂不惑哉！游吴、越间，客谈二事类，之书以为世戒。

【注释】

①兵：这里指兵法。

②孙、吴：孙武和吴起。孙武，春秋时齐国人，著有《孙子兵法》。吴起，战国时卫国人，著有兵书《吴子》，今失传。

③元季：元朝末年。

④张士诚（1321年—1367年）：小字九四。初以贩私盐为生。元末泰州（今江苏大丰）人。元至正十三年率盐民起义，称诚王，国号周。拥有泰州、高邮等地。后降元，并扩占自己割据范围。杀红巾军领袖刘福通，又自称吴王，后被朱元璋击败，被俘自缢。　姑苏：今江苏苏州市。

⑤国家：明朝。此指朱元璋的军队。

⑥粟帛：粮食和纺织品。这里泛指一切物产。

⑦甲兵：铠甲和武器，也指士兵。

⑧俾（bǐ）：使，任命。

⑨赢缩：盈亏，多少。

⑩钱塘：今浙江杭州市。

⑪无赖懦人：没有才能、无可倚仗而又怯懦的人。

⑫击刺：以戈矛相攻。　坐作：坐与起，行与止。击刺和坐作这法都是关于行军作战的兵法。

⑬李曹公：即曹国公李文忠。李文忠（1339年—1384年），字思本，盱眙（今属江苏）人，击破张士诚军的主将，明代开国功臣之一。

⑭蒐：同"搜"。　辕门：领兵将帅的营门。

【评析】

《越巫》和《吴士》是方孝孺早年游历吴（今江苏南部）、越（今浙江北部）时，依据客人的谈话而写成的两篇类似寓言的短文。《越巫》说的是"好诞者死于诞"，《吴士》说的是"好夸者死于夸"，两人至死都还未觉悟到自己死的真正原因。作者通过越巫和吴士的典型，指出如果人们不正视自身的错误，认识其危害，那么后果将是严重的。文章语言简洁隽永，字里行间流露出嘲讽的味道。

宗　臣

宗臣（1525年—1560年），字子相，扬州兴化（今江苏兴化）人，嘉靖二十九年进士，任刑部主事，吏部考功司主事。与李攀龙、王世贞等结为诗社，名列后"七子"之一。因病告归，起为吏部稽勋司员外郎，出任福建参议，率兵抵御倭寇有功，升福建提学副使。嘉靖三十九年病故，年仅三十六岁。有《宗子相集》十五卷。

宗臣是后七子中受复古主义影响较小的一个，作诗雄放横厉，散文也取得一定成就。

报刘一丈书

数千里外，得长者时赐一书，以慰长想，即亦甚幸矣；何至更辱馈遗①，则不才益将何以报焉？书中情意甚殷，即长者之不忘老父，知老父之念长者深也。

至以"上下相孚②，才德称位"语不才，不才则有深感焉。夫才德不称，固自知之矣；至于不孚之病，则尤不才为甚。

且今之所谓孚者何哉？日夕策马，候权者之门。门者故不入，则甘言媚词作妇人状，袖金以私之。即门者持刺入③，而主人又不即出见，立厩中仆马之间，恶气袭衣袖，即饥寒毒热不可忍，不去也。抵暮，则前所受赠金者出，报客曰："相公倦，谢客矣，客请明日来。"即明日又不敢不来。夜披衣坐，闻鸡鸣即起盥栉④，走马推门，门者怒曰："为谁？"则曰："昨日之客来。"则又怒曰："何客之勤也！岂有相公此时出见客乎？"客心耻之，强忍而与言曰："亡奈何矣，姑容我入。"门者又得所赠金，则起而入之。又立向所立厩中。幸主者出，南面召见，则惊走匍匐阶下。主者曰："进！"则再拜，故迟不起，起则上所上寿金。主者故不受，则固请；主者故固不受，则又固请。然后命吏纳之，则又再拜，又故迟不起，起则五六揖始出。出揖门者曰：

"官人幸顾我⑤，他日来，幸无阻我也！"门者答揖。大喜，奔出。马上遇所交识，即扬鞭语曰："适自相公家来，相公厚我，厚我！"且虚言状。即所交识亦心畏相公厚之矣。相公又稍稍语人曰："某也贤，某也贤。"闻者亦心计交赞之。此世所谓上下相孚也。长者谓仆能之乎？

能所谓权门者，自岁时伏腊一刺之外⑥，即经年不往也。间道经其门，则亦掩耳闭目，跃马疾走过之，若有所追逐者。斯则仆之褊衷⑦。以此长不见悦于长吏，仆则愈益不顾也。每大言曰："人生有命，吾惟守分而已。"长者闻之，得无厌其为迂乎？

【注释】

①馈（kuì）遗（wèi）：赠送。

②孚（fú）：信任。

③刺：谒见时用的名片。

④栉（zhì）：洗脸梳头。

⑤官人：对守门人的敬称。

⑥岁时伏腊：指一年中的年节日。岁时，一年四季的春夏秋冬叫岁时。伏腊，指夏天的伏日和冬天的腊日。

⑦褊（biǎn）衷：狭隘的心胸。

【评析】

《报刘一丈书》是宗臣散文的名篇。他采用漫画手法，勾勒出当时一些小官僚卑鄙无耻的形象。对他们那种干谒权贵，巴结逢迎，甘言媚词，阿谀奉承的细节刻划得绘声绘色，惟妙惟肖。并对权贵的煊赫色焰、倨傲作态和贪污纳贿，门者的狐假虎威、敲榨勒索，也都刻划得淋漓尽致。文锋犀利，语言畅达，在当时的复古派散文中不可多得。故钱基博先生在《明代文学》第一章中评价说："淋漓喷薄，无复摹秦仿汉之习；而感慨中出诙诡，乃极似太史公《游侠列传序》、杨恽《报孙会宗书》。"

王守仁

王守仁（1472年—1528年），字伯安，余姚（今浙江余姚）人。因曾结庐于绍兴会稽山阳明洞侧，世因称阳明先生。弘治十二年（1499年）进士，授刑部主事，兵部主事，因得罪宦官刘瑾而被贬贵州龙场驿（今贵州修文境）丞。刘瑾死，擢南京刑部主事，又擢右佥都御史，巡抚南赣。平农民起义有功，进右副都御史。正德十四年（1519年），率军平宁王朱宸濠之叛，进南京兵部尚书，不就。嘉靖六年（1527年）为左都御史，总督两广兼巡抚，镇压广西少数民族起义，病卒于返回途中。

王守仁是明代著名的哲学家，并形成很大的学派，世称"王学"。他又是明代著名的文学家，其散文自抒胸臆，俊爽畅达，雄深雅健，上承宋濂、方孝孺之绪，下开王慎中、唐顺之、归有光之先，在明代文学史上有一定地位。

瘗旅文

维正德四年秋月三日①，有吏目云自京来者②，不知其名氏，携一子一仆，将之任，过龙场③，投宿土苗家。予从篱落间望见之，阴雨昏黑，欲就问讯北来事，不果。明早，遣人觇之④，已行矣。薄午，有人自蜈蚣坡来，云："一老人死坡下，傍两人哭之哀。"予曰："此必吏目死矣，伤哉！"薄暮，复有人来云："坡下死者二人，傍一人坐哭。"询其状，则其子又死矣。明日，复有人来云："见坡下积尸三焉。"则其仆又死矣。呜呼伤哉！

念其暴骨无主⑤，将二童子持畚、锸往瘗之⑥。二童子有难色然。予曰："噫！吾与尔犹彼也。"二童闵然涕下⑦，请往。就其傍山麓为三坎，埋之。又以只鸡、饭三盂，嗟吁涕洟而告之曰：

呜呼伤哉！繄何人⑧？繄何人？吾龙场驿丞余姚王守仁也⑨。吾与尔皆中土之产。吾不知尔郡邑，尔乌乎来为兹山之鬼乎？古者重去其乡，游宦不逾千里，吾以窜逐而来此，宜也。尔亦何辜乎？闻尔官吏目耳，俸不能五斗，尔率妻子躬耕可有也，胡为乎以五斗而易尔七尺之躯？又不足，而益以尔子与仆乎？呜呼伤哉！尔诚恋兹五斗而来，则宜欣然就道，胡为乎吾昨望见尔容，蹙然盖不胜其忧者⑩？夫冲冒霜露，扳援崖壁，行万峰之顶，饥渴劳顿，筋骨疲惫，而又瘴疠侵其外，忧郁攻其中，其能以无死乎？吾固知尔之必死，然不谓若是其速，又不谓尔子、尔仆亦遽然奄忽也⑪。皆尔自取，谓之何哉！吾念尔三骨之无依而来瘗耳，乃使吾有无穷之怆也。呜呼伤哉！纵不尔瘗，幽崖之狐成群，阴壑之虺如车轮⑫，亦必能葬尔于腹，不致久暴露。尔既已无知，然吾何能为心乎？自吾去父母乡国而来此，三年矣，历瘴毒而苟能自全，以吾未尝一日之戚戚也。今悲伤若此，是吾为尔者重，而自为者轻也，吾不宜复为尔悲矣。吾为尔歌，尔听之。

歌曰：连峰际天兮飞鸟不通，游子怀乡兮莫知西东。莫知西东兮维天则同，异域殊方兮环海之中。达观随寓兮莫必予宫。魂兮魂兮无悲以恫。

又歌以慰之曰：与尔皆乡土之离兮，蛮之人言语不相知兮。性命不可期，吾苟死于兹兮，率尔子仆，来从予兮。吾与尔邀以嬉兮，骖紫彪而乘文螭兮⑬，登望故乡而嘘唏兮。吾苟获生归兮，尔子、尔仆尚尔随兮，无以无侣悲兮！道傍之冢累累兮，多中土之流离兮，相与呼啸而徘徊兮。餐风饮露，无尔饥兮。朝友麋鹿，暮猿与栖兮。尔安尔居兮，无为厉于兹墟兮。

【注释】

①正德四年：1509年。正德，明武宗年号。

②吏目：掌管官府文书的低级官吏。

③龙场：在今贵州修文。

④觇（chān）：察看。

⑤暴（pù）：暴露。

⑥锸（chā）：铁锹。 瘗（yì）：埋。

⑦闵然：忧伤的样子。

⑧繄（yì）：句首语气词。

⑨驿丞：明代所设掌管邮递迎送的官员。正德二年，王守仁因触犯宦官刘瑾，而贬为龙场驿丞。 余姚：今属浙江。

⑩蹙（cù）然：忧愁的样子。

⑪遽（jù）：急速。 奄忽：死亡。

⑫虺（huǐ）：毒蛇。

⑬骖(cān)：一车驾三匹或四匹马时，两旁的两匹马叫骖。 紫彪：紫色斑纹的虎。 文螭(chī)：有花纹的蛟龙。

【评析】

《瘗旅文》作于王守仁贬官贵州龙场驿时。文章先记叙了一个真实的、催人泪下的悲惨故事，然后借奠祭死者而抒发了自己无罪被贬，远窜荒蛮，山川万里，不知归期的忧伤与哀痛。行笔一波三折，感情真挚，发自肺腑，感情悲怆，长歌当哭，读之令人掩卷长叹，遥想其悲，实为难得的佳作。

归有光

归有光（1506年—1571年），字熙甫，号震川，昆山（今江苏昆山）人。幼聪颖，九岁能文。长而连举不第，授学于嘉定安亭江畔。嘉靖四十四年，归有光六十岁方中进士第，授长兴县令。不久，调顺德府通判。后任南京太仆寺丞，参与编撰《世宗实录》，不久劳瘁过度而死。

归有光是明代著名的文学家。当时，王世贞是后七子之领袖，文坛盟主，各地文人竞相奔走于其门下。独归有光无官无职，抱唐宋诸家遗集，与二三弟子讲学于荒江老屋之中，对王世贞等人的排诋不遗余力。王世贞却对归有光心服倍至，其题归有光遗像赞词云："风行水上，涣为文章，风定波息，与水相忘。千载有公，继韩欧阳；余岂异趋，久而自伤。"归有光的文学成就主要在散文方面。他继承了司马迁和唐宋八大家散文的优良传统，善于以清淡之笔，写家人友朋间琐屑之事，而有真挚之情，悠远之神。王锡爵在归有光的墓志铭中说归有光之文章"如清庙之瑟，一唱三叹，无意于感人，而欢愉惨恻之思，溢于言语之外"。时人以归有光文章为明代第一，并非过誉。

吴山图记

吴、长洲二县①，在郡治所，分境而治。而郡西诸山，皆在吴县。其最高者，穹窿、阳山、邓尉、西脊、铜井。而灵岩，吴之故宫在焉，尚有西子之遗迹②。若虎丘、剑池及天平、尚方、支硎，皆胜地也。而太湖汪洋三万六千顷，七十二峰沉浸其间，则海内之奇观矣。

余同年友魏君用晦为吴县③，未及三年，以高第召入为给事中④。君之为县有惠爱，百姓扳留之不能得⑤，而君亦不忍去其民，由是好事者绘《吴山图》以为赠。

夫令之于民诚重矣。令诚贤也，其地之山川草木亦被其泽而有荣也；令诚不贤也，其地之山川草木亦被其殃而有辱也。君于吴之山川，盖增重矣。异时吾民将择胜于岩峦之间，尸祝于浮屠、老子之宫也⑥，固宜。而君则亦既去矣，何复惓惓于此山哉⑦？昔苏子瞻称韩魏公去黄州四十余年而思之不忘⑧,至以为思黄州诗,子瞻为黄人刻之于石。然后知贤者于其所至,不独使其人之不忍忘而已,亦不能自忘于其人也。

君今去县已三年矣,一日与余同在内庭,出示此图,展玩太息,因命余记之。噫!君之于吾吴,有情如此,如之何而使吾民能忘之也?

【注释】

①吴、长洲:吴县与长洲县均为吴郡辖县,治所同在今江苏苏州。
②西子:春秋时吴王夫差的妃子。传说原为越国民间浣纱之女,因貌美而被越王勾践选中,送入吴国宫中以迷惑吴王夫差。
③同年:科举制度中同榜考中的人互称同年。
④高第:指考试或官吏考核被列入较高的等第。 给事中:明代掌监察六部、侍中规谏之职的官员。
⑤扳:通"攀"。
⑥尸祝:尸是代表鬼神受享祭的人,祝是传告鬼神言辞的人。这里引申为祭祀。 浮屠:这里指佛。 老子:春秋时思想家,后世被认作道教始祖。
⑦惓惓(quán):恳切的样子。
⑧苏子瞻:苏轼,字子瞻,北宋文学家。 韩魏公:韩琦,北宋大臣,封魏国公。 黄州:治所在今湖北黄冈。

【评析】

《吴山图记》是归有光写给自己的同年好友魏用晦的,文中极力赞颂魏用晦的美政及吴县人民对魏的想念。文章融叙事、抒情于一体,笔致清淡,风韵超然。

沧浪亭记

浮图文瑛①,居大云庵,环水,即苏子美沧浪亭之地也②。亟求余作《沧浪亭记》,曰:"昔子美之记,记亭之胜也,请子记吾所以为亭者。"

余曰:昔吴越有国时③,广陵王镇吴中④,治南园于子城之西南,其外戚孙承佑⑤亦治园于其偏。迨淮海纳土⑥,此园不废。苏子美始建沧浪亭,最后禅者居之。此沧浪亭为大云庵也。有庵以来二百年,文瑛寻古遗事，复子美之构于荒残灭没之余，此大云庵为沧浪亭也。夫古今之变，朝市改易。尝登姑苏之台⑦，望五湖之渺茫⑧，群山之苍翠，太伯、虞仲之所建⑨，阖闾、夫差之所争⑩，子胥、种、蠡之所经营⑪，今皆无有矣，庵与亭何为者哉？虽然，钱镠因乱攘窃，保有吴、越，国富兵强，垂及四世，诸子姻戚，乘时奢僭，宫馆苑囿，极一时之盛，而子美之亭，乃为释子所钦重如此。可以见士之欲垂名于千载，不与澌然而俱尽者⑫，则有在矣。

文瑛读书喜诗，与吾徒游，呼之为沧浪僧云。

【注释】

①浮图：梵语的音译，这里指佛教徒。

②苏子美：苏舜卿字子美，北宋文学家，晚年退居苏州，曾修沧浪亭，并写《沧浪亭记》。

③吴越：五代十国之一，公元895年—982年。唐朝末年，钱镠为镇海军节度使，割据一方。后梁封之为吴越王，自称吴越国王。占有今浙江及江苏西南部、福建东北部地区。传五主八十四年，最后纳土归于宋朝。

④广陵王：钱元傲，吴越王钱镠的儿子。 吴中：泛指今太湖流域一带。

⑤孙承佑：钱镠之孙钱傲的岳父。

⑥淮海纳土：指吴越国降宋，献出淮海一带的土地。

⑦姑苏之台：春秋时吴王夫差所建，在今江苏苏州西南的姑苏山上。

⑧五湖：泛指太湖一带所有湖泊。

⑨太伯、虞仲：周太王古公亶父的长子、次子。传说是吴国的开创者。

⑩阖闾、夫差：春秋时的两位吴王。夫差是阖闾之子。

⑪子胥：即伍子胥，春秋时人，曾辅佐吴王夫差伐越。 种：文种，春秋时越国大夫。 蠡：范蠡，春秋时越大夫。相传范蠡在辅佐越王勾践灭吴之后，认为勾践可与其共患难而不能共安乐，便离越而去，到中原经商，数年之中三致千金。

⑫澌然：冰块溶化的样子。

【评析】

归有光最有代表性的文章是他的那些抒情性文章和记叙文,往往写得流畅自然,洒脱出尘。《沧浪亭记》便是这样。文章记事生动,不事雕琢,以议论式抒情为主,颇有风韵。故清程润德等在《古文集解》卷八中称此文"俯仰凭吊,慷慨无穷,大有庐陵笔意。"

项脊轩志

项脊轩①,旧南阁子也。室仅方丈,可容一人居。百年老屋,尘泥渗漉,雨泽下注,每移案,顾视无可置者。又北向不能得日,日过午已昏。余稍为修葺,使不上漏。前辟四窗,垣墙周庭,以当南日,日影反照,室始洞然。又杂植兰、桂、竹木于庭,旧时栏楯亦遂增胜②。积书满架③,偃仰啸歌,冥然兀坐,万籁有声④。而庭阶寂寂,小鸟时来啄食,人至不去。三五之夜,明月半墙,桂影斑驳,风移影动,珊珊可爱。

然余居于此,多可喜,亦多可悲。先是,庭中通南北为一。迨诸父异爨⑤,内外多置小门,墙往往而是。东犬西吠,客逾庖而宴,鸡栖于厅。庭中始为篱,已为墙,凡再变矣。家有老妪,尝居于此。妪,先大母婢也,乳二世,先妣抚之甚厚。室西连于中闺,先妣尝一至。妪每谓余曰:"某所,而母立于兹。"妪又曰:"汝姊在吾怀,呱呱而泣;娘以指叩门扉曰:'儿寒乎?欲食乎?'吾从板外相为应答。"语未毕,余泣,妪亦泣。余自束发读书轩中⑥,一日,大母过余曰:"吾儿,久不见若影,何竟日默默在此,大类女郎也?"比去,以手阖门,自语曰:"吾家读书久不效,儿之成,则可待乎?"顷之,持一象笏至⑦,曰:"此吾祖太常公宣德间执此以朝⑧,他日汝当用之。"瞻顾遗迹,如在昨日,令人长号不自禁。

轩东,故尝为厨,人往,从轩前过。余扃牖而居⑨,久之,能以足音辨人。轩凡四遭火,得不焚,殆有神护者。

项脊生曰⑩:蜀清守丹穴,利甲天下,其后秦皇帝筑女怀清台⑪。刘玄德与曹操争天下⑫,诸葛孔明起陇中⑬。方二人之昧昧于一隅也,世何足以知之?余区区处败屋中,方扬眉瞬目,谓有奇景。人知之者,其谓与坎井之蛙何异⑭!

余既为此志⑮，后五年，吾妻来归，时至轩中，从余问古事，或凭几学书。吾妻归宁⑯，述诸小妹语曰："闻姊家有阁子，且何谓阁子也？"其后六年，吾妻死，室坏不修。其后二年，余久卧病无聊，乃使人复葺南阁子，其制稍异于前。然自后余多在外，不常居。

庭有枇杷树，吾妻死之年所手植也，今已亭亭如盖矣。

【注释】

①项脊轩：归有光家的一间小室。作者远祖归道隆曾住太仓（今属江苏）之项脊泾，以项脊名轩，有纪念之意。

②栏楯（shǔn）：栏杆。楯，栏杆的横木。

③积：一本作"借"。

④万籁：指自然界的一切声响。籁，孔穴里发出的声音。

⑤异爨（cuàn）：各起炉灶，意即分家。爨，灶。

⑥束发：古代男孩到了成童的年龄，把头发绾成一髻。

⑦象笏（hù）：象牙制的手板。笏，古时大臣上朝时手中所执的狭长板子，备记事之用，用象牙、玉或木制成。

⑧太常公：指归有光祖母的祖父夏昶，字仲昭，明成祖永乐进士，曾任太常寺卿。　宣德：明宣宗年号（1426年—1435年）。

⑨扃：关。　牖：窗。

⑩项脊生：作者自称。

⑪"蜀清守丹穴"三句：《史记·货殖列传》："巴蜀寡妇清，其先得丹穴，而擅其利数世，家亦不訾。清寡妇也，能守其业，用财自卫，不见侵犯。秦皇帝以贞妇而客之，为筑女怀清台"。　丹穴：产朱砂的矿穴。　秦皇帝：秦始皇嬴政。

⑫刘玄德：刘备，字玄德。

⑬诸葛孔明：诸葛亮，字孔明。　陇中：诸葛亮曾在隆中（今湖北襄阳西）隐居。

⑭坎井之蛙：喻识见短浅又自高自大的人。坎井，坏井、废井。《庄子·秋水》："子独不闻夫坎井之蛙乎？谓东海之鳖曰：'吾乐与，跳梁乎井干之上，入休乎缺甃之崖。'"

⑮此志：指《项脊轩志》。此句以下，是事隔多年后补写的。

⑯归宁：指已嫁女子回到母家省亲。《诗经·葛覃》："害澣害否，归宁父母。"

【评析】

本文围绕"百年老屋"的几经兴废,追忆昔日的读书生活和日常琐事,寄托了对祖母、母亲、妻子的深切怀念,以及抑郁萧索的身世之感。以琐屑之事,发"五脏之情",笔墨疏淡而情韵绵远。从寻常家庭、家庭琐事而营造出小屋奇景和深情高致的意境,极其动人。

寒花葬志

婢,魏孺人媵也①。嘉靖丁酉五月四日死②,葬虚丘。事我而不卒,命也夫!

婢初媵时,年十岁,垂双鬟,曳深绿衣裳。一日,天寒,爇火煮荸荠熟③,婢削之盈瓯,予入自外,取食之;婢持去,不与,魏孺人笑之。孺人每令婢倚几旁饭,即饭,目眶冉冉动。孺人又指予以为笑。

回思是时,奄忽④便已十年。呼,可悲也已!

【注释】

①魏孺人:作者前妻,昆山人,南京光禄寺典簿魏子秀的次女。孺人,明清时七品官的母亲或妻子的封号,同时也用作对妇人的尊称。媵(yìng):古时陪嫁的婢女。

②嘉靖丁酉:即嘉靖十六年(1537年)。

③爇(ruò):烧。 荸荠:植物名。又名地栗、马蹄、乌芋,多年生草木,地下茎为球茎,可食。多产于南方。

④奄忽:忽然。

【评析】

本文是作者为亡妻的陪嫁丫环所作的墓志。作者以简练的文笔,回忆寒花初来时的衣着打扮、削荸荠时的淘气表现、吃饭时的动人神情,三言两语,勾勒了一个稚气未脱、天真可爱,而又受主爱怜的幼婢形象。同时又反映出了人物之间的亲密关系,而作者对亡妻,对寒花的思念之情也很自然地流露在字里行间。

沈贞甫墓志铭

自予初识贞甫时，贞甫年甚少，读书马鞍山浮屠之偏①。及予娶王氏，与贞甫之妻为兄弟②，时时过内家相从也③。予尝入邓尉山中④，贞甫来共居，日游虎山、西崦⑤，上下诸山⑥，观太湖七十二峰之胜⑦。嘉靖二十年⑧，予卜居安亭⑨。安亭在吴淞江上⑩，界昆山、嘉定之壤，沈氏世居于此；贞甫是以益亲善⑪，以文字往来无虚日⑫。以予之穷于世⑬，贞甫独相信，虽一字之疑，必过予考订⑭，而卒以予之言为然⑮。

盖予屏居江海之滨⑯，二十年间，死丧忧患，颠倒狼狈⑰，世人之所嗤笑⑱，贞甫了不以人之说而有动于心，以与之上下⑲。至于一时富贵翕吓⑳，众所观骇㉑，而贞甫不予易也㉒。嗟夫！士当不遇时，得人一言之善㉓，不能忘于心，予何以得此于贞甫耶㉔？此贞甫之没㉕，不能不为之恸也㉖。

贞甫为人伉厉㉗，喜自修饰㉘。介介自持㉙，非其人未尝假以词色㉚。遇事激昂，僵仆无所避㉛。尤好观古书，必之名山及浮屠、老子之宫㉜。所至扫地焚香，图书充几。闻人有书，多方求之，手自抄写，至数百卷。今世有科举速化之学㉝，皆以通经学古为迂㉞，贞甫独于书知好之如此㉟，盖方进于古而未已也㊱。不幸而病，病已数年，而为书益勤㊲。予甚畏其志㊳，而忧其力之不继；而竟以病死，悲夫！

初予在安亭，无事，每过其精庐，啜茗论文㊴，或至竟日。及贞甫没而予复往，又经兵燹之后㊵，独徘徊无所之㊶，益使人有荒江寂寞之叹矣。

贞甫讳果，字贞甫。娶王氏，无子，养女一人㊷。有弟曰善继、善述。其卒以嘉靖三十四年七月日㊸，年四十有二。即以是年某月日葬于原之先茔㊹。可悲也已！铭曰：

天乎命乎不可知，其志之勤而止于斯！

【注释】

①马鞍山：在江苏省昆山县西北，山形似马鞍，故名；亦称昆山。浮屠：佛塔。　偏：侧，这里指佛塔旁边的房屋。

②兄弟：这里指姊妹。女子也可以用"兄弟"分长幼。《孟子·万章上》："弥子之妻与子路之妻，兄弟也。"

③过内家相从：一同往妻家。内，称妻。相从，相随。

④邓尉山：在江苏省苏州市西南七十里，汉朝邓尉隐居于此，故名。山多梅树，花时一望如雪。

⑤虎山、西崦（yān）：疑是邓尉山的支峰，登之望见太湖诸山。

⑥上下诸山：登上诸山，然后下来。

⑦太湖七十二峰：太湖跨江苏、浙江两省，周六百八十余里。湖中小山很多，东西二洞庭山最著名。

⑧嘉靖二十年：公元1541年。嘉靖，明世宗的年号。

⑨卜居：选择居住的地点。 安亭：镇名，在江苏省嘉定县西南二十四里。西与昆山县接界。

⑩吴淞江：太湖支流之最大者，一名笠泽，又名松江、吴江，俗名苏州河。自太湖东北流经吴江、吴县、昆山、青浦、松江、嘉定、上海，合黄浦江入海。江口曰吴淞江。

⑪益亲善：更加亲爱友好。

⑫文字往来无虚日：天天有文字来往。文字，指书札或诗文。

⑬穷于世：困厄于人世。归有光嘉靖十八年（1540年）在南京考中举人。嘉靖十九年应进士试，未录取。嘉靖二十一年退居安亭江上，读书讲学二十余年。前后八次参加进士考试，皆落第。直到嘉靖四十四年（沈贞甫去世十五年之后）才考中进士，其时已经六十岁。归有光写此文时还是多次考不中进士的老举人，心中抑郁不平，所以说自己"穷于世"。

⑭过予：来我这里。

⑮卒：终于，最后。 为然：是对的。

⑯屏（bǐng）居：退隐。屏，隐，避。 江海之滨：昆山、嘉定皆在吴淞江流域，东海在其东。

⑰颠倒狼狈：颠蹶困顿。

⑱嗤（chī）笑：讥笑。

⑲了不以人之说而有动于心，以与之上下：全不因为世人对归有光有不好的评论，而自己心里就有所动摇，于是随从众人的看法。了，全。

⑳翕（xī）吓：声华煊赫，显达。翕，聚合。

㉑众所观骇：人们注视而心惊的。

㉒不予易：不换我。不因为有那样声华煊赫的人，就把以往尊重我的心情转而去尊重众所观骇之人。

㉓不遇：不得志，不得重用。

㉔得人一言之善：得到人们一句好话。

㉕予何以得此于贞甫耶：我怎么居然从贞甫那里得到这些呢？

㉖没（mò）：死亡。

㉗恸（tòng）：痛哭。

㉘忼（kàng）厉：忼直严厉。

㉙喜自修饰：注意自己仪容、品格的整饬。

㉚介介自持：坚守志节而不与人苟合。介介，耿介，守义不屈。自持，自守。

㉛非其人未尝假以词色：对方如果不是相当的人，自己就不向他表示好感。假，假借，宽容。词色，言词和容色。

㉜僵仆：跌倒。

㉝必之：一定去。　浮屠、老子之宫：佛寺、道观。浮屠，这里指佛寺。老子，即春秋时的李耳，道教徒奉老子为祖师。宫，屋宇。

㉞科举速化之学：研究如何通过科举考试，快速地取得功名的学问。速化，古代有鲤鱼登龙门化为龙的传说（见《太平广记》卷四六六引《三秦记》），科举时代人们用这个故事比喻士子应试及第，很快地成为达官贵人。

㉟通经：洞晓诸经。　迁：迁阔。

㊱知好（hào）之如此：知道喜爱书像这样。

㊲已：止。

㊳为书：指抄书、读书。

㊴畏：心服。

㊵啜（chuò）茗：喝茶。啜，吃，喝。

㊶兵燹（xiǎn）：兵乱之地，经火焚烧。燹，火。当时倭寇常在东南沿海一带骚扰。

㊷之：往。

㊸养女：收养他人之女为己女。

㊹七月日：七月某日，墓志刻石还要填上确实的日子。下文的"某月日""某原"同。

㊺原：高地。　先茔：祖先的墓地。

【评析】

这篇文章选自《震川文集》。墓志铭是一种文体，记叙死者的姓氏、籍贯、生平等，写后刻在石上，埋在墓内。归有光这篇文章主要是叙述他与沈贞甫的交情之厚，相知之深，以及他对死者的哀痛。文章开头并不先叙贞甫的姓名、里居、家世，而是从两人的相识和戚谊、交谊写起，后半始叙沈贞甫的生平，文末始叙沈贞甫的家世和卒、葬。一面倾吐自己的抑郁之感，一面称赞沈贞甫的为人，使人读了觉得格外亲切。

徐　渭

徐渭（1521年—1593年），字文长，号天池山人、青藤道人，或署田水月，山阴（今浙江绍兴）人。著名文学家、书画家。年二十为诸生，后屡应乡试不中。总督胡宗宪奇其才，聘为幕客，随从抗倭，屡出奇计。后胡遭劾下狱，徐渭惧祸，遂遍游南北、恣情山水，以诗酒自娱。徐渭诗文书画兼擅，然不得志于时，晚年著书鬻画，抱愤而卒。袁宏道称颂他"诗文崛起，一扫近代荒秽之习，百世而下，自有定论。"（《徐文长传》）著有《徐文长逸稿》、《徐文长佚草》以及戏曲著作《南词叙录》、《四声猿》等。

豁然堂记

越中山之大者①，若禹穴、香炉、蛾眉、秦望之属②，以十数，而小者至不可计。至于湖，则总之称鉴湖③，而支流之别出者，益不可胜计矣。郡城隍祠，在卧龙山之臂④，其西有堂，当湖山环会处。语其似，大约缭青萦白⑤，鬐崎带澄⑥。而近俯雉堞⑦，远问村落。其间林莽田畻之布错⑧，人禽宫室之亏蔽，稻黍菱蒲莲芡之产⑨，畊渔犁楫之具，纷披于坻窪⑩；烟云雪月之变，倏忽于昏旦⑪。数十百里间，巨丽纤华⑫，无不毕集人衿带上⑬。或至游航冶尊⑭，歌笑互答，若当时龟龄所称"莲女""渔郎"者⑮，时亦点缀其中。于是登斯堂，不问其人，即有外感中攻，抑郁无聊之事，每一流瞩，烦虑顿消。而官斯土者，每当宴集过客，亦往往寓庖于此。独规制无法，四蒙以辟⑯，西面凿牖⑰，仅容两躯。客主座必东，而既背湖山，起座一观，还则随失。是为坐斥旷明⑱，而自取晦塞。予病其然，悉取西南牖之，直辟其东一面⑲，令客座东而西向，倚几以临即湖山，终席不去。而后向之所云诸景，若舍塞而就旷，却晦而即明。工既讫，拟其名，以为莫"豁然"宜。

既名矣，复思其义曰："嗟乎，人之心一耳。当其为私所障时，仅仅知我有七尺躯，即同室之亲，痛痒当前，而盲然若一无所见者，不犹向之湖山，虽近在目前，而蒙以辟者耶？及期所障既彻，即四海之疏，痛痒未必当吾前也，而灿然若无一而不婴于吾之见者，不犹今之湖山虽远在百里，而通以牖者耶？由此观之，其豁与不豁，一间耳⑳。而私一己、公万物之几系焉㉑。此名斯堂者与登斯堂者，不可不交相勉者也，而直为一湖山也哉？"既以名于是义，将以共于人也，次而为之记。

【注释】

①越：指今浙江东部一带。

②禹穴、香炉、蛾眉、秦望：皆山名。禹穴，在今绍兴之会稽山，相传为夏禹葬地，一说为禹藏书之所。香炉，在今绍兴县东南，别名茅岘山、玉笋山。蛾眉，今福建泰宁县西北及归化县北皆有蛾眉山。秦望，在今浙江余杭县南十二里。

③鉴湖：一名"镜湖"，在绍兴县南三里。

④卧龙山：在绍兴县治后，越大夫文种葬此，一名"种山"。

⑤缭青萦白：缭，缠绕、围绕。萦，旋回攀绕。

⑥髻峙：妇女高耸的发髻。 带澄：化用谢朓"澄江静如练"句意。带，长条的丝织物。

⑦雉（zhì）堞：城上排列如齿状的矮墙。

⑧莽：草木深邃的地方。 隰（xí）：低下的湿地。

⑨芡（qiàn）：水生植物，俗称"鸡头米"，可作食用或药用。

⑩纷披：分散、杂乱的样子。 坻（chí）：水中的小洲或高地。

⑪倏忽：转眼之间。

⑫巨丽：与"纤华"对举，指宏大而瑰伟的场面。

⑬"无不"句：这是形容自然佳景高度集中的夸张说法。

⑭冶尊：饮酒。尊，同"樽"。酒杯。

⑮龟龄：唐代诗人张志和，原名龟龄，婺州金华（今属浙江）人。自号"烟波钓徒"，作《渔父歌》五首，抒写隐居江湖、怡然垂钓的情趣。

⑯辟：通"闭"。蒙、辟，同义词。

⑰牖：窗户。

⑱坐：由于。

⑲直：只。

⑳一间：非常接近，相差无几。

㉑几：隐微、细微。

【评析】

　　本文由豁然堂的改建与命名,引伸出人心的"豁与不豁",关键在于"私一己"或"公万物"的讽世劝人主旨,即小见大、意蕴深沉,文如其人,从本篇正可窥见作者襟怀磊落、推利天下的风范。在写作上,前半篇记湖山胜景,如胸罗烟月;叙物写人事,恍如身临其境。后半篇由堂的"却晦而即明",过渡到人心的去私才能为公。先记叙后发论,衔接严密,文气贯通,顺理成章。

袁宏道

袁宏道（1568年—1610年），字中郎，号石公，公安（今湖北公安）人。少颖悟，十五、六岁即自结诗社。万历二十年进士。初任吴县令，后任礼部主事，不久辞官。后又两仕两辞，于功名非常淡薄。万历三十八年病死，年仅四十三岁。

袁宏道是公安派中成就最高的作家，反对剽窃前人，主张"独抒性灵，不拘格套"，"发人所不能发，句法字法调法，一一从自己胸中流出。""宁今宁俗，不肯拾人一字"。所以他的作品打破传统诗文的陈规陋局，自然地流露个性，语言不事雕琢，流利洁净。尤其是他的散文清新活泼，文笔秀逸，尤善写景。

徐文长传

徐渭，字文长，为山阴诸生①，声名籍甚。薛公蕙校越时②，奇其才，有国士之目。然数奇③，屡试辄蹶。中丞胡公宗宪闻之④，客诸幕。文长每见，则葛衣乌巾，纵谈天下事，胡公大喜。是时公督数边兵，威镇东南，介胄之士⑤，膝语蛇行，不敢举头，而文长以部下一诸生傲之，议者方之刘真长、杜少陵云⑥。会得白鹿，属文长作表，表上，永陵喜⑦。公以是益奇之，一切疏计，皆出其手。文长自负才略，好奇计，谈兵多中，视一世士无可当意者。然竟不偶。

文长既已不得志于有司⑧，遂乃放浪曲糵⑨，恣情山水，走齐、鲁、燕、赵之地，穷览朔漠。其所见山奔海立、沙起云行、雨鸣树偃、幽谷大都、人物鱼鸟，一切可惊可愕之状，一一皆达之于诗。其胸中又有勃然不可磨灭之气，英雄失路、托足无门之悲，故其为诗，如嗔如笑，如水鸣峡，如种出土，如寡妇之夜哭、羁人之寒起。虽其体格时有卑者，然匠心独出，有王者气，非彼巾帼而事人者所敢望也。文有卓识，气沉而法严，不以摹拟损才，不以议论伤格，韩、曾之流亚也⑩。文长既雅不与时调合，当时所谓骚坛主盟者，文长皆叱而奴之，故其名不出于越，悲夫！喜作书，笔意奔放如其诗，苍劲中姿媚跃出，欧阳公所谓"妖韶女，老自有余态"者也⑪。间以其余，旁溢为花鸟，皆超逸有致。

卒以疑杀其继室，下狱论死。张太史元汴力解⑫，乃得出。晚年愤益深，佯狂益甚，显者至门，或拒不纳。时携钱至酒肆，呼下隶与饮。或自持斧击破其头，血流被面，头骨皆折，揉之有声。或以利锥锥其两耳，深入寸余，竟不得死。周望言晚岁诗文益奇⑬，无刻本，集藏于家。余同年有官越者，托以钞录，今未至。余所见者，《徐文长集》、《阙编》二种而已。然文长竟以不得志于时，抱愤而卒。

石公曰⑭：先生数奇不已，遂为狂疾。狂疾不已，遂为囹圄。古今文人牢骚困苦，未有若先生者也。虽然，胡公间世豪杰，永陵英主。幕中礼数异等，是胡公知有先生矣；表上，人主悦，是人主知有先生矣，独身未贵耳。先生诗文崛起，一扫近代芜秽之习，百世而下，自有定论，胡为不遇哉？

梅客生尝寄予书曰⑮："文长吾老友，病奇于人，人奇于诗。"余谓文长无之而不奇者也。无之而不奇，斯无之而不奇也。悲夫！

【注释】

①山阴：今浙江绍兴。　诸生：即生员，明清时代通过省级考试取入府、州、县学的学生。

②薛蕙：明正德九年进士，曾任刑部主事，嘉靖中为给事中。　校：校官。

③奇（jī）：运气不好。

④中丞：汉代为御史大夫属官。明代都察院的副都御史与其职相当。　胡宗宪：明绩溪人，字汝贞。嘉靖十七年进士。历知益都等县，擢升御史，巡按浙江，率军平定倭寇有功，加右都御史太子太保。多权术，厚结严嵩。严嵩败，下狱死。

⑤介：甲。胄：盔。

⑥刘真长：刘惔字真长，东晋时曾任宰相，为人不拘小节。　杜少陵：即杜甫，唐代诗人，曾居少陵（今陕西西安南）附近，自号少陵野老。

⑦永陵：明世宗陵墓名。这里代指世宗。

⑧有司：官吏。

⑨曲蘖（niè）：酒。

⑩韩、曾：指唐代的韩愈和北宋的曾巩。

⑪欧阳公：北宋欧阳修。这句话出自他的《六一诗话》。　韵：

美好。

⑫张元汴:山阴人,隆庆五年廷试第一,授翰林修撰,故称太史。
⑬周望:陶望龄字周望。万历年间曾任国子监祭酒。
⑭石公:袁宏道自称。
⑮梅客生:梅国桢字客生。

【评析】

《徐文长传》是袁宏道为徐渭写的传记,但袁宏道并没有见过徐渭,读了徐渭的诗文之后,对徐渭推崇备至,所以写了这篇传记,不仅高度评价了徐渭的创作成就,而且塑造出徐渭生动丰满的形象。对徐渭一生的落拓不遇,英雄失路寄予深切的同情。行文起伏跌宕,流畅清新,刻画人物惟妙惟肖,如见其人,实为难得的好文章。

满井①游记

燕地寒②,花朝节③后,余寒犹厉。冻风时作④,作则飞沙走砾,局促一室之内,欲出不得;每冒风驰行,未百步辄反。

廿二日,天稍和⑤,偕数友出东直⑥,至满井。高柳夹堤,土膏微润⑦,一望空阔,若脱笼之鹄⑧。于时冰皮始解⑨,波色乍明,鳞浪⑩层层,清澈见底,晶晶然如镜之新开,而冷光之乍出于匣也⑪。山峦为晴雪所洗,娟然如拭,鲜妍明媚,如倩女之靧面,而髻鬟之始掠也⑫。柳条将舒未舒,柔梢披风。麦田浅鬣⑬寸许。游人虽未盛,泉而茗者,罍而歌者⑭,红装而蹇者⑮,亦时时有。风力虽尚劲,然徒步则汗出浃背。凡曝沙之鸟,呷浪之鳞,悠然自得,毛羽鳞鬣⑯之间,皆有喜气。终知郊田之外,未始无春,而城居者未之知也。

夫能不以游堕事,而潇然于山石草木之间者,惟此官也⑰。而此地适与余近⑱,余之游将自此始,恶能⑲无纪?己亥之二月也。

【注释】

①满井:在北京东北郊。满井的水面经常比井边高,井中是个水泉。明清两代,京城人士常来此游览。
②燕:过去指河北省北部一带,这里指北京。
③花朝节:农历二月十五日(一说初二日或十二日),俗称百花生

日，即花朝节。

④冻风时作：寒风时起。

⑤天稍和：天气稍好。和，暖和、晴和。

⑥东直：东直门，北京城门之一。

⑦土膏微润：肥沃的土壤有点湿润。

⑧若脱笼之鹄：像出笼的鸟儿。这里形容出外郊游的兴奋心情。

⑨冰皮始解：冰冻开始融解。

⑩鳞浪：像鱼鳞似的波纹。

⑪"晶晶然"句：（井水的）晶莹清亮就像镜子刚刚打开亮光忽地从匣中射出来。

⑫"如倩女"句：好像美丽的女子刚洗过脸和刚梳过头一样。倩，美好的样子。靧，洗脸。鬟，环形的发髻。掠，拂过，这里指梳理。

⑬麦：麦鬣，这里指低矮的麦苗。

⑭泉而茗者，罍而歌者：用泉水泡茶喝的人，一边斟酒一边唱歌的人。茗，茶树的嫩芽，这里指煮茶。罍，古时的一种酒器。

⑮红妆而蹇者：骑驴子的浓妆艳抹的妇女。蹇，是蹇卫的省语，指弱小的驴子。这里作动词用。

⑯毛羽鳞鬣：这里泛指一般动物。

⑰这句是说：不因游山玩水耽误政事，而能领略到大自然的风光，只有当这个官（袁宏道当时任京兆校官）的我能做到啊。

⑱此地适与余近：此地（指满井）恰好与我靠近。

⑲恶能：何，怎么，疑问代词。

【评析】

《满井游记》写于明万历二十六年袁宏道在北京任礼部仪制主司期间。当时作者颇以官场生活为苦，幸而政事清闲，常能游览北京附近名胜，寄托自己的思想感情，这篇《满井游记》，就是这时写成的。文字清新优美，感情沛然欲出，笔调明快酣畅，字里行间，显得生机蓬勃，春意盎然。土地、树木、山峦、湖水，都在他的笔下展现出勃勃的生机。

虎 丘

虎丘去城可六七里,其山无高岩邃壑,独以近城,故箫鼓楼船①,无日无之。凡月之夜,花之晨,雪之夕,游人往来,纷错如织,而中秋为尤胜。每至是日,倾城阖户,连臂而至。衣冠士女,下迨蔀屋②,莫不靓妆丽服,重茵累席,置酒交衢间,从千人石上至山门③,栉比如鳞④。檀板丘积⑤,樽罍云泻⑥,远而望之,如雁落平沙,霞铺江上,雷辊电霍⑦,无得而状。

布席之初,唱者千百,声若聚蚊,不可辨识。分曹部署⑧,竞以歌喉相斗;雅俗既陈⑨,妍媸自别⑩,未几而摇头顿足者,得数十人而已。已而明月浮空,石光如练,一切瓦釜⑪,寂然停声,属而和者,才三四辈。一箫,一寸管⑫,一人缓板而歌,竹肉相发⑬,清声亮彻,听者魂销⑭。比至夜深,月影横斜,荇藻凌乱⑮,则箫板亦不复用,一夫登场,四座屏息,音若细发,响彻云际,每度一字⑯,几尽一刻⑰,飞鸟为之徘徊,壮士听而下泪矣。

剑泉深不可测⑱,飞岩如削。千顷云得天池诸山作案⑲,峦壑竞秀,最可觞客⑳。但过午则日光射人,不堪久坐耳。文昌阁亦佳,晚树尤可观。面北为平远堂旧址,空旷无际,仅虞山一点在望㉑。堂废已久,余与江进之谋所以复之㉒,欲祠韦苏州、白乐天诸公于其中㉓;而病寻作,余既乞归,恐进之之兴亦阑矣。山川兴废,信有时哉!

吏吴两载,登虎丘者六。最后与江进之、方子公同登㉔,迟月生公石上㉕,歌者闻令来,皆避匿去,余因谓进之曰:"甚矣,乌纱之横㉖,皂隶之俗哉㉗!他日去官,有不听曲此石上者,如月!"今余幸得解官称吴客矣,虎丘之月,不知尚识余言否耶?

【注释】

①箫鼓楼船:汉武帝《秋风辞》:"泛楼船兮济汾河,横中流兮扬素波。箫鼓鸣兮发棹歌,欢乐极兮哀情多。"后遂以"箫鼓楼船"指载着声乐的游船。

②蔀(pǒu)屋:以草席盖顶的房屋。这里代指贫民。蔀,院中架木,上覆以席,所覆之席名蔀。

③千人石:在虎丘山半腰,石面广阔平坦,传说梁朝高僧生公曾

◎袁宏道

经在此说法，有千人聚听，故名。

④栉（zhì）：梳篦。　栉比：如梳齿般密集排列。

⑤檀板：唱歌时打节拍用的檀木手板。

⑥樽罍（léi）：都是盛酒的容器。

⑦雷辊（gǔn）：传说雷神出行时有雷车，雷车行走即发出雷声。辊，车轮转动声。

⑧分曹：分队、分批。

⑨雅俗：古代以宴会、祭祀等场合奏的正声为雅乐，以民间歌乐为俗乐。这里泛指高雅的音乐与粗俗的音乐。

⑩妍媸：美和丑。

⑪瓦釜：《楚辞·卜居》："黄钟毁弃，瓦釜雷鸣。"后因以瓦釜指粗俗的歌调。

⑫寸管：一种短的竹制管乐器。

⑬竹肉：管乐器和歌喉。《晋书·孟嘉传》："丝不如竹，竹不如肉。"

⑭魂销：形容为情所感，若魂魄离散。

⑮荇藻：水草。这里比喻月光下的树影。苏轼《记承天寺夜游》："庭下如积水空明，水中荇藻交横，盖竹柏影也。"

⑯度：按曲谱歌唱。

⑰一刻：形容声调悠扬绵长。古代以漏壶计时，一昼夜为百刻。

⑱剑泉：又称剑池，在千人石下，两侧峭壁高百尺，池水终年不涸。传说秦始皇东巡时在这里找寻过吴王阖庐的宝剑；一说阖庐葬在这里，以"鱼肠"等宝剑三千殉葬，故名。

⑲千顷云：山名，在虎丘山上。　天池：又名华山，在苏州阊门外三十里。

⑳觞：盛有酒的酒杯。

㉑虞山：在江苏常熟县西北。相传西周虞仲治此，故名。

㉒江进之：江盈科，字进之，号渌萝山人，湖南桃源人。与袁宏道同科进士，官长洲（今属苏州市）知县。

㉓韦苏州：韦应物，唐京兆人，累官江州、苏州刺史。　白乐天：白居易，字乐天。

㉔方子公：方文僎，字子公，新安人。袁宏道的门客。

㉕生公石：即生公讲坛，在千人石北面。

㉖乌纱：乌纱帽，晋时宫官始戴，至唐定为官服。此指官吏。

㉗皂隶：奴隶。后专指衙门差役。明代规定皂隶穿黑盘领衫，戴平顶巾。

【评析】

　　这篇游记是万历二十四年（1596年），作者在苏州所撰的《吴游记》十八篇之一。虎丘是苏州名胜之一，据苏州地方志载，苏俗中秋夜"携榼胜地，联袂踏歌"，"倾城士女出游虎丘，笙歌彻夜"。本文就是对这一盛况生动的记载。文章以细腻的笔调，描绘了漫山遍野的游人以及月夜斗歌等热闹场，逼真地重现了虎丘繁华的景象，为晚明小品中上乘之作。

钟　惺

钟惺（1574年—1624年），字伯敬，号退俗，湖广竟陵（今湖北天门县）人。神宗万历三十八年（1610年）进士。历官南京礼部郎中、福建提学佥事，以居官不谨遭弹劾而落职。有《隐秀轩集》等著作传世。

钟惺反对前、后七子的摹拟复古，提倡个性，又不满公安派的破律坏度与流率简易，同谭元春一起，在诗文中提倡"幽情单绪"、"奇理别趣"的境界，试图单纯以形式、风格上的求变来矫枉救弊。钟、谭都是竟陵人，世称这一文学流派为"竟陵派"。竟陵派追求幽深古峭，在晚明文坛上产生过一定的影响。但由于这种文学主张的狭隘性，以及钟、谭自身学养的限制，竟陵派文学仅风行了一段不长的时间即销声匿迹。

浣花溪记

出成都南门，左为万里桥①。西折纤秀长曲，所见如连环、如玦②、如带、如规、如钩，色如鉴、如琅玕③、如绿沉瓜④，窈然深碧、潆回城下者，皆浣花溪委也。然必至草堂⑤，而后浣花有专名，则以少陵浣花居在焉耳⑥。

行三、四里为青羊宫⑦，溪时远时近。竹柏苍然、隔岸阴森者，尽溪平望如荠。水木清华，神肤洞达。自宫以西，流汇而桥者三，相距各不半里。舁夫云通灌县⑧，或所云"江从灌口来"是也⑨。

人家住溪左，则溪蔽不时见；稍断则复见溪，如是者数处，缚柴编竹，颇有次第。桥尽，一亭树道左，署曰"缘江路"⑩。过此则武侯祠⑪。祠前跨溪为板桥一，覆以水槛，乃睹"浣花溪"题榜。过桥，一小洲横斜插水间如梭，溪周之，非桥不通。置亭其上，题曰"百花潭水"⑫。由此亭还，度桥过梵安寺⑬，始为杜工部祠⑭。像颇清古，不必求肖，想当尔尔。石刻像一，附以本传，何仁仲别驾署华阳时所为也⑮。碑皆不堪读。

钟子曰：杜老二居，浣花清远，东屯险奥⑯，各不相袭。严公不死⑰，浣溪可老，患难之于朋友大矣哉！然天遣此翁增夔门一段奇耳⑱。穷愁奔走，犹能择胜，胸中暇整⑲，可以应世，如孔子微服主司城贞子时也⑳。

时万历辛亥十月十七日㉑。出城欲雨，顷之霁。使客游者，多由监司郡邑招饮㉒，冠盖稠浊，磬折喧溢㉓。迫暮趣归㉔。是日清晨，偶然独往。楚人钟惺记。

【注释】

①万里桥：在成都城南锦江上。三国蜀建兴四年（226年），诸葛亮命费祎为昭信校尉出使吴国，在此饯行，费祎感叹"万里之路，始于此桥。"因名万里桥。

②玦：开有缺口的环形玉器。

③琅玕：本指似珠玉的美石，后常指青玉。

④绿沉：在深底色上显示的浓绿色。

⑤草堂：指浣花草堂。杜甫初到成都，依成都尹裴冕，借居于草堂寺。次年即择浣花溪隙地建造草堂，至三月初建成。

⑥少陵：杜甫曾在长安县南少陵居住，自称少陵野老。其地在今陕西西安市西南。

⑦青羊宫：成都西隅著名道观。相传老子出函谷关，别关尹喜，云"千日后寻吾于成都青羊肆。"即指此地。

⑧舁（yú）夫：轿夫。　灌县：今属四川省，在成都西北。

⑨江从灌口来：江，指岷江，为长江的支流。　灌口：灌县城南山名，战国李冰于此筑都江堰，将岷江一分为三。古人有"岷山导江"的说法，并把长江及其支流都称为"江"。

⑩缘江路：取自杜甫《堂成》诗"缘江路熟俯青郊"句。

⑪武侯祠：纪念蜀相诸葛亮的祠庙。在今成都市南郊。武侯，诸葛亮生前封武乡侯。

⑫百花潭水：取自杜甫《狂夫》诗"百花潭水即沧浪"句。现在成都市为百花潭公园。

⑬梵安寺：又名草堂寺、浣花寺。草堂建成前，僧人复空曾召留杜甫寓居寺内。

⑭杜工部祠：后人在草堂旧址建立的纪念杜甫的祠庙。杜甫曾任检校工部员外郎，故世称杜工部。

⑮别驾：通判（州府副长官）的别称。　华阳：此指华阳县，今

四川双流县。

⑯东屯：在夔州（今四川奉节县）城东瀼溪岸，因汉末公孙述在此屯田，故名东屯。唐代宗大历元年（766年），杜甫移居夔州，次年秋曾迁居东屯。

⑰严公：指严武。严武任剑南节度使和成都尹时，曾照顾过杜甫。严武死后，杜甫无所依靠，于是离开成都东下。

⑱夔门：瞿塘峡口两岸峭壁如削，长江从中间夺路而出，险要为川东门户，世称夔门。这里代称夔州。

⑲暇整：同"整暇"，严整而从容的样子。

⑳司城：掌土木建筑的官名。 贞子：春秋时陈国大夫。鲁哀公三年（前492年），孔子在宋国演礼，宋国司马桓魋（tuī）要害他，孔子先后逃亡到郑国和陈国，在陈国时就住在司城贞子家中。

㉑万历辛亥：万历三十九年（1611年）。

㉒监司：这里指按察使。明代按察使主管一省司法。有监察州县属吏之职，因又称监司。 郡邑：州县的长官。

㉓磬折：身形屈折如磬。磬，一种曲尺形的打击乐器。

㉔趣：赶快。

【评析】

浣花溪在成都市西南郊，又名百花潭，相传因冀国夫人浣洗衲衣，溪中涌现百花而得名。唐肃宗乾元二年（759年），杜甫流寓成都，曾在浣花溪畔的草堂中陆续居住了近四年，从此这里成为后人向往的纪念胜地。本文记述了游览浣花溪和杜甫祠的经历。文章着力描写浣花溪的清幽秀丽，赞赏杜甫在穷愁奔走中犹能择胜地而居的宽阔襟怀。文末愤世嫉俗、鄙视豪贵。从另一个侧面表现出作者对杜甫的敬仰和对浣花胜地的热爱。

张　溥

张溥（1602年—1641年），字天如，太仓（今江苏太仓）人。幼年刻苦攻读。崇祯四年进士。天启四年（1624年），张溥曾成立应社。崇祯五年，又成立复社，声势非常浩大。这是一个带鲜明政治倾向的文学团体，以东林党的继承者自居，并得到大量的支持，声名及于朝廷。崇祯十四年，张溥病死，年仅四十岁。

五人墓碑记

五人者，盖当蓼洲周公之被逮①，激于义而死焉者也。至于今，郡之贤士大夫请于当道，即除魏阉废祠之址以葬之②，且立石于其墓之门，以旌其所为。呜呼！亦盛矣哉！

夫五人之死，去今之墓而葬焉，其为时止十有一月耳。夫十有一月之中，凡富贵之子，慷慨得志之徒，其疾病而死，死而湮没不足道者，亦已众矣。况草野之无闻者欤！独五人之皦皦③，何也？

予犹记周公之被逮，在丁卯三月之望④。吾社之行为士先者，为之声义，敛资财以送其行，哭声震动天地。缇骑按剑而前⑤，问："谁为哀者？"众不能堪，抶而仆之⑥。是时以大中丞抚吴者⑦，为魏之私人，周公之逮所由使也。吴之民方痛心焉，于是乘其厉声以呵，则噪而相逐，中丞匿于溷藩以免。既而以吴民之乱请于朝，按诛五人，曰：颜佩韦、杨念如、马杰、沈扬、周文元，即今之傫然在墓者也⑧。

然五人之当刑也，意气扬扬，呼中丞之名而詈之，谈笑以死。断头置城上，颜色不少变。有贤士大夫发五十金，买五人之脰而函之⑨，卒与尸合。故今之墓中，全乎为五人也。

嗟夫！大阉之乱，缙绅而能不易其志者，四海之大，有几人欤？而五人生于编伍之间，素不闻诗书之训，激昂大义，蹈死不顾，亦曷故哉？且矫诏纷出，钩党之捕，遍于天下，卒以吾郡之发愤一击，不敢复有株治。大阉亦逡巡畏义，非常之谋，难于猝发。待圣人之出，而投缳道路⑩，不可谓非五人之力也。

由是观之，则今之高爵显位，一旦抵罪，或脱身以逃，不能容于远近，而又有剪发杜门，佯狂不知所之者，其辱人贱行，视五人之死轻重固何如哉？是以蓼洲周公，忠义暴于朝廷，赠谥美显，荣于身后；而五人亦得以加其土封，列其姓名于大堤之上。凡四方之士，无有不过而拜且泣者，斯固百世之遇也！不然，令五人者保其首领，以老于户牖之下⑪，则尽其天年，人皆得以隶使之，安能屈豪杰之流，扼腕墓道，发其志士之悲哉？故予与同社诸君子，哀斯墓之徒有其石也，而为之记，亦以明死生之大，匹夫之有重于社稷也。

贤士大夫者，冏卿因之吴公、太史文起文公、孟长姚公也⑫。

【注释】

①蓼(liǎo)洲周公：周顺昌，号蓼洲，明末吴县（在今江苏）人。明熹宗时任吏部郎中，因得罪魏忠贤而下狱，死在狱中。

②魏阉：即魏忠贤（1568年—1621年），明河间肃宁人。少年无赖，喜欢赌博，赌输后为群恶少所苦，愤而自阉，改名为李进忠。后复原姓，赐名忠贤。万历时入宫为宦官。明熹宗立，勾结熹宗乳母客氏专权擅政，杀杨涟，并大肆捕杀东林党人。其党羽满布朝廷，生祠遍于各地，谄媚者呼之为九千岁。明思宗立，贬于凤阳，死于道中。又诏磔其尸体以平民愤。《明史》有传。

③皦皦(jiǎo)：明亮的样子。

④丁卯：即明熹宗天启七年（1627年）。

⑤缇(tí)骑(jì)：缇，橘红色。古代皇帝巡行时的随从骑士因服装橘红色，骑马，故称缇骑。后来用为抓犯人的官役的通称，这里指东厂锦衣卫特务机关的吏役。

⑥抶(chì)：笞打。

⑦大中丞：掌管公卿奏事、荐举、弹劾的官员。 吴：即今苏州。

⑧儽(lěi)然：堆积的样子。

⑨脰(dòu)：颈项，这里指头。

⑩投缳(huán)：自缢。缳，绳索。

⑪户牖：门和窗，这里指家中。

⑫冏卿：九卿之一，太仆卿的别称。掌皇帝车马。 太史：史官，明清时由翰林承担太史事务，因此也以此称翰林官。

【评析】

张溥一贯文思敏捷,是当时著名的散文家。《五人墓碑记》是他的名篇。在这篇文章中,张溥通过对一个历史事件的追叙,歌颂了苏州市民不畏强暴,不怕牺牲的精神。全文夹叙夹议,在记载事件的经过和前因后果的同时,倾注了自己的激情,使文章有极大的感染力。叙事简洁,议论精辟,激昂慷慨,淋漓尽致,颇为后人所称道。

黄淳耀

黄淳耀（1605年—1645年），字蕴生，号陶庵，明朝嘉定（今上海市嘉定县）人。崇祯十六年（1643年）进士。清朝顺治二年（1645年）清兵渡江，嘉定人民起兵抵抗，推黄淳耀和侯峒（tóng）曾为首领。嘉定城坚守十几天之后，被清兵攻陷，黄淳耀自缢殉国。门人私谥为贞文先生。著有《山左笔谈》《陶庵文集》。

李龙眠画罗汉记

李龙眠画罗汉渡江，凡十有八人①；一角漫灭②，存十五人有半③，及童子三人。

凡未渡者五人。一人值坏纸，仅见腰足。一人戴笠，携杖，衣袂翩然④，若将渡而无意者。一人凝立远望，开口自语。一人踞左足⑤，蹲右足，以手捧膝，作缠结状⑥；双屦脱置足交⑦，回顾微哂⑧。一人坐岸上，以手踞地，伸足入水，如测浅深者。

方渡者九人。一人以手揭衣⑨，一人左手策杖⑩，目皆下视，口呿不合⑪。一人脱衣，双手捧之而承以首⑫。一人前其杖，回首视捧衣者。两童子发鬅鬙⑬，共舁一人以渡⑭；所舁者长眉覆颊⑮，面怪伟，如秋潭老蛟⑯。一人仰面视长眉者。一人貌亦老苍，伛偻策杖⑰，去岸无几⑱，若幸其将至者。一人附童子背，童子瞪目闭口，以手反负之，若重不能胜者⑲。一人貌老，过于伛偻者，右足登岸，左足在水，若起未能；而已渡者一人捉其右臂，作势起之⑳。老者努其喙㉑，缬纹皆见㉒。

又一人已渡者，双足尚跣㉓，出其履㉔，将纳之㉕；而仰视石壁，以一指探鼻孔，轩渠自得㉖。

按罗汉于佛氏为得道之称㉗，后世所传高僧，犹云锡飞杯渡㉘，而为渡江艰辛乃尔㉚,殊可怪也。推画者之意,岂以佛氏之作止语默皆与人同㉛,而世之学佛者徒求卓诡变幻可喜可愕之迹㉜,故为此图以警发之与㉝?昔人谓太清楼所藏吕真人画像㉞,俨若孔老㉟,与他画师作轻扬状者不同㊱,当即此意。

【注释】

①凡:总共。

②漫灭:漫漶(huàn),文字图画等因受潮或浸水而模糊。

③有:通"又"。

④袂(mèi):衣袖。 翩然:轻快飘动的样子。

⑤跽(jì):长跪,膝着地,膝以上挺直。

⑥作缠结状:作捆绑什么的样子。

⑦屦(jù):麻鞋。

⑧微哂(shěn):微笑。

⑨揭衣:掀起衣服。

⑩策杖:扶杖。

⑪呿(qū):张口的样子。

⑫承以首:用头顶着。

⑬鬅(péng)鬙(sēng):头发松散的样子。

⑭舁(yú):抬。

⑮颊(jiá):脸的两旁。

⑯蛟:古代传说的一种动物,能发水。

⑰伛(yǔ)偻(lǚ):背脊弯曲,驼背。

⑱去:离。

⑲不能胜(shēng):支持不住。

⑳作势起之:支着架子拉起他来。

㉑努其喙(huì):撅起他的嘴。喙,原指鸟兽的嘴。

㉒缬(xié)纹皆见(xiàn):脸上的皱纹都显露出来。缬,本意是有花纹的丝织品。见,同"现"。

㉓跣(xiǎn):赤足,光着脚。

◎黄淳耀

㉔履（lǚ）：鞋。

㉕纳：穿。

㉖轩渠：笑的样子。

㉗佛氏：佛家，佛教。　得道：修炼成功。

㉘锡飞：宋道原《景德传灯录》卷八："（五台山隐峰禅师）乃掷锡空中，飞身而过。"锡，锡杖，僧人的禅杖，杖头安镮，振动时作锡声。　杯渡：梁慧皎《高僧传》卷十一："杯度者，不知姓名，尝乘木杯度水，故以为目。"

㉙艰辛乃尔：艰难辛苦到这样子。尔，如此。

㉚作止语默：动作、休息、说话、沉默。

㉛卓诡：卓然异于常人。卓，高，特异。诡，奇异。

㉜警发之：告诫启发他们。

㉝太清楼：宋代皇宫中的一座楼。　吕真人：吕洞宾，名岩，别号纯阳子，又称为吕祖。唐朝京兆（今陕西西安）人。进士出身，曾两任县令，后隐居终南山修道，不知下落。他是世俗传说中的八仙之一。真人，道家对得道成仙的人的称呼。

㉞俨若孔老：庄严的样子像孔子和老子一样。

㉟轻扬：飘逸。

【评析】

本文选自《陶庵文集》。李龙眠（1049年—?），名公麟，字伯时，宋朝舒州（安徽舒城县）人。熙宁进士。好古博学，长于诗，多识奇字。自夏商以来钟鼎尊彝，皆能考定世次，辨别款识。尤善画山水佛像。老年居龙眠山（在安徽桐城县），号龙眠居士。罗汉，佛教中得道的僧人，地位次于菩萨。这篇文章记罗汉渡江这幅画，把罗汉的神情都描画出来，使读者能想象出栩栩如生的情态。最后一段推测作画者的用意，文章显得更有深义。

魏学洢

魏学洢（约1596年—1625年），字子敬，嘉善（今浙江嘉善）人。好学工文，有至性。弱冠才气风发，诗文为名流所重。其父魏大中，因上书揭发宦官魏忠贤等专权误国，被奸党陷害下狱。魏学洢微服入都，百计借贷以图营救未果，魏大中被严刑拷掠致死。魏学洢悲愤万状，扶柩南归，日夜号哭，不久病死。崇祯时，魏大中得昭雪，魏学洢被诏旌为孝子。据《明诗纪事》记载，有《茅檐集》八卷。

核舟记

明有奇巧人曰王叔远①，能以径寸之木为宫室、器皿、人物，以至鸟兽、木石，罔不因势象形，各具情态。尝贻余核舟一，盖大苏泛赤壁云②。舟首尾长约八分有奇③，高可二黍许④。中轩敞者为舱，箬篷覆之⑤。旁开小窗，左右各四，共八扇。启窗而观，雕栏相望焉。闭之，则右刻"山高月小，水落石出"⑥，左刻"清风徐来，水波不兴"⑦，石青糁之⑧。船头坐三人，中峨冠而多髯者为东坡⑨，佛印居右⑩，鲁直居左⑪。苏、黄共阅一手卷⑫。东坡右手执卷端，左手抚鲁直背。鲁直左手执卷末，右手指卷，如有所语。东坡现右足，鲁直现左足，各微侧，其两膝相比者，各隐卷底衣褶中。佛印绝类弥勒⑬，袒胸露乳，矫首昂视，神情与苏黄不属⑭。卧右膝，诎右臂支船⑮，而竖其左膝，左臂挂念珠倚之⑯，珠可历历数也。舟尾横卧一楫，楫左右舟子各一人。居右者椎髻仰面⑰，左手倚一衡木⑱，右手攀右趾，若啸呼状；居左者右手执蒲葵扇，左手抚炉，炉上有壶，其人视端容寂⑲，若听茶声然。其船背稍夷，则题名其上，文曰"天启壬戌秋日⑳，虞山王毅叔远甫刻"㉑，细若蚊足，钩画了了，其色黑。又用篆章一，文曰"初平山人"㉒，其色丹。

通计一舟，为人五，为窗八，为箬篷，为楫，为炉，为壶，为手卷，为念珠各一；对联、题名并篆文，为字共三十有四。而计其长，曾不盈寸。盖简桃核修狭者为之㉓。

魏子详瞩既毕，诧曰：嘻，技亦灵怪矣哉！《庄》《列》所载㉔，称惊犹鬼神者良多，然谁有游削于不寸之质㉕，而须麋瞭然者㉖？假有人焉，举我言以复我，亦必疑其诳。乃今亲睹之。由斯以观，棘刺之端，未必不可为母猴也㉗。嘻，技亦灵怪矣哉！

【注释】

①奇巧人：技艺奇妙精巧的人。　王叔远：名毅，字叔远，常熟人。

②大苏：苏轼。苏轼字子瞻，号东坡，北宋文学家。其弟苏辙也有文名，人称"小苏"。　泛赤壁：参见苏轼《前赤壁赋》和《后赤壁赋》二文。

③有奇（jī）：有余。奇，余数。

④二黍许：二分左右。黍，去皮后为黄米。古代用一百粒黍排列起来作为一尺的长度，一黍即一分。

⑤箬（ruò）篷：用箬竹叶制成的船篷。

⑥山高月小，水落石出：苏轼《后赤壁赋》中名句。

⑦清风徐来，水波不兴：苏轼《前赤壁赋》中名句。

⑧石青：一种矿物质，可作青色颜料。　糁（sǎn）：混和。此指涂染。

⑨峨冠：高高的帽子。传说，苏轼喜戴短簷高桶帽，一时士林争仿，呼为"子瞻帽"。见《王直方诗话》等。　髯：两腮上的胡子。

⑩佛印：佛印禅师，当时名僧，与苏轼交往密切。

⑪鲁直：宋代著名诗人黄庭坚（1045年—1105年），字鲁直，号山谷道人、涪翁。苏门四学士之一，世称"苏黄"。按：黄庭坚和佛印并未与苏轼一起游览赤壁，这是王叔远或魏学洢的艺术虚构。

⑫手卷：横幅的字画，一端有轴，可持手中舒卷。

⑬弥勒：弥勒佛。

⑭不属：不相关连，不同。

⑮诎（qū）：通"屈"。

⑯念珠：佛教徒念佛时计算诵经次数的串珠，通常由一百零八颗珠子组成一串。

⑰椎髻：形状像椎形的发髻。

⑱衡木：栏杆上的横木。衡，通"横"。

⑲视端容寂：目光凝聚，脸容平静。形容其全神贯注。

⑳天启壬戌：明熹宗天启二年（1622年）。

㉑虞：在今江苏常熟西北。　甫：通"父"，男子的美称，常附缀

于人的表字之后。

㉒初平山人：王叔远的别号。

㉓简：挑选。　修狭：长而窄。

㉔《庄》《列》：《庄子》和《列子》。

㉕游削：运刀自如地进行雕刻。

㉖须麋（méi）：胡须和眉毛。麋，此通"眉"。

㉗棘刺之端，未必不可为母猴也：在棘木刺的尖端未必不能雕刻出母猴来。《韩非子·外储说左上》："宋人有请为燕王以棘刺之端为母猴者，必三月斋，然后能观之。"

【评析】

本文以精确而生动的笔触描写微雕艺术品核舟，并紧扣苏东坡泛舟游览赤壁这一特定意境，阐述了我国古代工艺品所达到的高超水平和艺术家卓越的创造才能。文章层次分明，描述细致，形神俱肖，兴味盎然，呼之欲出，以其细致周密的观察力，带着读者的眼光按观察的顺序逐一观赏，由总体而局部，从船头到船尾，从船面到船背，从人物器皿到篆文印章，有条不紊，细细道来，使读者更深切地感受到这件微雕精品的艺术价值和艺术家高超不凡的技艺。精巧绝伦的核舟和文笔精妙的《核舟记》，堪称珠联璧合的艺坛双绝。

◎魏学洢

张　岱

张岱（1597年—1679年），明末清初文学家，字宗子，号石公、陶庵。浙江山阴（今绍兴）人，侨寓杭州。他出身于世族之家，青年时期生活豪华，在文学上则受袁宏道等性灵说的影响，直抒胸臆，不事雕琢。清兵南下后，他不愿与清廷合作，入山著书，生活贫困。在这时期，他写了不少回忆昔日生活的散文，于平淡之中，体现出热烈、深刻的感情。著有《琅嬛文集》、《陶庵梦忆》、《西湖梦寻》等。另有《石匮书》、《石匮书后集》，系记明代史事之作；今仅存《石匮书后集》，记载崇祯至南明时期的史实。

西湖七月半

西湖七月半，一无可看，只可看七月半之人。

看七月半之人，以五类看之。其一，楼船箫鼓①，峨冠盛装，灯火优傒②，声光相乱，名为看月而实不见月者，看之。其一，亦船亦楼，名娃闺秀，携及童娈③，笑啼杂之④，还坐露台⑤，左右盼望，身在月下而实不看月者，看之。其一，亦船亦声歌，名妓闲僧，浅斟低唱，弱管轻丝⑥，竹肉相发⑦，亦在月下，亦看月，而欲人看其看月者，看之。其一，不舟不车，不衫不帻，酒醉饭饱，呼群三五，跻入人丛⑧，昭庆、断桥，嚣呼嘈杂，装假醉，唱无腔曲⑨，月亦看，看月者亦看，不看月者亦看，而实无一看者，看之。其一，小船轻幌⑩，净几暖炉，茶铛旋煮⑪，素瓷静递⑫，好友佳人，邀月同坐，或匿影树下，或逃嚣里湖⑬，看月而人不见其看月之态，亦不作意看月者，看之。

杭人游湖，已出酉归⑭，避月如仇。是夕好名，逐队争出，多犒门军酒钱⑮，轿夫擎燎⑯，列俟岸上。一入舟，速舟子急放断桥⑰，赶入胜会。以故二鼓以前，人声鼓吹⑱，如沸如撼⑲，如魇如呓⑳，如聋如哑㉑；大船小船一齐凑岸，一无所见，止见篙击篙，舟触舟，肩摩肩，面看面而已。

少刻兴尽，官府席散，皂隶喝道去㉒。轿夫叫船上人，怖以关门㉓。灯笼火把如列星，一一簇拥而去。岸上人亦逐队赶门㉔，渐稀渐薄，顷刻散尽矣。吾辈始舣舟近岸㉕。断桥石磴始凉，席其上，呼客纵饮。

此时月如镜新磨㉖，山复整妆，湖复颒面㉗。向之浅斟低唱者出，匿影树下者亦出，吾辈往通声气㉘，拉与同坐。韵友来㉙，名妓至，杯箸安，竹肉发……

月色苍凉，东方将白，客方散去。吾辈纵舟，酣睡于十里荷花之中，香气拘人㉚，清梦甚惬㉛。

【注释】

①楼船：有装饰并带有音乐的游船。

②优：优伶。　傒：通"奚"，古代称奴仆。

③童娈（luán）：即娈童。

④啼：哭声，这里指开玩笑的假哭。

⑤还：通"环"。

⑥弱、轻：皆指乐声的柔和。　管：箫笛一类的乐器。　丝：琴瑟一类的乐器。

⑦竹：箫笛之类的竹制乐器。　肉：歌喉，此指歌唱声。

⑧跻：当作"挤"。

⑨无腔曲：不成腔调的歌曲。

⑩轻幌：细而薄的帏幔。

⑪茶铛：烧茶的器皿。　旋：迅速。

⑫素瓷：白色的瓷碗。

⑬里湖：即里西湖。西湖以孤山、白堤、苏堤分隔为外西湖、里西湖、后西湖、小南湖及岳湖。

⑭巳：指九时到十一时。　酉：十七时至十九时。巳、酉皆为十二时辰的名称。

⑮门军：把守城门的士卒。　酒钱：古代往往称小额的赏钱为酒钱。

⑯燎：火炬。

⑰速：催促。

⑱鼓吹：古代一种器乐合奏，包括鼓、钲、箫、笳等乐器。

⑲如沸如撼：如水波涌腾、大地震动。

⑳如魇如呓：如梦魇，如呓语。

㉑如聋如哑：指人声鼓乐之嘈杂，使周围的人既听不到别人的说

○张岱

话声，又无法让别人听到自己的话语，彼此都如聋子和哑巴。

㉒皂隶：衙门里的差役。　喝道：吆喝开道。古代大官出行，由吏役前导呼喝，使行人闻声让路。

㉓怖：恐吓。　关门：关闭城门。

㉔赶门：急赴城门，以赶在城门关闭前入城。

㉕舣舟：船靠岸。

㉖如镜新磨：比喻月亮如刚刚磨过的镜子一样光洁明亮。

㉗颒（huì）面：洗面。

㉘通声气：朋友间传达消息。这里指打招呼。

㉙韵友：风雅的朋友。

㉚拘：拥裹。

㉛惬：快意。

【评析】

　　本篇写于明亡之后，是作者对以前所见的西湖七月半情景的回忆。文不写西湖景色之美，而主要写西湖游览之人，写各色人物的观月之态，写其喧闹嘈杂，从一个侧面反映出西湖山水景色之美，而在作者笔下，即使游览赏月中的可憎之事，也流露出一种亲切感。所以，这不但是对明亡以前的西湖七月半的真切描绘，也显示了作者对它的无限怀恋。文笔平淡自然，而又一往情深。

黄宗羲

　　黄宗羲（1610年—1695年），字太冲，号南雷，又号梨洲，余姚（今浙江）人。父黄尊素，明末著名东林党人，支持杨涟、左光斗反对魏忠贤，下狱而死。黄宗羲入都讼冤，出所袖锥击伤魏忠贤爪牙许显纯等。归后，益肆力于学。魏忠贤被黜后，黄宗羲进京控诉，并成为复社领导人之一。福王立于南京，马士英、阮大铖等专政，太学诸生作留都防乱公揭，推黄宗羲为首。清兵南下，宗羲召募义兵数百人，成立世忠营抗清。南明鲁王任为左都御史。明亡后，在浙东起兵抗清，曾结寨四明山。失败后，隐居讲学著书，清廷以博学宏词科及纂修《明史》等数次征聘，都坚拒不就。他是明清之际的重要思想家和历史学家，著作兼及政治、经济、军事等多方面，治学缜密平实，穷经而求证于史。对于天文、历算、乐律、经史百家及释道等，无不研精覃思。文学强调"性情"，为文笔锋颖锐，透彻达意，亦有诗名。著有《易学家数论》、《宋元学案》、《明儒学案》、《明夷待访录》、《南雷文定》等。

原　君

　　有生之初①，人各自私也，人各自利也。天下有公利而莫或兴之，有公害而莫或除之。有人者出，不以一己之利为利，而使天下受其利；不以一己之害为害，而使天下释其害。此其人之勤劳，必千万于天下之人。夫以千万倍之勤劳，则己又不享其利，必非天下之人情所欲居也②。故古人之君，量而不欲入者，许由、务光是也③；入而又去之者，尧、舜是也；初不欲入而不得去者，禹是也。岂古之人有所异哉？好逸恶劳，亦犹夫人之情也。

　　后之为人君者不然。以为天下利害之权皆出于我，我以天下之利尽归于己，以天下之害尽归于人，亦无不可。使天下之人不敢自私，不敢自利，以我之大私为天下之公。始而惭焉，久而安焉，视天下为莫大之产业，传之子孙，受享无穷。汉高帝所谓"某业所就，孰与仲多"者④，其逐利之情，不觉溢之于辞矣。此无他，古者以天下为主，君为客,凡君之所毕世而经营者,为天下也。今也以君为主,天下为客,凡天下之无地而得安宁者,为君也。是以其未得之也,屠毒天下之肝脑,离散天下之子女,以博我一人之产业,曾不惨然,曰:"我固为子孙创业也"。其既得之也,敲剥天下之骨髓,离散天下之子女,以奉我一人之淫乐,视为当然,曰:"此我产业之花息也⑤。"然则为天下之大害者,君而已矣!向使无君,人各得自私也,人各得自利也。呜呼!岂设君之道固如是乎?

古者天下之爱戴其君,比之如父,拟之如天,诚不为过也。今也天下之人怨恶其君,视之如寇仇⑥,名之为独夫⑦,固其所也⑧。而小儒规规焉以君臣之义无所逃于天地之间⑨,至桀纣之暴,犹谓汤武不当诛之⑩,而妄传伯夷、叔齐无稽之事⑪,乃兆人万姓崩溃之血肉,曾不异夫腐鼠。岂天地之大,于兆人万姓之中,独私其一人一姓乎?是故武王圣人也;孟子之言⑫,圣人之言也。后世之君,欲以如父如天之空名,禁人之窥伺者,皆不便于其言,至废孟子而不立⑬,非导源于小儒乎?

虽然,使后之为君者,果能保此产业,传之无穷,亦无怪乎其私之也。既以产业视之,人之欲得产业,谁不如我?摄缄滕,固扃鐍⑭,一人之智力,不能胜天下欲得之者之众。远者数世,近者及身,其血肉之崩溃,在其子孙矣。昔人愿世世无生帝王家⑮,而毅宗之语公主,亦曰:"若何为生我家⑯!"痛哉斯言!回思创业时,其欲得天下之心,有不废然摧沮者乎⑰?是故明乎为君之职分,则唐、虞之世⑱,人人能让,许由、务光非绝尘也⑲;不明乎为君之职分,则市井之间⑳,人人可欲,许由、务光所以旷后世而不闻也㉑。然君之职分难明,以俄倾淫乐,不易无穷之悲,虽愚者亦明之矣。

【注释】

①生:指人类。

②居:处于、止于。

③许由、务光:传说中的上古高士。《庄子·让王》:"尧以天下让许由,许由不受。"又:"汤又让瞀(同务)光……乃负石自沉于庐水。"

④某业所就,孰与仲多:《史记·高祖本纪》,高祖九年(前198年),"高祖大朝诸侯、君臣,置酒未央前殿。高祖奉玉卮,起为太上皇寿,曰:'始,大人常以臣无赖,不能治产业,不如仲力。今某之业

所就，孰与仲多？'"仲，指刘邦的哥哥刘仲。

⑤花息：红利，利息。

⑥寇仇：强盗、仇敌。

⑦独夫：即"一夫"，指不受拥戴，极其孤立的人。《孟子·梁惠王下》："残贼之人，谓之一夫，闻诛一夫纣矣，未闻弑君也。"

⑧所：处。　固其所：本来他就是这样。

⑨"而小儒"句：《庄子·人间世》："臣之事君，义也，无适而非君也。无所逃于天地之间。"小儒，指宋代以后的理学家。规规焉，拘谨、死板的样子。

⑩"至桀纣"二句：《汉书·儒林传》，"辕固，齐人也。以治《诗》孝景时为博士，与黄生争论于上前。黄生曰：'汤武非受命，乃杀也'。固曰：'夫桀纣荒乱，天下之心皆归汤武，汤武因天下之心而诛桀纣，桀纣之民弗为之使而归汤武，汤武不得立，非受命为何'？黄生曰：'冠虽敝，必加于首；履虽新，必贯于足。何者？上下之分也。今桀纣虽失道，然君上也；汤武虽圣，臣下也。失主有失行，臣不正言匡过以尊天子，反因过而诛之，代立南面，非杀而何？'"

⑪"而妄传"句：由于汉代以前没有伯夷、叔齐的传说，因而作者认为是小儒所编造。

⑫孟子之言：《孟子·梁惠王下》："齐宣王问曰：'汤放桀，武王伐纣，有诸？'孟子对曰：'于传有之。'曰：'臣弑其君，可乎？'曰：'贼仁者谓之贼，贼义者谓之残；残贼之人，谓之一夫。闻诛一夫纣矣，未闻弑君也。'"

⑬"至废"句：宋朝时，以颜渊、子思、曾参、孟轲配祀孔庙，称"四配"。据《明史》载，朱元璋见《孟子》中有"君之视臣如土芥，则臣视君如寇仇"，"民为贵，社稷次之，君为轻"等，下诏罢孟子配享孔庙。后虽恢复配享，但在洪武二十三、二十七年下诏，令儒臣修订《孟子》，凡含"民贵君轻"思想的部分，都作了删节。

⑭"摄缄縢"二句：《庄子·胠箧》："将为胠箧探囊发匮之盗，而为守备，则必摄缄縢，固扃镉，此世俗之所谓知也。"　摄：绑紧。缄：扎束。　縢：绳子。　扃（jiōng）镉（jué）：箱子上可以加锁的地方。

⑮"昔人"句：南朝宋顺帝被迫禅位萧道成时，出宫前哭泣而弹指道："惟愿后身生生世世不复天王作因缘。"见《南史·王敬则传》。

⑯"而毅宗"二句：明末李自成军攻入北京后，崇祯帝自杀之前，

先挥剑砍杀女儿长平公主时所说的话。据《明史·公主列传》，原句为："汝奈何生我家？" 毅宗：南明弘光政权初谥崇祯为思宗，后改谥为毅宗。

⑰废然：灰心丧气之状。 摧沮：失望、懊丧。

⑱唐、虞：唐为尧的国号，虞为舜的国号。

⑲绝尘：超世绝俗。

⑳市井：指有城邑居民之处。

㉑旷：空阔。

【评析】

　　本篇是《明夷待访录》的第一篇，"原君"即推求为君之道。文章从历史角度探索了君主制度的形成，在肯定古代君主的同时，痛斥后世君主以天下为私产，带来无穷祸害，对于视君臣关系为"天理"的"小儒"也痛加讥诋，具有强烈的现实精神。文章表现出强烈的民主主义思想，托古论今，辛辣大胆，逻辑严密，观点鲜明，见解透辟，其思想对后世颇有影响。

魏　禧

魏禧（1624年—1680年），字叔子，一字叔冰，江西宁都人。明末生员，明亡后绝意仕进，隐居翠微峰，致力经史。所居勺庭，学者称勺庭先生，其堂名易堂，他与兄际瑞、弟礼号称宁都三魏。加上彭士望、林时益、李腾蛟等号称"易堂九子"。四十岁时，出游江淮，结交的都是明代遗民。康熙十九年，曾赴扬州，卒于仪征。爱好《左传》、贾谊、苏洵、苏轼的政论，自己也以议论文最擅长，其文章雄杰放厉，颇为人所称诵。三兄弟皆有文集刻本传世。后人刻为《宁都三魏全集》。

大铁椎传

庚戌十一月①，予自广陵归，与陈子灿同舟。子灿年二十八，好武事，予授以左氏兵谋兵法，因问："数游南北，逢异人乎？"子灿为述大铁椎，作《大铁椎传》。

大铁椎，不知何许人，北平陈子灿省兄河南，与遇宋将军家。宋，怀庆青华镇人②，工技击，七省好事者皆来学③，人以其雄健，呼宋将军云。宋弟子高信之，亦怀庆人，多力善射，长子灿七岁，少同学，故尝与过宋将军。

时座上有健啖客，貌甚寝，右胁夹大铁椎，重四五十斤，饮食拱揖不暂去。柄铁折迭环复，如锁上练，引之长丈许。与人罕言语，语类楚声，扣其乡及姓字，皆不答。

既同寝，夜半客曰："吾去矣！"言讫不见。子灿见窗户皆闭，惊问信之。信之曰："客初至，不冠不袜，以蓝手巾裹头，足缠白布，大铁椎外，一物无所持，而腰多白金。吾与将军俱不敢问也。"子灿寐而醒，客则鼾睡炕上矣。

一日，辞宋将军曰："吾始闻汝名，以为豪，然皆不足用。吾去矣！"将军强留之，乃曰："吾数击杀响马贼，夺其物，故仇我。久居，祸且及汝。今夜半，方期我决斗其所。"宋将军欣然曰："吾骑马挟矢以助战。"客曰："止！贼能且众，吾欲护汝，则不快吾意。"宋将军故自负，且欲观客所为，力请客。客不得已，与偕行。将至斗处，送将军登空堡上，曰："但观之，慎弗声，令贼知也。"

时鸡鸣月落，星光照旷野，百步见人。客驰下，吹觱篥数声④。顷之，贼二十余骑四面集，步行负弓矢从者百许人。一贼提刀突奔客，客大呼挥椎，贼应声落马，马首裂。众贼环而进，客奋椎左右击，人马仆地，杀三十许人。宋将军屏息观之，股栗欲堕。忽闻客大呼曰："吾去矣。"尘滚滚东向驰去。后遂不复至。

魏禧论曰：子房得力士⑤，椎秦皇帝博浪沙中⑥，大铁椎其人与？天生异人，必有所用之。予读陈同甫《中兴遗传》⑦，豪俊侠烈魁奇之士，泯泯然不见功名于世者又何多也⑧？岂天之生才不必为人用与？抑用之自有时与？子灿遇大铁椎为壬寅岁⑨，视其貌当年三十，然则大铁椎今四十耳。子灿又尝见其写市物帖子，甚工楷书也。

【注释】

①庚戌：清康熙九年（1670年）。

②怀庆：府名，治今河南沁阳，辖今济源、温县、孟县、武陟、博爱一带。　青华镇：今河南省博爱县治。

③七省：指河南及其邻近的河北、山东、山西、陕西、安徽、湖北七省。

④觱篥（bì lì）：古代用竹做管、用芦苇做嘴的一种乐器。状似胡笳。本出龟兹，后传入中国。

⑤子房：张良，字子房。战国末韩人，秦灭韩，张良欲为韩报仇，得力士，为铁椎重一百二十斤。秦始皇东游，张良与力士狙击之于博浪沙，未中。事见《史记·留侯世家》。

⑥博浪沙：在今河南原阳东南。

⑦陈同甫：陈亮，字同甫。南宋著名的思想家、文学家。　《中兴遗传》：共二十卷。凡南渡前后忠臣名将，下及游侠、剧盗等皆为之立传。分大臣、大将、死节、死事、能臣、能将、直士、侠士、辩士、义勇、群盗、贼臣十二门。

⑧泯泯然：衰微湮灭的样子。

⑨壬寅岁：清康熙元年（1662年）。

【评析】

这篇文章塑造了一个身怀绝技、行踪飘忽的侠士形象。"大铁椎"正抓住了他的特点。作者不仅通过栩栩如生的描写，更通过他人的口述来表现大铁椎的真实可信，有血有肉，言之凿凿，如见其人。

林嗣环

　　林嗣环，生卒年不详，号铁崖，福建晋江人。顺治进士，曾因事充军至边疆，遇大赦归，死于杭州。著有《铁崖文集》、《湖舫存稿》、《秋声诗》。

口　技

　　京中有善口技者。会宾客大宴，于厅事之东北角施八尺屏障①，口技人坐屏障中，一桌、一椅、一扇、一抚尺而已②。众宾团坐。少顷，但闻屏障中抚尺二下，满堂寂然，无敢哗者。

　　遥闻深巷犬吠声，便有妇人惊觉欠伸，摇其夫语猥亵事。夫呓语，初不甚应，妇摇之不止，则二人语渐间杂，床又从中戛戛。既而儿醒，大啼。夫令妇抚儿乳，儿含乳啼，妇拍而呜之。夫起溺，妇亦抱儿起溺。床上又一大儿醒，狺狺不止③。当是时，妇手拍儿声，口中呜声，儿含乳啼声，大儿初醒声，床声，夫叱大儿声，溺瓶中声，溺桶中声，一齐凑发，众妙毕备。满座宾客无不伸颈侧目，微笑默叹，以为妙绝也。

　　既而夫上床寝。妇又呼大儿溺，毕，都上床寝。小儿亦渐欲睡。夫鼾声起④，妇拍儿亦渐拍渐止。微闻有鼠作作索索⑤，盆器倾侧，妇梦中咳嗽之声。宾客意少舒⑥，稍稍正坐。

　　忽一人大呼"火起"，夫起大呼，妇亦起大呼，两儿齐哭。俄而百千人大呼，百千儿哭，百千狗吠，中间力拉崩倒之声⑦，火爆声，呼呼风声，百千齐作；又夹百千求救声，曳屋许许声⑧，抢夺声，泼水声，凡所应有，无所不有。虽人有百手，手有百指，不能反映其一端；人有百口，口有百舌，不能名其一处也⑨。于是宾客无不变色离席，奋袖出臂，两股战战，几欲先走。

　　而忽然抚尺一下，众响毕绝。撤屏视之，一人、一桌、一椅、一扇、一抚尺而已。

【注释】

①厅事：亦作"听事"，即厅堂。原指官府听事（治理事情）的地方。

②抚尺：即醒木，表演时用以拍桌作响，来引起听众的注意。

③狺（yín）：本指狗叫声，此处指大儿高声、唠叨地说话。

④齁（hōu）：鼻息声。

⑤作作索索：形容老鼠发出的声音。

⑥少舒：稍稍放松。

⑦力拉：象声词。形容物件翻倒崩塌。

⑧曳（yè）屋：指众人合力将烧着的房子拉坍。　许（hǔ）许：合力时发出之声。

⑨名：说清，说明白。

【评析】

本文节选自《秋声诗自序》。文中描写了一次口技表演，极引人入胜。作者先写口技表演的场面，再写表演本身，又在描述表演时插入听众反应。文章结构别具匠心，善于剪裁，高潮迭现，跌宕起伏，扣人心弦。紧扣"口"而极尽描摹声响之能事，描写声类多，善用象声词，层层紧逼，极力渲染，善用夸张。

方　苞

　　方苞（1669年—1749年），字灵皋，号望溪，安徽桐城人。康熙进士。康熙五十年（1711年），因戴名世《南山集》文字狱案被牵连下狱，两年后出狱，康熙以其"学问天下莫不闻"，召入皇宫内南书房当值。乾隆时官至礼部右侍郎。方苞为清代"桐城派"古文的创始人。他论学推崇程朱理学，为文效法唐宋韩愈、欧阳修，倡导"义法"。"义"即要求文章"言有物"，阐发封建伦理观念；"法"即要求"言有序"，讲求章法、技巧和文字清通雅洁，要言不烦，辞达而已。因此作文推崇《左传》、《史记》及唐宋八大家。其弟子刘大櫆、再传弟子姚鼐皆桐城人，后人因称其为桐城派。著作有《周官集注》、《礼记析疑》、《春秋通论》及《方望溪集》等。

书左忠毅公逸事

　　先君子尝言，乡先辈左忠毅公视学京畿①，一日风雪严寒，从数骑出，微行入古寺②。庑下一生伏案卧③，文方成草，公阅毕，即解貂覆生④，为掩户。叩之寺僧，则史公可法也⑤。及试，吏呼名至史公，公瞿然注视⑥，呈卷即面署第一⑦。召入，使拜夫人，曰："吾诸儿碌碌，他日继吾志事，惟此生耳！"

　　及左公下厂狱⑧，史朝夕狱门外。逆阉防伺甚严⑨，虽家仆不得近。久之，闻左公被炮烙⑩，旦夕且死，持五十金，涕泣谋于禁卒，卒感焉。一日，使史更敝衣，草屦背筐，手长镵，为除不洁者，引入，微指左公处，则席地倚墙而坐，面额焦烂不可辨，左膝以下筋骨尽脱矣。史前跪，抱公膝而呜咽。公辨其声而目不可开，乃奋臂以指拨眦⑪，目光如炬，怒曰："庸奴！此何地也，而汝来前！国家之事糜烂至此，老夫已矣，汝复轻身而昧大义，天下事谁可支柱者？速去，无俟奸人构陷，吾今即扑杀汝。"因摸地上刑械，作投击势。史噤不敢发声⑫，趋而出。后常流涕述其事以语人，曰："吾师肺肝，皆铁石所铸造也！"

　　崇祯末，流贼张献忠出没蕲、黄、潜、桐间⑬，史公以凤庐道奉檄守御⑭。每有警，辄数月不就寝，使将士更休，而自坐幄幕外。择健卒十人，令二人蹲踞，而背倚之；漏鼓移⑮，则番代⑯。每寒夜起立，振衣裳，甲上冰霜迸落，铿然有声。或劝以少休，公曰："吾上恐负朝廷，下恐愧吾师也。"史公治兵，往来桐城，必躬造左公第，候太公太母起居，拜夫人于堂上。余宗老涂山⑰，左公甥也，与先君子善，谓狱中语乃亲得之于史公云。

【注释】

①先君子：指作者已故父亲方仲舒。　视学：担任考官。　京畿（jī）：京城及其附近地区。《明史·左光斗传》载，万历四十八年（1620年），左光斗督畿辅学政。

②微行：身着平民的衣服外出。

③庑（wǔ）：正堂下两边的厢房。

④貂：貂皮做的裘。

⑤史公可法：史可法字宪之，祥符（今河南开封）人。崇祯元年（1628年）进士，官至南京兵部尚书。崇祯十七年，李自成义军入北京，崇祯皇帝自杀，明福王在南京称帝。加大学士。马士英等专朝政，出史可法使督师扬州，其时朝政腐败，诸将骄横不受调度，国事日坏。清兵南下，史可法坚守扬州，严拒诱降，城破，为清兵所执，不屈被杀。《明史》有传。

⑥瞿（qú）然：惊视貌。

⑦面署：当面批示。

⑧厂狱：明代由宦官掌管的监狱，设立在北京东安门外，亦称东厂。

⑨逆阉：指大宦官魏忠贤。

⑩炮烙：古代一种酷刑，令犯人在烧红的铜柱上行走。这里指东厂酷刑，用烧红的铁来烧烙囚犯。

⑪眦（zì）：眼眶。

⑫噤：闭口。

⑬蕲（qí）、黄、潜、桐：指今湖北省的蕲春县、黄冈县，安徽省的潜山县、桐城县。

⑭凤庐道：主管凤阳府、庐州府（府治分别在今安徽凤阳、合肥）的道员。明清两代在省以下设若干道，道的长官俗称道员。

⑮漏鼓：古代用漏壶计时，一夜五更，一更约两小时，每一更尽

要击鼓报时。

⑯番代：轮番代换。

⑰宗老：同一宗族的长辈。　涂山：方苞族祖父的号。

【评析】

左光斗（1575年—1625年），字遗直，安徽桐城人。万历三十五年进士。熹宗天启年间，任左佥都御史，刚直敢言。上奏章弹劾权阉魏忠贤，被逮下狱，惨受酷刑，死于狱中。崇祯时追谥为忠毅。本文以史可法为陪衬，着重记述了左光斗为国爱惜人才，不计个人荣辱生死，教育后辈的可贵品质。全文语言精炼，叙事简洁，生动感人。

刘大櫆

刘大櫆（1698年—1779年），字才甫，一字耕南，号海峰。安徽桐城人。二十九岁赴京应试，以文章造访当时已名望很高的方苞，为方苞所赏识。他科场不利，雍正七年（1729年）、十年（1732年）两次应考只取了副榜贡生；乾隆元年（1736年）举博学鸿词科，为大学士张廷玉所黜；十五年（1750年）举经学，又报罢。晚年为黟县教谕。数年后弃官归桐城县枞阳镇。刘大櫆以方苞为师，他本人又是姚鼐的老师，师生三代形成了清代影响最大的一个散文流派。刘为文重神气，讲音节，兼集庄、骚、左、史、韩、柳、欧、苏之长，自成一体。著有《海峰诗文集》。

游万柳堂记

昔之人贵极富溢①，则往往为别馆以自娱②，穷极土木之工③，而无所爱惜。既成，则不得久居其中，偶一至焉而已，有终身不得至者焉。而人之得久居其中者，力又不足以为之。夫贤公卿劳王事，固将不暇于此，而卑庸者类欲以此震耀其乡里之愚④。

临朐相国冯公⑤，其在廷时无可訾，亦无可称⑥，而有园在都城之东南隅。其广三十亩，无杂树，随地势之高下，尽植以柳，而榜其堂曰"万柳之堂"。短墙之外，骑行者可望而见。其中径曲而深，因其洼以为池，而累其本土以成山，池旁皆蒹葭⑦，云水萧疏可爱。

雍正初⑧，予始至京师，则好游者咸为予言此地之胜。一至，犹稍有亭榭⑨。再至，则向之飞梁架于水上者⑩，今欹卧于水中矣⑪。三至，则凡其所植柳，斩焉无一株之存⑫。

人世富贵之光荣，其与时升降，盖略与此园等。然则士苟有以自得⑬，宜其不外慕乎富贵⑭。彼身在富贵之中者，方殷忧之不暇⑮，又何必朘民之膏以为苑囿也哉⑯！

【注释】

①贵极富溢：富贵到了极点。

②别馆：即别墅，也称别业。

③工：精致而巧妙。

④类欲：大都想。　乡里之愚：家乡愚昧无知的人。

⑤临朐（qú）：县名。明清时属青州府，在今山东省中部。　冯公：指康熙时的宰相冯溥。

⑥訾（zǐ）：非议，指斥。　称：称道，赞扬。

⑦蒹葭（jiān jiā）：芦苇和荻草。

⑧雍正：清世宗年号（1723年—1735年）。

⑨榭（xiè）：建在水面上的楼阁。

⑩飞梁：凌空架设的桥梁。

⑪敧（qī）：斜倾。

⑫斩焉：像砍伐过一样。

⑬苟：如果。　得：领悟，体会。

⑭宜：应该。　外慕：羡慕身外之物。

⑮殷忧：深切的忧虑。

⑯朘：搜刮。　苑囿（yuàn yòu）：原指畜养禽兽的圈地，此指园林。

【评析】

本文通过三游"万柳堂"所目睹的变化，来抒发感慨。文章着重对那些"穷极土木之工，而无所爱惜"，"朘民之膏以为苑囿"的达官贵人表示了强烈的谴责和愤懑。文章简朴质实，错落有致，议论也简洁有力。

◎ 刘大櫆

全祖望

全祖望（1705年—1755年），字绍衣，号谢山，鄞县（今属浙江）人。乾隆元年进士。初为翰林，受权贵排斥，辞归乡里，不复出仕，曾主讲蕺山端溪书院。专心著述，贫病而终。学问渊博，推崇黄宗羲，并受到万斯同影响，一生致力经史，于书无不贯通，尤专于史学。曾以十年时间续修黄宗羲《宋元学案》，并七校《水经注》，三笺《困学纪闻》。所著诗文收入《鲒绮亭集》。

梅花岭记

顺治二年乙酉四月[①]，江都围急[②]。督相史忠烈公知势不可为[③]，集诸将而语之曰："吾誓与城为殉，然仓皇中不可落于敌人之手以死，谁为我临期成此大节者？"副将军史德威慨然任之。忠烈喜曰："吾尚未有子，汝当以同姓为吾后，吾上书太夫人，谱汝诸孙中。"

二十五日，城陷，忠烈拔刀自裁，诸将果争前抱持之，忠烈大呼"德威"，德威流涕不能执刃，遂为诸将所拥而行，至小东门，大兵如林而至，马副使鸣騄、任太守民育、及诸将刘都督肇基等皆死[④]。忠烈乃瞠目曰："我史阁部也。"被执至南门，和硕豫亲王以"先生"呼之[⑤]，劝之降。忠烈大骂而死。初忠烈遗言："我死，当葬梅花岭上。"至是德威求公之骨不可得，乃以衣冠葬之。

或曰："城之破也，有亲见忠烈青衣乌帽，乘白马出天宁门投江死者[⑥]，未尝殉于城中也。"自有是言，大江南北，遂谓忠烈未死。已而英、霍山师大起[⑦]，皆托忠烈之名，仿佛陈涉之称项燕[⑧]。吴中孙公兆奎以起兵不克[⑨]，执至白下[⑩]，经略洪承畴与之有旧[⑪]，问曰："先生在兵间，审知故扬州阁部史公果死耶？抑未死耶？"孙公答曰："经略从北来，审知故松山殉难督师洪公果死耶？抑未死耶？"承畴大恚[⑫]，急呼麾下驱出斩之。呜呼，神仙诡诞之说，谓颜太师以兵解[⑬]，文少保亦以悟大光明法蝉脱[⑭]，实未尝死；不知忠义者，圣贤家法，其气浩然长留天地之间。何必出世入世之面目[⑮]，神仙之说，所谓为蛇画足。即如忠烈遗骸，不可问矣！百年而后，予登岭上，与客述忠烈遗言，无不泪下如雨，想见当日围城光景，此即忠烈之面目，宛然可遇，是不必问其果解脱否也，而况冒其未死之名者哉？

墓旁有丹徒钱烈女之冢⑯，亦以乙酉在扬，凡五死而得绝，时告其父母火之，无留骨秽地，扬人葬之于此。江右王猷定⑰、关中黄遵岩⑱、粤东屈大均为作传铭哀词⑲。顾尚有未尽表章者：予闻忠烈兄弟自翰林可程下⑳，尚有数人，其后皆来江都省墓。适英、霍山师败，捕得冒称忠烈者，大将发至江都，令史氏男女来认之，忠烈之第八弟已亡，其夫人年少有色，守节，亦出视之，大将艳其色，欲强娶之，夫人自裁而死。时以其出于大将之所逼也，莫敢为之表章者。呜呼，忠烈尝恨可程在北，当易姓之间㉑，不能仗节，出疏纠之㉒，岂知身后乃有弟妇以女子而踵兄公之余烈乎㉓？梅花如雪，芳香不染，异日有作忠烈祠者，副使诸公谅在从祀之列，当另为别室以祀夫人，附以烈女一辈也。

【注释】

①顺治：清世祖福临年号。　乙酉：即1646年。
②江都：扬州郡治所在地，今江苏扬州。
③督相史忠烈公：即史可法。
④马副使鸣騄：马鸣騄，襄城人，时为扬州兵马副统帅。　任太守民育：任民育，济宁人，时为扬州太守，城破，着绯衣端坐堂上，被杀，全家投井殉难。　刘都督肇基：刘肇基，辽东人，时为都督，守扬州北门，城破后率残部与清兵巷战，与部下一起殉难。
⑤和硕豫亲王：即多铎。清太祖努尔哈赤第十五子，摄政王多尔衮同母弟。封和硕豫亲王。曾镇压李自成义军，攻占西安。后又移兵南下，扬州城破后，杀史可法，又攻占江浙，消灭弘光政权。加封辅政叔王。和硕，满语"一方"（引申为部落）之意。清朝初设八和硕贝勒，顺治时皇子封亲王者加和硕号，妃嫔所生女亦号和硕公主。
⑥天宁门：江都城门。
⑦英、霍山师：史可法殉难不久，皖北义士冯宏图、侯应龙、张图容等以史可法未死为号召，起兵霍山（今属安徽）抗清，连克英山（清时属安徽，今湖北英山县东）、六安等地。以后，英山、霍山又分别有义军响应、联络，以英、霍山区为据点，坚持对清作战十年之久。
⑧仿佛陈涉之称项燕：秦末陈胜、吴广起义时，假借项燕之名以号召群众。事见《史记·陈涉世家》。

⑨孙公兆奎：孙兆奎，吴中（今江苏吴县）人。长兴伯吴日起义吴江后，孙兆奎率众与之会合，称"孙吴军"，兵败被杀。

⑩白下：古地名，在今南京市西北。唐高祖武德年间将金陵更名为白下，后人沿称之。

⑪经略：以文辖武之大员所称。

⑫恚（huì）：怒、恨。

⑬颜太师以兵解：指颜真卿被害又实未死。淮西节度使李希烈反，真卿奉旨安抚劝谕，被害。据《太平广记》载，他被害十五年后，仆人见其于同德寺，并赠金仆人，于是人称颜真卿是尸解得道。兵解，据道家说法，学仙者死于兵刃称"兵解"，即解脱躯体而成仙。

⑭"文少保"句：指文天祥未死，是参悟了光明法而升成仙。文天祥在北京被害。据说被杀数日后，尚颜面如生，于是人传其尸解登仙。　大光明法：道家所谓的一种出世法，文天祥诗中有"谁知真患难，忽悟大光明"句，有人即据以传说他在狱中曾得异人指示以"大光明正法"。　蝉脱：即蝉蜕，喻人脱去皮囊而成仙。

⑮出世入世：脱离人世和活在人世，前者为仙，后者为人。

⑯丹徒：今江苏镇江。

⑰江右王猷定：王猷定，江西南昌人，曾佐幕史可法，明亡后隐居不仕，著有《四照堂集》。

⑱关中：今陕西关中一带。　黄遵岩：未详。

⑲粤东：广东的别称。　屈大均：广东番禺人，明亡后出家为僧，后又还俗，漫游各地，凭吊故国，著名的爱国诗人，"岭南三大家"之一，著有《道援堂集》、《广东新语》等。

⑳可程：史可程，史可法之弟，崇祯进士，曾官庶吉士，李自成军入京后，他曾投降。后南归，史可法曾请治罪，福王令其归家养母。

㉑易姓之间：国家沦亡之际，此指李自成义军入京，朱明政权崩溃。

㉒出疏纠之：写奏章揭发他。

㉓兄公：弟媳对夫兄的称呼。

【评析】

梅花岭是扬州广储门外的一个土阜，上植梅花。南明福王朱由崧在南京即位后，史可法以兵部尚书兼东阁大学士督师扬州，抗击清兵，曾在梅花岭泣血誓师，并留下过"死当葬梅花岭"的遗言。城陷后，史可法被俘，不屈而死。后来，因未找到遗体，养子史德威将其衣冠葬于此。作者来游此地，追怀当年史可法殉国前后的情况，记叙了他对时人的影响和对后人的感召，表现了作者自己的崇敬之情，在缅怀英烈的同时，颂扬了蔑视强暴、忠于职守、坚持节操和视死如归的精神。文章即景思人，形象呼之欲出。

袁　枚

袁枚（1716年—1798年），字子才，号简斋，又号随园老人。钱塘（今浙江杭州市）人。乾隆四年（1739年）进士，选庶吉士。曾官江宁（今江苏南京）、溧水、江浦等地知县。以父丧辞官归，于江宁小仓山购置花园，号随园，优游其中凡五十年，终不复仕。所著诗文颇多。袁枚以性灵论诗，创性灵说，其文不拘文法，以才运情，笔力横逸，与赵翼、蒋士铨齐名，号清三大家。著有《小仓山房文集》、《随园诗话》等。

黄生借书说

黄生允修借书，随园主人授以书而告之曰：书非借不能读也。子不闻藏书者乎？七略、四库①，天子之书，然天子读书者有几？汗牛塞屋②，富贵家之书，然富贵人读书者有几？其他祖父积，子孙弃者无论焉③。

非独书为然，天下物皆然。非夫人之物而强假焉④，必虑人逼取而惴惴焉⑤，摩玩之不已⑥，曰："今日存，明日去，吾不得而见之矣。"若业为吾所有⑦，必高束焉⑧，庋藏焉⑨，曰："姑俟异日观云尔⑩。"

余幼好书，家贫难致⑪。有张氏藏书甚富，往借不与，归而形诸梦⑫，其切如是⑬。故有所览，辄省记⑭。通籍后⑮，俸去书来，落落大满⑯，素蟫灰丝⑰，时蒙卷轴，然后叹借者之用心专，而少时之岁月为可惜也。

今黄生贫类予，其借书亦类予，惟予之公书，与张氏之吝书若不相类。然则予固不幸而遇张乎？生固幸而遇予乎？知幸与不幸，则其读书也必专⑱，而其归书也必速。为一说使与书俱⑲。

【注释】

① 七略：汉成帝河平三年（前26年）命光禄大夫刘向校中秘书，使谒者陈农求遗书于天下。刘向每校毕一书，就把书的篇目和指意写一篇叙录，奏给皇帝。刘向死后，汉哀帝使刘向的儿子刘歆继续完成

刘向的事业。刘歆遂总括群篇，撮其指要，著为《七略》：一曰辑略，二曰六艺略，三曰诸子略，四曰诗赋略，五曰兵书略，六曰术数略，七曰方技略。　四库：唐玄宗时于西都长安、东都洛阳各聚书四部，以甲、乙、丙、丁为次，列经、史、子、集四库。这些书有正本和副本。书的轴带帙签都用不同的颜色区别。

②汗牛塞屋：形容书籍之多。柳宗元《唐故给事中皇太子侍读陆文通先生墓表》："其为书，处（chǔ）则充栋宇，出则汗牛马。"处，家居。充栋宇，把屋子都塞满了。出，外出。汗牛马，用牛马运载，牛马要出汗。

③无论焉：那就无须说了。

④夫人：此人。夫，指示代词。　强（qiǎng）假：硬向人借。假，借。

⑤惴（zhuì）惴：忧惧的样子。

⑥摩玩：抚摩欣赏。　不已：不停止。

⑦业：已经。

⑧高束：束之高阁，意思是把东西捆起来，放在高高的阁板上。

⑨庋（guǐ）藏：保存。庋，阁板。

⑩俟：等待。　云尔：语气助词，用在句尾，表示述说完了。

⑪致：得到。

⑫形诸梦：在梦中显现，梦见。

⑬切：恳切，用心。

⑭辄省（xǐng）记：就能了解、记忆。辄，就。省，明了。

⑮通籍：入仕途，做了官。

⑯落落大满：意思是处处堆满书。

⑰素蟫（yín）：白色的蠹鱼。蟫，老则身生白粉，又名白鱼。　灰丝：尘土蛛丝。

⑱也：句中助词，表示停顿，以舒缓语气。

⑲为一说使与书俱：作一篇说指《黄生借书说》，使它和书在一块儿交给黄生。

【评析】

本文选自《小仓山房文集》。青年黄生允修向作者袁枚借书，袁枚写了这篇文章，连同黄生借的书一齐交给他。文章举出若干有书者不读书的事例，说明"书非借不能读"。并且说，借书的人能够知道遇窘书者不为幸，遇公书者为幸，则其读书也必专，而其归书也必速。袁枚关于借书的议论，对现代青年仍然有教育意义。

祭妹文

乾隆丁亥冬①，葬三妹素文于上元之羊山②，而奠以文曰③：

呜呼！汝生于浙④，而葬于斯⑤，离吾乡七百里矣；当时虽觭梦幻想⑥，宁知此为归骨所耶？

汝以一念之贞⑦，遇人仳离⑧，致孤危托落，虽命之所存，天实为之；然而累汝至此者，未尝非予之过也。予幼从先生授经⑨，汝差肩而坐⑩，爱听古人节义事⑪；一旦长成，遽躬蹈之。呜呼！使汝不识《诗》、《书》⑫，或未必艰贞若是。

予捉蟋蟀，汝奋臂出其间；岁寒虫僵，同临其穴。今予殓汝葬汝，而当日之情形，憬然赴目。予九岁，憩书斋，汝梳双髻，披单缣来⑬，温《缁衣》一章⑭，适先生奓户入⑮，闻两童子音琅琅然，不觉莞尔，连呼"则则"⑯，此七月望日事也⑰。汝在九原⑱，当分明记之。予弱冠粤行⑲，汝掎裳悲恸。逾三年，予披宫锦还家⑳，汝从东厢扶案出，一家瞠视而笑，不记语从何起，大概说长安登科、函使报信迟早云尔㉑。凡此琐琐，虽为陈迹，然我一日未死，则一日不能忘。旧事填膺，思之凄梗，如影历历，逼取便逝。悔当时不将婴婉情状㉒，罗缕记存；然而汝已不在人间，则虽年光倒流，儿时可再，而亦无与为证印者矣。

汝之义绝高氏而归也，堂上阿奶㉓，仗汝扶持；家中文墨，眹汝办治㉔。尝谓女流中最少明经义、谙雅故者㉕。汝嫂非不婉嫕㉖，而于此微缺然。故自汝归后，虽为汝悲，实为予喜。予又长汝四岁，或人间长者先亡，可将身后托汝；而不谓汝之先予以去也。前年予病，汝终宵刺探，减一分则喜，增一分则忧。后虽小差㉗，犹尚殗殜㉘，无所娱遣；汝来床前，为说稗官野史可喜可愕之事㉙，聊资一欢。呜呼！今而后，吾将再病，教从何处呼汝耶？

汝之疾也，予信医言无害，远吊扬州；汝又虑戚吾心，阻人走报；及到绵惙已极，阿奶问："望兄归否？"强应曰："诺。"已予先一日梦汝来诀，心知不祥，飞舟渡江，果予以未时还家，而汝以辰时气绝㉚；四支犹温，一目未瞑，盖犹忍死待予也。呜呼痛哉！早知诀汝，则予岂肯远游？即游，亦尚有几许心中言要汝知闻、共汝筹画也。而今已矣!除吾死外,当无见期。吾又不知何日死,可以见汝;而死后之有知无知,与得见不得见,又卒难明也。然则抱此无涯之憾,天乎人乎!而竟已乎!

汝之诗,吾已付梓㉜;汝之女,吾已代嫁;汝之生平,吾已作传;惟汝之窀穸㉝,尚未谋耳。先茔在杭,江广河深,势难归葬,故请母命而宁汝于斯,便祭扫也。其傍,葬汝女阿印;其下两冢:一为阿爷侍者朱氏㉞,一为阿兄侍者陶氏。羊山旷渺,南望原隰㉟,西望栖霞㊱,风雨晨昏,羁魂有伴,当不孤寂。所怜者,吾自戊寅年读汝哭侄诗后㊲,至今无男;两女牙牙,生汝死后,才周晬耳。予虽亲在未敢言老㊳,而齿危发秃,暗里自知;知在人间,尚复几日?阿品远官河南,亦无子女㊴,九族无可继者㊵。汝死我葬,我死谁埋?汝倘有灵,可能告我?

呜呼!生前既不可想,身后又不可知;哭汝既不闻汝言,奠汝又不见汝食。纸灰飞扬㊶,朔风野大,阿兄归矣,犹屡屡回头望汝也。呜呼哀哉!呜呼哀哉!

【注释】

①乾隆丁亥:即乾隆三十二年(1767年)。

②素文:名机,字素文,生于康熙五十八年(1719年),死于乾隆二十四年(1759年)。 上元:县名,在今江苏南京市。 羊山:在南京市东。

③奠:用祭品向死者致祭。

④生于浙:袁枚的故乡是浙江钱塘。

⑤斯:这里。

⑥觭梦:做梦。觭,得。《周礼·春官》:"太卜掌三梦之法,二曰觭梦。"

⑦一念之贞:一时信念中的贞节观。

⑧仳离:犹言别离,旧时特指妇女被遗弃而离去。《诗·王风·中谷有蓷》:"有女仳离,嘅其泣矣;嘅其泣矣,何嗟及矣。"

⑨授经:指学习诵读"四书五经"。

⑩差(cī)肩而坐:并肩而坐。《管子·轻重甲》:"管子差肩而问"。

⑪节义事:这是专指妇女的贞节事例。

⑫《诗》、《书》:《诗经》、《尚书》,即概指前文先生所授的"经"。

⑬缣（jiān）：双丝的细绢。

⑭缁衣：《诗经·郑风》篇名。

⑮参户：开门。

⑯则则：同"啧啧"，赞叹声。

⑰望日：农历每月十五日。

⑱九原：春秋时晋国卿大夫的墓地。《礼记·檀弓下》："赵文子与叔誉观乎九原。"后泛指墓地。

⑲弱冠：《礼记·曲礼上》："二十曰弱冠。"弱，年少。古代男子二十岁行冠礼，故指男子二十岁左右。袁枚在二十一岁时经广东到广西其叔父袁鸿处，袁鸿当时是广西巡抚金鉷的幕客。金鉷重袁枚之才，举荐他到北京考博学鸿词科。

⑳披宫锦：袁枚于乾隆四年考中进士，选授翰林院庶吉士，请假南归省亲。宫锦，官廷作坊特制的丝织品，这里指官袍。

㉑长安：今陕西西安市，汉唐旧都。这里借指当时的京都北京。
　登科：经科举考试得中进士。　函使：传报录取消息的人，俗称"报子"。

㉒婴㜽：婴儿，引伸为儿时。

㉓堂上阿奶：指袁枚的母亲章氏。

㉔眣（shùn）：同"眴"，以目示意。这里作期望解。

㉕谙（ān）：熟记、熟悉。　雅故：概指古书古事。

㉖婉㜪：温柔和顺。

㉗小差：病情稍好转。差同"瘥（chài）"，病愈。

㉘奄殜（yè dié）：病情不十分严重。

㉙稗官野史：指私人编写的笔记、小说之类。

㉚未时：下午一至三时。　辰时：上午七至九时。

㉛付梓：付印。袁素文的遗稿附在袁枚的《随园三十种》中，题为《素文女子遗稿》。

㉜窀穸（zhūn xī）：墓穴。

㉝阿爷：指袁枚的父亲袁滨，曾在各地为幕僚。　侍者：指妾。

㉞原隰（xí）：平广的低地，下湿为隰。

㉟栖霞：山名，在江苏南京市东。

㊱哭侄诗：袁枚于乾隆戊寅（即二十三年）丧子，袁素文写了两首五律诗哭侄，题为《阿兄得子不举》。

㊲亲在未敢言老：《礼记·坊记》："父母在，不称老。"

㊳阿品：袁枚的堂弟袁树，字东芗，号芗亭，小名阿品，由进士出任河南正阳县令。袁枚写此祭文时，他尚未生子，后生男名阿通。

㊴九族：指高祖、曾祖、祖父、父亲、本身、儿子、孙子、曾孙、玄孙。这里指血缘关系较近的宗属。

㊵纸灰：纸钱、锡箔的灰烬。

【评析】

袁枚的三妹素文，周岁时由父亲许配给江苏如皋高家。十余年后，高家因儿子品德败坏，自愿解除婚约，但因素文笃守"从一而终"的贞节观念，仍嫁了过去。婚后，备受丈夫的凌辱虐待，她都逆来顺受，直到丈夫要卖她以偿赌债，才告知家中。父亲为她诉之官府，判决离婚。素文回到母家，从此她"侍母倚兄"，长斋度日，终于抑郁而亡，死时年仅四十岁。袁枚为她写了《女弟素文传》。本文是在素文死后八年，作者安葬她祭奠时所作。

本篇极写兄妹手足情深，文笔朴实无华，直抒胸臆，激情如决，一气呵成；情真语真，感人至深。韩愈《祭十二郎文》、欧阳修《泷冈阡表》，皆古今有数文字，得此文而鼎足为三。

姚 鼐

姚鼐（1731年—1815年），字姬传，一字梦谷，有室名惜抱轩，世称惜抱先生，安徽桐城人。少家贫，好学不倦。清高宗乾隆二十八年（1763年）进士，历官庶吉士、兵部主事、刑部郎中，曾任《四库全书》编纂官，书成，以御史记名。不久辞归，历主江宁、扬州等地书院四十余年。早年随伯父姚范习经学，后学古文于刘大櫆，为桐城文派之集大成者。主张义理、考证、文章三者合一，于格、律、声、色以求神、理、气、味，以阳刚、阴柔区别文风。强调"虽有摹拟，不可得而寻其迹也"，"虽百世之后，但识解宏通，为文精旨，辞气雅洁，自成体貌。"有《惜抱轩全集》。所选《古文辞类纂》为时人学习古文范本，流传很广。

登泰山记

泰山之阳①，汶水西流②；其阴，济水东流③。阳谷皆入汶，阴谷皆入济。当其南北分者，古长城也④。最高日观峰，在长城南十五里。

余以乾隆三十九年十二月⑤，自京师乘风雪，历齐河、长清⑥，穿泰山西北谷，越长城之限，至于泰安。是月丁未⑦，与知府朱孝纯子颍由南麓登⑧。四十五里，道皆砌石为磴，其级七千有余。泰山正南面有三谷，中谷绕泰安城下，郦道元所谓环水也⑨。余始循以入，道少半，越中岭，复循西谷，遂至其巅。古时登山，循东谷入，道有天门⑩。东谷者，古谓之天门溪水，余所不至也。今所经中岭及山巅崖限当道者，世皆谓之天门云。道中迷雾冰滑，磴几不可登。及既上，苍山负雪，明烛天南。望晚日照城郭，汶水、徂徕如画⑪，而半山居雾若带然。

戊申晦⑫，五鼓，与孝纯坐日观亭待日出。大风扬积雪击面。亭东自足下皆云漫。稍见云中白若樗蒱数十立者⑬，山也。极天云一线异色，须臾成五采，日上正赤如丹，下有红光动摇承之。或曰，此东海也。回视日观以西峰，或得日，或否，绛皓驳色，而皆若偻。

亭西有岱祠⑭，又有碧霞元君祠⑮。皇帝行宫在碧霞元君祠东⑯。是日，观道中石刻，自唐显庆以来⑰，其远古刻尽漫失。僻不当道者，

(明) 杜 琼

皆不及往。

山多石，少土。石苍黑色，多平方，少圜。少杂树，多松，生石罅⑱，皆平顶。冰雪，无瀑水，无鸟兽音迹。至日观数里内无树，而雪与人膝齐。

桐城姚鼐记。

【注释】

①泰山：在今山东泰安县城北，为古代五岳之首。
②汶水：即大汶河。发源于山东莱芜东北之原山，向西南流经泰安。
③济水：又名沇水。发源于河南济源西之王屋山，东流入山东，河道屡有变迁。今已成为黄河河道。清代中期黄河由河南开封以东夺淮入海，故有济水存在。
④古长城：指战国时齐国所筑的长城。
⑤乾隆三十九年十二月：以公历推算，已入1775年初。
⑥齐河、长清：山东县名。
⑦是月丁未：十二月二十八日。
⑧朱孝纯：字子颍，号海愚，山东历城（今山东济南）人。乾隆进士，与姚鼐同为刘大櫆弟子，时任泰安知府。
⑨环水：护城河。
⑩天门：泰山地名，是泰、汉祭天处。
⑪徂徕（cú lái）：山名，在泰安城东南四十里。
⑫戊申：十二月二十九日。　晦：阴历每月的最后一天。
⑬稍见：依稀可见。　樗蒱（chú pú）：古代的一种赌具。
⑭岱祠：即东岳庙，奉祠泰山之神东岳大帝，在泰安城内。
⑮碧霞元君：女神名，相传为东岳大帝的女儿。
⑯行宫：皇帝出行时居住的地方。这里指乾隆在泰山祭祀时住的宫室。
⑰显庆：唐高宗年号（656年—660年）。
⑱罅（xià）：裂缝。

【评析】

本篇是作者于乾隆三十九年十二月登泰山后写的游记。精彩纷呈，逼真如画。章法严正，行文雅致。写景状形，处处扣岁暮寒冬的时令特色，繁简详略，措置得当，层次分明，细腻传神，体现出桐城文派追求雅法，反对芜杂的当行本色。

龚自珍

龚自珍（1792年—1841年），一名巩祚，字璱人，号定庵，浙江仁和（今杭州）人。十二岁即其外祖父段玉裁受《说文》之学。道光九年进士，官礼部主事。龚自珍才气过人，博览群书，治西域蒙古史地，兼通释典。诗文皆负重名。其文章沉博奥衍，出入于诸子百家，诗不主格律家数，而皆卓然可观。因仕宦不达，于道光十九年辞官南归，二十一年就丹阳云阳书院讲席，并卒于此。他是清代今文经学派的主要代表人物。面对日益加剧的社会危机，主张政治、经济改革，力主抵抗西方的经济和军事侵略，是近代改良主义运动的先驱者。倡经世之学，曾与林则徐、魏源等结"宣南诗社"；预见到英国可能进行武装侵犯，建议林则徐加强战备。

病梅馆记

江宁之龙蟠①，苏州之邓尉②，杭州之西溪③，皆产梅。或曰：梅以曲为美，直则无姿；以欹为美④，正则无景；梅以疏为美，密则无态。固也⑤。此文人画士，心知其意，未可明诏大号⑥，以绳天下之梅也⑦；又不可以使天下之民，斫直、删密、锄正，以殀梅⑧、病梅为业以求钱也。梅之欹、之疏、之曲，又非蠢蠢求钱之民能以其智力为也。有以文人画士孤癖之隐明告鬻梅者，斫其正，养其旁条，删其密，殀其稚枝，锄其直，遏其生气，以求重价，而江、浙之梅皆病。文人画士之祸之烈至此哉！

予购三百盆，皆病者，无一完者。既泣之三日，乃誓疗之：纵之、顺之，毁其盆，悉埋于地，解其棕缚；以五年为期，必复之全之。予本非文人画士，甘受诟厉⑨，辟病梅之馆以贮之。呜呼！安得使予多暇日，又多闲田，以广贮江宁、杭州、苏州之病梅，穷予生之光阴以疗梅也哉？

【注释】

①江宁：今江苏南京。　龙蟠：即龙蟠里，在今南京市清凉山下。

②邓尉：山名，在今江苏苏州市西南。汉朝时邓尉曾隐居此地，故名之。

③西溪：在今杭州市灵隐山西北。

④欹（qī）：倾斜不正。

⑤固也：历来这样。

⑥明诏大号：公开宣布，大声号召。

⑦绳：原指木匠所用墨斗的墨绳，此处作动词用，衡量之意。

⑧夭：同"天"。这里用作动词。

⑨诟厉：辱骂。

【评析】

文中借植梅这一生活琐事，反映了作者反对专制主义，向往人格自由和精神解放的思想。善于暗示，多有寄托，以梅喻人，辞近旨远，以事说理，借题发挥，曲而能达。寓意虽深，感情却烈，事理不欲明言，爱憎不加掩饰。简洁峻刻，善作排比，变化从心，极富魅力。